カミュ
歴史の裁きに抗して

ALBERT CAMUS
la révolte contre le jugement de l'Histoire

千々岩靖子［著］
Yasuko Chijiiwa

名古屋大学出版会

カミュ　歴史の裁きに抗して　目　次

凡例

一、カミュのテクストは、原則として、ガリマール社から刊行された新プレイヤッド版『カミュ全集』全四巻（*Œuvres complètes*, tome I–VI, Gallimard, «Bibiothèque de la Pléiade», 2006–08）を参照した。ただし、この『カミュ全集』には網羅的に収録されていない政治テクスト（『アルジェ・レピュブリカン』紙、『ソワール・レピュブリカン』紙、『コンバ』紙掲載のもの）に関しては、同じくガリマール社から刊行の『カイエ・アルベール・カミュ』シリーズ（*Cahiers Albert Camus 3* et 3** : Fragments d'un combat (1938–1940). «Alger républicain»*, édition établie, présentée et annotée par Jacqueline Lévi-Valensi et André Abbou, Gallimard, 1978 ; *Cahiers Albert Camus 8 : Camus à «Combat» (1944–1947)*, édition établie, présentée et annotée par Jacqueline Lévi-Valensi, Gallimard, 2002）を使用している。引用にあたっては、前者に関しては巻数、ページ数のみを表記（ただし解題など、カミュのテクスト以外は *O. C.* と略記）、後者に関しては *CAC* と略記し、その後に巻数、ページ数を表記する。なお著者名は、カミュの著作については記載しない。また、特に断りのない限り、強調は引用者によるものである。

一、引用箇所は基本的には拙訳であるが、既訳が存在する場合、それを参照させていただいた。原著がフランス語文献でない場合は、邦訳の書誌情報を記載し、その訳文を使用している。

序章　境界の作家カミュ

一九六〇年一月四日、ミッシェル・ガリマールの運転する車が猛スピードでプラタナスの木に激突し大破。助手席に同乗していたアルベール・カミュ（一九一三―一九六〇）は四六歳の短い生涯を終えることになる。小説家、劇作家、ジャーナリスト、エッセイスト、レジスタンス活動家、フランス人作家としては最年少のノーベル文学賞受賞者など、華々しい経歴と世界的名声を獲得した有名作家の不慮の死は、悲劇的であったと同時に謎めいてもいる。カミュは生前、常日頃から「自動車事故で死ぬほど馬鹿げたことはない」と口癖のように言っており、乗用車の運転には細心の注意を払い、スピードを出すことを極端に嫌っていたからだ(1)。

数々の栄光に包まれながらも、晩年のカミュをめぐる状況は決して好ましいものではなかった。一九五二年夏、『反抗的人間』（一九五一）の出版を契機としたフランシス・ジャンソン、ジャン＝ポール・サルトルとの論争が、『現代』誌上で展開され、結果的にフランス知識人界における作家の発言力の失墜を招いた。その後、一九五四年一一月一日に始まったアルジェリア独立戦争に際してカミュが固持した立場は、右翼・左翼両陣営から非難の的となり、彼をさらなる政治的孤立へ、そして最終的には政治的沈黙へと追いやることになった。私的な領域においても、妻の鬱状態と自殺未遂、そして自身の持病である肺結核と精神不安定によって、何年ものあいだ執筆不能状態に苦しむことになる。一九五七年のノーベル文学賞受賞でさえも、当時すでにカミュに対して冷ややかだったマスコミに新たなる攻撃の機会を与えたにすぎなかった。文学者として最高の栄誉を手にしたカミュの作家人生は、終了したと見なされてしまったのだ。結局『ペスト』（一九四七）以降カミュが上梓した小説作品は、『転落』（一九五六）、短編集『追放と王国』（一九五七）にとどまり、こうした創作不振をまぎらわすかのように、カミュは戯曲翻案を中心とした演劇活動にのめり込んでいく。(2)

こうした晩年を一言で言いあらわすならば、「喪失」という言葉に尽きる。友情の喪失、創作意欲の喪失、将来的な（そして現実のものとなった）祖国アルジェリアの喪失。そして自動車事故でだけは死にたくないと思っていた人間がまさしくその事故で死んでしまうという、ある意味でカミュに最もふさわしいとさえ思われる字義通りの「不条理な」死を耳にして、自殺という不吉な言葉が頭をよぎった者もいたかもしれない。しかしながら当時のカミュは、絶望に襲われつつも新たな創作と生の源泉を探し求め、格闘していた。そのことを裏付けるのが、事故の際、カミュの鞄に入っていた未完の小説『最初の人間』の原稿である。

遺稿『最初の人間』は、紆余曲折ののち、作家の死後約三〇年を経た一九九四年にようやく日の目を見ることとなる。(3)研究者たちの注目を集めたカミュの「新作」は、何よりもまず、「私の源泉」（I, 32）と作家自身が称した、処女エッセイ集『裏と表』（一九三七）に代表される初期作品への原点回帰であると考えられた。その証左としてしばしば引用されるのが、一九五八年に再版された『裏と表』序文の一節である——「ひとつの言語を築き上げ、神話を生かすために払われた多くの努力にもかかわらず、もしいつの日か『裏と表』を再び書くことができなければ、私は決して何ものにも到達しないだろう」（I, 38）。とすると、カミュの文学的行程は、最終的にみずからの源泉に回帰する点において円環構造をなすと言えよう。

たしかに自伝的小説である『最初の人間』は、同じく幼少期の記憶を主な題材とした初期作品の世界へと再び舞い戻ったような印象を与える。しかしながら、主題や形式に関してはこれまでにない試みも見られ、作家の並々ならぬ文学的野心を認めることができる。何よりも驚くべきは、小説作品としては、はじめて歴史の位相が導入され、時代的な厚みと広がりが与えられている点であろう。カミュは、二〇世紀前半の激動の歴史をくぐり抜けた自己の分身ジャック・コルムリイの遍歴を語ることを通じて、トルストイの『戦争と平和』を範に仰いだ壮大な小説の執筆を目論んでいたのだ。(4) 小説には様々な歴史的事件が直接的に描き込まれているだけではない。未完とはいえ、「父の探索」と題された第一部には、主人公の幼少期の記憶という枠組みを超えた、家族の歴史、アルジェリアの植民者の歴史といった集団的過去が織り込まれている。

この試みは、作家の小説創造と歴史との関係を考察する上で、新たな問題提起として映る。まず単純に、カミュはなぜ『最初の人間』ではじめて歴史に正面から取り組もうとしたのかという疑問が生じる。この小説にアルジェリア独立戦争の影響を見て取ることは容易であるが、本作における歴史的事件へのアプローチは、ナチスのパリ占領を寓話化した『ペスト』におけるものとは明らかに異なっている。また、それ以上に根源的な問題、つまり以前に描き出されたアルジェリア（より限定的にはその中心都市アルジェ）とはなんだったのか、という疑問も浮上する。というのも、『夏』（一九五四）収録のエッセイ「過去のない街のための小案内」という題が端的に示すように、アルジェを舞台にした文学作品（『裏と表』、『結婚』、『異邦人』、『夏』）において、アルジェリアは、歴史的日付や歴史的事件のみならず、土地の背景にある過去にも言及されることのない、歴史不在の土地として描かれているからだ。

そもそも、『最初の人間』以前の小説やエッセイにおいて、おおむねカミュは非‐歴史的な世界を意識的に構築してきた。もちろんこれは彼の作品が歴史性を持たないということではない。『異邦人』でムルソーとマリーが見るフェルナンデルの映画、(5)『ペスト』の冒頭で示される「一九四＊」という年号、『転落』のクラマンスが語るいくつかの歴史的事件（レジスタンス、連合軍によるアルジェリア上陸、スペイン戦争）などから、小説の舞台背景となる時代の痕跡はいくつも見つけることができる。だが、執筆過程で時代的な具体性が極力かき消され、神話性、寓話性の高い作品になっていることは見まがいようがない。

しかしながら、小説の非-歴史性を普遍性への志向としてのみ捉えるだけでは、遺作『最初の人間』における作家の歴史への取り組みを説明することはできない。この問題設定に対する理解を深めるためには、小説の解釈に終始するだけではなく、多くの誤解と議論を引き起こした作家の様々なレベルにおける歴史との関わり、および彼の歴史認識を考慮に入れなければならないだろう。

カミュが「歴史」という言葉を用いる場合、その意味は厳密に定義されているわけではなく、その指し示す対象は文脈によって異なっている。だがまず誤解のないように指摘すべきは、『反抗的人間』をめぐる論争でサルトルやジャンソンが批判したのとは異なって、カミュが歴史そのものを否定したことはない点である。植民地アルジェリアに生まれ、父を第一次世界大戦で亡くした戦争孤児として育ち、一九三〇年代半頃以降、ジャーナリズム活動や具体的な政治活動（アルジェリア共産党員としての活動、および対独レジスタンス）を通じて同時代のアルジェリアやフランスにおける政治について積極的に発言してきたカミュにとって、人間が必然的に歴史のなかに生まれ、それによって規定された歴史内存在であることは自明のことであった。

にもかかわらず、カミュが同時に、人間が一〇〇パーセント歴史に還元される存在だとは考えていなかったことも事実である。一九四六年一一月に『コンバ』紙に掲載された連載記事『犠牲者も否、死刑執行人も否』で、カミュは以下のように述べている。

また、我々が歴史から逃れることができないことは事実である。なぜなら我々は、歴史に首までつかっているからである。だが歴史のなかにいながら、歴史に属さないこの人間の部分を守るために闘うよう望むことはで

きる。(CAC8, 642)

この「首まで」《jusqu'au cou》という表現は、「アルベール・カミュに答える」でカミュを糾弾したサルトルの、「(歴史に)髪まで《jusqu'aux cheveux》つかっている」[6]とほぼ同じ表現である。だが、「首まで」と「髪まで」というわずかな差は両者のあいだにある決定的な違いをしるしている。歴史に主体的に参与し、そのなかで新たな価値を生み出し、またそうした行動に文学(散文)を仕えさせようとしたサルトルとは逆に、カミュが重きを置いていたのは、歴史には還元しえない残余(「首」から上の部分)の価値であった。[7]言うまでもなく、この歴史に属さない価値の最たる表現が芸術であり、作家にとっての文学創造が、ある種、歴史からの解放の場であったことは間違いないだろう。[8]

こうしたカミュの歴史に対する態度は、彼の非-歴史的とも言える歴史観からも窺い知ることができる。カミュは一九三五年にアルジェリア共産党に入党する時点で、すでに西欧の伝統的主流をなしていた歴史観、すなわちユダヤ・キリスト教からヘーゲル、マルクスへと受け継がれていく終末論的・目的論的歴史観を否定していた。[9]それは、直線的時間に終わりすなわち到達点を想定し、時間を単なる悠久の流れとしてではなく、この世の出来事を、ある目指すべき目的へと向かう運動として捉える歴史観である。[10]つまりカミュは根本において、時間を構造化して捉える歴史=物語《histoire》のあり方を否定しているのだ。フランス語の《histoire》とは、歴史を意味すると同時に物語を意味している。歴史と物語は叙述対象が事実であるか、虚構であるかという違いがありながらも、現在を過去の帰結として因果関係のもとに考える点で共通している。こうした歴史のあり方に懐疑的な作家の立場は、第二次世界大戦後、歴史主義・マルクス共産主義批判として前面に押し出されることとなる。

それに対して、カミュが一貫して惹きつけられたのは、一九三六年にアルジェ大学に提出した学士論文「キリスト教形而上学とネオプラトニズム」ではじめて明示される、ユダヤ・キリスト教以前の古代ギリシャの循環史観である。時間を構造化せず、永遠なる現在の反復として捉える時間認識は、同じく古代ギリシャを偏愛し、「永劫回帰」を提唱したニーチェへの敬愛と相通じている。それは、永遠に岩を丘の上へと押し上げるシーシュポスという神話的人物において結晶化したカミュの思想的基盤となったのみならず、人間の生のあり方と直結する現在時の称揚や、特権的瞬間をとりわけ描こうとした作家の文学創造における出発点となっている。

このように、カミュにおける歴史の問題は、小説という分野のみならず、政治的・哲学的思索とも関連し合う幅広い主題であるが、それと並行して踏まえておかなくてはならないのが、作家の生きた時代背景や歴史的経験である。一九一三年にフランス領アルジェリアに生まれたカミュは、アルジェリアのフランス人としての自己のアイデンティティを生涯大切にしていた。[11] カミュは一九四〇年にフランスへ渡ったのち、アルジェリアに定住することはない。だが彼のエッセイや小説の多くは、青年時代までを過ごした故郷を舞台にしており、作家の根底にある歴史観はその土地で培われたと言っても過言ではない。一九五八年に執筆された『裏と表』再版のための序文で、カミュは幼年時代を回想して以下のように言う――「太陽は私に、歴史がすべてではないことを教えてくれた」(I, 32)。

カミュとアルジェリアとの関わりについては、近年、ポスト・コロニアル研究を中心に、フランスの植民地主義との関連から植民者カミュとしての側面が注目されている。しかしながら、私たちはむしろ、エドゥアール・グリッサンに倣い、カミュを境界に位置する作家として捉えたい。このマルチニックを代表する作家は、カミュを、アラブやベルベルの文化のなかに自分を認めることもできず、かといって植民者としての権利を主張することもよしとしない、アラブ人とフランス人との狭間にある作家であると指摘した。[12] 事実カミュはアラブ語をほとんど解さず、アラブ人たちと深い交流を持つこともほとんどなかったにもかかわらず、一九三〇年代当時主流であった植民地主義的言説に与することはなかったし、同様に、第二次大戦を機にフランスへと渡り、戦後はフランスを代表する知識人にまでなりながらも、知識人界において圧倒的影響力を持った歴史至上主義的立場を唯々諾々と受け入れることもなかった。そしてこのようなカミュ独自の「反抗的」立ち位置の根源にあったのが、彼が生地アルジェリアで培った歴史観やモラルなのである。カミュが様々な紆余曲折を経て、あらためてみずからの原点へと回帰しようとした『最初の人間』は、地中海をまたいで活躍した作家の、歴史をめぐる思考の軌跡の最終地点として考えられるのである。

これまでのカミュ研究において、作家の初期作品は歴史の外にあるものとして捉えられる傾向にあり[13]、特に『結婚』や『異邦人』で描かれたアルジェリアは文学的虚構として考えられ、同時代の作家の政治活動や、背後にある歴史的文脈と関連して議論されることはほとんどなかった。とりわけ、長年カミュ研究を牽引したジャクリーヌ・レヴィ＝ヴァランシが提示した作家像——カミュは、小説創造における私的な顔と、政治活動やジャーナリズム、演劇にたずさわる公的な顔という二つの異なった顔を持っている——は、現在でも多くの研究者が共有するひとつの前提となっているように思われる[14]。本書の主な目的は、そうした垣根を取り払い、時代背景を含めたより大きな視座から作家カミュを理解することにある。より具体的には、当時の政治的・歴史的文脈に配慮しつつ、歴史をめぐって繰り広げられるカミュの多岐にわたる思考が、どのような軌跡を描きながら政治的思索や小説創造において具現化しているのかを検討する。それは、これまで思想的、政治的、文学的限界として否定的に捉えられることの多かった、カミュの根幹にある反歴史的志向性に、新たな光をあてて再考する試みでもある。たしかに、日本語訳『シーシュポスの神話』の文庫版あとがきで清水徹が指摘するように、「未来に対しては無関心で、現在時の継起をひたすら貪婪に意識的に生きるのを生の準則とするというだけでは、歴史意識はすこしもない[15]」ことは事実である。また、歴史の重要性は認めていても絶対視をしないという主張に裏付けられた政治的発言や文学創造は、カミュが同時代の歴史に積極的に参与していたがゆえにいっそう批判の対象となり、生前における最終的な政治的敗北の要因ともなった。こうした歴史という観点からの批判は、作家の死後も、植民地主義との関連からカミュを批判するポスト・コロニアル批評に受け継がれている。このような批判があることを踏まえた上で、私たちの関心を引くのは、カミュがそのような欠点をむしろ積極的に捉え、引き受けている点である。カミュの根底にある反歴史的志向性には、一体どのような道徳律が見出せるのだろうか。それを探究することは、同時に、作家が生き、文学という枠組みのなかで描き出した植民地アルジェリアの歴史的・文学的意義を明らかにすることでもあり、また生地で育んだ作家の非-歴史的思考の原点と、それを基盤にした作家の小説美学を浮き彫りにする作業でもあるだろう。

本書は以下の構成に従って分析していく。

第I部では、近年盛んなポスト・コロニアル批評による『異邦人』解釈と、それがもたらした議論を出発点として、『結婚』や『異邦人』の舞台となった植民地アルジェリアに注がれたカミュの視線を浮き彫りにする。二〇世紀初頭に流布したアルジェリアに関する伝統主義的言説、およびそれを踏まえた一九三〇年代の作家の政治的言説に着目し、いかにしてカミュが、当時隆盛する植民地主義に対抗しながら歴史に依拠しない政治を目指し、「過去のない土地」としてのアルジェリアを創造し、『異邦人』の舞台として昇華させていったのか、その過程を明らかにしていく。そしてさらに、作家がアルジェリアで培った歴史認識から引き出すことのできるモラルを考察する。

第II部では、カミュの政治的思索における歴史批判の背景に潜む、より根源的な非-歴史的思考を、『異邦人』執筆に至るまでの文学的模索の軌跡のなかに探る。カミュの初期作品を支配する特権的瞬間や現在時の称揚といった時間性は、すでに多くの批評家によって指摘されている。しかしながら、作家が処女小説の完成に約一〇年の歳月を費やしたこと、あるいは『裏と表』が本来エッセイではなく小説として構想されていたことを考慮に入れると、作家の非-歴史的時間への固執は、小説創造そのものに関わる問題としても考えることができる。実際にカミュが描こうとしたのは、瞬間を持続にまで拡大した現在時の生の連なりであり、そうした時間性は、物語としての因果関係に基づき過去の出来事を語るという小説の形式的要求とは相容れないものだった。『異邦人』の成功は、第二部の裁判を通じて「母の死を悼まなかったために死刑判決を受けるムルソー」という「偽の物語」を導入し、第一部で描いた現在時の継起に生きるムルソーを浮き彫りにしようとしたことにある。『異邦人』は、物語によって、物語＝歴史《histoire》のあり方を否定する小説として成立しているのである。

第Ⅲ部では、第二次大戦勃発から『最初の人間』執筆に至るまでの、カミュの歴史をめぐる思索の軌跡を辿る。ここで主な考察の対象となるのは、アルジェリアからフランスへと渡ってからのカミュの歴史的経験や、数々のフランス人知識人との公開論争、そしてそれらを契機として変化し、深化する作家の政治的・哲学的思索である。今日よく知られているのは、『反抗的人間』に端を発したサルトルとの論争であるが、それ以上にカミュの思索や小説創造に大きな転換を迫ったのが、第二次大戦後の対独協力者粛清問題をめぐるフランソワ・モーリヤックとの論争と、一九五五年に起こった『ペスト』の歴史記述をめぐるロラン・バルトとの論争であろう。前者は、カミュに反抗という主題の軌道修正を促し、それとともに、冷戦という緊迫した時代のなかで、作家が歴史主義批判を経てマルクス共産主義批判を標榜するに至る、重大な転換点となる。そして後者の論争は、『最初の人間』における歴史記述の方向性を決定づけるひとつの大きな要因となったと考えられる。

第Ⅳ部では、作家の歴史をめぐる思索の最終地点として『最初の人間』を捉え、アルジェリア独立戦争におけるカミュの立場を概観した上で、小説で展開される歴史記述を具体的に分析する。主人公による父の探索を通じて描き出されるアルジェリアの家族、そしてアルジェリアのフランス人たちの歴史はどのように描かれているのか、作家が参照し小説に取り入れた歴史資料との関連性にも配慮しつつ、考察する。また、小説で言及されている様々な歴史的事件が、最終的にどのような歴史を読者に提示するのか、そしてカミュの歴史記述の独自性とその記述に込められた意図を明らかにしていきたい。

第Ⅰ部　カミュの政治的思索と非-歴史性のモラル

レジスタンス文学のひとつとして後に名を連ねることとなる『ドイツ人の友への手紙』の第四の手紙（一九四四年七月に執筆、パリ解放後に出版）において、カミュは以下のような文章を記した。

> だが君たちはやるべきことをやった。我々は「歴史」へと入った。そして五年のあいだ、夜のさわやかさのなかで小鳥のさえずりを楽しむことはもはやできなかった。（II, 27）

のちにサルトルに非難されることとなるこの文章は、一九三九年に勃発した第二次世界大戦への参戦表明であり、カミュはそれをレジスタンス活動によって実行に移す。

　この「歴史」という言葉は、前後の文脈から戦争という意味として解釈できるが、ここで単純な疑問が生じる。なぜカミュは第二次大戦という戦争に参加することを、大文字で始まる「歴史」«Histoire»という言葉を用いつつ「歴史に入る」と表現したのか。

　引用文の「我々」が指し示すのは、当然ながらフランス人である。この『ドイツ人の友への手紙』は「我々」フランス人が友人である「君」«vous»、すなわちドイツ人に宛てた手紙という体裁を取っているからだ[1]。だがアルジェリアのフランス人という作家の出自を考慮に入れるならば、このことは十分注目に値する。つまり一九四〇年にパリに渡ったカミュは、レジスタンス活動を通じてフランス人という新たなアイデンティティを得たことになるからだ。そして、批評家から高い評価を得たフランス文壇デビュー作『異邦人』（一九四二）、さらにその五ヶ月後に出版された哲学的エッセイ『シーシュポスの神話』によって一躍時代の寵児となったカミュは、フランス人作家として確固たる地位を獲得する。

こうした作家の立場から考えると、この大文字の歴史という言葉は単に戦争という限定的な意味だけでなく、世界史の中心をなす西欧の歴史という、より大きな歴史でもあるだろう。「歴史に入る」ことは、そうした歴史の流れに自身が連なることでもあるのだ。それまでアルジェリアという辺境にいたカミュにとってレジスタンス活動が単なる政治活動にとどまらず、自己のアイデンティティの拡大あるいは書き換えを意味したであろうことは想像に難くない。

カミュが「歴史に入る」以前、すなわち習作時代から不条理三部作（『異邦人』『シーシュポスの神話』『カリギュラ』）に至るまでの時期を、ここでは便宜的に「アルジェリア時代」と称することにする。というのも不条理三部作はすべてパリで出版されたが、もともとはアルジェリアにいた時期に構想されたものであり、その世界観はその土地に必然的に規定されているからだ。

そしてアルジェリアを舞台にした小説『異邦人』は、まず不条理を具現化した哲学的小説として読まれ、その文学的新しさゆえに評価されてきた。だが他方で、この小説は、その背景となる同時代の政治的・社会的状況描写の欠如ゆえに、エドワード・サイードの『文化と帝国主義』（一九九四）を皮切りに、英米のアカデミズムで盛んになったポスト・コロニアル批評の格好の餌食となった。第I部ではまず、『異邦人』を根拠としたカミュに対する歴史的・政治的観点からの批判とその問題点を踏まえつつ、カミュの文学作品と政治活動との関連について考察したい。

第1章　カミュは植民地主義者か否か

ポスト・コロニアル批評の幕開けを告げた記念碑的著作『オリエンタリズム』(一九七八)に引き続き、西洋近代小説に潜む帝国主義的ディスクールをあぶり出した大著『文化と帝国主義』(一九九四)のなかで、サイードは「帝国主義者」カミュに一章を割いている。「一世紀前のジェイン・オースティンがそうだったように、カミュも帝国主義のアクチュアルな現実が本来あってもおかしくないにもかかわらず、すっぽり抜け落ちている作品を書いた小説家である[1]」と述べた著者は、カミュのテクストから排除された歴史的文脈に注目する。カミュが作家を志し、作品を書きはじめた一九三〇年代はフランス植民地主義が頂点を迎えた時代であった。一九三〇年にフランスによるアルジェリア支配は百周年を迎え、政府による記念式典が盛大に行われた。続く三一年にはパリで植民地博覧会が開かれる。この植民地体制隆盛のさなか、同年モーリス・ヴィオレット[2]は『アルジェリアは生き残れるのか』と題した著書を出版し、もしフランスが「原住民」を抑圧する統治政策を継続するならば、二〇年後にフランスはアルジェリアを失うことになるだろうと警鐘を鳴らした。彼の懸念を後押しするように、一九三〇年代は植民地主義への反動として、イスラム系住民による独立運動も活発化のきざしを見せる。

「ピエ・ノワール[3]」《pied-noir》であった作家の日常を取り巻く植民者と被植民者間の軋轢を、カミュは「人間の条件に関する寓話」[4]を前面に押し出すことで「隠蔽している」と考えたサイードは、作家の創作態度に植民地主義的な意識（あるいは無意識）を嗅ぎつける。ここで焦点となるのは、もちろんムルソーに殺されるアラブ人である。名前と人格を剝奪され、自然の一部として描かれたアラブ人の死は「フランス人の登場人物が陥っている良心と自己反省の苦境でしかない」[5]、つまり「フランス人」ムルソーの悲劇を盛り上げるための筋立て道具にすぎないと。こうしてサルトルによる有名な「解説」[6]が定着させた不条理の人ムルソー＝カミュは、植民地主義者ムルソー＝カミュへと読み替えられることになった。

皮肉なことだが、『異邦人』はもともとその非-歴史性ゆえに文化的・社会的透明性を獲得し、アルジェリアのフランス人による植民地アルジェリアを舞台にした小説でありながら、フランス文学の伝統に新風をもたらした小説として文壇に歓呼をもって迎えられたのだった。ロラン・バルトが『異邦人』の文体に、「白いエクリチュール」という、一七世紀の古典主義以降のエクリチュールの歴史の最終形態を見出したことはよく知られている[7]。だがこの「フランス文学の名作」は、今度はその非-歴史性ゆえに、歴史の名のもとで断罪されることになったのだ。

この批判に対して、カミュ研究者たちはどのように対応してきたのだろうか。まず典型的な反応として注目したいのが、ポスト・コロニアル批評のなかでも特にカミュを植民地主義者として弾劾するコナー・クルーズ・オブライエンやサイードへの猛烈な反発である。サイードが自身の論文で叩き台として用いた、オブライエンのいささか挑発的な、だがサイードと比べてより穏健な解釈――サイードはオブライエンの追求の手はなまぬるいと考えた――に対して、すでにカミュ研究者は反論していた。アイルランド出身のオブライエンは、一九六〇年には外交官としてコンゴ危機に関わり、六二年に辞職後、六五年までガーナ大学の副学長を務めた人物である。アフリカに関する豊かな政治的知見をもつオブライエンは、ムルソーの裁判の虚構性に注目する。というのも彼によると、当時のフランス領アルジェリアの法廷において、ヨーロッパ系住民であるレイモンを短刀で傷つけ、先にナイフを抜いて脅したアラブ人を殺すといった犯罪では、同じくヨーロッパ系住民であるムルソーに死刑判決が下されることはないからだ。そのようにして浮き彫りにされた『異邦人』の文学的操作は何を意味するのか。植民者と被植民者を公平に裁く法廷を描くことで、作者は逆に「植民地的現実を暗黙のうちに否定し、植民地的虚構を維持している」とオブライエンは考えた(8)。

この解釈に真先に反論したのは、オブライエンの著作の書評を同時に発表したアンドレ・アブーとジャン・ガッサンである。前者はオブライエンの批評に散見されるカミュの自伝的事実に関する間違いを列挙し(9)、分析の粗雑さを批判した。また後者もカミュを人種差別主義者だと示唆するオブライエンの主張の論理的矛盾点を指摘し、その解釈を否定した(10)。さらにその後、『カミュの「異邦人」』(一九七二)に引き続き、一九九二年に『異邦人』の解説本を出版したベルナール・パンゴーは、一九六一年(カミュの死の翌年)に掲載されたピエール・ノラとアンリ・クレアの短い論文(11)を皮切りに定期的に提出されてきた政治的解釈を、文学作品を貧困にする皮相的な分析方法だとして否定的な立場を取っている(12)。自身も作家であるパンゴーは、カミュのジャーナリストとしての顔と小説家としてのそれとを峻別しており、文学作品は歴史的解釈のみに還元できないより深い欲求に根差していると主張する。パンゴーは『異邦人』に歴史的アルジェリアが存在することは認めるが、それは作家の眼を通して「神話的アルジェリア」に変貌していると考えた(13)。こうした経緯から、一九九四年に提出されたサイードの解釈は、一方では『異邦人』読解のための新しい視点として世間の耳目を引きつつも、当のカミュ研究者たちにとってはすでに解決済みの問題提起であり、植民地主義者カミュという「誤った肩書き」を流布させるものでしかなかった。

このような解釈への嫌悪を顕著にあらわしたのが、長年カミュ研究会の会長を務め、カミュ研究の第一人者であったジャクリーヌ・レヴィ＝ヴァランシである。アルジェ大学勤務時代の教え子のひとりであるクリスティアーヌ・ショーレ＝アシュールの研究書『アルベール・カミュ、アルジェ――「異邦人」と他の物語』の序文を執筆したレヴィ＝ヴァランシは、彼女の功績を以下のように記している。

そしてムルソーとその創造者を、人種的罪ある者、あるいは人種差別主義者として批判し、アラブ共同体に対する軽蔑と嫌悪のかどで告発するという、よく知られた拙速で表面的なお決まりの批判を乗り越えたことが彼女［ショーレ＝アシュール］の功績なのではない。彼女にとっての問題は、ムルソーあるいはカミュを再び裁くことではない。左翼の反植民地主義者としてのカミュの立場は明確に示されている。そうではなく、彼女の功績は、作家がそれを十分に意識していたかどうかは別にして、『異邦人』は植民地的状況を、幻想を交じえながら係争に付した作品として読むことができることを示した点にある(14)。

明確に名指しこそされてはいないものの、この引用で「拙速で表面的なお決まりの批判」をしたとして告発の的になっているのは明らかに「ムルソーとその創造者（カミュ）が人種差別主義者であると断罪した」代表者であるオブライエンとサイードである。レヴィ＝ヴァランシは彼らとは反対に、カミュが「左翼の反植民地主義者」であることは「明確に示されている」と断言さえもしている。

しかしながら、サイードはレヴィ＝ヴァランシの序文で暗黙の了解のごとく否定されただけで、当のショーレ＝アシュールの本論でサイードの名が登場することは一度もない。マグレブ文学に造詣が深い彼女の研究は、植民地的状況のフィクションとして『異邦人』を再読し、とりわけカミュが後世作家に及ぼした影響を明らかにしつつ、『異邦人』をアルジェリア文学の系譜に位置づけようとしたものであり、いわばポスト・コロニアル批評の延長線上にあると言ってよい。サイードの論文には『異邦人』の具体的なテクスト分析が欠けているのでわざわざ引き合いに出すこともない、とショーレ＝アシュールが判断したとも考えられるが、それでもサイードが不在のものとして扱われているのは、いささか不自然ではないだろうか。

ここでまず頭に浮かぶのが、客観的に考えてサイードの功罪はいかなるものだったのかという素朴な疑問である。まず彼の読解がはじめに結論ありきの独断的なものであり、作品そのものの分析が不十分であることは否めない。彼の重大な誤りは、ムルソー＝カミュをフランス人（＝植民地主義者）として扱ったことにある。ショーレ＝アシュールが指摘するように[15]、実際にテクストを丁寧に辿っていくと、小説世界内の異邦人はアラブ人ではなく本国フランス人である。まず、養老院の門衛がパリ出身だと知った主人公は「ああ、あなたはこの土地の人ではないのですね」（I, 144）と言っている。また死刑判決を宣告されたムルソーは、それが「フランス人民の名において」（I, 203）なされることを、「不明瞭な観念」（I, 205）に基づくものとして不服に思う。さらにムルソーはフランス本国に対して良いイメージを持っていない。事務所の雇い主が提案したパリへの栄転話にも特に興味を示さず、一度住んだことのあるその街について、「汚ない街だ。鳩がいて暗い中庭がある。みんな肌が白い」（I, 165）と語っている。また、半袖シャツからのぞくレイモンの白い腕を見て「ちょっと気持ち悪い」（I, 168）と思っていることからもそのことが窺い知れる。アルジェの太陽と海を愛し、日に灼けた自分の肌を誇りに思い、褐色の肌をもつマリーを美しいと感じる主人公は、確固たるアルジェリアのフランス人としてのアイデンティティと矜持を持っている。アラブ人は同じ土地に暮らす他者ではあっても、フランス人のような「よそもの」では決してない。したがってサイードが、カミュの小説をアンドレ・ジッドの『背教者』と同列に置き、カミュのアルジェリアを単なる異国情緒の場と捉えることには賛同できない。むしろ逆にカミュにとってはヨーロッパこそが異邦であり、追放感をもたらす土地であった[16]。

だがこうした欠点がありながらも、サイードは何よりも不条理の小説という固着した読みの呪縛から『異邦人』を一気に解放し、地政学的な視点を持ち込むことで、新たな小説解釈の地平を切り開いた。すでに見たように、サイード以前にも同様の解釈はあったが、この視点を普及させた功績はサイードにある。それまでの伝統的な読みの立場を取る限り、テクストで重視されるのは主人公の意識とその運命のみであり、アルジェは代替可能な舞台設定以上の意味を持ちえない。しかもサイードの主張はその間違いによってさえ、結果的にカミュのテクストにおけるアルジェリア性の回復をもたらし、アルジェリアのフランス人という視点から作家を再検討する重要な契機をもたらした。その修正過程を経て、最も豊かな実りとして結実したのが、先に挙げたショーレ＝アシュールの研究だろう。

先ほど引用したレヴィ＝ヴァランシの拒否反応は彼女個人だけのものではなく、おそらくカミュ研究者全体が共有しているものと思われる。それはサイード以前も以降も、ポスト・コロニアル的解釈のほとんどがカミュを専門としない批評家によって提出されてきたという事実からも追認できる。[17] もちろんカミュ研究者たちが、当時のアルジェリアの政治情勢に明るくなかったということでは決してない。ジャンイヴ・ゲラン[18]やフィリップ・ヴァネイをはじめとして、カミュの政治思想を専門とする研究者もいるし、レヴィ＝ヴァランシ自身もカミュの一九三〇年代の政治活動に関する論文をいくつか発表している。[19] だがこれまでのカミュ研究において、『異邦人』における歴史的記述の不在はテクストの非政治性を示すものと見なされ、文学作品は政治へのコミットメントとは完全に切り離された私的な思考の産物として考えられる傾向にあった。ショーレ＝アシュールの研究が、カミュ研究者のあいだで受け入れられ評価されたのも、テーマの斬新さやその精緻で客観的な分析もさることながら[20]、彼女が作家の文学と政治を峻別する立場を取り、従来のポスト・コロニアル批評とは異なって、文学テクストを根拠に作家個人の政治的態度の是非を審問するという「過誤」を犯していないからである。

ショーレ＝アシュールは、『異邦人』が一九三〇年代のアルジェリアを舞台にした小説でありながらも、フランス文学の古典となるにふさわしい普遍性を獲得した稀有なフィクションだと考えている。[21] 浜辺の殺人場面において、歴史的暴力（植民者ムルソー対被植民者アラブ人）が自然の暴力（個人としてのムルソー対太陽）へとすり替えられることで、いわゆる典型的な植民地小説に見られるような植民地原理を弁護するプロパガンダ的要素が排除され、象徴性と多義性が獲得されていると主張する。[22] 当時の植民地の状況が小説に直接的に反映されていないのは、作家の左翼的政治立場上やむをえないものとし、「カミュはムルソーに自己投影していない[23]」と考えることで、ポスト・コロニアル批評の多くが前提にするムルソー＝カミュという構図を消滅させた。ショーレ＝アシュールは当時のカミュの政治参加について触れながらも、それはあくまで小説の執筆背景でしかないとする。彼女の『異邦人』分析には、作者カミュの歴史的・政治的経験は除外されているのだ。

このように『異邦人』における歴史の不在は、一方では作家の植民地主義的態度を暗に示すものとして批判され、他方では文学としての普遍性の追求という言葉で処理されてきた。相対立するポスト・コロニアル批評とカミュ研究の辿る平行線は決して交じわることはない。だがそこにこそ問題がある。なぜならば両者は正反対の立場を取りながらも、ともに同じ事柄を論拠にしているからだ。すでに見たように、サイードは『異邦人』が歴史を排除することで現実をより抽象的な人間の条件へと昇華させたがゆえに、カミュが意図的に植民地的状況を隠蔽したと批判する。その際、作家が行っていた反植民地主義的な政治活動は無視され、『異邦人』で描かれた世界は、著者の無意識的な植民地主義的態度を暴露していると考えられた。それに対してカミュ研究者たちは、『異邦人』のアルジェリアは文学的に構築されたフィクションであるゆえに政治的解釈は無意味だと反論する。いずれにせよ、どちらも『異邦人』を、同時代の作家の政治参加とは無関係な文学的産物だと見なしていることに変わりがなく、違いはその事実を歴史・政治的文脈に置いて批判するかしないかだけだ。その原因は、この対立する両者がともに、『異邦人』の非-歴史性を非-政治性と捉えたがゆえに、小説と作家の政治的活動との関連性を切り離してしまっていることにある。だがそもそもカミュは、政治の領域においても歴史を否定していたのではなかったか。カミュの歴史批判はのちの『反抗的人間』で鮮明に打ち出されることになるが、すでに共産党へと身を投じる際、マルクスが依拠したヘーゲルの進歩史観への疑念を吐露している。そうであるならば、この時代の文学作品における歴史の不在とカミュの政治的思索との関連性を見出すことはできないだろうか。

これまでのカミュの『異邦人』研究においては、ポスト・コロニアル批評を牽制するためか、カミュの創作活動と政治的活動とが別々のものとして切り離され、その内在的な関連性が軽視されてきたように思われる。サイードのカミュ批判に関しても同様である。サイードは植民地アルジェリアという地政学的視点を取り入れつつも、当時の時代状況と小説とのあいだのずれを読み取るだけで、それをそのまま作家に対する批判の根拠としている。だが、ずれの指摘だけでは両者の関係について何も言ったことにはならないだろう。これらの問題点を踏まえた上でまず着目したいのは、まさに『異邦人』や『結婚』の舞台となった一九三〇年代の植民地アルジェリアへのカミュの視線と、当時の政治的・文学的潮流および作家の政治的発言との密接な関わりである。

第2章　アルジェリア時代のカミュの政治参加

1　カミュの政治活動の概観

具体的なテクスト分析に入る前に、まずこの時代におけるカミュの政治・社会的活動の内実を当時の世界情勢に配慮しつつ概観しておこう。アルジェにおける主なカミュの政治参加は、アルジェリア共産党員としての活動（一九三五―三七年）とジャーナリストとしての活動（一九三八―四〇年）の二つの時期に分けられる。[1]

一九三五年に[2]ジャン・グルニエの勧めで入党したカミュの任務は、大きく言って二つあった。それは文化の擁護と「原住民」の権利拡大である。第一の任務は、一九三五年七月一四日にフランスで成立した人民戦線の推進する政治・文化動向と連動している。一九三四年二月六日に右翼諸団体による騒擾事件が起こり、パリのコンコルド広場を血で染めた。のちに二月六日事件として知られることになるこの暴動は、ドイツにおけるナチス政権成立（一九三三年）以降、それまであくまで国外にとどまっていたファシズムの脅威が国内に侵入したことを示す象徴的事件としてフランス社会に衝撃を与えた。[3]この事件を契機として反ファシズム派勢力は一挙に拡大し、最初の左翼連合である人民戦線政府の樹立への機運が高まることになる。それだけにとどまらず、この事件はフランス文学界をも震撼させ、当時の知識人たちを否応なく政治闘争の場に投げ込んだ。(4) ファシズムの侵入を文化破壊の危機として捉えた作家たちは、国内外のファシズムの脅威に対抗するための結束を呼びかけ、自由と平和と文化の擁護をさかんに主張しはじめた。(5) アルジェリア共産党も、一九三五年秋に、カミュを中心メンバーに据えた劇団労働座を設立、続いて一九三七年二月八日には文化会館が創設され、カミュは書記長を務めた。特にこの労働座での演劇活動は、カミュにとって生涯続くことになる演劇への情熱を発見するきっかけになった。カミュはアンドレ・マルローの『侮蔑の時代』(一九三六年一月上演)、ゴーリキーの『どん底』(同年一一月上演)など政治色の強い作品をみずから翻案し、演出した。(6) また既存の作品を上演するだけでなく、共同制作というかたちではあるがオリジナルの劇『アスチュリアスの反乱』(一九三五―三六年執筆)の脚本を執筆した。一九三四年に起こったスペイン内戦の前兆とも言えるアスチュリアス地方の鉱夫たちによる反乱と政府の弾圧を主題にしたこの劇は、その左翼的内容のため、アルジェ市長オーギュスタン・ロジィの妨害により上演禁止の憂き目にあう。この労働座はカミュの離党とともにいったん解散したが、そのままカミュは一九三七年一〇月に、より政治色の薄い仲間座を旗揚げし、一九三八年夏まで活動を継続した。(7)

第二の任務である「原住民」の権利擁護は、一九二〇年七月に開催された第二回コミンテルン(第三インターナショナル)世界大会に際し、レーニンが立案したコミンテルン参加要件二一ヶ条のひとつ、プロレタリアートの結束による植民地独立運動の支持に端を発している。フランス共産党は、その直後の一九二〇年一二月にコミンテルンのフランス支部として設立され、さらに一九二四年にはアルジェリア共産党も設立される。共産党は当時のフランスにおいて、植民地制度およびその支配体制を全面的に批判した唯一の政党であった。この党の方針に沿ってカミュは、一九三〇年代アルジェリアにおける最大の政治・民族問題として世論を賑わせた、一定数のイスラム系住民に対する選挙権およびフランス市民権の付与を提案したブルム＝ヴィオレット計画[8]に賛同するマニフェストを文化会館の機関誌『若き地中海』に掲載した（一九三七年五月）。またカミュはイスラム系住民に対して秘密裏にはたらきかけ、アルジェリアの独立を目指したメッサリ・ハジ率いる組織、北アフリカの星[9]へと結集させようとしていたらしい[10]。一九二〇年代以来、植民地解放を標榜していた共産党は、当初北アフリカの星を支援し友好関係を築いていた。だが、カミュが一九三五年秋に入党した時点において、すでにソ連共産党の反植民地主義路線は岐路に立っていた。同年五月にスターリンと仏外相ラヴァルとのあいだで締結された仏ソ相互援助協定の結果、党指導部の目はより差し迫ったファシズム対策に向けられるようになり、反植民地主義の活動は尻すぼみになっていった。この方向転換が明確なかたちでアルジェリア共産党へと伝播するまでに多少の時間はかかるが、それに先立ってフランス共産党は反植民地主義路線を放棄し、共産党と競合する北アフリカの星を、掌を返したように敵対視するようになった。そして一九三七年一月には、レオン・ブルムを首班とする人民戦線内閣に圧力をかけ北アフリカの星を強制的に解散させてしまった。これに即刻対応したメッサリ・ハジは、解散直後の三月に新たにアルジェリア人民党を結成する。同年秋のカミュの共産党離党（あるいは排斥）も、メッサリ・ハジの組織との協力関係の撤回が引き金になったと言われている[11]。プロレタリアートの団結という確固たる理想を掲げながらも、実際にはめまぐるしく変化する国際情勢によって党の方針を恣意的に翻し、さらにその変更を無言の圧力によって党員に押し付ける政党のご都合主義に辟易したカミュは、共産党脱党以降、左翼という基本的立場は守りつつも、いかなる政党にも加担することはない。

共産党との決別の翌年、カミュはパスカル・ピアの誘いで人民戦線の流れを汲む日刊紙『アルジェ・レピュブリカン』（一九三八年一〇月—三九年八月）および夕刊紙『ソワール・レピュブリカン』（一九三九年九月—四〇年一月）でジャーナリストとして活動することになる。カミュがアルジェリア時代に残した政治テクストのほとんどは、これらの新聞に掲載された社会・政治記事で占められている。『カイエ・アルベール・カミュ』シリーズの第三巻（二冊本）として出版された膨大な数にのぼる記事のすべてを、ここで逐一検討する余裕はないが、その主張は大きく二つに分けることができる。ひとつは当時のフランスおよびアルジェリア政府の政策批判である。とりわけ人民戦線の成果をことごとくなし崩しにし、対独宥和政策に基づいてミュンヘン協定（一九三八年九月）に合意した当時の首相エドゥアール・ダラディエ、およびその傀儡として一部の富裕層のみを利する極右のアルジェ市長ロジィの政策は批判の対象となった。そしてもうひとつは植民地制度の欺瞞を暴き、ひいては搾取下に置かれたイスラム系住民の生活水準の改善を訴えることであった。北アフリカ出身のフランス在住者に対する社会保障の不公平を批判した一連の記事（一九三九年四月）、カビリア地方に住む「原住民」の貧困の実態を様々な角度から詳細に調査し、植民地主義による弊害を告発した画期的な長編ルポルタージュ「カビリアの悲惨」（同年六月五―一五日）を連載する一方で、数多くの政治裁判の傍聴記録を記事にした（この経験が『異邦人』第二部および『ペスト』のタルーの父親にまつわるエピソードに生かされている）。当時のアルジェリアでは、司法機関は政府および支配層をなす一部のヨーロッパ系住民と癒着しており、「原住民」やリベラルな立場を保持するヨーロッパ系住民を弾圧していた。アルジェリア人民党裁判（一九三九年六月）、オダン事件（同年三月）、エル・オクビ事件（同年六月）、オリボー放火事件（同年七月）などの裁判を取材したカミュは、いずれの場合も不公平な裁判のあり方を非難し、確固とした証拠もなく罪に問われたイスラム系住民の放免実現に尽力した。

このように見ると、二つの時期を通じて作家の政治参加の内容は、ほぼ一貫していることが理解できる。特にここで確認しておきたいのは、カミュがファシズムと植民地主義という二正面の敵と闘っていたという点である。当時の本国のフランス知識人は、隣国イタリアとドイツで成立したファシズム政権に敏感に反応したのに比べて、海の向こう側の出来事であった植民地制度についてはさほど関心を払っていなかった。[12]それとは逆に、ファシズムの脅威が本国フランスほど緊迫したものではなかったアルジェリアにおいて、カミュの実質的な政治活動の中心が、植民地制度による弊害の除去であったのは当然であろう。

2 「土着の文化、新しい地中海文化」

しかしながら、ファシズムと植民地主義は決して別々のものではなく、相互に関連した大きなイデオロギーとして立ちはだかっていた。そのことをカミュに知らしめたのが、一九三五年一〇月二日に開始されたムッソリーニによるエチオピア侵攻である。カミュは一九三七年二月八日に、共産党主催の文化会館の創立記念講演として発表した「土着の文化、新しい地中海文化」[13]（以下「新しい地中海文化」）においてこの事件を批判している。これは、生涯を通じて、ほぼ終始一貫するカミュの政治行動の原点を示していると同時に、迫り来るファシズムの脅威、植民地体制が定着したアルジェリアという時代状況において、目指すべき理想の社会を提示している点で興味深いテクストである。

「地中海文化の復権」を提唱したこの講演で批判の対象となったのは、当時台頭していたファシズムおよびナショナリズムと密接に結び付いた「伝統主義」«traditionalisme»である。伝統主義者たちは、かつてこの地方一帯を支配した「偉大なる」古代ローマ帝国を地中海の歴史的起源と見なし、その過去の威光を盾にアフリカにおける西欧文化の優位性を主張する。これは言うまでもなく新たな植民地拡大の根拠として利用された。エチオピア侵攻は、まさにこの「ラテン的秩序」（I, 568）の名において、すなわち「野蛮な」アフリカをイタリアが「文明開化する」という口実のもとに実行されたのである。カミュはこのような伝統主義を「地中海的ナショナリズム」（I, 566）として断罪し、以下のように述べる。

我々は伝統に隷属したり、まだ生きている私たちの未来を、すでに死んだ過去の栄光に結び付けたりすることなどできません。伝統とは現在を偽る過去なのです。私たちを取り囲む地中海は、それとは逆に、戯れと微笑みで満ちあふれた活気ある地域なのです。(*Ibid.*)

伝統主義は古代ローマ帝国という「死んだ過去の栄光」に縛られた隷属の思想であり、侵略を正当化するための非人間的なご都合主義にすぎない。カミュにとって古代ローマ人は、古代ギリシャの本質を「理屈」と「抽象」へと改悪してしまった「模倣の民」にすぎない(I, 568)。古代ローマを古代ギリシャの継承者として考え古典としてひと括りにする伝統主義者たちに対し、カミュは古代ローマを古代ギリシャから引き離し、否定する。地中海を古代ギリシャではなく古代ローマに結び付けたことが、すべての過誤の根源だとカミュは考えたのである。だが、カミュの提唱する地中海文化の復権は、古代ローマからさらに過去に遡った古代ギリシャ文化の優越性の主張ではなく、逆にあらゆる序列化と優位性の否定を意味する。そしてすべての過去と歴史をいったん取り払い、現在ある地中海に基づいた真の文化を、「土着の文化」として新たに創造することを目指す。「地中海文化の復権」と「新しい地中海文化の創造」という一見相矛盾する言葉が同列に用いられているのはこのためである。

カミュは西欧の現状をローマ帝国の崩壊後の時代と重ね合わせ、ナショナリズムの台頭をデカダンスの徴候だと考えた。五年間にわたってヨーロッパ全土を巻き込んだ第一次世界大戦は、旧世界を支えていた大きな政治的枠組みを崩壊させ(ロシア帝国、ドイツ帝国、オーストリア＝ハンガリー帝国、オスマン帝国が崩壊した)、その後民族自決に基づいて多くの民族国家が誕生した。このような混乱した政治状況のなか、カミュは地中海という「生きた現実」のうちに新たな共通原理を見出そうとしたのだ。それはローマ帝国の再臨を望む右翼知識人たちが追い求めた、強大な国家権力と軍事力による統一支配ではない。それぞれの民族・国家を同等のものとして並列させ、共存を可能にするような原理である。カミュはこのようなゆるやかな融合の原理を、古代から現代に至るまで様々な文化や民族を分け隔てなく包み込んできた地中海という具体的なイメージに託そうとした。地中海とは何よりも「あらゆる流れが通過する国際的な水盤」(I, 569)であり、内陸のヨーロッパの閉鎖性とは対照的な、すべてを受容する開放性を特性とする。また地中海は、その周囲を取り囲む西欧諸国を結び付けるだけでなく、より大きな枠組みである西洋(ヨーロッパ)と東洋(イスラム・アラブ)の結節点ともなる特権的な場でもある。このように、国家という単位を廃絶し、教義ではなく風土によってひとつにまとめる地中海こそが「祖国」となる。

> 「祖国」、それは人間を虐殺へと駆り立てる抽象ではありません。それはある種の人々に共通の生の捉え方《goût》であり、ノルマンディーやアルザスの人よりもジェノヴァやマジョルカの人を身近に感じさせるものなのです。地中海こそがまさにそれであり、説明が不必要なあの匂いであり、あの香りなのです。私たちはみなそれを肌で感じています。(I, 567)

祖国とは国家、伝統、愛国精神と結び付く観念的なものではなく、肌で直接的に感じ取ることのできる具体的なものなのだ。そして地中海文化とは、ナショナリズムではなく国家という枠組みを取り除いた国際主義を称揚するのである。

> 地中海はこれらすべての点において、生き生きとした、色とりどりの、具体的なひとつの文明のイメージを私たちに与えてくれます。地中海は、諸々の教義を地中海のイメージへと変容させ、地中海固有の性質を変えることなく諸々の観念を受け入れるのです。(I, 569–570)

カミュが理想としたのは、様々な民族や文化がそれぞれの個性を失うことなく平等の権利を持ち、共存できるような社会である。ユートピア的としばしば揶揄される政治理想であるが、太陽と海と生命が横溢し、すべての階層、すべての民族、文化に分け隔てなくその富を与えてきた地中海を模範とすることで、その理想は実現可能になるとカミュは考えた。

すでに述べたように、この講演は人民戦線へと向かう政治的潮流のなかで左翼作家たちが提唱した文化の擁護と基本的に足並みを揃えている。しかしカミュの発言には、共産党の基本的理念とは明らかに一線を画する側面があることを見逃してはならない。共産党主催の講演でありながらも、カミュはプロレタリアートという共産主義の用語は使わず、その代替として「人間」《homme》という言葉を用いている。この言葉の選択は一見些細なことに思われるが、カミュと共産主義とのあいだに横たわる断絶を示すと同時に、他の左翼作家から隔たった作家の政治理念の独自性をしるしている。自明なことではあるが、プロレタリアートには対立項としてブルジョワジーが想定されており、両者間の階級闘争の過程が共産主義の歴史観の理論的土台となっている。たしかにプロレタリアートの団結は、カミュも賛同する国際主義の重要な根拠になっている。しかしながら、コミンテルンに代表されるように、共産主義はプロレタリアートの名において国家の枠組みを超えた連帯を呼びかける一方で、ブルジョワ打倒という国家間紛争とは異なる階級闘争を鼓舞するのだ。国家主義にせよ共産主義にせよ、結局のところなんらかの抗争や対立を想定していることに変わりはない。カミュはプロレタリアートという言葉を「人間」に置き換えることで、対立する両者をひとつのものとして取り込み、プロレタリアート対ブルジョワという構図そのものを突き崩してしまう。カミュの真の目的は、あらゆる種類の対立を解消させることなのだ。ここで、地中海に付された開放的な融合のイメージがそのまま「人間」という言葉に重ね合わせられていることは、あらためて強調するまでもないだろう。

第3章　ルイ・ベルトランの伝統主義的チパザ像

一九三九年五月にアルジェのシャルロ社から出版されたエッセイ集『結婚』は、「新しい地中海文化」とほぼ同時期の一九三七年から三八年にかけて執筆された。この作品は、雄大な地中海を舞台にした人間と自然との官能的交流を綴った抒情的散文として語られることがほとんどであるが、作家の恩師であるグルニエは、当時のカミュが『結婚』のような自然と肉体を賛美するエッセイを執筆したことに驚きをあらわしている(1)。執筆当時のカミュが、肺結核を患い生死の境をさまよいつつも共産党員としての活動に専心していたことを考えると、たしかに『結婚』で描かれる光と生の喜びに満ちあふれた世界は、作家を取り巻く現実とは乖離しているように思われる。このエッセイ集に見られる現在時と肉体の称揚、生と幸福の追求、キリスト教および来世の否定、死への反抗などは、これまで多くの論者が指摘してきたように、作家の形而上学的な思索の痕跡をしるしてはいる。だがここで明らかにしたいのは、講演「新しい地中海文化」と照らし合わせることで浮かび上がってくる別の側面である。

従来「新しい地中海文化」と『結婚』との関連性については、特に「アルジェの夏」(『結婚』収録)との共通性が指摘されてきた。「アルジェの夏」は「新しい地中海文化」で作家が主張した「母なる地中海」の文学的表現だというのである。たしかにこのエッセイに見られる、地中海民族とでも呼ぶべきものをアルジェリアに創造しようとするカミュの意志は、のちに「アルジェ派」《Ecole d'Alger》と呼ばれるアルジェの同時代作家たちと共通している。このアルジェ派という呼称は後世の批評家が便宜的に付けただけで、体系的な文学運動として組織されていたわけではない。グルニエの教え子でカミュの友人でもあるエドモン・シャルロが開業した出版社を囲む知識人サークルのようなものであった。グルニエの勧めで当初から地中海に着想を得た本を専門に出版していたこのシャルロ社で、グルニエ、ガブリエル・オーディジオ、ジッドの研究およびポール・ヴァレリーのプレイヤッド版の編集でも知られたジャン・イチエ、ジッドの友人でもあり当時アルジェ大学でラテン文学を教えていたジャック・ウルゴンを後見人とし、若手のカミュ、ルネ゠ジャン・クロ、クロード・フレマンヴィルを中心に、地中海文化の雑誌『リヴァージュ』が一九三八年一二月に創刊された。政府の検閲と財政難のため結局二号で廃刊になった短命の雑誌ではあったが、特にカミュが執筆した創刊の辞は注目に値する。このテクストは「新しい地中海文化」から政治的要素をすべて排除した点を除けば、ほぼ同じ内容であると言ってよい。「新しい地中海文化」が歴史に要請された新しい政治と文化の創造を提唱したのに対して、今度は「どんな今日的要請にも応えまいとする野心」(I, 869)を持つと明言されているのだ。

また、もうひとつ付け加えておかねばならないのが、「新しい地中海文化」で繰り広げられた講演内容自体、カミュみずからが言及しているように、先に挙げた作家オーディジオに多くを負っている点である。「新しい地中海文化」では、西洋と東洋の歴史的・地理的出会いの場としての地中海に言及する際にオーディジオの名前が援用されているが、著作は特定されていない(I, 569)。だが、カミュが特に念頭に置いていたのは、地中海賛美を綴った二冊のエッセイ集『地中海の若さ』(一九三五)、『海の塩』(一九三六)であろう。とりわけカミュの講演との関連で注目したいのが、『海の塩』に収録された「唯一の目的たるローマ」と題されたエッセイである。このエッセイでオーディジオは、近年に見られる帝国主義・軍国主義と密接に結び付いた古代ローマ賛美を批判して次のように述べる。

彼ら［ラテン文化の追従者］は、地中海が、諸々の差異を豊かにすることで、千もの類似をより強固にし、地中海の統一をはかっているといった事実を認める代わりに、地中海の差異と対立を称揚するに至る。彼らは地中海の秘密が東洋と西洋の邂逅にあることを理解せずに、ラテン文化と図々しくも同一視する西洋を、東洋に対立させるに至る。彼らはしまいには人種差別主義へと至るのだ。[2]

オーディジオはこの一節に注を付け、人種差別主義の例として、「白人」と「黒人」とを分け、両者の結婚を禁止したイタリアのエチオピア事業を挙げている。[3] また、このエッセイ全体をざっと読んでみると、古代ローマ批判、地中海対古代ローマ、祖国としての地中海など、実はカミュが講演で繰り広げた主張の大部分がオーディジオのエッセイからの引き写しであることが判明する。両者の違いを強いて挙げるならば、カミュはオーディジオが提示する「母なる地中海」に古代ギリシャのイメージを新たに重ねたことであろう。

さらに言うならば、カミュのアルジェリアに関するエッセイに見られる、アルジェリアとそこで暮らす人々に若さや新しさを認める視点は、ジッドの『地の糧』（一八九七）、オーディジオの『地中海の若さ』、グルニエの『サンタクルス』（一九三七）、アンリ・ド・モンテルランの『まだ楽園はある』（一九三五）をはじめとしたエッセイにも見られる紋切り型の表現でもある。

ではこれらのエッセイとは異なるカミュの独自性とはなんであろうか。それは、アルジェリアに古代ギリシャのイメージを重ねたことももちろんだが、とりわけアルジェリアを過去のない土地として描いたことであろう。一九三七年に執筆された「アルジェの夏」のなかで、アルジェリアで暮らす人々は「過去のない民衆」と繰り返し称されている。また時代は下ることになるが、一九四七年に執筆された「過去のない街のための小案内」（『夏』収録）

の冒頭には以下のような記述が見られる。

アルジェののどかさはむしろイタリア的だ。オランの残酷な輝きはどこかスペイン的な何かがある。ルンメル川の峡谷にそびえる岩の上にぽつんと建つコンスタンチーヌは、トレドを思わせる。だがスペインとイタリアは、記憶、芸術作品、立派な遺跡であふれている。そしてトレドには、トレドのグレコやバレスがいる。僕がこれから語る都市は、それらとは反対に過去を持たない街だ。(III, 593)

アルジェ、オラン、コンスタンチーヌといったアルジェリアの海岸部に位置する都市は、同じく地中海性気候のイタリアやスペインの都市と類似してはいても、その過去の有無によって区別される。ヨーロッパには、土地に蓄積された過去を記憶し、想起させる歴史的建造物や芸術があるだけでなく、それを語り、後世に伝える芸術家がいる。それに対して、アルジェリアの都市にはそうした過去がないというのだ。これが客観的史実に反していることは言うまでもない。例えばアルジェリアの北東部に位置するコンスタンチーヌという都市を取り上げてみても、その過去にはヌミディア(ベルベル人の王国)、古代ローマ、ヴァンダル族、ビザンツ、アラブ人の諸王朝、オスマン、といった多種多様な民族と王国による支配の軌跡が見られ、むしろヨーロッパ以上に古く豊かな歴史的土壌を誇っている。この壮大な歴史をヨーロッパと比較して一刀両断に切り捨ててしまうカミュのアルジェリア像は、現在の文脈においては、とりわけイスラム・アラブの歴史を無視し、フランスによるアルジェリア征服以降の短い歴史しか考慮に入れないヨーロッパ中心主義的態度とも受け取られかねない。また従来の研究では、この歴史の不在は単純にテクストの非政治性、個人性をしるすものとして解釈されてきた。だがこのカミュの発言を先ほどの「新しい地中海文化」と照らし合わせるならば、この歴史の不在はイスラム・アラブにその鉾先を向けたものではなく、伝統主義者たちが依拠した古代ローマが念頭に置かれていることが明らかになる。

「新しい地中海文化」では、かつての古代ローマ帝国の栄華を植民地拡大の口実として称揚する伝統主義者として、王党派の政治結社アクション・フランセーズの指導者でもある極右作家シャルル・モーラスが名指しされている。エチオピア事件以前の一九三五年九月二二日に、ムッソリーニの海外派兵に反対するフランス議員を批判した記事「暗殺者たち」を日刊紙『アクション・フランセーズ』に掲載したモーラスは、カミュが糾弾したエチオピア侵攻を擁護するマニフェストに署名した、当時を代表する右翼知識人であった。カミュは次のように言っている。

［……］地中海というこの生きた現実は、私たちにとって新しいものではありません。この文化は、ルネサンスが中世を通じて再発見しようと試みたあの古代ローマのイメージであるように思われます。このラテン文化こそ、モーラスとその郎党が併合しようとしているものなのです。エチオピア事件の際、野蛮なエチオピアにおけるイタリアの文明普及事業を称揚した品位を汚すマニフェストに、西欧の二四名の知識人が署名するのも、このラテン的秩序の名においてなのです。[4] (I, 568)

このマニフェストとは、ムッソリーニが侵略を開始した二日後の一九三五年一〇月四日に、日刊紙『ル・タン』に掲載された、アンリ・マシス起草による「西欧擁護のための宣言」（のちに「ヨーロッパの平和と西欧擁護のためのフランス知識人の宣言」と改題）を指している。この文書はエチオピアを侵略したムッソリーニへの対抗措置として予想される、西欧列強によるイタリアへの制裁に断固として反対することを主眼としており、「未開部族の連合」にすぎないエチオピアを植民地化し、文明化することの正当性を弁護していた。

西欧文明の優越性を主張し、ファシズムと植民地主義を礼賛する宣言とその署名は、フランス国内においては当時のラヴァル政権に圧力を加えることを目的としており、人民戦線へと向かう流れを阻止する右翼知識人の結束を世に知らしめた。一九三四年の二月六日事件が左翼知識人の連帯と人民戦線への機運をつくったことはすでに述べたが、それは一部の人々の不満をかき立てずにはおかず、この宣言も、二月六日事件を契機とした左翼の協調に対する極右の反発という流れのなかに位置づけられる。この宣言にはかつて反ドレフュス派として論説をふるったモーラス、レオン・ドーデといった名前とともに、二月六日事件を機に右傾化しそのまま対独協力へと突き進むピエール・ドリュ・ラ・ロシェルやロベール・ブラジヤックも名を連ねており、新旧の右翼知識人が入り交じっている。

だがここで特に着目したいのは、この宣言の署名リストの上位にあるもうひとりの伝統主義者ルイ・ベルトランである。というのも古代ローマ帝国の再興を掲げてエチオピアに侵略したムッソリーニに賛同するベルトランは、「古代ローマのアフリカ」というスローガンのもと、かつてのフランスによるアルジェリア征服を擁護し、カミュが『結婚』で描いたチパザという土地を伝統主義的立場から眺めた作家だからである。またこの作家は、カミュが「新しい地中海文化」を発表する一年前の一九三六年には、「インターナショナル——国家の敵[5]」と題された講演を行い、プロレタリアートの名のもとでの人類平等を掲げる国際共産主義を批判し、ナショナリズムの重要性を説いている。一九四一年に死去するベルトランとカミュとのあいだに直接的な交流はないが、一九三〇年代半ばにおいて、この二人の作家の政治的立場は正反対の位置にある。ベルトランの伝統主義的見解は、当時のアルジェリアにおける植民地制度を擁護する知識人の典型的論理だったのである。

まずベルトランの簡単な略歴を記しておく。ベルトラン(一八六六—一九四一)は一九二五年には同じロレーヌ出身の愛国主義者モーリス・バレスの後任として、アカデミー・フランセーズの会員にもなった知識人である。一八九一年にアルジェの高校に赴任し一九〇〇年まで滞在した後、ベルトランはその経験を素材にして当時のアルジェリアを舞台にし、入植者たちを登場人物に据えた数々の小説やエッセイを出版した。現在では完全に忘れ去られてしまった作家であるが、彼の文学活動は、二〇世紀前半のアルジェリアのフランス人青年知識人層に多大な影響を与え、一九二〇年代に興ったアルジェリア独自の新しい文学創造を志向する「アルジェリアニズム」《Algérianisme» の起爆剤ともなった。

カミュとベルトランがともに好んだチパザは、アルジェの西約七〇キロの地中海沿岸に位置し、一九八二年にはユネスコの世界遺産にも指定された古代ローマ遺跡で有名な土地である。カミュは共産党に入党する直前の一九三五年夏にチパザを訪れ、その時の印象を「チパザでの結婚」(『結婚』収録)として書き留めた。それから時代を遡った一八九五年に、当時チパザの発掘に従事していた考古学者ステファンヌ・グゼルを通じて、ベルトランはこの遺跡の存在を知り感銘を受ける。(6) そしてその感動は、チパザを舞台にした小説『ラ・シーナ』(一九〇一)として昇華されていた。

ベルトランのチパザ観が記されているのが、北アフリカに残る古代ローマの痕跡をくまなく辿ったエッセイ『黄金の街』の序文である。処女小説『民族の血』が世に出たのは一八九九年だが、『黄金の街』が出版される一九二一年までにベルトランは数多くの「アフリカもの」と呼ばれる小説やエッセイを集中的に執筆した。(7)「古代ローマの属州アルジェリアとチュニジア」という副題の付いたこのエッセイの序文は、それまでの作家活動の総まとめとして書かれたものである。この序文でベルトランは自身の文学的野心を懐古的に語っている。それは入植者の荒々しい生活を題材にした小説創造を通じて、一九世紀の作家たちがさかんに流布した、イスラム文化に彩られた神秘的オリエント(8)といった北アフリカ像を払拭し、「古代ローマの地中海」および「古代ローマのアフリカ」という新しい北アフリカ像を提示することであった。

その根拠として持ち出されたのが、北アフリカに点在するチパザをはじめとする古代ローマ遺跡である。ベルトランは早急かつ完全な発掘が望まれる遺跡として、チパザの他にヒッポレギウス(現在のアンナバ)とカルタゴを挙げている。(9) 史実によると、これらの土地はもともと紀元前一〇世紀前後に地中海東岸を発祥地とするフェニキア人によって建設された植民都市であったが、三度にわたるポエニ戦争(前二六四―一四六)により、その覇権はカルタゴから古代ローマ帝国へと移行した。遺跡の残存状態について言えば、現在のカルタゴにはフェニキア人の遺跡が若干残ってはいるものの、ヒッポレギウスとチパザに至っては彼らの痕跡はもはや見られない。だがマウレタニア、ヒッポレギウスはともかく、カルタゴという土地名を聞いてまず私たちの頭に思い浮かぶのは、古代ローマではなく古代カルタゴではないだろうか。一八五八年にチュニジアを訪れたギュスターヴ・フローベールは古代カルタゴに思いを馳せ、『サランボー』(一八六二)を通じてロマン主義的なオリエントを想像力豊かに描き出した。だが、ベルトランにとってこのようなオリエントは虚構でしかなく、「あさはかな人々の注目を集めていたイスラム的で似非アラブの背景[10]」として否定される。カルタゴは、あくまでもポエニ戦争で勝利した古代ローマの植民地カルタゴなのだ。

だが、ローマ遺跡の歴史的価値を強調するこの作家にとって重要なのは、過去そのものではなく現在であり、その真なる目的は北アフリカにおける古代ローマ帝国の歴史を「現代」のフランスへと接ぎ木することであった。ベルトランは現存するローマ遺跡を、約一五〇〇年にもわたる「他民族」支配にもかかわらずラテン文化とその精神が脈々と生き続けてきた不朽性の証として考えた。そして遺跡を死に絶えた過去として考古学や歴史学の対象にするのではなく、生きた伝統として「現代」のフランスに復権させることこそが自分の使命だと考えた。

別の言葉で言い換えるならば、今日のフランス領アフリカは、今も生き続けている古代ローマ帝国のアフリカ属州である。それは最も不純で、最も野蛮な時代においても決して途絶えることはなかったのである。[11]

「今日のフランス領アフリカ」と「古代ローマ帝国のアフリカ属州」が結び付けられることにより、宗主国としてのフランスは古代ローマ帝国の威光をまとうことになる。それだけにとどまらず、一八三〇年以来という歴史の浅いフランス領アルジェリアは、古代ローマを起源とする「過去における深い根[12]」を持つに至る。フランスはもともとカエサルのガリア遠征によって切り開かれた土地であるゆえ、「古代ローマ帝国の継承者」であるフランス人こそが「土地の真なる君主」であり、アルジェリアにおいてイスラムよりも先の権利を持つと言うのである。[13] かくしてフランスによるアルジェリア征服は、不当な侵略ではなく歴史的論理に適った行為として正当化されるのだ。

このような植民地主義的論理を展開しつつも、ベルトランはあくまでも自分の主張が「原住民」と敵対するものではなく、むしろ「原住民」と「西欧のラテン民族」とを結び付けるものだと強調する。だが、それは両文化の尊重に基づく結び付きではなく、文化の序列化による強制的統合を意味する。上の引用で、イスラムによる支配が「不純で」、「野蛮な」時代だと形容されていることからもわかるように、アラブ人はラテン文化の強奪者と見なされ、イスラム文化はギリシャ・ラテン文化に劣るものとして否定される。そしてエジプトのイスラム教徒たちが古代エジプト文明を先祖の偉業として誇りとするように、アラブ人たちも古代ローマ遺跡をアルジェリアにおける先祖の遺産として称賛するようベルトランは促す。[14] 北アフリカ最古の先住民であるベルベル人でさえも、イスラム文化の侵入に抵抗し、ラテン文化の伝統を守り続けた民族として記される。ベルトランは北アフリカが「民族の統一のない土地、絶え間ない移住と推移の土地」[15] であることを認めてはいる。しかしローマ帝国を歴史上最大の覇権として頂点に位置づけることで、この土地の錯綜した歴史を西洋、ラテン文化のみに回収し、フランス領アルジェリアへと系譜づけようとするのだ。

総督の束桿や古代ローマの軍隊の鷲がそびえ立つところならどこでも、我々の場所なのだ。我々は最も高尚で、最も古いアフリカを代表している。この土地の象徴的モニュメントはモスクではない。凱旋門なのだ。[16]

古代ローマの執政官の権威を象徴する「束桿」(この「束桿」«faisceaux» は、ラテン語では「ファスケス」«fasces» であり、のちのファシズムの語源ともなる)、ナポレオンやナチスの紋章にも取り入れられた古代ローマ軍隊の象徴としての鷲、そして「土地の象徴的モニュメント」と称される凱旋門といったモチーフの選択に、古代ローマ帝国＝フランスの圧倒的軍事力と文化的権威を保証しようとする作家の意図が透けて見える。

ただし注意しなければならないのは、アルジェリアに赴任した当初のベルトランは、アルジェリアおよび植民者を「古代ローマ文化の継承地」、「文明人」として考えてはいなかった点である。つまり古代ローマはのちの権威付けのために利用されただけなのだ。ベルトランの主張には、サイードが一九世紀のエキゾチズム文学に関して盛んに指摘したような西洋人＝文明、東洋人＝野蛮という典型的図式だけでなく、それに加えて本国のフランス人＝文明、アルジェリアのフランス人＝野蛮というもうひとつの図式も見られる。アルジェリアにはじめて足を踏み入れたとき、フランスのエリート知識人であったベルトランの目に、土地のヨーロッパ系住民たちが、イスラム系の「原住民」と同じように「野蛮な外見」[17]をした人々として映ったのは想像に難くない。だが「原住民」を「野蛮な人々」として躊躇なく切り捨てるのに対し、ベルトランは同じヨーロッパ人である植民者たちを、「新しい民衆」として救い上げる。植民者による「未開の土地」の開拓に古代ギリシャ・ローマの英雄たちの冒険を重ね合わせ、彼らの開拓事業にフランスの未来を託そうとするのだ。

このように、遺跡に歴史と伝統を透かし見る作家の視線の先には常に本国フランスがあり、その根底にあるのは故国フランスに対する強烈な愛国心である。それが最も直接的に吐露されているのがこのエッセイの序文の結末部である。一九二〇年七月一五日という日付の付いたこの序文は、「古代ローマのアフリカ」および「ラテンの地中海」という概念を理論づける前半部と、アルジェリア滞在における自己の歩みを振り返る後半部とに分かれている。後半部の回想は、序文執筆の直前の春にアルジェを再訪した際の思い出から語られる。その時ベルトランは、アルジェのマランゴ公園（現在のプラハ公園）に建立された「一八三〇年六月一五日」[18]という日付の彫られた記念碑を目にし、「愛国的な歓喜の震え」[19]に満たされたことを感慨深げに告白する。そしてこの記念碑は、一八三〇年以来絶えずアルジェリアを開拓してきたフランスの行程と同時に、一八九〇年に自身がはじめてアルジェリアに足を踏み入れ、白いモスクとカスバを目にしてからの自己の文学的歩みの回想へと誘う。つまり「イスラムのアルジェリア」を「古代ローマのアルジェリア」に書き換えようとするベルトランの野望は、まさにアルジェリアをフランス化しようとする植民地主義的イデオロギーの文学的実践にほかならないのだ。土地を彩るイスラム文化とは裏腹に、アフリカには古代からのラテン文化が息づいている——ベルトランは、こうした予感が確信に変わったことを告げて、序文を締め括っている。

チパザにある古代ローマの共同浴場、ニンファニウム、石棺、洗礼堂、そしてシェルシェルの博物館の彫像、墓碑名や献呈碑文、あるいはまた、とりわけ寺院、列柱、凱旋門に囲まれたティムガッドの公共広場といった場所を放浪していた時、こうした予感は私には明白な事実のように思われた。

そしてこうした考えが再び、私のアフリカに関する作品全体の美学的、論理的帰結のように思われたのは、今年の春、マランゴ公園のベロンブラの木々の下、「新旧の軍隊の勇者」の栄光を称えるためひとりの近衛兵士によって建てられた、一八三〇年六月一五日を記念した記念柱のたもとで、自分の記憶を突き合わせ、平穏な過去を騒然とした現在とつなぎ合わせていた時のことだった……。[20]

チパザ、シェルシェル、ティムガッドといった古代ローマ遺跡の探訪を通じて徐々に醸成されたベルトランの小説美学は数々の植民地小説として実り、フランスのアルジェリア征服を称える記念碑によって確固たるものとして再認識される。古代ローマ遺跡とフランスによるアルジェリア征服のモニュメントは、ともに愛国的感動の源泉としてひとつになる。ベルトランにおいて、チパザは景観の美ゆえに賛美されるのではない。その背景にある古代ローマの歴史と伝統、そしてアルジェリアにおけるフランスの支配権力を象徴するものとして称賛されるのだ。

一八九〇年から一九二〇年にかけて確立され、その後も揺らぐことなく貫かれるベルトランの小説美学は、当然のごとく独自のものではない。それは、一八七一年の普仏戦争の敗北をフランス帝国の屈辱と捉え[21]、以降あらたなる国家的威信を渇望しながら二つの大戦へと突き進んでいった右翼作家たちがかたちづくる、愛国主義的・自民族中心主義的な文学風土を共有している。土地の美を文化や伝統という歴史の発露とし、土地と死者の結び付きをスローガンとした同郷者バレスは言うまでもない。とりわけベルトランが繰り返し言及する「古代ローマの地中海」は、古典主義の復権を提唱し、ギリシャ・ラテン文化の源泉となる官能的地中海を描きつつ、それをみずからの国家主義的政治思想へと転化したモーラスからブラジヤックへと連なる系譜の一端を担うものとして考えられよう[22]。

またベルトランの文学的行程は、同じく普仏戦争の敗北以降、失われた領土アルザス・ロレーヌの代替としてチュニジア、モロッコといった新たな海外領土の獲得へと向かうフランス帝国主義の拡大期とも歩みを揃えている。それと並行して、フランスが本格的なアルジェリアの開発に乗り出し、ヨーロッパ系移民が増加してゆく時代において、エキゾチズム文学がもはや時代遅れのものとしてベルトランの目に映ったのも自然なことではある。そもそもベルトランの文明論的エッセイ『黄金の街』は、前述した考古学者グゼルによる一連の著作[23]、アルジェリアとチュニジアにおける古代ローマ遺跡とその歴史を網羅した歴史家ガストン・ボワシエの『古代ローマのアフリカ属州』(一九〇一)、北アフリカ出身の古代ローマ知識人に焦点をあてたポール・モンソーの『アフリカ人たち』(一八九四)をはじめとした、一九世紀後半以降に相次いで出版されはじめた北アフリカにおける古代ローマに関する研究書を下敷きにしている[24]。そしてこれらの多岐にわたる古代ローマ研究の源流は、エルネスト・ルナンの「アルジェリアの科学的調査は一九世紀におけるフランスの栄光の肩書きのひとつとなるだろう[25]」という発言にまで遡ることができる。サイードは著書『オリエンタリズム』で、一九世紀初頭から半ばにかけてオリエント研究がひとつの制度として確立される経路を辿り、そのなかで「オリエンタリズムの第二世代」として文献学者ルナンを取り上げ、国家権威と結び付いたルナンのオリエントに関する体系的知識が、オリエントを植民地として支配統治するために利用されたことを指摘している[26]。こうした流れがある一方で、フランスの植民地関連の書物ではあまり言及されることがないが、前述の書物の列挙が示す通り、一九世紀後半には、古代ローマが北アフリカに残した痕跡を辿ろうとする研究が盛んに行われたことも事実である。「野蛮な土地」に残された西欧文明の遺産、あるいはフランスのアルジェリア征服の歴史的正当性の保証として、古代ローマ遺跡は発掘調査されたのだ。オリエント研究にしても古代ローマ研究にしても、根本にある植民地主義的イデオロギーは同じであるが、この関心軸の移行は、征服から移住へと向かうアルジェリアの状況変化によるものだと言えよう。ヨーロッパからの移住民たちを根付かせ、アルジェリアを確固たるフランスの植民地として制度化するために、「古代ローマのアフリカ」という虚構が必要だったのだ。ベルトランの文学的実践も、このような政治・学問の大きな歴史的流れを直接的に文学へと反映させたものである[27]。

作家みずからが自負するように、植民地開拓を題材にした小説創造を通じてオリエントのアルジェリア像を一新したのはベルトランのもたらした功績と言ってよいだろう。だが「古代ローマのアフリカ」という主張そのものは、結局のところ、ベルトランにとってのアルジェリアが征服の対象でしかなく、フランスの威信を高める海外植民地としての価値しか持たない異国の地であることを露呈している。ベルトランはエキゾチズム文学をロマン主義的な夢想の産物とし、現実離れした虚構として批判したが、アルジェリアをギリシャ・ラテン文化の継承地として再創造することを試みた自身の文学もまた、別のかたちの虚構であり想像の産物だと言わねばならないだろう。

第4章　植民地主義的言説の解体としての『結婚』

すでに述べたように、ルイ・ベルトランの文学はアルジェリアのヨーロッパ系住民の青年知識人層に広く受け入れられ、一九二〇年代にはアルジェリアニズムと呼ばれる文学運動へと成長するに至る。一九二五年にはその中心的人物ロベール・ランドー、ルイ・ルコック、ジャン・ポミエをはじめとする作家たちのアンソロジー『我々のアフリカ』が出版され、ベルトランは先駆者としての立場からこの本の序文を書いている。アルジェリアにおける独自の文学潮流の誕生を高らかに告げるマニフェストとして執筆されたこの序文は、題名からも容易に推測できるように、その主張内容は『黄金の街』とほぼ同じであり、政治イデオロギーと密接に結び付いた小説美学を保持している。

このマニフェストの提出は単に文学的なだけでなく、政治的でもあり、あえて申し上げれば国家的事件としての重要性を持つ。ひとつの新しい民族がはじめて自己意識を持つのだ[1]。

この序文のなかで様々な後続の作家たちを紹介しながらも、最終的に彼らの文学が「最も偉大なフランス[2]」を表象していると結論づけられている点に留意しなくてはならない。こうした文学的動向が、カミュが作家を志した一九三〇年代のアルジェリアで主流を占めていたことは看過できない事実としてある[3]。

ベルトランが提唱したアルジェリア像は、カミュが「新しい地中海文化」で断固として批判した「地中海ナショナリズム」以外の何ものでもない。カミュがとりわけ批判したのは、伝統主義者たちが古代ギリシャと古代ローマをいわゆる古典としてひと括りにし、西欧覇権の歴史的根拠として用いたことであった。これまで見たように国家主義的、帝国主義的言説が依拠したのは、かつて地中海を渡り強大な軍事力をもって北アフリカへと進軍した古代ローマ帝国である。そしてこの場合の古代ギリシャは、古代ローマの源泉としての添えものでしかない。だがカミュが一九三六年にアルジェ大学に提出した学士論文「キリスト教形而上学とネオプラトニズム」を通じて浮き彫りにした古代ギリシャの精髄は、ヒエラルキーの原理ではなく、厳格かつ閉鎖的な原始キリスト教の教義を世界宗教＝カトリシズムへと発展させる触媒的な働きだったのだ[4]。

この点で興味深いのは、時代は少し遡ることになるが、一九三三年一〇月頃に執筆されたと推測されている地中海賛美の詩である。この詩で描かれる地中海には、古代ローマのイメージが重ねられているのだ。

じっとして動かない温かな海の上の正午が
歓声もあげずに僕を迎える。沈黙と微笑みで。
ラテンの精神、古代、苦悶する叫びを覆う羞恥のヴェール！
おのれの限度を知るラテンの生、
我々を安心させる過去、おお、地中海！[5]（I, 976）

この引用にはないが、他の箇所では「ウェルギリウス」や、ウェルギリウスの『牧歌』に登場する牧人「メリボエウス」といった、古代ローマに関連する語彙も散見される。ただしこの「ラテンの地中海」には伝統主義者たちが付与したような意味合いはなく、カミュが地中海を描く際に一貫して用いる無関心、沈黙、微笑み、限度といった語に古代ローマのイメージが装飾的に付されているにすぎない。当時のカミュは、ヴァレリーの『海辺の墓地』（一九二〇）の単なる模倣とでも言えそうな若書きの詩に文学的な格調を与えるため、無邪気にも地中海に古代ローマのイメージを重ねたのだろう。その後の学士論文の執筆やエチオピア事件を経て、カミュは自己の作品から古代ローマを駆逐し、「古代ギリシャのアルジェリア」の文学的創造へと方向転換するのである。

この古代ローマの意図的な排除が見られるのが、『結婚』である。エッセイ集冒頭の「チパザでの結婚」と、続く「ジェミラの風」において、チパザやジェミラといった古代ローマ遺跡の街が古代ローマという言葉とともに紹介されることは一度もない[6]。読者がこれらの土地の歴史的背景を全く知らない場合、チパザやジェミラが古代ローマ遺跡の街だということを察知することは難しいであろう。むしろ「チパザでの結婚」では「ディオニュソス」、「デメテル」、「エレウシス」といった語が散見されるため（I, 107）、漠然とではあるが古代ギリシャのイメージを抱くかもしれない。だがこれらの土地は、単なる個人的な瞑想の舞台として虚構的に描かれているわけではなく、むしろ風景描写は具体的であり詳細にわたっている。チパザから見えるシュヌーアの山、古代ローマの遺跡である公共広場、墓地（ネクロポリス）、バジリカ会堂、聖サルサ寺院、そして「ジェミラの風」では凱旋門にも触れられている。だがこれらの遺跡は目の前にある風景の一部として描かれるだけで、遺跡の背景にある古代ローマの歴史や伝統に言及されることはない。古代ローマ帝国の偉業を記憶するモニュメントとしてチパザを捉えたベルトランとは対照的に[7]、カミュにとってのチパザは「廃墟の王国」«royaume des ruines»（I, 106）である[8]。この言葉はのちにアラブ人が地名に込めた意味――チパザはアラビア語で荒廃した都を意味する[9]――を思わせる。チパザの遺跡は次のように描かれている。

僕のすべてをつかんで離さないのは、自然と海の偉大な放蕩だ。廃墟と春のこの結婚によって、廃墟は再び石になり、人間がほどこした光沢を失って自然に還ってしまった。この放蕩娘たちの帰還を祝って、自然は惜しみなく花をふりまいた。公共広場の石畳のあいだで、ヘリオトロープはその丸くて白い頭を出し、真っ赤なゼラニウムは、かつての家、寺院、公共の場所だったところにその血をそそいでいる。多くの知恵によって神へと連れ戻される人間たちのように、多くの歳月がこれらの廃墟を母なる家に還したのだ。ついに今日、その過去が廃墟から去っていく。そして何ものも、落下する事物の中心へと廃墟を連れ戻すあの深遠な力の邪魔をすることはできない。(I, 106)

かつての人間の手による建築物が、長い時を経て自然の一部と化すに至る「廃墟と春の結婚」と呼ばれている情景は、このエッセイで繰り返し描かれる「人間と自然の結婚」という主題のヴァリエーションのひとつと言ってよいだろう。直後に描かれる海水浴の場面で、海や太陽との交じわりを通じて、語り手の個性がすべてはぎ取られ、ただの一個の肉体になるのと同様に、遺跡も自然と交じり合うことで過去の人間(古代ローマの住民)が遺跡に刻み付けた痕跡は抹消される。この一節において、チパザは古代ローマの不朽性の証左となるどころか、逆に、古代ローマの文化的遺産を分解し、その歴史を無に帰してしまう壮大な自然の母性的包容力が前面に押し出されている。

カミュが一九三六年に訪れた、アルジェの東二五〇キロに位置する山村ジェミラも同様である。ジェミラもチパザとほぼ同じ歴史を辿っているが、ジェミラにはチパザにはない、三世紀頃に建設されたカラカラ帝の凱旋門が残されている。「死せる街」(I, 111)と称され、死についての考察を促す岩山の廃墟ジェミラに関するエッセイの最後で、語り手は凱旋門に思いをめぐらす。

そこでは人間と社会は次々と過ぎていった。征服者たちは、彼らの下士官の文明とともにこの土地に痕跡を残した。彼らは偉大さについて低俗で馬鹿げたひとつの観念をつくりだし、帝国の偉大さを土地の表面積ではかるのだった。彼らの文明の廃墟がまさに彼らの理想の否認ですらあることはまさに驚異である。なぜならば、夕暮れ時の終わり、凱旋門のまわりを飛び交う鳩の白い飛翔のなかで、高みから見たこの骸骨の街は、空に征服と野心のしるしを刻んではいなかった。世界はしまいにはいつも歴史に打ち勝つのだ。(I, 115)

ここで展開されるカミュの思索は、まさにベルトランの主張を覆すものである。カミュは征服者の帝国主義的野心を「低俗で馬鹿げた」考えだとし、「骸骨の街」として残された「彼らの文明の廃墟」こそがまさに「彼らの理想の否認」の証拠だと考える。古代ローマの凱旋門をフランスの軍事的勝利の象徴と重ね合わせ、称賛したベルトランに対し、カミュはこの勝利のモニュメントを征服者の野心の敗北のしるしだと見なすのだ。何に対する敗北なのか。自然に対する敗北である。末尾の「世界はしまいにはいつも歴史に打ち勝つ」という言葉に作家の確信を読み取ることができるだろう。アルジェリアにおいて最も偉大なのは自然であり、この悠久の自然に対して人間ははかない存在でしかなく、人間の歴史は無力なのだ。

遺跡が痕跡として残す歴史と、その意味をことごとく除去しようとするカミュの目論見は、古代ローマ遺跡だけにとどまらず、フランス政府が建立したアルジェリアの記念碑にも及んでいる。時代は少し下ることになるが、一九三九年に執筆された『夏』収録のエッセイ「ミノタウルスあるいはオランの憩い」のなかで、カミュは「記念建築物」«Les Monuments» と題し、オランに残された記念建築物をめぐる思索に一章を割いている。ベルトランは『黄金の街』において、アルジェにあるマランゴ公園の戦勝記念碑に言及していたが、フランス政府はアルジェリアを征服して以来、「原住民」との戦いでの勝利を記念したり、植民者の開拓を称えかつ記憶するために、アルジェリア各地に銅像、記念柱、胸像といった様々なモニュメントを建立した。(10) カミュもまた「オランは記念建築物にことかかない」（III, 578）と述べ、入植者の家やアルム広場にあるライオンの彫像などを紹介している。だがカミュがこれらの記念建築物に見出すのは「帝政時代の元帥たち」や、「大臣たち」、「地元の名士たち」の偉業ではない。「文明の嘆かわしい痕跡」であり、銅像が「雨と太陽にさらされたまま、石と倦怠に変わっていく」あわれな姿なのだ（*Ibid.*）。また、同じく『夏』に収録された「過去のない街のための小案内」では、アルジェの中心地にある総督府広場（現在の殉教者広場）に建てられたオルレアン公の銅像への言及があるが、カミュはこれを単に最も人通りの多い場所として紹介するだけなのだ(11)。

アルジェリアの記念建築物をめぐる思索においてカミュが注目するのは、その材料として用いられる石である。滅びゆく運命にありながらも永続性を欲する人間は、石を使って記念建築物をつくる。こうした営為を支える人間の行動意欲を認めつつも、カミュはそれがすべて無益な営為にしかすぎないことを示唆する。なぜならば「いずれにせよ、石は石を使用する人間たちよりも永く存在する」（III, 581）からである。いくら巨大な建築物をつくり創意工夫をこらそうとも、結局のところ人間にできるのは石のかたちを変え、その位置を動かすだけであり、石そのものの性質を破壊することはできない。最後に残るのは石に刻まれた人間の痕跡ではなく、物質としての石なのである。カミュは最終的にこう結論づける。「オランの真の記念建築物、それはまたしてもあの石なのだ」（*Ibid.*）。

カミュのアルジェリアに対するまなざしは、モニュメントが体現するはずの歴史や伝統をことごとく無化し、すべてを自然の永続性と不変性のうちに回収する。このアルジェリアの自然の悠久性こそが、伝統の土地ヨーロッパとの違いをしるしている。「アルジェの夏」（『結婚』収録）の冒頭では以下のような記述がある。

ひとつの街と分かち合う愛は、多くの場合密やかなものである。パリやプラハ、またフィレンツェといった都市でさえ、それ自身閉ざされており、それぞれ固有な世界の境界線をしるしている。だがアルジェは、海に

面した都市のような特権的な場所と同様、口や傷口のように、空に開かれている。(I, 117)

この引用では、ヨーロッパの都市が、明確に土地の範囲が定められ、境界線で囲まれた閉鎖的な空間であると捉えられているのに対し、「海に面した」アルジェは境界線のない特権的な場所として捉えられている。『裏と表』収録のエッセイ「悲嘆に暮れて」においても、「自分たちの国に根を生やした人間たちの種族、過去の幾世紀が要約される記念建築物」(I, 58) がある古都プラハについての言及がある。中世以降の大きな民族移動がなかったヨーロッパでは、人々は土地に根をはやし、過去は層をなして形成され、土地固有の歴史、伝統、文化として蓄積されていく。一方、古来から様々な民族が通り過ぎたアルジェリアでは人が根付くことはなく、過去はそのつど「自然の富の過剰」(I, 117) によって更新される。壮大な自然が支配する北アフリカの土地は何ひとつ保存しない。そしてヨーロッパの風景のように、人々を過去や伝統への甘美な瞑想に誘うこともなく、なんらかの教訓や未来への約束を与えることもない。アルジェリアは「すべてが与えられては取り上げられる土地」(I, 122) なのだ。

このようにして、カミュはアルジェリアを「過去のない土地」として描く。だがここで注意しなければならないのは、カミュが否定するのは実在した過去の歴史そのものではなく、アルジェリアにおける歴史の有効性、つまり過去を現在の根拠として求める歴史の論理であるという点だ。ベルトラン自身も自覚していたように、アルジェリアはかつて単一民族による国家支配が成立したことがない土地である。そのなかで一体どの民族、どの征服者が歴史的正統性を持ちうるのか。それはすなわち、アルジェリアという土地は誰のものなのかという根本的問いにもつながるだろう。伝統主義者は、かつての古代ローマ帝国という過去の歴史を援用して、この土地が西欧文化の支配下にあるべきだと主張したが、カミュはそういった論理を認めない。かといってイスラムの土地だと見なすこともない。アラブ人もまた古代ローマ人と同じ外来の征服者のひとりにすぎず、イスラム支配の正当性を主張することは、アルジェリアに住む他の民族や文化を排除することになるからだ。カミュが主張するアルジェリアは誰のものでもない土地であると同時にすべての民族を平等に受け入れる土地なのである。周知の通り、カミュは生涯アルジェリアに対する熱烈な愛情を持ち続け、アルジェリアのフランス人というアイデンティティを大事にした。だが作家のアルジェリアへの愛は過去の伝統に依拠した愛国主義的なものでもなく、土地の占有を要求するものでもなかったことに留意しなくてはならない。

それゆえカミュによる過去の歴史の否定は、より正確には歴史の相対化と言うべきものであり、歴史的価値の無効化であると言えよう。それぞれの過去の歴史は自然によって最終的に無化されるゆえ、「現在」のアルジェリアの人々が依るべき歴史はなくなる。かくして彼らは「過去も伝統もない民衆」《peuple sans passé, sans tradition》(I, 124)と呼ばれることになる。こうした論理はヨーロッパおよび西洋人＝文明、アフリカおよび原住民＝野蛮という構図も崩してしまう。アルジェの人々の風俗を描いたエッセイ「アルジェの夏」では以下のような記述がある。

> 文明化した民衆の反対は、創造者である民衆だ。海辺でくつろぐこの野蛮人たち。おそらく彼らは知らないうちに、あるひとつの文化の顔をつくりあげようとしているところなのだという突飛な希望を僕は抱いている。その文化において、人間の偉大さがついに本当の素顔を見出すだろう。(*Ibid.*)

この引用にはヨーロッパ＝文明、アルジェリア＝野蛮という二項対立が見られる。だがこの対立は、植民地主義的な言説に見られる西洋と東洋という文化の高低に従った分割ではなく、純粋に土地と風土に基づいた区分である。アルジェリアに住む人々は、ヨーロッパ人であろうとアラブ人であろうと民族の違いにかかわらず、すべて「民衆」《peuple》という言葉で括られ、彼らこそが「野蛮人」だと見なされる。だがカミュはこの野蛮という言葉を劣等という否定的な意味で使っておらず、むしろ新しい「ひとつの文化」の「創造者」として積極的に捉えようとする。

ここで、なぜカミュは「新しい地中海文化」では古代ギリシャに倣った地中海文化の復権を提唱しておきながら、「アルジェの夏」では、アルジェリアの民衆を野蛮と見なし、神話や宗教を否定するのかという疑問が生じるかもしれない。だがカミュは伝統、宗教、神話、文学、倫理といった通常、文明の要素と見なされているあらゆる人為的装飾が取り払われた「裸の状態」《dénuement》こそが、古代ギリシャの真なる姿だと考えている。

二千年たってはじめて肉体は浜辺で裸になった。現在に至るまで、人間はギリシャの無礼さと素朴さとを品位あるものにし、肉を隠し、衣服を複雑にすることに専心してきた。今日、こうした歴史を超えて、地中海の海辺で繰り広げられる若者たちの競争は、デロスの競技者の素晴らしい身ぶりとひとつになるのだ。(I, 119)

燦々と降りそそぐ夏の太陽のもと、裸で海辺を走るアルジェの若者たちが「デロスの競技者」に見立てられている。ここでカミュが古代ギリシャのスポーツ競技会として最も有名なゼウス神殿を頂くオリンピアを選ばず、太陽神アポロンの生誕地であり、アポロン神崇拝の一大中心地であったデロス島を選択したことに注目したい。夏は海水浴を楽しみ、冬でも日光浴を欠かさない「太陽に身をさらす」(I, 118) アルジェの若者たちはまさに「太陽の子」であり、美しい肉体を誇るアポロンになぞらえられているのだ。またアポロンが芸術と理性の神でもあることを思い起こすならば、裸の若者たちが単なる通常の意味での野蛮人ではなく、約二千年かけて西欧が築き上げてきた文明とは異なった、古代ギリシャ的な「文化」を体現する者として捉えられていることが理解できるだろう。[12] カミュの古代ギリシャ賛美はニーチェと同じく、哲学の祖と言われるソクラテス以前の時代を対象にしている。だが注意しなければならないのは、ここでアルジェの人々と古代ギリシャの人々が重ね合わされているものの、カミュは決してアルジェの人々を古代ギリシャという伝統の継承者としては考えていない点である。「幸福な民であるギリシャ人は歴史を持たない」（II, 845）と創作ノートである『手帖』にも書き記していたカミュは、この「歴史のなさ」という点において両民族を結び付けているのだ。

神話、宗教、倫理といった人為的な文明の要素は、死という人間の宿命を「ごまかす」«tricher»（I, 125）ゆえに否定される。なぜならば、死の恐怖から目を逸らし、未来の生に希望を託すことは、現在ある「自分自身の生の重みを取り去ること」（I, 113）になるからだ。古代ギリシャ以降のヨーロッパは、死への恐怖から逃れ魂の不滅を獲得するため、文明という名の虚構をつくってきた。だが、そうした慰めを持たない「肉体の崇拝と賛美」（I, 123）にのみ生きるアルジェリアの人々は、未来への希望もなく現在に投げ出される。そしてパスカルとは逆に、肉体とこの地上にすべてを「賭け」ることで、死と対峙する。肉体とはこの世で「人間に与えられた唯一の真実」であり、それは「朽ち果てるべき真実」（I, 129）なのだ。それゆえいずれ若さが失われ、死ぬことを知っているアルジェリアの人々の人生は、「建設するべきものではなく、焼き尽くすべきもの」（I, 122）となる。カミュはそうした「死のイメージが生から決して切り離されない」（I, 123）あり方こそが、真の文化であり、人類の進歩であると主張するのだ。カミュは言う。「真実の、唯一の文明の進歩とは、またときおり人間が固執する文明の進歩とは、意識された死をつくることなのだ」（I, 114）。カミュにとっての真の文化とは、死と滅びから目を逸らし、ありもしない未来永劫の存続を石の永続性によって実現しようとする文化ではない。すぐに風化する木を素材にし、人間の死と限界を明晰に認識し、「持続への憎しみ」（I, 124）を刻み付けた古代ギリシャのドーリア人の営為こそが模範となるのである。(13)

このように、カミュのアルジェリアに関する記述を当時の時代の流れに位置づけるならば、そこから浮かび上がるのは、アルジェリアの現状から目を逸らし、自然との官能的な戯れに没頭するカミュの姿ではなく、当時並行して行われた自己の政治活動と矛盾することなく植民地主義的言説を批判するカミュの姿であろう。このことは一九三三年に執筆された「モール人の家」と比較すると、より鮮明になる。この「モール人の家」は植民地アルジェリアの百年祭記念に際して、カミュが幼少時代を過ごした家からほど近いエッセ公園に建てられたものだと言われている。[14] はじめてアルジェリアを題材にしたこのエッセイのなかで、モール人の家は写実的に描かれてはいるものの、主眼はこの家を舞台にして繰り広げられる個人的瞑想に置かれており、その風景描写の背後に、『結婚』に見られるような作家の歴史へのまなざしを読み取ることはできない。

「新しい地中海文化」におけるカミュの主張の大部分が、ガブリエル・オーディジオの著作に負っていることはすでに述べた。だが同じ意見を共有しながらも、『結婚』における叙述方法はオーディジオとは全く異なっている。オーディジオは「唯一の目的たるローマ」(『海の塩』収録)において、歴史を客観的に再検討することで、この文化的多様性に満ちた地中海が決して古代ローマに収斂するものではないことを証明しようとしたが、カミュはさらに、植民地主義的言説を支える歴史の論理および文明と野蛮といった概念自体を、アルジェリアを見つめる視線によって解体しようと試みた。カミュはアルジェを「すべて見ることに委ねられた土地」(I, 117)だと述べている。視線が捉えることができるのは事物の表面のみであり、それゆえ遺跡や記念建築物は単なる廃墟や石として目に映る。視線は建築物が体現するはずの伝統や歴史を読み取ることはできないのだ。

ここまでくると、カミュがなぜヘーゲルの進歩史観に対して異議を唱えるのかも理解できるだろう。ヘーゲルは、自身の西欧中心の歴史哲学を構築するにあたって文明対野蛮という構図を提示した人物であり、この意味において植民地主義的言説の正当性の根拠として一役買っているからだ。ヘーゲルの『歴史哲学講義』において、北アフリカはヨーロッパ化されたアフリカとして例外的に歴史のなかに組み入れられるが、残りのアフリカ大陸は「世界史に属する地域ではなく、運動も発展もみられない」として除外される。[15] そして「自然のままの、まったく野蛮で奔放な人間」であるアフリカ人は、「自己より高度な絶対の実在については、まったく知ることができない」劣った民族だと考えられ、考察の対象外にされる。[16] カミュとヘーゲルの思考が対極にあることは明白である。ヘーゲルが文明の証とする人間を超えた上位の存在を否定し、かつ野蛮の象徴と見なした自然を最大の支配者とし、滅ぶべき人間の肉体を重要視することで、カミュはアルジェリアに「新しい地中海文化」を創ろうとしたのである。

第5章　街の共同体と「男」のモラル

前章で見たように、カミュにおける歴史の否定は決して非政治的な態度ではなく、過去の歴史の名において侵略を正当化するファシズムと植民地主義隆盛の時代におけるひとつの政治的態度であったと考えることができる。だとすれば、『異邦人』の非-歴史性を根拠として、この小説が作家の政治参加とは切り離された文学的虚構であると早急に判断すべきではないことは明らかだろう。もちろん小説の舞台のアルジェリアは、作家によって再創造された虚構であるという限りにおいて、『異邦人』のアルジェリアは現実とは異なるレベルにある。だが、作家がみずからの小説作品においてアルジェリアを再創造する際に、これまで見てきたような政治的思索が全く影響していないとは考えられない。『結婚』や『夏』に見られるような、歴史的価値を無意味化し、相対化するアルジェリアへの視線こそ、主人公ムルソーに引き継がれていると言ってよいだろう。クリスティアーヌ・シコーレ＝アシュールは、ルイ・ベルトランやその後継者となったアルジェリアニストのロベール・ランドーなどに典型的に見られる植民地主義を擁護した小説と比較して、カミュの『異邦人』は象徴的符号を優先させることによって、彼らの植民地主義的な文学的・政治的風土とは一線を画していると述べている(1)。だがこの象徴化は、単に文学作品としての普遍性を志向した結果ではない。『異邦人』の世界（特に第一部）は、当時の植民地主義的言説を解体し、作家が「新しい地中海文化」で提示した、歴史を考慮に入れない、多様な民族が平等の権利を持つ理想のアルジェリア像を体現する世界として捉えることもできるのではないだろうか。

そのため、まず確認しておきたいのが『異邦人』における土地の描写である。この小説における時間の記述は終始曖昧なままだが、それと比較すると地理に関する記述は詳細である。例えば小説冒頭において、養老院は「アルジェから八〇キロの」(I, 141) マランゴ（現在のハジュー）にあると書かれている。ムルソーはバスで二時間かけてマランゴまで行き、さらに「村から二キロ」(I, 142) 離れた田舎にある養老院まで徒歩で辿り着く。マランゴは海に面したチパザから一〇キロほど内陸に入り込んだ村なのだが、その地理的正確さを示すのが以下の記述である。「マランゴを海から隔てる丘の上に、空はすっかり紅を帯びていた。丘を越える風がここまで塩の匂いを運んできた」(I, 147)。主人公の住むアパートは「下町の大通り」(I, 52) に面しているとだけ記されているが、隣人サラマノの犬の散歩コースである「リヨン通り」(I, 156)、あるいはサラマノが犬を見失った「練兵場」(I, 163) といった地名から、この下町は作家が幼少時代を過ごしたアルジェの東に位置するベルクール街（現在のモハメッド・ブルイーズダッド街）だと推測することができる。[2] ムルソーの住んでいるアパートの間取りや家具の配置などは、『裏と表』や『幸福な死』と同じく作家が家族と住んでいたアパートをモデルにしている。

カミュと同じくリヨン通り（現在のモハメッド・ブルイーズダッド通り）で育ったピエール＝ルイ・レーは、より詳細な情報を与えてくれる。まずレーは、第一部第二章でムルソーが日曜日にベランダから眺める情景が、当時の街の様子をほぼ忠実に再現していると証言する。ムルソーは夕方、市営サッカー場から路面電車で戻ってきて大騒ぎする観客と選手たちに遭遇する。レーによると、このサッカー場は東西にのびるリヨン通りの東の端に位置するリュイソー街にあるゆえ、観客や選手たちを乗せた路面電車がムルソーの住むアパートの窓の下を通ることは現実に即しているという。[3] また同様に、第二部で言及される丘の上の海を臨む刑務所[4]（ベルクール街とは反対のアルジェの西に位置する)、ムルソーが裁判を終え法廷の外に出た時に目にする「広場」«square»(I, 157)も実在したらしい[5]。さらにレーは、母の葬儀の翌日に主人公が路面電車で向かう港の海水浴場(そこで主人公はマリーと出会う)、また同じく主人公が路面電車で通勤する海に面した事務所は、ともにアルジェの中心部にある「海岸大通り」«boulevard du Front-de-mer»に位置すると推測している[6]。というのもそこでムルソーが従事している船荷証券に関する仕事は、カミュが一五歳の時にアルバイトをした船舶仲買人の事務所での経験をもとにしていると考えられるからだ[7]。また殺人の舞台となる海岸は、カミュが子供の頃海水浴をしていたサブレット海岸ではないかと想像している[8]。ただしこの海岸の描写自体は、ピエール゠ジョルジュ・カステックスが指摘するように、カミュが『手帖』に記したアルジェの西、五〇〇キロに位置するオラン県トルーヴィルの情景描写が利用されている[9]。

このように『異邦人』の舞台となるアルジェリアは、作家の小説執筆上の都合によってゼロからつくり替えられたものではなく、当時のアルジェを確実に反映している。だが街全体が忠実に再現されているわけではなく、常に曖昧さがつきまとう。アルジェに関する街や通りの名と地理的配置がはっきりと記されていないため、推測の域を出ない場所も多いのだ。唯一言及されるアルジェの通りの名「リヨン通り」は、サラマノの犬に関連して言及されるだけである。レーは、具体的な場所、通り、地形に関して言えば、『結婚』や『異邦人』で描かれるアルジェよりも『ペスト』や「ミノタウルスあるいはオランの憩い」(『夏』収録)で描かれるオランの方がより情報量に富んでいると述べている[10]。こうした街や通りの名前を省略してしまう傾向は、文学テクストの普遍性への作家の志向とたしかに一致する。その点において、『異邦人』は、同じくベルクール街を舞台にしていることは明らかであるのに、街の名が言及されない「貧民街の声」(一九三四年執筆)や「ウイとノンのあいだ」(『裏と表』収録)といった初期の自伝的エッセイと方向性を共有しているように見える。

だがそれ以上に、当時のアルジェリアが描かれながらも、土地を装飾する文化や歴史が周到に排除されている点は注目に値する。養老院があるマランゴを一例に挙げよう。マランゴは一八四八年に建設された村であり、ナポレオン帝政時代の戦いでの勝利（一八〇〇年に起こったイタリア北部にあるマレンゴでの戦い）にちなんで付けられた名前であるが、そうした歴史的背景は考慮されない。ムルソーにとってのマランゴは母が夕暮れ時に散歩していた平野の村にすぎないのだ。他方、『裏と表』や『結婚』では言及されていた、カスバやモール人のカフェもこの小説には登場しない。つまり、フランス・イスラム両方の歴史・文化的刻印が同様に排除の対象になっているのだ。語り手ムルソーの視線を通じて描かれる『異邦人』のアルジェリアは、サイードが主張するようなフランス的な世界ではない。一九世紀のフランス人作家たちを魅惑したエキゾチックなオリエントの場でもなく、二〇世紀初頭にベルトランが描いたような古代ローマ帝国の痕跡が残るフランスの所有地でもない。一切の歴史的・文化的装飾が排除され、太陽と海といった豊かなアルジェリアの自然だけが支配する世界なのである。そうしたアルジェリアに、当時の植民地の社会的実情を反映するかのように、アルジェリアのフランス人であるムルソーをはじめとして、スペイン系の移民だと推測できるマリー・カルドナとレイモン・サンテス[11]、パリ出身の養老院の門衛とマソン夫人、アラブ人など、民族的多様性に富んだ登場人物たちが配置されているのだ[12]。

カミュが「新しい地中海文化」や『結婚』で展開した、歴史や伝統に基づいた諸文化の序列化の否定が、『異邦人』においても認められる。ムルソーはパリに対して特に良いイメージを持っていないし、事務所の雇い主から提案されたパリへの転勤話にも特に興味を示さない。だがそのような人間はアルジェリアでは珍しい。養老院の院長は誇らしげにレジオン・ドヌール勲章を付け、事務所の雇い主はパリへの転勤話をさも良い提案のように提示し、その話を聞いたマリーはパリに行ってみたいと言う。植民地アルジェリアに住む多くの人々にとって、本国フランスおよびパリは文化の土地として憧れの対象なのである。また、養老院の門衛は、パリとアルジェリアの埋葬習慣の違いをムルソーに語る。

それから、院長のところに案内する前に、彼［門衛］が母さんのことを口にしていたのを思い出した。急いで埋葬しなければならない。平野は暑い、特にこの地方では暑いから、と彼は言っていた。またそのときに、彼がかつてパリで暮らしていたことがあり、パリでの生活を忘れられないと僕に打ち明けた。パリでは三日、ときには四日も死者と一緒にいることがあるが、ここではその暇はない。霊柩車を追ってすぐにでも走り出さなければならないといった考えには今でも慣れることができない。そのとき門衛の妻が言った。「お黙り。この方にそんなこと言うもんじゃないよ」。門衛は赤くなって謝った。僕はあいだに入って言った。「そんなことありません。そんなことありません」。門衛が言ったことは正当で興味深いと思った。(I, 144)

パリでは死者を前に生前の過去へと思いを馳せ、丁寧に死者を埋葬するが、アルジェリアは暑さのためそうした文化的習慣がないというのだ。過去の思い出に浸る間もなく、遺体が腐らないうちに急いで埋葬しなければならない[13]。実際に、主人公の母親の葬儀はすぐに猛暑のなか行われ、彼女の「婚約者」であったトマ・ペレーズは速度を上げる霊柩車に追いつくために近道までしなくてはならなかった。だがムルソーは、門衛の指摘が「正当で興味深い」と認めてはいるものの、「パリでの生活を忘れられない」門衛が暗に示唆する文化的、地理的ヒエラルキーがあることは認めていない。主人公が同意するのは、あくまでも門衛の指摘が客観的に事実である、つまり酷暑のアルジェリアでは埋葬に時間をかけることができない、という限りにおいてである。

ところで、『異邦人』がとりわけ社会的、歴史的状況を反映していない作品だとして批判の対象となってしまう要因のひとつに、この主人公の無関心な態度がある。執筆当時の一九三〇年代のアルジェリアを背景としながらも、主人公ムルソーは、海の向こう側で繰り広げられている同時代の歴史的事件、あるいは植民地問題に積極的な関心を示す様子は見られない[14]。最後の司祭への怒りの爆発という例外を除いて、主人公は基本的に自分の身に降りかかる出来事をただひたすら受け入れるだけの受動的な人物として描かれている。この無関心な態度によって、ムルソーは既存の社会的道徳や価値観に反抗する実存主義的英雄と見なされ、サルトルの小説『嘔吐』（一九三八）の主人公ロカンタンと並び称されることになった。だがこのムルソーの無関心さは、単に彼の反社会性を示すだけなのだろうか。

この小説の最初の英語訳タイトルが「異邦人」《the Stranger》ではなく「部外者」《the Outsider》であったように、表題の「異邦人」は何よりもまず主人公を指し、そしてその「異邦人性」《étrangeté》は彼の社会に対する疎外感をしるすものとして考えられてきた。これまでの研究においても個人と社会という対立構造は幾度となく指摘されてきたし、社会の名のもとに殺害されたムルソーという主人公像は作家自身が提示した解釈でもある[15]。父親をとうの昔に亡くし、唯一の肉親である母親も失ってしまったムルソーはたしかに天涯孤独な人間である。また主人公の身体感覚の敏感さと官能的欲望に対する率直さ、そして自然への嗜好は、人間関係に対する消極的な態度とは対照的である。こうした主人公の傾向は、社会とは相容れない「自然人」ムルソーという解釈も生み出している[16]。

しかしながら、これまでの読解や研究においては、ムルソーの非社会性、道徳の欠如といった側面が強調されすぎたきらいがあるように思われる。というのも主人公は完全に孤立無援な人間でもないし、集団的モラルにことごとく反抗する反社会的な人物でもないからである。物語を単純に辿っていっても、ムルソーには母の死に際して同情してくれるセレストやレストランの常連たち、そして葬式用のネクタイや腕章を貸してくれるエマニュエルといった友人もいる。また主人公はアルジェの事務所に勤めるごく普通の勤め人でもあり、アパートの隣人であるレイモンやサラマノとも交流を持っている。社交的な人間とまではいかないが、かといって人との付き合いを一切避けるような人間嫌いではない。

何よりも、主人公にはアルジェリアのフランス人というアイデンティティがあり、自分の暮らす土地に対して愛着を持っている。ムルソーはマリーや母親に対しては愛情を直接的に表現することはない。ムルソーはマリーに対しては「おそらく愛していない」(I, 165)と言い、逮捕ののち、弁護士に母親の死のことを聞かれても、「おそらく僕は母さんを愛していたが、それはなんの意味もないことだ」(I, 178)と言ってしまう。ムルソーが唯一愛していたと断言しているのは主人公の住む「この街」——すなわちアルジェだけである(I, 197, 202)。おそらくこの自分の住む土地に対する愛着の有無が、一見類似するロカンタンとムルソーの違いのひとつであろう。放浪者として、フランスの地方都市ブーヴィルに一時的に滞在しているロカンタンは、カフェの女主人と独学者を除けば、地元の人間と交流することなく図書館に通い続け、自身の孤独と疎外感を日記に繰り返し書き付けている独身者である。このロカンタンに見られる人間一般に対する嫌悪や世界に対する非帰属意識はムルソーにはない。ムルソーは警官と司祭といった例外を除けば、人に対してあからさまな嫌悪感を示すことはない。主人公の正直な物言いに憤慨し、部屋から出て行ってしまう弁護士に対して、ムルソーは彼を引き止めて同情を得たいとまで思い(I, 179)、裁判ではじめて自分がみなに憎悪されていることを感じて、泣きたい気持ちになってもいる(I, 193)。

これまでにも何人かの論者によって指摘されてきた通り、ムルソーが属する街の共同体を律しているのは「男」のモラルである。[17] 例えばムルソーの犯す殺人の場面を思い起こそう。内田樹が指摘するように、ムルソーの殺人は「不条理」という言葉に引きずられて無動機的殺人として考えられる傾向にあるが、海岸でのアラブ人との抗争において、主人公はこの地元アルジェで浸透している集団的規律を守っているのである。[18] その具体的な内容は、アルジェの生活風俗を描いたエッセイ「アルジェの夏」(『結婚』収録)に記されている。

そしてアルジェリア全土において、美徳という言葉はなんの意味もない言葉だと僕は思う。といってもこの土地の人たちに道義が欠けているというわけではない。自分たちのモラルを持ち、それはきわめて固有のものだ。

母に「背いて」はならない。通りでは妻の体裁を重んじなくてはならない。妊婦には思いやりを示さなくてはならない。一人の相手に二人でかかっていってはならない。「それは卑怯」だからだ。これらの基本的な戒律を守らないものは「男ではない」ということになり、それで一件落着する。これらの戒律は、僕には正当で説得力があるように思える。今でも多くの人が、僕の知る唯一の公平無私なもの、つまり通りの掟を無意識に守っている。だが同時に商人的なモラルはここでは知られていない。警官に囲まれた人が通り過ぎると、周囲の人々に同情の色が浮かぶのを僕は常に見てきた。そしてその男が窃盗をしたとか、親殺しであったとか、あるいはただ単に非順応主義者であったとかを知るより先に、「かわいそうなやつ」と人々は言い、あるいはまた賛嘆の意を込めて「あいつは海賊だとさ」と言ったりする。(I, 122)

この無意識に守られている通りの掟として紹介されているのは、作家が住んでいたベルクール街の喧嘩にまつわる戒律である(この引用の直前にはベルクール街に住む人々の人生に関する言及がある)。その内容は、女性への敬意、そして喧嘩の条件および暴力の平等性といたって単純であり、このルールに背く者は「男ではない」、「卑怯者」として非難されることとなる。また最後に記されている警察に捕まった人間に対する留保のない同情も、ムルソーを理解する助けになる。警官は嫌いだと言う主人公の発言(I, 161)は彼の反社会性を示すものではなく、この界隈の人々に共通するひとつの性向だということになろう。

ちなみに、上の引用にある「男である」「男でない」という判断基準は、モンテルランのエッセイ『まだ楽園はある』(一九三五)のなかで、すでにアルジェの特色のひとつとして紹介されている。一九二〇年代後半から三〇年代初頭にかけて、およそ四年間アルジェに滞在したモンテルランはこの街の魅力にとりつかれ、その滞在の印象をエッセイに残した。当時モンテルランの愛読者であったカミュは、この本を読んでいた[19]。一九三七年に「アルジェの夏」を執筆する際、カミュはモンテルランの以下の記述を念頭に置いていたと思われる。

アラブ人たち、そして彼らに倣ってアルジェリア人たちは、男性の典型を、彼らから見て「男」である者か「男でない」者という二つのカテゴリーに分類している。

この単純明解な判断基準は、誰かについて語る際、最初に彼らの口にのぼる言葉である。「あいつは男だ。あいつは男じゃない」[20]。

この引用で注目したいのは、アルジェの男性たちの判断基準が、「アラブ人」と「アルジェリア人」によってともに共有されていると述べられている点である。カミュのテクストで紹介された通りの掟も、民族の区別なく、すべての人々が当然のこととして守っている規則として考えることができる。これまでの論者による「男」のモラルの指摘において注目されてきたのは、ムルソーをはじめとしたヨーロッパ系住民の行動だけだった。だがここで強調したいのは、このモラルはムルソーたちだけでなく敵対するアラブ人にも浸透しているという点である。

すでに述べたように、『異邦人』を植民地という観点から分析する批評において、ムルソーを殺人へと導くことになる浜辺の抗争は植民者と被植民者という民族間闘争に読み替えられる。たしかに浜辺の争いは植民地におけるヨーロッパ系住民とアラブ人との抗争でもあり、両者は互いに無言の敵意をあらわにしている[21]。そして沈黙と無名性を余儀なくされるアラブ人は、作家の無意識的な差別意識のあらわれだと解釈される。だがこの争いは民族間の争いである以前に、アラブ人側もヨーロッパ系住民側も共有するモラルに従った男と男の闘いとして描かれている。「新しい地中海文化」でカミュがプロレタリアート対ブルジョワジーという対立を「人間」《homme》という言葉のなかに解消したように、この場面でもヨーロッパ系住民対アラブ人という対立構造は、男対男の素朴な対立のうちに還元されているのである。

アラブ人の行動に配慮しつつ、この抗争に関連する諸場面をもう一度読み返してみよう。『異邦人』のなかでこの「男」のモラルの存在を最初に知らせてくれるのは、やくざ者として界隈で評判のレイモンである。レイモンから夕食に招かれた際、ムルソーはレイモンの右手に巻かれた包帯に気付く。そこでレイモンは自身の喧嘩話をはじめる。

「わかるでしょう、ムルソーさん」と彼は言った。「俺はひどいやつってわけじゃない。でも気が短いんだ。相手のやつが〝男なら電車から降りろ〟って俺に言ったんだ。俺は〝おい、おとなしくしろ〟って言った。相手は〝おまえは男じゃない〟って俺に言った。それで俺は降りてやつに言った。〝いいかげんにしろ、その方が身のためだぜ。さもないと思い知らせてやるぞ〟やつは〝何をするってんだ?〟って答えた。そこで俺は一発ぶん殴った。やつは倒れた。俺は起こしてやろうとした。だがやつは倒れたまま俺を蹴りあげたんだ。それで俺は膝で一発蹴って顔に二発くらわせた。やつの顔は血まみれだった。どうだ参ったか、と俺が聞くと〝参った〟って言ったんだ」。そのあいだ、サンテスは包帯をなおしていた。僕はベッドに腰掛けていた。「俺が因縁をふっかけたわけじゃない。悪いのはやつの方だ」と言った。それは本当だ。僕はそのことを認めた。(I, 157)

この因縁をつけてきた男こそ、のちにムルソーが殺すことになるアラブ人(レイモンの情婦の兄弟)である。ここでまず確認したいのは、アラブ人、レイモン、ムルソーともにこの暗黙の規範を知っているという点である。「おまえは男じゃない」という言葉はこの界隈の男性にとって最大の侮辱であり、アラブ人はそれを熟知した上でレイモンを挑発している。レイモンはその侮辱に報いるためアラブ人を一発殴るが、その後倒れた相手を起こしてやろうとする紳士的な態度も見せている。過剰な暴力もまた卑怯なのだ。そしてレイモンの話に同意するムルソーもこの規範に同意していることを示している。レイモンに男だと見込まれるムルソーは、[22] 特に拒否することもなく手紙を書き、のちに警察でもレイモンのために証言することになり、次第にこのもめ事に巻き込まれてしまう。

だがここで疑問がひとつ残る。みずから積極的に因縁をつけ、起こしてやろうとするレイモンに蹴りを入れるアラブ人は卑怯者なのかという点である。この話はレイモンの立場から語られているので、当然レイモンはさも相手が一方的に悪いかのように話している。だが実際には、アラブ人にはアラブ人なりの大義名分があり、決して卑怯者というわけではない。それは続いて語られるエピソードから推測できる。情婦に裏切られたと考えたレイモンはこの女性に暴力をふるったゆえ、彼女の兄弟であるアラブ人は電車のなかでレイモンに因縁をつけたのだ。このアラブ人は、レイモンが自分の姉妹に対してふるった暴力に相応する報復をしなければならないと考えている。それに失敗したアラブ人は、その後もレイモンに付きまとうことになる。

海岸でのアラブ人との抗争は合計三度にわたっている。ムルソー、レイモン、マッソンが海岸ではじめてアラブ人二人組に出くわした時、レイモンはムルソーに手出しを禁じ、二対二で戦おうとする。

もし喧嘩になったら、マッソン、あんたは二人目のやつの相手をしてくれ。俺は自分の相手をやっつける。ムルソー、あんたは三人目が出てきたら、そいつを任せる。(I, 172)

ムルソーはその指示に従っている。最初の争いにおいてムルソーは部外者であり、手出しをしない。この喧嘩でレイモンはアラブ人が取り出したナイフで腕を傷つけられてしまったのだが、このアラブ人の凶器に訴える行為は卑怯なのだろうか。この小説にはアラブ人の行為を卑怯と見なす発言はない。レイモンは電車で因縁をつけられたあと、ムルソーに手紙を書かせた。そして情婦を呼び出して再度暴力をふるって警察沙汰にもなっている。情婦の兄弟は前回の時以上に復讐心に燃えているのだ。

レイモンとムルソーが再び散歩に出かけた時、二人のアラブ人と再度出会う。だが一度目の争いでレイモンをナイフで傷つけたことによって、アラブ人側のレイモンへの報復は終わってしまっていた。その証拠に、朝バス停からレイモンたちの後をつけ、昼に海岸で最初に出会った時もまっすぐにレイモンの方へと向かっていたアラブ人たちは、今回は「全く穏やかで、ほとんど満足した様子で」(I, 173) 泉のそばで横たわっており、レイモンたちが近づいてもなんら様子が変わることがない。アラブ人にはもうレイモンと争う意思はないのだ。だが今度はレイモンの方がおさまらない。ナイフで傷つけられたことに対する復讐心に燃えているのだ。レイモンは怒りに駆られて銃を取り出すが、ムルソーは「あいつはまだ何も言っていない。こんな風に撃つのは卑怯だ」(*Ibid.*) とレイモンを制する。この言葉はムルソーが「男」のモラルを守っていることを示しているように思われる。ただ前後の文脈から考えると、この発言はレイモンの発砲という最悪の事態を避けるための手段だと解釈することもできるだろう。というのもムルソーは、「もし自分がやめろと言えば、レイモンはさらに逆上して引き金を引くに違いない」(*Ibid.*) と考えていたからである。短気だが男としての矜持と名誉を重んじるレイモンの暴力を制止するために、ムルソーはこのモラルを利用したと考えることができるのだ。ムルソーはそもそも「男だ」とレイモンに言われて肯定も否定もしていないし、最初の喧嘩でも部外者として扱われていた。実際に、興奮するレイモンとは対照的に、ムルソーはアラブ人の「足の指がすごく開いている」(*Ibid.*) という細部に気が付くほどの冷静さを保っている。レイモンの立場からすると、ナイフで刺された自分が銃を持ち出すのは当然の報復行為であるのだが、たしかにムルソーの言うように、攻撃の体勢を見せていない相手をいきなり銃で撃つのはルール違反ではある。そしてムルソーが判断した通り、卑怯という言葉にレイモンの手はいったん止まる。

これまでの主人公の発言および行動から、ムルソーがこの規範を知っており、かつある程度共有していることはたしかである。ではムルソーはレイモンのようにこの規範を積極的に捉えているのか、それとも他の多くの事柄と同様に「どちらでもよい」と考え、単に受け入れているだけなのだろうか。引き続き交わされるレイモンとの会話において、主人公の「男」のモラルに対する態度は明確に示される。

次にレイモンは言った。「じゃあ、俺があいつをののしって、やつが口答えをしたら、俺は撃つ」。僕は答えた。「そうだ。でもあいつがナイフを抜かなかったら撃ってはだめだ」。レイモンは少し興奮し出した。もうひとりの相手はあいかわらず葦笛を吹いていたし、二人ともレイモンの動作をいちいち観察していた。「いや」、と僕はレイモンに言った。「さしでやれ。銃を俺によこせ。もうひとりのやつが出てきたり、あいつがナイフを抜いたりしたら、俺がやつを撃つ」。(I, 173–174)

この引用でまず注目したいのが、二度記される「俺がやつを撃つ」《je le descendrai》という発言である。これは最初レイモンが言い放つ言葉だが、最後にはムルソーの言葉にすり替わっている。それとともに銃はレイモンからムルソーの手へと渡り、のちの悲劇を生み出すことになる。ここで強調したいのは、最終的に「偶然に」、「太陽のせい」で殺人が犯されたとしても、ムルソーがここで銃を手にしてしまうのは、レイモン以上に厳格に「男」の規範を遵守していたためであるという点である。

短気なレイモンは、自分から相手を罵り口答えしてきたら撃つとムルソーに言う。ムルソーにそのつど条件を確認しているのは、ムルソーを男として認めているからである。復讐心に駆られつつも虚栄心の強いレイモンは、卑怯者呼ばわりされることには我慢ならない。ムルソーはといえば、レイモンの提示する条件に対して、いったんそれでいいと了承している。だが、相手が「口答えをしたら、俺は撃つ」と言うレイモンに対して、(口答えしたとしても)相手が「ナイフを抜かなかったら撃ってはだめだ」と付け加え、よりハードルの高い条件を主張している。相手が武器を出していないのに銃で撃つのは卑怯だからだ。

だがムルソーはまだ満足しない。「いや」、と自ら提示した条件を再度否定し、「さしでやれ」«Prends-le d'homme à homme» と主張する。ここでもし「俺がやつを撃つ」という最後の言葉がなかったならば、主人公の言葉はレイモンの暴力行為を制するためだけに発せられたと考えることができよう。この場面でのレイモンは、ムルソーの言葉でいったん冷静になるがまたすぐに興奮し、相手に復讐したい一心で必死にムルソーの承認を求めている。それに対し、ムルソーは表面上レイモンの意見を認めつつも、さりげなくより高い条件を提示し、「卑怯」という言葉をちらつかせつつ「おまえは撃ってはいけない」と制し、銃をレイモンから奪い取ることに成功しているように見える。

しかしながら、ムルソーの目的が単純に、最悪の事態、すなわちレイモンによる殺人を回避することであるならば、レイモンから銃を奪うだけで十分であり、「俺がやつを撃つ」とまで明言する必要はないだろう。この発言は、ムルソーが最も厳格な「男」のモラルの追求者であることを示しているのだ。「さしでやれ」という主人公の発言は、武器を持たない一対一の、最も平等かつ公正な当事者同士による決闘の宣言である。それを両者に実行させるために銃をよこせと言っているのだ。そしてその均衡を相手側が破るならば、すなわちもうひとりが介入する（ひとり対二人になる）、あるいは相手がナイフを取り出す（素手対ナイフになる）ことになったら、ムルソーが銃で相手を撃つということなのだ。それまでに主人公が行った条件の段階的な釣り上げは、いきり立つレイモンを単に制止するためではない。争いにおける公明正大な対等性を追求することがムルソーの真の目的であり、そのためにレイモンを落ち着かせる必要があったのだ。主人公の冷静沈着さは、この争いが「男」としての規範に忠実であるかどうかを見極めようとする積極的な態度なのである。

そしてこの発言によって、はじめてアラブ人側とレイモン側の力の均衡は達せられる。これは二つの力の拮抗によってできる、激しさをうちに秘めた危うい均衡であり、静止状態である。両陣営は互いに睨み合い、それは空間と時間の停止と沈黙を生み出す。「海と砂と太陽のあいだ、笛と水の二重の静寂のあいだに、すべてが停止していた」（I, 174）。そしてムルソーは「引き金を引くこともできるし、引かないこともできる」（*Ibid.*）と考えるに至る。「男」の規範からムルソーが引き出した両者の力の均衡という原則に照らし合わせると、この言葉は二つの行動の自由を意味するものではないと思われる。字義通りに解釈すると、二つの行為はムルソーにとって等価となり、どちらを選ぶこともできる。しかしそのことは、自発的に片方の行為を安易に選択できることを意味しない。むしろ逆に、「引き金を引くこと」と「引かないこと」という、相反する選択肢が同等の実行可能性を有しているからこそ、そのどちらかを選ぶことは禁じられているのである。ムルソーはレイモンに対しても、自分から積極的にけしかけることを制止しているし、かといって引き下がることも認めていない。母親の埋葬の際、看護士は「ゆっくり行くと日射病にかかる恐れがあります。けれども急ぎすぎると汗をかいて教会で寒気がします」と助言していた。その助言に対して、ムルソーは「彼女は正しい。逃げ道はないのだ」と考える（I, 150）。ここでのムルソーもまさに逃げ道のない状態である。肝要なのは相手の力に見合うだけの同じ力で対峙することであり、二つの行動可能性の拮抗から生まれる危うい均衡を維持することだけなのである。

しかし皮肉なことに、みずからが生み出した均衡を壊してしまったのもムルソーであった。三度目の抗争で、アラブ人を銃で撃ったあと、主人公は「真昼の均衡と、自分が幸福だった浜辺の比類ない沈黙とを壊してしまった」（I, 176）ことを悟っている。これは罪の意識ではないにせよ、過誤の自覚を示している。ムルソーは銃の発砲という行為によってみずからが打ち立てた均衡の原則を破ってしまったのである。

殺人の場面において、その直接的原因としてしばしば重要視されるのはアラブ人がナイフを抜く行為である。そしてそれは挑発者としてのアラブ人、あるいは主人公の正当防衛としての殺人という解釈の根拠となっている。[23] たしかにアラブ人が先にナイフを取り出さなければ、ムルソーが発砲することもなかっただろう。だが武器を持たない一対一という究極的な平等を条件として提示していた主人公にとって、最後のアラブ人との対決場面におけるナイフ対銃はすでに闘争条件としては不平等なのではないか。また同様に、殺人の場面でのアラブ人は挑発者なのだろうか。もしアラブ人がムルソーに対して本当に攻撃意思があるならば、寝転がったままナイフを差し出すのではなく、立ち上がってムルソーにナイフを向けるのではないだろうか。殺人へ至る過程の描写を詳細に辿ると、ムルソーの殺人は必ずしもアラブ人のナイフを抜く行為の結果ではなく、むしろムルソーが太陽のせいでアラブ人との力の均衡をみずから破ってしまった結果だということがわかる。

そもそもレイモンとアラブ人の争いは、第二の抗争の時点で事実上終わっていた。第一の対決でレイモンをナイフで傷つけたことでアラブ人側の報復は終わっていたし（それゆえ二度目の対決でアラブ人は逃げ出した）、ナイフで傷つけられたことに対するレイモンの怒りと復讐心も、第二の対決でアラブ人が先に逃げ出し、自尊心が満たされることで報われていた。その証拠として、レイモンは、アラブ人が逃げ出したあと、「気分がよくなったらしく、帰りのバスのことを話した」(I, 174)のである。ムルソーがひとりで再び浜辺に戻り、レイモンの相手であるアラブ人を見つけた時も、「自分にとっては済んだこと」(I, 175)だったのである。アラブ人にとっても同様で、ムルソーは敵の仲間ではあったが、とりわけ倒すべき相手ではなかったであろう。その意味において、この殺人場面はもはや闘争の場ではない。すでに両者の対決は終わってしまっていたのだ。

しかし偶然にもアラブ人とムルソーは一対一になってしまう。泉のほとりで寝ていたアラブ人は「少し体を起こして」(*Ibid.*)ポケットに手を突っ込む。それと同時にムルソーも上着のなかにある銃を握りしめ、相手の行動に合わせた力の均衡を保とうとしている。そうすると相手は「ポケットに手を突っ込んだまま後ずさりをした」(*Ibid.*)。つまりこのアラブ人は警戒心こそ解いてはいないが、みずから攻撃を仕掛けることは考えていないのである。「後ずさり」はそうした無言のメッセージを示している。そうすると、両者の力の均衡を守ることを信条とするムルソーがすべきことは、相手の行動に合わせてそのまま後退することであった。だがこの場面において、主人公にとっての敵はアラブ人から太陽へと移行してしまっていた。[24]「ただ向きを変えて引き返せばことは終わる」と考えつつも、「太陽の光にうち震えている砂浜全体が背後に迫っていた」ため、涼しさを求めて「泉の方へ」数歩進んでしまう（*Ibid.*）。泉とはまさしくアラブ人のいる場所である。そして、「焼けつくような光に耐えかねて、また一歩前に進んで」（*Ibid.*）しまう。

ムルソーの事情など知る由もないアラブ人の立場からこの場面を考えてみよう。アラブ人は後ずさりをすることで積極的な攻撃意思がないことをすでにムルソーに対して示していた。しかし相手はそれにもかかわらず自分の方へと接近してくる。それはムルソーの攻撃意思の表明であり、挑発を意味する。その脅威に対抗するためにアラブ人は「体を起こさずに」（*Ibid.*）ナイフを取り出したのである。このアラブ人の行動は攻撃意思でも挑発でもない。「これ以上自分に近づくな」という警告であり、防御のための無言のメッセージである。意図的ではないにせよ、力の均衡を破ることで最初に挑発したのはムルソーの方であり、アラブ人の行動は、ムルソーの前進によって失われた均衡を再び取り戻すための当然の行為なのである。

それまで後方から迫っていた太陽は、今度はアラブ人が差し出したナイフに反射した光となって正面からムルソーを襲う。額に受ける強烈な光によって、眉毛にたまった汗はヴェールになってまぶたを覆い、目は見えなくなる。第二の対決に際して相手の足の指まで観察していた冷静なムルソーはもはやいない。頭には「太陽のシンバル」（*Ibid.*）が鳴りひびき、思考停止状態になる。前進することで、後方から差し迫る太陽から逃れようとしていたムルソーは、ナイフに反射する太陽の強烈な光を浴びて、もはや前にも進めなくなる。こうして前後の逃げ道が断たれ、瀬戸際まで追い詰められたムルソーは、その光の源＝アラブ人へと引き金を引いてしまうのだ。ここでもまた人智をはるかに超えた太陽がアルジェリアとその住民の運命を支配しているのだ。

このように、「男」のモラルという視点からムルソーが殺人へと至るまでの場面を詳細に追っていくと、単なる異民族間の闘争には還元することのできない、男対男という異なった様相が浮かび上がってくる。たしかにムルソーが日常的に交流を持つのはヨーロッパ系住民に限られており、「原住民」とのあいだで言葉が交わされることはほとんどなく、あるのは沈黙と無関心だけである。こうしたことから、殺人の場面をヨーロッパ系住民と「原住民」という二つの集団の争いとして解釈し、そこに相互間の憎悪と暴力とで織りなされてきた植民地闘争を読み込むことも可能であろう。だがこの海岸の場面での抗争を支配する規範は、レイモンたちだけでなく敵対するアラブ人の行動をも規定しているのであり、このモラルのもとでは両者とも「ひとりの男」として対等の立場にある。レイモンはアラブ人相手であっても相手と同じ人数で戦おうとするし、アラブ人側もレイモンに対してひるむことなく、彼が自分の姉妹にふるった暴力に相応しい報復をしようとする。こうして、敵対する両者は言葉を交わすことはほとんどないものの、暗黙の了解として共有する喧嘩の作法に従っており、無言のコミュニケーションが成立している。この規範の解釈は各自で若干異なるのだが、そのなかでも最も忠実にモラルに従っていたのが、周囲の者から男だと認定されていたムルソーだったのだ。

そうであるならば、この小説全体を通して浮かび上がってくる対立構図は、アルジェの街の共同体対宗主国フランスということになろう。なぜならば、地元の喧嘩のルールが支配していた日常的な街の喧嘩騒ぎのひとつが[25]、殺人事件に発展することにより、本国フランスの法律が支配する裁判へと持ち込まれることになったからである[26]。第二部の裁判では、パリから裁判の傍聴のためにやってきた特派員を含め、本国フランスの司法を体現する人々と地元の共同体の人々との争いになっている。当然ながらアルジェの地元民たちのモラルは裁判では通用しない。証言を求められたセレストは、ムルソーのことを男だと断言し、この言葉の意味を理解できない次席検事に対して、「それが意味することは誰でも知っている」と言い放つ (I, 194)。偶然による不幸な事件だったと主張する彼らの証言は受け入れられることなく、最終的にムルソーは「フランス人民の名において」(I, 203) 死刑宣告されるのだ。

カミュはのちの一九四四年に執筆した記事「人間のために」で、このモラルこそが今日のフランスに必要な「政治を正当化する唯一のモラルである」(I, 934) と主張している。労働総同盟(CGT)関係の雑誌『労働者の抵抗』に掲載されたこの記事の冒頭で、カミュは血筋や出生にこだわる態度を批判する。

我々のなかでも労働者階級の家庭で生まれ育った人たちはといえば、人が庶民階級であることを持ち出すことも、十字軍兵士の出であることにこだわることも理解できない。そんなことはひとりの人間であることに何も付け加えないし、差し引きもしない。(I, 933)

ここでカミュは、共産主義者に代表されるような、プロレタリアートという社会的に恵まれない出自を根拠にブルジョワジーに対して敵意を抱くルサンチマン的態度も、みずからの血筋の良さを根拠に他者を劣等視しようとする態度も共に否定する。人間に対する評価に関して、政治信条、社会的地位、財産の有無などは全く意味をなさない。「男」(人間) らしいか否か、つまり人間性そのものが判断基準のすべてである。その後、先に引いた「アルジェの夏」で記された街の掟の内容を紹介したあと、カミュは続けて言う。

こうしてわかるように、このモラルは勇敢で公平であること、他者のうちにある人間を尊重すること、自分自身のうちにある人間を尊重させることにあった。私としては、我々にはこれ以上のものが必要だとは思えない。(I, 933–934)

カミュはこの短い記事のなかで、労働者階級こそが明日の指導者階級であると断言する。だがそれは共産主義が主張するブルジョワジーの打倒という意味で捉えるべきではない。作家は貧困のなかで生きる労働者階級にこそこうしたモラルが生きていると確信しており、そのモラルを国家というレベルで普及させることを希求しているのだ。

「原住民」を差別し抑圧する植民地制度は、本国フランスから持ち込まれたものである。「原住民」とヨーロッパ系住民は対立し憎み合いながらも、地元の人々は「人間らしいか否か」という最も基本的な判断基準に基づいた暗黙のルールに従って生活していた。『異邦人』はもちろん政治小説として執筆されていたわけではない。だがカミュが「新しい地中海文化」で提示した「人間」という基本的原理は、小説では「男」のモラルとなって表現されていると言ってよいだろう。この小説には、アルジェリアを定義づけるような歴史・文化的背景は排除され、同時代的な社会的事件も描かれていない。だが、それは単純に作家の普遍性への志向ゆえではない。様々な民族、社会的地位の異なる者が、太陽や海といったアルジェリアの自然のもと「ひとりの人間」として対等の権利を持つ者として描かれており、その意味において『異邦人』は、「新しい地中海文化」で提示した、アルジェリアのあるべき姿の具現化という側面もあるのだ。

第6章　無関心＝無差異のモラル

『シーシュポスの神話』、そしてこの哲学的エッセイと『異邦人』を関連づけたサルトルの批評以降、不条理という語は、不条理三部作にとどまらず、カミュという作家を語る際に必ず引き合いに出されるキーワードとなっている。だが、カミュのアルジェリア時代の作品を語る上で最も根源的な言葉は、不条理よりもむしろ無関心である。『異邦人』は物語展開という観点から見ると不条理な作品ではあるが、ムルソーの行動と態度を貫くのは「無関心」である。事実、作家の友人であるアルジェリア出身の作家エマニュエル・ロブレスの証言によると、カミュははじめこの小説に「無関心な男」《L'Indifférent》というタイトルをつけようと考えていたらしい(1)。そして不条理と無関心という二つの言葉は無関係ではない。『シーシュポスの神話』でも無関心という言葉は頻出するし、フランシス・ポンジュ宛の手紙においてもカミュは次のように書き記している。「不条理な考察の終着点のひとつは無関心と完全な諦念――すなわち石の諦念である」(I, 885)。

この「無関心」こそが、カミュが政治参加を通じて引き出す歴史の否定の核心であると同時に、アルジェリア時代の作家の政治思想と文学活動に通底する重要なキーワードであると考えられる。初期作品を通じて繰り返し用いられるこの無関心という言葉が辞書通りの関心がない、あるいは無感覚という意味だけでなく、より根源的には無差異、すなわち「差異」«différence» がないという固有の意味を担っていることは、すでに多くの研究者によって指摘されている。(2)「新しい地中海文化」において、カミュは過去の歴史に配慮しない政治と社会を提唱しつつ、以下のように述べている。「ひとつの教義の運命を予測したり、我々の未来を過去の名において判断したりする権利は人間にはないでしょう。それがたとえロシアの過去であってもです」(I, 570)。その代わりとして作家が主張する地中海の復権とは、「生きた地中海」、すなわち自然としての地中海のあり方そのものに倣う態度を意味している。過去の歴史を振り返った時に、地中海は変化なく同じ営みを続け、様々な民族や文化を差別することなく受け入れてきた。当然のことながら、地中海は歴史に対して無関心＝無差異なのだ。『結婚』における自然と人間との一体化、過去と未来を知らない現在に生きる無関心な肉体の重視、歴史的価値を無効化するローマ遺跡や記念建築物への視線も、こうした無関心な自然に倣おうとする態度の一端を示している。地中海、「世界」、自然の無関心、そして語り手がそこから教訓として引き出す自身の無関心な態度、といった記述は初期作品を通じて散見され、枚挙にいとまがない。

だがここで疑問が生じる。実際的な問題として、人間が自然を模範として無関心に生きることは可能なのだろうか。ニーチェは『善悪の彼岸』のなかでストア派を批判して以下のように言う。

> おお、君たち気位高いストア派のかたがたよ、君たちは「自然に従って」生きようと欲するのか？　それにしても何と言う言葉の欺きであることか！　自然といわれるものの何たるかを、考えてみるがいい。それは、きりもなく浪費するもの、はなはだもって無頓着なもの、意図もしなければ顧慮もないもの、慈悲もなければ正義もないもの、豊穣かつ荒涼として、しかも同時に不定なもの、である。その無関心（インデファレンツ）そのものが権力でもあることを考えてみるがいい、――君たちは、こうした無関心に従って生きることなど、

どうしてできようぞ？　生きるとは――まさにこうした自然の在りかたとは別様に存在しようと欲することではないのか？　生きるとは、評価すること、選び取ること、不正であり、制限されてあり、関心的（デファレント）であろうと欲することではないのか？　もし「自然に従って生きる」という君たちの命法が、根本において「生に従って生きる」というのと同じことを意味するとすれば、――どうして君たちはそうでないしにありえようぞ？　君たち自身がそれであり、それであらざるをえないものを、何のため原理に仕立てあげるのか？[3]（強調は原文）

ニーチェが主張するように、「自然に従って生きる」ことは根本的に人間存在のあり方とは相容れない。人間は、生きているというまさにそのことによって、眼前にある世界の混沌を差異づけし、価値づけし、選択し、意味づけし、関連づけようとする存在である。だがカミュには自然に従って生きることを実践した例外的な人間が身近にいた。言葉を上手く話せない、「動物のような沈黙」（I, 49）を守り、無関心さを特徴とする作家自身の母親である。『異邦人』最大の魅力とも言える謎めいた主人公の人物像については、これまで様々な視点から分析され、解釈されてきた。特に伝記的事実との関連では、まず作家自身およびその友人が注目されることがほとんどである[4]。だがこれまでの研究で十分に強調されてこなかった点があるように思われる。それは――唯・モーリス・ブランショが明確に指摘しているが[5]――、ムルソーが、「奇妙な無関心」を最大の特徴とする自伝的テクストにおける母親像の引き写しではないかという点である。「道徳上の怪物」（I, 197）であるとムルソーを糾弾した検事は、「この男に見出される心の空虚さは、やがて巨大な淵となり、社会をも呑み込みかねない」（I, 200）と警告する。この主人公の「心の空虚さ」«vide du cœur»こそ、自伝的エッセイ「ウイとノンのあいだ」（『裏と表』収録）における息子が、沈黙と無関心を守る母親に見出したものではなかったか。

「何を考えているの?」と尋ねられても「何も」としか答えない母親は(I, 49)、言葉を上手く話せず、耳もよく聞こえない。他者とのコミュニケーションが極端に困難な、知性と思考能力に欠けた人物として描かれていた。この母親の無関心は、単に関心がないことを意味しない。むしろ、息子が見出した世界の真実のあり方であり、いかなる虚飾もない、むき出しにされた現存そのものの異様な姿を示している。それと同時に、「世界の巨大な孤独」と等しい「奇妙な母親」«mère étrange»(I, 50)の有り様は、理解不能な謎に満ちた存在として息子に映っていた。『異邦人』においても、一人称小説でありながらも、自己の内面を多く語らない主人公の心理を読者は十分に知ることはできない。マリーは読者を代弁するかのように、ムルソーを「奇妙な」«bizarre»(I, 165)人間だと言う。自伝的エッセイにおける母親と同じく無関心を保つ奇妙なムルソーは、謎めいた存在でありながらも同時に読者を惹きつける——この読者(およびマリー)とムルソーの関係は、そのまま自伝的エッセイのなかの息子と母親の関係と同じである。意識的にせよ無意識的にせよ、主人公の人物造形に最も影響を与えているのは作家の母親ではないだろうか。この母親像は、多くは語られてはいないが『異邦人』の母親像にも引き継がれている。ムルソーが住むアパートは、作家自身が幼少時代を過ごしたアパートがモデルになっている。「家にいた時、母さんは黙って、僕を目で追うことで時を過ごした」(I, 142)とムルソーが語る時、この母親は、「ウイとノンのあいだ」で描かれた作家自身の母親を思い起こさせる。

この無関心という言葉を無差異という意味で捉え直すと、ムルソーの一見不可解な行動や発言がより理解しやすいものとなるだろう。一般的な常識からは逸脱した変わり者の主人公が、なぜ弁護士に対して「自分は世間の人と同じであること、絶対に世間の人たちと同じであること」(I, 179)を力説し、母を愛していたかという予審判事の質問に対して、なぜ「世間の人と同じように」(I, 180)愛していたと答えるのか。これらの発言で主人公が主張するのは、自分が他の人々と同じ価値観を共有するごく普通の人間だということではなく、自分と他の人々とのあいだに「差異がない」ということである。ムルソーの態度は、本来ならば人が差異づけする物事に対してあえて差異づけを行わず、一切の価値判断を撤廃し、そのヒエラルキーをなくすことに存している。ムルソーの言動に対して読者一般が持つ違和感は、こうした主人公の無関心＝無差異な態度によるものではないだろうか。

こうした主人公の傾向は、小説冒頭で語られる、養老院の門衛との会話を通じてすでに明らかにされている。

小さな霊安室で、彼［門衛］は貧窮者として養老院に入ったのだと僕に告げた。体は健康だったので、門衛の仕事をみずから申し出たのだ。結局のところあなたも居住者のひとりなのですね、と僕は門衛に指摘した。彼は違うと言った。僕がすでに驚いていたのは、門衛の言い方だった。居住者たちのことを口にする時「彼ら」とか「他の連中」とか、あるいはもっと稀だが「年寄り」といった言い方に。居住者のなかには門衛と同じくらいの年齢の人もいるのにである。でももちろん、一緒にはできない。彼は門衛であり、居住者たちにある程度は権威を行使することができるのだ。（I, 144）

パリ出身者であることを誇りに思う門衛は、パリとアルジェリアの文化的差異にとどまらず、自身と他の居住者との違いをも強調する。そして門衛の発言には、常に自分の立場を他者（この場合は他の居住者）よりも上に置こうとする態度が垣間見られる。だがムルソーは、彼の門衛という社会的立場に附随するある種の権力を認めつつも、もともと養老院の居住者として入居した年老いた門衛は、他の居住者となんら違いはないと指摘する。

ムルソーは界隈での評判が芳しくないレイモンとも偏見なく付き合うし、セレストやレイモンが声を揃えて「あわれだ」（I, 156）と言う、サラマノとその飼い犬の関係についても特に何も感じない。小説の最終部にある司祭との対話でのムルソーは、こうした態度を究極的に押し進めている。

サラマノの犬は彼の妻と同等の価値を持っていた。自動人形のような小柄な女はマッソンが結婚したパリ女や僕に結婚してもらいたがっていたマリーと同じように有罪だ。レイモンが僕の友達であり、レイモンより価値がある人間のセレストもまた僕の友達であったとしてそれがなんだっていうんだ？　マリーが今もうひとりの新しいムルソーに接吻したとしても、それがなんだろう？（I, 212）

ここで、動物（サラマノの飼い犬）と人間（サラマノの妻）は同価値にされ、恋人のマリーもマッソンの妻および「自動人形のような小柄な女」と並列に語られる。そしてムルソーはセレストがレイモンより「価値がある」、つまり社会的にまともな人間であるという一般的な評価を知りつつも、あえて二人を等価にしてしまう。

この引用で、ムルソーの身近にいる主要な人物がほぼ全員登場し、恋人、友人、知人すべてその価値が均等化されているが、例外がひとりいる。それは主人公の母親である。主に精神分析的見地から、母の葬儀の翌日に海で出会うマリーは亡くした母親の代理であると指摘されることがしばしばある。(6) たしかにマリー Marie は、母 Mère および海 Mer という言葉にもつながるし（さらに付け加えならば、マリーの名字カルドナは作家の母の旧姓である）、マリーとの海水浴は主人公による幼児退行的な母性追求を象徴する場面として考えることもできる。だがその後のテクストを忠実に読むと、この二人の女性はむしろ正反対な存在でさえある。司祭との面会の直前、ムルソーは手紙を寄こさなくなったマリーのことを久しぶりに思い出す。しかし、「いまや離ればなれになってしまった二人の肉体以外に、僕たちを結び付けるものは何もなく、またお互いを思い出させるものは何もない」（I, 208）とムルソーは考える。ムルソーにとってのマリーは、ただ「今」と「ここ」に現前する身体によって結び付く官能的存在なのである。また「太陽の色と欲望の炎」（I, 210）の顔を持つマリーは、ムルソーが唯一「愛していた」と断言している「この街」――すなわち主人公の日常でありこの世――の象徴とも言えよう。したがって、小説最終部のマリーとの決別は、同時にムルソーの現世との決別を意味していると考えられる。

ここでのムルソーのマリーに対する態度は母親に対するそれと対照的である。主人公は肉体という二人を結ぶ絆がなくなったマリーを死んだものと見なし、彼女への関心を持たなくなる（I, 208）。それに対して、母親に関しては、その死を知らせる電報を読んでも、「まるで母さんが死んでないかのように」（I, 141）感じている。そして、養老院に到着して「すぐに母さんに会いたい」（I, 142）と思いつつも、結局母の死に顔を見るのを拒否してしまう。ムルソーは母の死という事実を否定し、「喪の作業に失敗[7]」するのである。また、この死んだ母親は、当然ながら肉体的に不在の人物であるにもかかわらず、小説内で最も頻繁に言及され（母親は小説全般を通じて各章で必ず言及されている）、むしろ不在になったことで、より主人公の母親理解は深化していく。この小説において、母親だけは例外的に身体的な現前を要求されず、ムルソーの現実に対する認識方法である、現在時の感覚的把握から逃れているのだ。一体これはなぜだろうか。

ムルソーと母親の理解し難い関係は、すでに述べたように、自伝的エッセイで描かれた息子と母の関係を思い起こさせる。しかし他のテクストに依拠せずとも小説内にその答えは書き込まれているように思われる。第一部第五章で、自分のことを愛しているかと尋ねるマリーに対して「おそらく愛していないだろう」と答えるのに対し（I, 165）、第二部第一章での弁護士とのやりとりの際、母親に関しては「愛している」と答えている（I, 178）。だがこの答えにはどちらにも「それは何も意味しない」という言葉が付け加えられているので、ムルソーの二人の女性に対する愛情の有無ははっきりしない。そこで注目したいのが、先ほどの引用でマリーが「もうひとりの新しいムルソー」《un nouveau Meursault》、つまり新たな別の恋人に接吻を与えるという表現である。ムルソーがマリーから結婚の意志を尋ねられる場面をもう一度思い起こそう。その時ムルソーは、マリーと結婚してもしなくてもどちらでもよいと答えただけでなく、さらに同じような関係を持った別の女性に結婚を申し込まれてもその申し出を承諾すると言っている。その後一緒に散歩に出た時、ムルソーの目に「女性たちは美しかった」(I, 165) と映り、その感想を無邪気にもそのままマリーに伝えたりもする。さらに、監獄生活で性欲に苦しめられた時も「マリーを特に考えたことはなかった」と言い、「ひとりの女を、女たちを、僕がこれまでに知ったすべての女たちのことを考えた」と述べる (I, 185)。つまりムルソーにとってのマリーは代替可能な数ある女性のひとりであり、マリーにとってもムルソーは同様の存在なのだ (少なくとも主人公はそのように考えている)。それに対して、小説冒頭でセレストが「母親ってものはかけがえがない」«On n'a qu'une mère» (I, 141) と主人公に語るように、ムルソーにとっての母親は比較対象のない唯一無二の存在である。当然ながら、ムルソーの態度の根幹となる無関心＝無差異は、比較するための二つ以上の事柄を必要とする。母親を愛するか愛さないか、また母親が死ぬか死なないかといった事柄に関してはどちらでもよいと言うことができるし、無関心を示すことができる。しかし母親の存在そのものに比較対象はなく、主人公の無関心＝無差異の規則からはこぼれ落ちてしまうのである(8)。

この無関心＝無差異という観点から考えると、この小説はムルソーが母親の生前の言葉を頼りに、明晰さと意志の力で無関心を自身のものとして所有していく過程の物語として読むことができる。ブランショは「ムルソーが(『裏と表』の) 母親の真実を宿している(9)」と指摘しているが、母親とムルソーの無関心には決定的な違いがある。それは母の無関心が生来の性質であるのに対して、ムルソーの無関心は先天的なものではなく、生き方の規範として自発的に選び取られた姿勢だということである。サルトルは『異邦人』を、言葉によって「言葉以前の世界(10)」を描いた小説だと述べたが、第二部の裁判で「言葉の価値を知っている」、「インテリ」(I, 199) であると検事に非難される、物語の語り手たりえるムルソーは、本質的な意味において差異化によって成り立つ言葉の世界の住人である。カミュの世界観の源泉とも言うべき『裏と表』には、幸福と不幸、肯定と否定、光と闇、生と死、現在と過去、希望と絶望といった、相反する二つの物事の境界線がなくなり、表裏一体になって交換可能なものとなる、透明かつ単純な世界が描かれている。「世界」や母親が属する領域は、こうした差異化以前の混沌の世界である。ムルソーがこうした原初的な、無関心＝無差異な世界へと近づくためには、明晰さをもって人間が施す虚飾を除去し、差異を認識しつつも等価値に置くという強靭な意志の力が必要なのだ。

ムルソーは、事務所の雇い主が好意で提示したパリへの転勤話を断るのだが、その時彼にしては珍しく自分の過去について語っている。

学生だった頃は、そうした野心も大いに抱いていたが、学業を放棄しなければならなくなった時、それらすべてが実際には重要でないことをすぐに悟ったのだ。(I, 165)

この引用には、かつては野心を持っていたが「すべてが実際には重要ではない」と悟るに至る、主人公の生き方の転換点がはっきりと記されている。母が死んでも「結局、何も変わらなかった」(I, 154) と考えたムルソーは、死刑判決を受けてはじめて死刑執行が「結局、人間にとって真に興味深い唯一の事柄だった」(I, 205) ことに気付く。それまで様々な物事に対して無関心を貫き通したムルソーでも、やはり差し迫った自身の死に対しては無関心ではいられない。ムルソーは断頭台に登る自分の姿を想像して恐怖し、「上訴」と「夜明け」で頭がいっぱいになり、赦免に一縷の希望を見出そうとする。しかし自身の死でさえも最終的には「何ものも重要ではなかった」(I, 212) と結論づけてしまう。

この自己の無関心の拡大の助けとなったのが、主人公の母親の言葉である。逮捕されたムルソーは監獄での生活に最初のあいだ苦しむが、母親の口癖だった「人はどんなことにもしまいには慣れてしまう」という言葉を思い出し、「努力の結果、最初の数ヶ月をやり過ごすことができた」と言う (I, 185)。また死刑宣告を受けた後に到来した死の恐怖に震える時も、「人は完全に不幸になることはない」という母の口癖を思い出し、主人公は、「空が色づき、新たな一日が独房に忍び込む時、母さんの言葉は本当だと思った」と実感する（I, 207）。母の死に対して泣く権利は誰にもないという確信に至る主人公の最期は、生前の母の言葉を意識的な努力によって、自己の内面に取り込み血肉化するという軌跡を経た末に用意されているものなのだ。生と死という最も決定的な差異までも無差異のなかに解消し、死を受け入れることになる結末が、主人公が母親を理解する瞬間であると同時に、「世界」を近しいものと感じ、「世界の優しい無関心」（I, 213）に心を開く瞬間でもあることは決して偶然ではない。ここで最終的にムルソーの無関心が真の意味で成就され、母親および「世界」の無関心と一致するのである。

母親の無関心、「世界」の無関心、肉体の無関心、そしてムルソーが生を賭してまでも貫いた無関心――この言葉は作家のアルジェリア時代のすべての活動の基盤となるモラルの精髄となる。このムルソーの姿勢のうちに、無関心＝無差異を理想とし、それを明晰さという意識の力をもって内在化しようとする作家の強固な意志を透かし見ることもできよう。この章で問題にした歴史の否定も、一見非政治的な態度と受け取られかねない無関心＝無差異のモラルと通底している。それは決して過去の歴史そのものの否定ではなく、それぞれの要素が持つ歴史的価値を平準化し、そのヒエラルキーを崩そうとする態度だった。前章で検討した「男」のモラルも、その一端を担うものだと言えよう。カミュはすべての人間、すべての事象の平準化に積極的な価値を与え、文学においてそれを探究し、同時に自身の政治活動における思想的基盤としたのではないか。

こうした作家自身の思考から考えると、カミュは植民地主義者か否かという問題でさえ無意味になってしまうように思われる。サルトルやサイードのように植民者＝植民地主義者という立場を取るならば、たしかにカミュは植民地主義者である。実際そうした立場からカミュを批判するアルジェリア知識人は、いまだに存在するし（この立場を取る人は、『幸福な死』や『ペスト』などの他の小説も、「アルジェリアが舞台なのに当然いるはずのアラブ人が重要な役割を占めていないのは差別的だ」と考えて非難する）、植民者という出自そのものが不可避的に植え付ける差別意識が、意識的にせよ無意識的にせよカミュに全くなかったとも言い切れない。あるいはジャクリーヌ・レヴィ゠ヴァランシのように、カミュの反植民地主義の活動を証左とし、カミュは反植民地主義者だと弁護することも可能だ。また中間を取って、アルベール・メンミの表現を借りて、カミュに「善意の植民者[11]」という称号を与えることもできるだろう。だがカミュは自分に対して、植民地主義者であるとか、反植民地主義者といった肩書きを与えることはしなかったであろう。カミュは一九三九年に「カビリアの悲惨」というルポルタージュを連載記事にし、当時のアルジェリアのフランス人としては非常に珍しく植民地制度を批判した。だがこうしたカミュの発言は、政治的立場以前に、カビリア地方の人々と同じひとりの人間としての立場からの発言であったように思われる。

それゆえ不幸なカビリア地方の他の局面へと移る前に、私はアルジェリアでよく知られた議論、すなわち現在の状況に対する弁解を得るためにカビリアの「精神性」をよりどころにするいくつかの議論の誤りを明らかにしたい。というのもこうした論法以上に卑劣なものを私は知らないからだ。この民衆がすべてに適応すると言うことは卑劣である。[……]この民衆が我々と同じ欲求を持たないと言うことは卑劣である。(*CAC3*, 294)

医療、住居、食糧事情、教育、インフラ、賃金といった様々な角度から、カビリア地方の「原住民」の人々の生活状況の劣悪さを数字によって客観的に証明しようとするカミュは、どんな人間であってもこういった不当な状況には耐えられないと主張する。それは、ヨーロッパ人とは異なるカビリアの人々の生来の資質として片付けようとする当時の風潮に反発するものだった。「原住民」も植民者も、ひとりの人間であるという限りにおいて同等の立場にある――このカミュの主張は、同時期の作家の政治テクスト全般に通底しているのみならず、『結婚』や『異邦人』に見られる、アルジェの街の規律「男」のモラルとも共鳴している。そうした主張を支える背景として、一九三〇年代後半のカミュは、過去の歴史に依拠して植民地支配を正当化しようとした伝統主義的・国家主義的な言説に反発するかたちで、過去のないアルジェリアを文学創造において具現化していったのである。その意味において、『結婚』や『異邦人』は、当時の時代状況や作家の政治的思索とは完全に切り離されたものではない。むしろ、そうした文学作品における歴史の排除のなかにこそ、作家が植民地アルジェリアという状況下で培い、政治テクストのなかで打ち出していた歴史観の一端を認めるべきであろう。

ところで、このカミュにおける反歴史性は、これまでに検討した政治的思索やアルジェリアという土地の文学的創造といった問題のみならず、より根源的な作家の小説美学や小説創造の問題とも密接に関連している。そこで第II部では、一九三〇年代におけるカミュの習作時代のテクストに着目しながら、作家の非-歴史的思考を、『異邦人』完成に至るまでの小説創造の軌跡のなかに探ることにしたい。

第Ⅱ部　歴史の不在と小説創造の問題

一九三五年にアルジェリア共産党に入党する際に、カミュがはじめて表明したヘーゲルやマルクスに対する批判は、彼らが展開する歴史哲学および歴史の理論に対する学問的見地からの批判ではない。過去から現在、そして未来へと向かう人間の営為のなかに法則性を見出し、文明の進歩や労働者階級の勝利といった目的に向かって社会が発展していくという思考法そのものに対する批判であった。それは理性的見地からの批判というよりは、生理的、本能的な嫌悪に由来するように思われる。「教義より生を好む」(*CAC3*, 21) と主張するカミュが重視したのは、過去や未来とは切り離されて展開する生＝現在である。というのも、過去や未来という存在しない時間から照らして現在を判断することは、「今」繰り広げられている生を十全に直視することを妨げ、そのかけがえのない価値を減じてしまうことになるからだ。

こうした作家の歴史批判が、当時の植民地アルジェリアにおける政治的・歴史的文脈においていかなる意味を持つのか、そしてそうした歴史的状況を背景に深められた一九三〇年代後半の作家の政治的思索と文学的創造がいかなるモラルにおいて結び付いているのかを第I部で検討した。だがここで注意しなければならないのは、歴史批判やそこから引き出されるモラルの基盤となるカミュの歴史認識は、時代の政治的要求、すなわちナショナリズムや植民地主義的ディスクールに対抗するかたちで形成されたものではなく(深められたにせよ)、アルジェリアの入植者の家に生まれ、文盲の家族に育てられるなかで形成された、より根源的な時間認識に根差しているという点である。カミュの時間認識が生育環境によって育まれたものであることは遺作『最初の人間』に詳しいが(その点については第Ⅳ部で検討する)、その内実を顕著に示しているのが、時間の因果的論理から解放された特権的瞬間を描こうとした習作時代のテクストである。つまり、『結婚』や『異邦人』といった初期の文学作品は政治的思索の反映としてあるのではなく、作家の小説美学と政治的思索は、ともに同じ根源的な反歴史的志向性を土台としているのである。

あらためて強調するまでもなく、カミュの初期作品が非-歴史的な瞬間性の美学に貫かれていることについては、すでに多くの研究者が指摘しており、これを論じた研究は枚挙にいとまがない。『裏と表』における「ウイとノンのあいだ」という特権的瞬間、『結婚』で描かれる現在時と肉体の賛美、過去と未来に対して無関心で、現在時の継起のみに生きるムルソー、そして転がる岩を繰り返し頂上へと押し上げるシーシュポス。カミュ研究の現在においては、作家の初期テクストに一貫する非-歴史性は、自明なものとしてそれ以上に論議が深められることはない。しかしながら、特権的瞬間を志向するカミュの小説美学を支える非-歴史的思考は、何よりもまず小説創造そのものに関わる重要な問題であったように思われる。一九三〇年代の習作時代において、カミュは多くのエッセイと、共同制作というかたちではあるが戯曲『アスチュリアスの反乱』を執筆しているものの、小説に関しては、「ルイ・ランジャール」、『幸福な死』といった未完成草稿が残るのみである。エッセイや戯曲を執筆しながら、なぜカミュは小説を完成させることができなかったのか。そのことには、作家が根源的に持つ時間認識が大いに関わっているのではないか。第Ⅱ部では、『異邦人』完成に至るまでの一九三〇年代のテクストを主に分析することで、小説創造という観点からカミュの非-歴史的思考の内実を明らかにしておきたい。

第1章　小説創造という野望

一九三〇年代のほぼ一〇年間にわたる習作時代の結晶として、不条理三部作（小説『異邦人』、哲学的エッセイ『シーシュポスの神話』、戯曲『カリギュラ』）が相次いでパリのガリマール社から出版されたが、作家が最も重きを置いたのは当然ながら処女小説『異邦人』である。当時のカミュはすでにアルジェで二冊のエッセイ集（『裏と表』、『結婚』）をシャルロ社から出版し、作家デビューを果たしていた。しかしながら、カミュが志していたのはあくまでも芸術作品の創造、すなわちエッセイではなく小説の創造であった。

カミュは『裏と表』の出版直後の一九三七年七月八日、友人ジャン・ド・メゾンスール宛の手紙で、この処女作品の出来映えに対する不満をもらしている。

舞台裏にとどまっていなければならないというあなたの意見に賛成です、ジャン。［……］のちに僕は芸術作品と呼べるような本を書くでしょう。もちろん僕は創作のことを言っているのです。でも僕は同じことを言うでしょうし、僕の進歩は形式における進歩になるのではないかと危惧しています。形式をもっと外に押し出したいのです。（I, 97）

「のちに」、「形式をもっと外に押し出した」、「芸術作品」を完成させたいと考えていた青年カミュは、このエッセイ集を文字通りの「試作」としか見なさず、一九五八年に至るまで「芸術的抵抗」（I, 37）を理由に再版を許可しなかった。『裏と表』の出版とほぼ同時期に『手帖』に書き付けた、このエッセイ集のための序文の草稿でも（この序文は公にされなかったが）、作品の形式的不備と作家としての未熟さが欠点として強調されている[1]。さらにエッセイ集出版から二〇年ほど経った再版のためにあらためて書かれた序文でも、カミュは当時を振り返りつつ「天才を除けば、二二歳では人は書く術をほとんど知らない」と言い、このエッセイ集の形式の「不器用さ」が、自分の若さと作家としての経験の浅さに起因すると繰り返し述べている（I, 31）。

執念と言っていいほどカミュは『裏と表』の形式的不備にこだわり続けた。上の手紙で、作家が形式や芸術創造に固執した様子を示しているのは、『裏と表』が本来ならばエッセイ集ではなく小説というかたちをとるはずだったこと、少なくともカミュはそのような意図を持っていたことを示唆している。これが同じくエッセイ集として出版されながらも再版を重ねた『結婚』との違いである。

カミュが『裏と表』を小説、すなわちフィクションとして完成させる意図を持っていたことは、それ以前に執筆された「ルイ・ランジャール」という最初の小説創造の試みが示している。このテクストは一九三四年から三六年にかけて執筆された未完の自伝的小説で、主人公ルイ・ランジャールとその母親の関係を中心的主題に据えた草稿であり[2]、時期的には、一九三四年一二月に完成していた自伝的テクスト「貧民街の声」と『裏と表』とのあいだに位置している。この「ルイ・ランジャール」には、「貧民街の声」[3]をはじめとしたいくつかの先行テクスト（一九三三年四月に完成させた「モール人の家」と「勇気」（『裏と表』の「皮肉」の草稿断章）、また同年一〇月に完成させた「貧民街の病院」）を再利用している部分があるばかりでなく、のちに出版された『裏と表』と共通する箇所も少なくない[4]。また沈黙する母親とその息子の関係を中心的な主題とする点も、「貧民街の声」や「ウイとノンのあいだ」

（『裏と表』収録）と共通している。この一連の執筆の流れから考えると、カミュはまずいくつかの短い自伝的作品を執筆し、それらのテクストをもとにして小説（この場合では「ルイ・ランジャール」）を執筆しようとしていたと考えられる。[5] つまり、「ルイ・ランジャール」が結局草稿断片にとどまり小説として完成したかたちをなさなかったため、ひとまずそれらを「皮肉」、「ウイとノンのあいだ」というエッセイに仕立て上げ、『裏と表』に収録したのである。

カミュが『裏と表』を、小説を書こうとして失敗した作品だと考えていたことは、『裏と表』出版後すぐに、新たな小説創造の試みである『幸福な死』に、あらためて本格的に取りかかったことからも窺える。『裏と表』が出版されたのは一九三七年五月だが、同年八月の『手帖』には、『幸福な死』のためのプランが数多く見られるようになる。[6]

『最初の人間』が一九九四年に出版されて以来、メゾンスール宛の手紙に書かれた「芸術作品」が具体的に指し示すのは、「『裏と表』を再び書いた」（I, 38）『最初の人間』であると解釈する論者もいるが、[7] ことはそれほど単純ではないように思われる。たしかにカミュは『裏と表』出版の後、このエッセイの中心的主題となる母と息子の関係を小説という形式で執筆することを模索しており、その試みは最終的に自伝的小説『最初の人間』の執筆によって実現化するはずであった。

一九三八年一二月の時点ですでに、そのまま遺作『最初の人間』で引き写されることとなった覚書が『手帖』に書き付けられている。

「せめて本が読めたらねえ！　でもこの明かりじゃ夜に編み物することだってできないよ。だから横になって待ってなくちゃいけない。長いよ、二時間こんな風にしているのは。ああ、せめて孫娘が一緒にいたらねえ。

でも私は年をとりすぎているから嫌な匂いがするかもしれないね。うちの孫娘は一度も来ない。だからこうやってひとりぼっちなんだよ」。(II, 863)

この覚書は『最初の人間』の第一部第六章冒頭のジャックの母親の言葉として、多少の加筆修正は見られるものの、ほぼ同じかたちで使われている(IV, 786)。ここで興味深いのは、『手帖』の日本語訳を手がけた大久保敏彦による訳注である。「『異邦人』のための覚書と思われるが、決定稿には使われていない。この老女はカミュの母親をモデルとしたものだろう(8)」とあるが、『手帖』の日本語訳が出版された当時、『最初の人間』はまだ日の目を見ていなかったので、この覚書がカミュの遺作にそのまま使用されたという事実を、訳者は知る由もなかった。しかしながら、この指摘は完全に的をはずしたものとは言えない。なぜならカミュの文学作品に登場するすべての母親は、多かれ少なかれ『裏と表』で素描された作家の母親像を反映しているからである。この覚書は、『異邦人』と『最初の人間』の両作品の母親に共通する姿を示していると言えよう。

また同様に、上の覚書とほぼ同時期に書かれたもうひとつの覚書も重要である。

登場人物

A　エチエンヌ、「自然人」——彼は自分の肉体に注意をそそぐ

(1) 西瓜

(2) 病気(刺すような痛み)

(3) 肉体的欲求——おいしい——暑い、など

(4) 彼はおいしいものを食べるとうれしくなって笑う

B　マリー・C。彼女の義兄と共同生活。「彼が部屋代を払っている」

C　マリー・Es。子供時代。家族における彼女の立場。噂の的となる彼女の純潔。アッシジのフランチェスコ。苦しみと屈辱

D　ルカ婦人（前記参照）

E　マルセル、運転手――それにカフェの老女（II, 861）

この覚書を執筆した時期（一九三八年一二月）のカミュは、『幸福な死』をひとまず完結させていたものの、その出来に満足できず、いったんこの小説を放棄し、再び小説のプランを練りなおそうとしているところであった。[9]この頃の『手帖』には、『幸福な死』のための覚書と、のちに『異邦人』に使われることになる覚書が混在している。大久保が指摘するように、当時のカミュはこれら二つの小説をそれぞれ一個の独立した作品として同時進行させていたわけではなく、『幸福な死』を土台にした新しい小説創造を模索していたと思われる。[10]ここで注目したいのが、この登場人物のリストのAとBに挙げられているエチエンヌとマリー・Cという人物がひとつの小説プランのなかに同居していることである（C以下の人物は結局どの小説にも使われていない）。マリー・Cは『異邦人』に登場するムルソーの恋人マリー・カルドナを指す。そして自己の肉体に敏感な登場人物エチエンヌは、先ほどの母親についての覚書と同じく『最初の人間』に活用されている。この人物は第一部第六章で詳細に描かれるジャックの家族構成員のひとりである叔父エチエンヌであり、作家が幼少の頃同居していた叔父をモデルにしている。[11]

このように、これらの二つの覚書はともに『異邦人』と『最初の人間』（奇しくも処女小説と遺作となる小説である）両作品の萌芽を孕んでいる。しかしながらこのことは必ずしも、一九三八年の時点ですでにカミュに『最初の人間』の執筆意図があったことを意味しない。先ほどのメゾンスール宛の手紙における「芸術作品」は、最終的には『裏と表』を小説化した『最初の人間』によって十全なかたちで結実する（はずの）ものではある。だが当時の

カミュが抱いていた芸術作品創造、すなわち小説創造への野心は、この手紙の執筆当時に取り組んでいた『幸福な死』の完成型である『異邦人』によって、ひとまず実現するのだと言ってよいだろう。

第2章　瞬間の美学

1　特権的瞬間（1）——生の停止

『異邦人』をカミュの芸術創造における最初の到達点とする時、そこに至るまでの道程は挫折の連続と言ってよいものだった。一九三一年一二月に最初の作品「ある死産児の最後の日」が雑誌『南』に掲載されてから、一九四〇年五月に『異邦人』が完成するまでのほぼ一〇年間、カミュは主に短い自伝的作品を書き続け、それらのテクストを再利用して小説を執筆しようと試みていた。作家が目指していたのは常に芸術作品の創造、すなわちエッセイではなく小説の創造だったが、それは満足できるような完成したかたちをとることはなかった。この時期に執筆された作品のほとんどは、小説を目指しながらもエッセイの枠を出ることのない、断片的な情景描写や自伝的挿話として残されている。習作時代の作品群における「私」は、いかに自伝的であろうとも、小説創造という作者の意図があるために、純粋なエッセイのような「私＝作者」という図式に還元できない。かといって小説というかたちもとりえなかったために、一人称小説における「私」にも分類できない、エッセイとフィクションとのあいだを漂う中途半端な位置にある。

およそ一〇年にわたる修練期間を長いと考えるか短いと考えるかは人によって受け取り方が違うだろう。出版に値する小説作品をこれだけの期間完成させることができなかったのは、カミュ自身が『裏と表』出版時に考えていたような作家としての経験の浅さや未熟さだけが原因ではなく、小説創造そのものに関わる根本的な問題があったと考えられる。結論を先取りして言うならば、その最大の問題は、時間の因果的論理ではなく特権的瞬間を志向し、描こうとする作家の反歴史的思考そのものが、小説が必然的に内包する物語という構造と相容れなかったことにあるのではないだろうか。カミュは「芸術は拘束から生まれる」(I, 958)という言葉を自己の芸術信条のひとつとして生涯大切にしていたが[1]、形式という拘束に固執するわりには、カミュ自身がその背理に対して無頓着だったように思えるのである。


作家の初期テクストにおける時間性の礎となる特権的瞬間がはじめて描かれたのは、カミュの文学的個性を決定づけた作品とも言える「モール人の家」(一九三三年四月完成)においてである。この作品は様々な側面において、小説家カミュの誕生へ向けての重要な転機をしるしている。はじめてアルジェリアという言葉が登場し、意識的に自分の生地を舞台として選び、描こうとした作品であると同時に、恩師ジャン・グルニエに添削を依頼した最初の作品でもある。また自己の芸術観そのものの転換点をなす作品でもあった。カミュが作家人生の出発点として選んだ主題は貧困と苦悩である。「モール人の家」以前のカミュは、芸術を生の苦悩を忘れさせる夢想の場とし、過酷な現実からの逃亡手段として考えていたが[2]、この時期を境に現実そのものをあらたに直視し、芸術によってそれを昇華させることを模索するようになった。

この小作品は、序文と結論の他に、「入口」、「廊下」、「光の落下」、「最後の半影」、「中庭」といった題の付いた五つの短い断章から成る、非常に練られた構成を持つ。そして、モール人の家というありふれた建物を中心的主題に、それを取り囲む日常的な自然や町並みを描写しつつ、それらを見つめる自己の深い精神の動きを、抒情性を交じえて語り上げる、散文詩的であると同時に哲学的とも言えるエッセイである。この作品にはカミュ独自の文体の芽生え、そして、のちの作品でさらに発展することとなるテーマが散見されるのだが、そのことを裏付けるのがエッセイ冒頭を飾る一節である。

入り口の円天井の下に漂っている不安。青い廊下の漠とした魅力。中庭へと通じる短い薄暗がりの重要性を高めている突然花が咲いたような光の驚き。その中庭は果てしなく広く、水平で、光は完璧だ。モール人の家をはじめて訪れたときに受けたこうした束の間の感動を、僕は自然の万物を前にした時の、より一般的でより人間的な交感のなかに拡大させたかった。(I, 967)

冒頭に箇条書きのように記された断続的な名詞句は、母の葬儀の際に目に飛び込んだ情景や印象の羅列をフラッシュバックとして次々に思い起こすムルソーの語りを思い起こさせるし(3)、またこのエッセイに見られる自然との交感という主題も、後の『裏と表』、『結婚』、『異邦人』へと受け継がれていくことになる。そしてこの作品の本文では、アルジェリアの日常的な風景のなかで語り手がときおり感じ取る特権的瞬間が、様々なかたちで描かれている。

モスクの壁に沿って、一目見るだけでさわやかにさせるひとつの甘美な影がのびていた。そして前方に進み、少しずつ墓へと伸びていくあの影さえなければ、そこで生が宙づりにされ、時間の流れが止まってしまったように思われただろう。墓地は観想していた。この生の停止にはいかなる倦怠もなく、まさしく無関心が横溢していた。(I, 971)

かつて僕があれほど愛した夕べの終わりに、僕は嫌悪を感じていた。そして僕の青春が光の回帰のなかで希求していたのは、麦畑を焼き尽くし、焼き立てのパンの焦げた味が天へと昇っていく太陽の時間であり、猛烈な暑さに支えられた陶酔が、暑さとともに完全な合一をもたらす時間であった。それはついには甘美な圧倒、目がくらむような激しい停止、善意や憐憫や寛大さを呼び起こしほのめかしもする、ぼう然自失のなかの合一であった。洗練をあまりにおそれるあまり、どんな偉大さも停止と合一のなかにあると僕は確信したのだった。

(I, 972)

この作品で繰り返し描かれる特権的瞬間とは、通常流れる時間が「停止」«arrêt» する瞬間である。それは日常生活の喧噪から脱出し、自己忘却に至る瞬間であり、目の前の光景を眺める語り手が、その光景そのもののたたえる静寂と心理的に合一し、調和することによって生まれる。カミュはこの「停止」という、日常的に流れる時間がふと立ち止まったかに思える超時間性を芸術の本質として考え、自己の芸術観の礎に据えている。

ただ、特権的瞬間を芸術の主題にするということだけでは、カミュが独創的な作家だとは言えない。実際に、カミュが描く「無関心が横溢」した「生の停止」は、彼に決定的とも言える文学的啓示を与えた恩師グルニエのエッセイ集『孤島』(4)(一九三三)においてすでに打ち出されている。そして何よりも、特権的瞬間は、シャルル・ボードレール以降のフランス文学、そして写実主義や印象派以降の絵画における重要な主題のひとつでもある。それでは、カミュの独創性とはいかなるものか。そのためにはもう一度、カミュ作品における母親の問題に立ち返らなくてはならない。

2　特権的瞬間（2）——母と息子の関係

カミュはその初期作品において、母親との関係を偏執的なまでに描き、変奏し続けてきた。「モール人の家」とほぼ同時期（一九三三年四月）に執筆された「勇気」を皮切りに、一九三四年一二月に完成した「貧民街の声」、一九三四年から三六年にかけては「ルイ・ランジャール」という小説化の試みがなされ、その後『裏と表』の「皮肉」と「ウイとノンのあいだ」として一応の表現を得る。さらにフィクションという枠組みにおいても、『異邦人』のムルソーと母親、戯曲『誤解』におけるジャンとその母親、『ペスト』におけるタルーとリウーの母親（タルーは、死んだ自分の母親の姿をリウーの母親に投影している）、そして作家の実母である「カミュ未亡人」への献辞[3]を掲げた『最初の人間』に至るまで、母親はカミュ文学の一貫した主題であり、文学創造の出発点である。

カミュはなぜ自身の貧しい幼少期の思い出、とりわけ母親との交流を文学創造の出発点の主題として選んだのか。一九五一年一一月、『新フランス評論』誌のジッド追悼特集号で、カミュは小説家を志す最初のきっかけとなった一冊の本との出会いを懐古的に語っている。それは一九三〇年、カミュが一七歳の時、恩師グルニエが差し出してくれたアンドレ・ド・リショーの『苦悩』（一九三〇）である。この本を読んだ時に受けた衝撃を、カミュは以下のように語っている。

私はこの美しい本のことを片時も忘れたことはない。それは母親や貧困、夕暮れ時の美しい空など、当時私が知っていたことを語ってくれた最初の本だった。それは自分の奥底にある、漠然とした束縛の結び目をほどいてくれ、名付けえぬまま窮屈に感じていた桎梏から解放してくれた。［……］私のかたくなな沈黙、あの茫漠とした至高の苦悩、私を取り巻いている奇異な世界、私の家族の気高さ、彼らの貧苦、私の秘密、これらすべてはそれゆえ言い表すことができるのだ！ (III, 881-882)

カミュはこの本に出会う以前にも多くの書物を読み、文学に慣れ親しんできた。しかしながら、彼にとっての読書は貧しい現実からの逃避の手段であり、気晴らしでしかなかった。文学は、どれほど魅力的な世界であっても、あくまでも自分を取り巻く現実とは全く関わりのない、手の届かない世界だったのだ。周知の通り、カミュは書物のない家庭で育った。カミュの父は、彼が生後一一ヶ月の時にマルヌの戦いで死亡した。母はアルベールと兄を連れてアルジェに住む祖母のもとに身を寄せ、極貧生活を送る。スペイン系移民の祖母、その娘である母、そして母の弟である叔父はみな文盲であった。とりわけ母親は、耳が悪く使える言葉も限られており、叔父に至っては聾唖者であった。書物のない世界、言葉が極端に少ない世界で育ったカミュにとって、「母親や貧困、夕暮れ時の美しい空」といった「私が知っていたこと」を語ったリショーの『苦悩』は、それまで自分を引き裂いていた異なる二つの世界——文学の世界と文字のない家族の世界——をひとつに結び付ける可能性を示唆する一種の啓示であったに違いない。文字（言葉）の芸術としての文学は、自分の育った文字のない世界との距離を引き立たせるものではなく、逆に言葉によって文字のない家族の貧困を照らし出し、「私［カミュ］を取り巻いている奇異な世界」を「言い表す」ことによってその溝を埋めることができるのではないか——だからこそ、カミュはこのリショーの小説を読んで言いようのない解放感を感じ、自分でも小説を書きたいとはじめて真剣に望んだのではないか。それゆえカミュは、自身の文学的主題として、幼少期を過ごしたアルジェのベルクール街を「貧民街」《quartier pauvre》として舞台に選び、自伝的テクストを量産していく。

母親と息子の関係という主題における特権的瞬間は、まず両者の徹底的な相互異邦性のもとで語られる。言葉数の多くない、無口な母親と息子とのあいだで実り豊かな会話が交わされることはなく、母の息子に対する態度は「無関心」«indifférence»、「無思考」«non-pensée»（I, 93）という言葉で要約されている。こうした相互理解を欠いた断絶が究極のかたちであらわれた瞬間――それは母親から徹底的に排除されていることを息子が自覚した瞬間である――が第一の特権的瞬間として語られる。それは夕闇のなかにひとり座り床を凝視する母親の姿を、帰宅した子供が偶然目撃する場面である。

この場面は、まず「貧民街の声」の冒頭にある「考えることをしなかった女の声」の一挿話として書かれ、のちに未完の小説「ルイ・ランジャール」、『裏と表』に収録された「ウイとノンのあいだ」でもほぼそのままのかたちで取り入れられている。さらにその約二〇年後に執筆された『最初の人間』でも、主人公ジャックの感じた「日常的神秘」と関連してこの母親の姿が回想されている（IV, 845-846）。母親にまつわる様々な思い出のなかでも、作家にとって最も原初的かつ根源的な母のイメージであると言ってよいだろう。ここでは、「ウイとノンのあいだ」の一節を引用する。

ときおり、彼がおぼえていたあの夕べのように、彼女は仕事に疲れて帰宅すると（彼女は家政婦をしていた）、家に誰もいないことに気付く。老婆は買い物に行き、子供たちはまだ学校なのだ。そこで彼女は椅子に身をしずめ、何を見るともなく、床板の溝を、我を忘れて眺める。彼女のまわりでは宵闇が濃くなっていき、そのなかでこうした無言は癒し難い悲痛さを帯びている。子供がそんな時に帰宅すると、骨ばった両肩の痩せた人影をみとめ、立ち止まる。彼はおびえたのだ。彼は多くのことを感じはじめる。自分自身の存在にやっと気付いたばかりだ。だが彼は、この動物のような沈黙を前にして、泣きたいほど心が痛む。彼は自分の母親に憐れみを感じる。それは彼女を愛しているということなのだろうか。彼女はこれまでに決して彼を愛撫したことがなかった。そうすることを知らないからだろう。そこで彼は長いあいだ立ちつくして彼女を見ている。自分をよそものと感じることで、彼は自分の痛みを自覚する。彼女は息子の気配に気付かない。というのも彼女は耳が悪いからだ。もうじき老婆が帰宅し、生活が再び始まる。石油ランプの丸い光、オイルクロス、どなり声、野卑な言葉。だがいま、この沈黙は限りない一瞬を刻んでいる。こうしたことを漠然と感じると、その子供はみずからに宿る感情のほとばしりのなかで、母親への愛を感じるように思うのだ。なぜなら、要するに彼女は彼の母親だからだ。(I, 49–50)

この場面に見られる母子関係は、常識から判断するとかなり奇異である。というのも子供にとって通常ならば誰よりも近しい存在であるはずの母親が、ここでは「おびえ」を感じさせる最も遠い存在として語られているからだ。「動物的な沈黙」のなかに閉じ籠り、他を寄せつけない母の徹底的な孤立は、母子間の埋めることのできない断絶を引き起こすゆえ、子供は「自分をよそものと感じ」、苦しむ。この場面において、二人のあいだにあるのは沈黙と交差することのない両者の視線だけであり、言語と身体両面においてコミュニケーションが欠けている。息子は、母親が自分の肉親であるという事実以外に、愛情の絆を確認する術を持たないのである。この挿話が実際にいつの出来事なのか正確には記されていないが、小学校に通い、外の世界を理解しはじめた息子が、思索行為に無縁な母親の異様さをはじめて明確に意識した瞬間であろう。最終的に愛情へと変化する息子の母に対する強い憐れみの感情は、母親の徹底的な知的無力さに起因するのではないだろうか。

息子の視点を通じて描かれた沈黙する奇妙な母親は、自己の内面を言葉で十全に表現することができず、言葉の代替となる表情や仕種といった感情を推測する手立てさえも与えない。視線で外面をなぞることしかできない、ただそこにいるだけの存在である。母親は絶対的に理解不能であり、「沈黙」という言葉が示す空虚さそのものなのだ。この息子の体験は、カミュの恩師グルニエがエッセイ集『孤島』の冒頭を飾る「空白の魔力」で語っている幼少時の体験を思い起こさせる。六、七歳の頃、菩提樹の影にねそべって雲一つない空を見ているうちに、空の空白に呑み込まれるような印象を持ったグルニエは、それが「むなしさ」《vanité》のさらに上をいく「からっぽ」《vacuité》に触れた、ある種の特権的体験であったと回想している。[6] 事物のはかなさを意識化する教化的契機となったこの体験から、グルニエは人生において何も目標を持たない無関心という態度を引き出す。ただ、グルニエがその後の人生で無関心から選択へと移行したと語るのに対して、カミュは選択することを拒み、母から学んだ無関心に固執し続けることになる。

息子と母の断絶を描いた第一の特権的瞬間とは正反対に位置するのが、第二の特権的瞬間である。そこでは二人のあいだにある境界は融解し、両者を隔てていた沈黙は、逆に両者の密接な絆をもたらす。この場面に関してまず確認しなければならないのは、この二つの特権的瞬間を記した挿話のあいだには時間的な隔たりがある点である。前者が語り手の幼少時の経験であるのに対して、後者は語り手が成長し、家から独立したあとに経験した出来事である。また執筆時期における時間差もある。第一の特権的瞬間は「貧民街の声」、「ルイ・ランジャール」、「ウイとノンのあいだ」（そして『最初の人間』）で描かれているのに対して、第二の特権的瞬間は「ルイ・ランジャール」と「ウイとノンのあいだ」に共通するだけで、先行するテクスト「貧民街の声」には欠けている。つまり第二の瞬間は、第一の瞬間のあとに付け加えられた挿話なのだ。こうしたことからも、第一の瞬間の方が作家にとってより根源的な体験であったこと、そして子供が常に母の沈黙に恐怖しつつも魅了され、両者を隔てる境界を超えたいという欲望を持っていたことが窺われるように思われる。

では「ウイとノンのあいだ」で描かれている第二の特権的瞬間を具体的に見てみよう。成長して独立した息子は、ある時暴漢に襲われ気を失った母親のもとに呼ばれる。ときおり呻き声をあげながら眠る彼女を一晩中看病している際に、両者はコミュニオンのなかに没入する。

彼はずっとあとになってから、その夜彼らがどれほど二人きりであったかということに気付いた。彼らはすべてから離れていた。二人が熱い息をしている時、「他の人々」は眠っていた。この古い家のなかで、すべてはうつろに見えた。深夜の路面電車が走り去りながら、人間から生じる一切の希望、街のざわめきがもたらす一切の確かさを吸い取っていった。家には路面電車が通過する音が響いていたが、次第にすべて消えていった。もう、大いなる沈黙の庭しか残っていなかった。そしてときおり、病人のおびえた呻き声がひどくなった。彼はかつてこれほど異郷感を覚えたことはなかった。世界は融解し、それとともに世界が毎日繰り返されるという幻想もとけてなくなった。何も存在していなかった。勉強も、野心も、レストランでの好みも、好きな色も。自分が沈みこんでしまったと感じていた病と死以外は何も……だが世界が崩壊したその時でさえ、彼は生きていた。それに彼は眠りこんでしまったのだ。しかしそのあいだ、二人きりの孤独という絶望的で優しいイメージを抱いたままだった。のちになって、もっとずっとのちになって、彼は酢と汗の入り交じったあの匂いや、自分を母親にしかと結び付けている絆を感じたあの瞬間を、きっと思い出すに違いなかった。(I, 51)

母と息子は二人だけで、「沈黙の庭」が支配する言葉が介在しない世界で、「他の人たち」が属する現実から遠く離れ、ただ熱い息をしている。第一の特権的瞬間とはうってかわって、ここでの二人は濃密な母子癒着の状態にある。この融合はお互いがそれぞれ歩みよった結果起こったのではなく(というのも母はこの場面でただ眠っているだけである)、不可侵としてある母の世界に息子が例外的に紛れ込んでいるのだ。先ほどの引用で見たように、豊かなコミュニケーション手段を持たない母親と息子はそれぞれ孤立した存在であり、超えることのできない柵の両側にいることを常とする。それゆえ母の領域へと息子が侵入する時、彼を取り巻く日常は遠のき「世界は融解し」、その状態が「二人きりの孤独」として感じられるのだ。

この母子の「奇妙なつながり」(I, 93)が「死＝永生」という関係のもとで語られていることは、すでに三野博司が指摘している。(7) 上の引用に見られる「人間から生じる一切の希望」から遠く離れ、病と死以外存在しない世界は、一種の「擬死体験(8)」の世界と言ってよい。「ルイ・ランジャール」では、母と息子とのあいだに「いかなる沈黙も傷つけることができない強い愛情」(I, 92)が存在すると書き記されている。カミュはそこで両者のあいだに唯一存在し、コミュニケーションを阻む沈黙という空白を「暗黙の了解」(*Ibid.*)へと反転させるのだ。

この両者の絆は、息子の解釈による価値の逆転を通じて生じたものである。「ルイ・ランジャール」の冒頭では、カミュの実体験をそのまま反映した肺結核の挿話が語られている。一七歳になった息子ルイは肺結核になり死の宣告を受けるのだが、その時に母が見せたのは、息子の重い病気の知らせにもほとんど動揺を見せない冷たい態度だった。

喀血。「息子が肺で死んでしまうよ」、と母はたいして驚いた様子も見せずに言った。彼は年頃だった。一七歳だった。叔父のひとりが彼の面倒をみた。だが彼は入院させられた。一晩以上は入院できなかった。だが、咳と喀血と悪臭で一晩中眠れなかったそのあいだ、健康な「他の人々」が属する生きた世界からどれだけ自分が切り離されているかを実感したのだった。(I, 86)

この一見冷酷さを示す以外の何ものでもない母親の無関心を、息子は別様に捉えることによって再び価値を逆転させる。「ルイ・ランジャール」の終わり近くで、冒頭で語られた、息子が肺結核になった時の母の「奇妙な態度」(I, 91)がもう一度回想される。「ルイが決して自分自身納得のいかなかったあるひとつのこと」(*Ibid.*)として回想される母の冷たい反応と関連して、もうひとつ驚くべきことを、息子は思い出す。冷淡な態度を取った母を恨むのではなく、むしろ逆に、表立って決して伝わることのない、隠された母の愛情を自分自身が確信していたという事実を思い出すのだ。

この確信は、息子が母親に対して抱く無関心という態度によって説明される。

彼は決して彼女が死ぬことを恐れたことはなかった。そうやって彼は自分自身の無関心を説明したのだった。そして母親の視線のなかにも同じ確信を読み取っていたと言わねばならない。彼女は知らずに、自身のうちに共通の永続性の観念を抱いていた。自分たちを離ればなれにさせるものなどないと思っていた。彼女は疑ってなかった。そんなことを考えもしなかったのだ。(I, 93)

息子の病気に対する母の無関心は、冷酷さに由来するものではない。母は死でさえも自分と息子を分かつことはできないと確信しているからこそ、息子の致命的な病に対しても心を乱されることはなかったのだと。こうして母と息子の相互間の無関心は、両者の交流の不在を示すものではなく、逆に両者を密接につなぐ「共通の永続性の観念」へと反転する。この「死＝永生」のなかで結び付く母子の奇妙な愛情の絆は、そのまま『異邦人』や戯曲『誤解』における母と息子の関係に引き継がれていくことになる。

さらに付け加えるならば、沈黙と無関心によって結び付く母子関係は、カミュの世界観、ひいては最初の創作サイクルの哲学的主題である不条理の基盤ともなっている。作家は母親から得た教訓を、「ウイとノンのあいだ」で次のように語る。「あの奇妙な母親の無関心！　彼女の無関心に匹敵するのは世界の巨大な孤独だけだ」(I, 50)。ここで母と世界はイコールで結び付く。こうして、母と息子の相互異邦性、および両者の密接な融合という正反対の関係性は、のちに『結婚』と『シーシュポスの神話』のなかでそれぞれ描かれる世界と人間が取り結ぶ対照的な二つの関係性——世界と人間との断絶と世界と人間のコミュニオン——へと展開していく。

世界と人間とのあいだにある断絶は、『シーシュポスの神話』における不条理という言葉によって言いあらわされている。そもそも不条理とは、習慣によって慣れ親しんだ世界に亀裂が生じ、見知らぬ非日常的なものへと変わってしまう異化の経験を出発点としている。カミュは、人間の理性では理解不可能な、見知らぬものとしての世界こそが、本来の世界の姿だと考えた。不条理の定義のひとつは以下のように記されている。

この世界はそれ自体として、道理にかなったものではない。この世界について言えるのはこれだけだ。不条理であるということは、この世界が理性では割り切れず、しかも人間の奥底には明晰を求める死に物狂いの願望が激しく鳴り響いていて、この両者がともに相対峙したままである状態なのだ。不条理は人間と世界両者に依存する。不条理はさしあたりこの両者を結ぶ唯一の絆である。(I, 233-234)

不条理は世界と人間とを結ぶ「唯一の絆」であると記されているが、これは両者の和解可能性を意味しているのではなく、むしろ両者の断絶状態そのものを示している。不条理とは、「理性で割り切れない世界」と「人間の奥底にある明晰さへの願望」という、決して相容れることのない世界と人間とのあいだの葛藤そのもののことなのだ。『シーシュポスの神話』で語られる「世界」は、初期の自伝的作品に登場する母と同じく、ただ沈黙と無関心を示すだけであり、いかなる知性によっても所有できない、理性の枠外にある存在である。

しかしながら、世界は、「原初の敵意」(I, 228) を見せ、人間を排除するだけではない。むしろカミュの初期作品でしばしば描かれたのは、研ぎすまされた感覚と若い肉体を通じて成就する人間と世界(自然)との一体化であった。「悲嘆に暮れて」(『裏と表』収録)、「チパザでの結婚」(『結婚』収録)、『幸福な死』、『異邦人』などで繰り返し描かれる海水浴の場面、「ジェミラの風」(『結婚』収録)での語り手と風との一体化など、世界(自然)と人間との官能的な交流、そこから得られる生の感覚的喜びを描いた場面は枚挙にいとまがない。カミュはパスカルと異なり、「神なき人間の悲惨」に対してキリスト教的な救いを認めなかったし、また貧困をはじめとする悲惨な現実によってニーチェの言うルサンチマンを抱くこともなかった。ではなぜ貧困や悲惨がなんらかの羨望を引き起こさずにすんだのだろうか。それはまさに貧困を慰めるに足る、海や太陽といった自然の恩恵がアルジェリアにはあったからである。『裏と表』の序文には以下のような文章がある。

いずれにせよ、僕の幼年時代を支配していた美しい暑気が、私からあらゆる怨恨を奪ってしまった。僕は貧困のなかで生きていたが、同時に喜びのなかにも生きていた。僕は自分に無限の力を感じていた。そうした力の作用点を見つけるだけでよかったのだ。これらの力の障害となったのは貧困ではなかった。アフリカでは海と太陽は無償であった。(I, 32)

豊潤な自然の恵みをたたえたアフリカは、閉鎖的なヨーロッパと比較して「風土の不公平」(I, 33)を生み出す。「チパザでの結婚」では、まさに自然が「神々」«les dieux»として「僕」に語りかけているように、太陽や海といった自然がキリスト教的神に代わる「恩寵」«grâce»の働きを持っているのだ。(9)

そして、母と息子の唯一のコミュニケーション手段とも言える視線は、世界と対峙する際にも重要視され、「明晰性」«lucidité»の志向へと発展していく。それは「目を見開いて光を見つめ続けるように、死に対しても目を見開いていること」(I, 71)を意味する。これは、「太陽と死は誰にも直視できない」というラ・ロシュフーコーの有名な箴言を思い起こさせるが、太陽と死に対して目を見開き、その明晰性を極限まで追求しようとしたのがムルソーである。カミュは、世界(自然)と人間とが交じり合う交流体験を様々なかたちで描いているが、この両者がなんらかのロマン主義的夢想によって結び付くといった幻想は抱いていない。『手帖』に書かれているように、「陶酔のさなかにおいても明晰さを保つこと」(II, 822, 836)こそが重要なのであり、自然と交じわることで感覚的喜びに浸りつつも、主体は世界の具体性をあるがままに把握しようとする乾いた視線を保持している。「ジェミラの風」には、「精神状態であるような風景があるとすれば、それは最も卑俗なものである」（I, 113）という文章があるが[10]、カミュは風景（自然）のなかに自己の感情の反映を見出したりはしない。むしろ自然は、それに対峙する明晰な自己がおのれの個別性をそぎ落としていく場なのである。作家のそうした自然観を示している例として、「チパザでの結婚」の有名な海水浴の場面が挙げられる。

僕は裸になって、次に大地のエキスの香りをまとったまま海に飛び込む。海中でそのエキスを洗い落とし、大地と海がかくも長いあいだ、唇と唇を重ねて恋いこがれているあの抱擁を、僕の肌の上で結ばなければならないのだ。水に入るとぞくっとする寒さを感じる。粘着質の冷たくて不透明なものが身体の上の方へと上昇する。そして潜ると耳鳴りがし、鼻水が流れ、口には苦い味がする。泳ぐ。海面から出たつやつやした両腕は、太陽のなかで金色に輝く。そしてすべての筋肉をねじって水をたたく。体に沿って水が流れる。両足を激しく動かして波をつかむ。そして水平線が消える。岸に上がると砂の上に倒れこむ。世界に身をゆだね、自分の肉と骨の重みが再び戻る。太陽に酔いしれ、そしてときおり自分の両腕に視線をやる。ところどころ乾いた腕の肌には、金色の和毛と塩の粉が浮き上がる。（I, 107）

とりわけカミュの作品で繰り返し描かれる海水浴の場面は、世界（自然）との「結婚」であり、官能的な交流である。海のなかで裸体となった語り手は、自己の感覚だけに意識を集中している。ここで、主体の個性は剝ぎ取られ、語り手は大地と海との抱擁を実現するための単なる透明な媒体、純粋な一個の裸体として存在している。続く「ジェミラの風」においても、風に身をさらす語り手は「世界の隅々に拡散され、放心して、自身のことも忘れ」、「僕自身からの離脱」を感じるに至る（I, 112）。世界と語り手との交流は、自然に己の感情を投影させるロマン主義的な自我の肥大化とは逆に、明晰な意識の行き着く先としての「自己忘却」(I, 131)へと導いているのだ。

第3章　小説創造の失敗

1　「ルイ・ランジャール」と自伝的テクストにおける「過去の現在化」

前章で検討したように、母と息子の関係における二つの相反する性質を持つ特権的瞬間は、「モール人の家」と同じく日常的生の停止する時間として語られている。しかしこれらの瞬間は持続性においてその性質を異にする。「モール人の家」で描かれた瞬間は、「纖細な束の間の感情」(I, 967) といった表現が示すように、その瞬間自体は永遠に続くかのように停止して感じられたとしても、実際には即刻過ぎ去ってしまう短い時間として捉えられている。それに対して、母と息子とのあいだに生じる特権的瞬間は「限りない一瞬」(I, 50) であり、その瞬間を超えた効力を持つ、永続性を孕んだ瞬間なのである。この瞬間の持続性は、体験が主体にもたらす影響の大きさを示している。通常の時間と空間とを超えた時間でありながらも、いやむしろ超えているからこそ、過去に訪れた特別な瞬間は、時空を超えて現在時(語りの現在、あるいは執筆時の現在)に直接的に働きかけ、テクストに変更を迫る。それがおそらくカミュにおける特権的瞬間の独自性であり、幼少期の回想を小説化しようとした「ルイ・ランジャール」が失敗に終わった要因だと考えられる。

繰り返しになるが、ジャクリーヌ・レヴィ＝ヴァランシによって再構成された「ルイ・ランジャール」は、「貧民街の声」、「貧民街の病院」などの先行する自伝的エッセイをそのまま活用しているだけでなく、のちに出版される『裏と表』に収録された「皮肉」、「ウイとノンのあいだ」と共通する部分も含んでいる。これらの自伝的エッセイに登場する子供あるいは息子は、未完の小説ではルイ・ランジャールという名前に置き換えられている。この架空の主人公の名前は、作家の小説創造の意思を伝えているが、この名前の変更がなかったら、この草稿はおそらく他と同じく自伝的エッセイとして分類されていただろう。すでに述べたように、旧プレイヤッド版を編集したロジェ・キーヨは、実際に「ルイ・ランジャール」の草稿を未完の小説とは見なさず、その一部を「ウイとノンのあいだ」のための草稿断片として収録した。それゆえはじめての小説創造の試みである「ルイ・ランジャール」の失敗は、そのまま他の自伝的エッセイが小説になりえなかった理由ともなるだろう。

「ルイ・ランジャール」は、現在のカミュ研究において未完の小説として見なされているが、これはひとつのまとまった統一性のあるテクストではなく、草稿断片の集まりでしかない。この草稿をまとめ、タイトルを付けたレヴィ＝ヴァランシの研究書では、この未完の小説は五つの断片で構成されている。(1) 最初の二つの断片の原稿にはカミュの手によってページ数が振られており、その順番に従ってまとめられたものが「ルイ・ランジャール／再構成」と題され、新プレイヤッド版に収録されている。残りのページ番号が欠けた三つの断片は、原稿に書かれたルイという名前から「ルイ・ランジャール」に附随するものとして考えられ、「ルイ・ランジャールに関係する断章」と題され、「ルイ・ランジャール／再構成」とともに、『裏と表』の補遺として同じく新プレイヤッド版に収録されている。解題によるとすでに紛失した原稿もあるらしいのだが、(2) テクストの全体としての一貫性の欠如はそれだけが理由ではないだろう。この草稿は作家の試行錯誤の末、完成にはほど遠い、まとまりのない断片のまま放棄されてしまったのだ。

では、カミュはどのように自伝的経験を小説化しようとしていたのだろうか。このテクストには現在二つのプランが残されている(3)。第一のプランには、「老人たち」「母親と息子」、「不条理」、「息子」、「母親への帰還」、「ルイ・ランジャール」といった言葉の羅列が見られるが、それらの文字の上には鉛筆やペンによる推敲の跡があるらしく、小説内容を正確に予告するものとは言い難い。それに対して第二のプランからは、具体的に何を指しているのか不明な部分もあるものの、三部構成の小説として計画されていたことが推測される。「ルイ・ランジャール／再構成」はこのプランの第二部までと対応しているが、残りの三つの断片をこのプランのなかに正確に位置づけることは難しい。カミュは特に第三部、つまり結末をどうするかに苦労していたようである。このプランと現在残された草稿を照らし合わせてみると、この小説は主人公ルイが母親との交流を通じて世界を発見し、成長していく過程を時系列に沿って辿る教養小説をイメージしていたと推測される。だが執筆計画とは裏腹に、テクストは当初の目的から道を外れていってしまう。

詳細な分析とともに「ルイ・ランジャール」をはじめて世に出したレヴィ＝ヴァランシは、この作品の失敗原因は、語りの時間の不統一と、それにともなう主人公の立ち位置の不安定さにあると指摘している(4)。この物語の主人公は作家自身の姿を反映しているが、カミュは三人称の語りを採用することで主人公と距離を取り、客観性を保とうとしている。これは「ルイ・ランジャール」だけでなく、「貧民街の声」、「ウイとノンのあいだ」とも共通する姿勢である。後者の二つの自伝的エッセイは、ともに成長し大人になった「僕」が、幼年期の思い出を語るという体裁をとっている。しかしその肝心の過去の出来事を語る時、「僕」という一人称は「息子」、「子供」、「彼」という三人称に置き換えられている。つまり語りの現在時に位置する、語り手としての「僕」は、幼少期の自分と一定の距離を取り、これを他者として捉えようとしているのだ。『異邦人』や『ペスト』でも追求されている客観的主観とも呼びうる作家独特の語り口は、当時のカミュが模範とした作家のひとりであるスタンダールの小説に見出した「個人的客観性」《personnelle objectivité》[5]（I, 956）に由来すると考えられる。この語りを「ルイ・ランジャール」でも実践しようとしたのだが、その主観の客観性は貫かれることはなかった。なぜならば、作家がルイを通じて自分の過去を記述する際、その過去は執筆している作家の現在時に心理的影響を与えてしまうからだ。その結果、過去の思い出そのものよりも、その思い出によって引き起こされた作家の内面の方が重要視されるようになり、作家の「現在の」心情がそのまま語りの現在を通じてテクストに介入してしまう。こうしてテクストは、語りと時制における統一を欠いたまま客観と主観、過去と現在とのあいだをひたすら揺れ動き、客観は次第に主観に、過去は現在に侵食されていく。最終的に、「ルイ・ランジャール」のために書かれたと推定されている最後の断章では、それまで使用されてきた三人称と過去の時制は放棄され、一人称の「僕」が二人称の「あなた」《Tu》、つまり母へと現在形で語りかける打ち明け話になっている（I, 95–96）。レヴィ＝ヴァランシが指摘するように、通常の教養小説では、物語を語る時点、すなわち語りの現在において主人公の成長はすでに達成されているのに対して、「ルイ・ランジャール」では語りの現在においても主人公は変化し続けているのだ[6]。

レヴィ＝ヴァランシはこの過去から現在への移行を「語りへの現在時の侵入」という言葉で説明している[7]。だがここでは、カミュの自伝的テクストにおける過去の回想の特色をより明確にするために「過去の現在化」と名付けることにする。というのもカミュにおける過去の回想は、現在から過去を振り返るという時間的後退によってではなく、過去の記憶が現在へ呼び戻されるという逆の方向性を示しているからだ。このことは、「ルイ・ランジャール」にほぼ丸ごと収録された、「貧民街の声」の冒頭がとりわけ端的に示している。

語らなければならないのは、思い出ではなく召喚だ。そうすることで、僕らは過ぎ去った幸福や虚しい慰めを求めているのではない。忘却の底から僕らが自分の方へと引き寄せるこうした時間から、ひとつの純粋な感動、僕らに分け与えられた永遠なる一瞬の、手つかずの思い出が保存されていたのだ。それだけが僕らにある真実だ。［……］

　ある晩、たそがれ時の悲しみのなかで、あまりに灰色の、あまりにどんよりした空の漠然とした欲望のなかで、これらの時間が長い旅路を経てひとりでに戻って来る。それらの時間は、かつてと同じくらい力強く感動的で、おそらくより官能的ですらある。（I, 75–76）

この引用においてまず注目したいのが、冒頭の文である。「思い出」«souvenir»と「召喚」«rappel»という語は、フランス語ではどちらも「(過去を) 思い出すこと」を意味するが、語られるべきは前者ではなく後者であることが強調されている。問題は、過去の回想という行為における時間の方向性の差異なのである。どちらの語も思い出すことという意味において共通するのだが、前者が記憶へと戻ることを意味するのに対して、後者は記憶を呼び戻すことを意味する。この「召喚」という語に呼応するように、過去の記憶は、主体が過去へと戻ることによってではなく、過去が現在へと呼び戻されることによって蘇る。

　こうして過去から現在へと蘇った記憶を語る際に、過去時制と現在時制が併用される。この現在時制の多用が見られるのが、すでに分析した、夕闇のなか沈黙する母親の姿を息子が目撃する第一の特権的瞬間の場面である。この場面の描写において、語り手は「彼が覚えていたあのいつもの夕べ」«comme en ces soirs dont lui se souvenait»（I, 49）と、三人称「彼」と半過去形を用いて語りはじめるのだが、時制はすぐに現在へと移行する。そして「だが今、この沈黙は時間の停止を、限りない一瞬を刻んでいる」«Mais maintenant, ce silence marque un temps d'arrêt, un instant démesuré»（I, 50）という文で回想は締めくくられる。この母親の沈黙がもたらす「限りない一瞬」は「彼」、つまりかつての「僕＝語り手」が感じた瞬間であるのに、「その時」ではなく「今」という言葉が用いられている。ここで語り手の「僕」は、過去の自分である「子供」（あるいは「息子」）と完全に同化しているがゆえに、過去の記憶をあたかも現在時において経験しているかのように語っているのだ。もちろんこの回想場面に見られる現在時制の多用は、単に臨場感を読者に与えるための手法、あるいは歴史的現在だと説明することも可能である。だが、「貧民街の声」や「ウイとノンのあいだ」における他の挿話がほとんど過去形で語られているため（先ほど検討した、息子と母親の境界が融解する第二の特権的瞬間も過去時制のみで語られている）、この場面における現在時制の使用はそれ以上の意味があると考えるべきだろう。

　母にまつわる思い出のなかでも、この場面だけがなぜ現在形になってしまうのか。それは前述したように、かつての自分に疎外感をもたらした母の沈黙が過ぎ去ったものとして捉えられているのではなく、現在時においても継続して、まさにこの場面を語り、執筆している語り手＝カミュの内面を揺さぶり続けており、それがテクストに反映されているからである。「ウイとノンのあいだ」に先立つテクスト「貧民街の声」では、母親の絶対的沈黙から引き起こされる子供の苦悩がより直接的に吐露されている。

> だが彼女は何を考えているのだろう。彼女は一体何を考えているのだろう？　何も。外には光と音、そしてここは夜の沈黙だ。子供は成長し、学ぶだろう。彼は育てられ、感謝を要求されるだろう。あたかも彼が苦しみを味わわずにすむとでもいうように。彼の母はずっと沈黙を守るだろう。そして子供は問い続けるだろう。そして彼自身と同様に母親も。子供は苦しみながら成長するだろう。[8] (I, 77)

この引用では、過去時制は一度も用いられていない。その上さらにここで注目したいのは、過去の回想を記述しているのにもかかわらず、現在形だけでなく未来形も用いられている点である（傍点部分）。この未来の時制と「ずっと」《toujours》という副詞は、幼少期の母の沈黙とそれに対するかつての自分の問いかけが、現在時に位置する語り手「僕」へと継続していること示している。そうすると、この引用冒頭の疑問「だが彼女は何を考えているのだろう」は、過去の自分＝子供だけのものではなく、現在時にいる成人した語り手自身の疑問でもあると拡大解釈できるだろう。さらに言うならば、過去の特権的瞬間は永遠の一瞬であるがゆえに、この疑問は語り手の現在時をも超えて、未来にまでも及び、繰り返し生じていくと考えられる。この現在形で書かれた子供の問いは、過去、現在、未来を含んだ永遠という恒常的な時間の幅を持っているのだ。こうして作家のノスタルジーを構成する母の沈黙は、永遠の謎として残ることになる。過去を回想し、それを記述することによって、主体の内面で絶えず現在時のものとして更新され、枯れることのない芸術的源泉として、作家の生涯にわたり創造力を掻き立て続けることになる。

「貧民街の声」の第一挿話を加筆修正した「ウイとノンのあいだ」では、語りの現在時における状況設定が詳細になり、回想する過去も重層化し、より虚構性の高いテクストになっている。まず冒頭で、カミュは新たにマルセル・プルーストの一節からの引用を付け加え、自己の回想にプルースト的な意味合いを重ねようとしている。

唯一の楽園とは失われた楽園であるということが本当ならば、今日僕に宿る優しくて非人間的なこの何かをどのように名付けたらよいか知っている。ひとりの移民が祖国に帰還するのだ。(I, 47)

新プレイヤッド版の注にあるように、この「唯一の楽園とは失われた楽園である」という言葉は、『失われた時を求めて』における「見出された時」のなかの一節「真の楽園とは失われた楽園である」[9]に由来する。また旧プレイヤッド版の解題を書いたキーヨによると、カミュはこの「ウイとノンのあいだ」のテクストに、「合間」(《Intervalle》、あるいは《L'Intervalle》)というタイトルを付けようとしていたらしい。[10]「失われた楽園」としての過去の記憶、直線的時間から逸脱した「停止」の時間においてはじめて見出される真の「私」、そして自発的な回想行為によってではなく、無意識的に蘇るかつての記憶。たしかにこれらのモチーフは、当時カミュが敬愛していたプルースト文学の主軸をなす無意志的記憶を想起させる。

「ウイとノンのあいだ」において、語りの現在にいる「僕」はアラブ人街のはずれにあるカフェにいる。夕暮れが終わったばかりの夜、カフェには自分以外の客はおらず静寂が漂っている。この状況設定は、「僕」が回想する過去の状況（夕暮れから夜にかけて、静寂）とほぼ同じである。その状況の類似性によって過去と現在は等質化され、語り手はより自在に現在と過去を行き来している。さらに、「ウイとノンのあいだ」では、「貧民街の声」と比べて、回想の対象となる過去はより重層的になっている。というのも、「貧民街の声」の第一挿話では沈黙する母親を偶然に息子が目撃する場面（第一の特権的瞬間）が語られるだけだったのに対して、「ウイとノンのあいだ」には、成長した息子にまつわる三つの挿話（第二の特権的瞬間を含む）が付け加えられているからだ。これらの挿話は過去時制を用いて語られているので、語りの現在との区別はかろうじて示されているが、挿話間の時間的な前後関係は明確化されていない。さらにそれぞれの挿話のあいだに唐突に語りの現在が介入しているため、現在と過去の場面転換がより頻繁になっている。そのため時間の境界が曖昧になってしまい、最終的に語り手の時間感覚は混乱してしまう。すべての回想を語り終えた後、語り手は以下のように言う。

だがこの時間、僕はどこにいるのだ？　そしてこの人気のないカフェと過去の部屋をどうやって区別したらいいのだ。僕はもはや生きているのか回想しているのかわからない。（I, 53）

語り手はあまりに過去の自分と同化したせいで、現在と過去の判別がもはやつかなくなってしまっているのだ。引用中の「この人気のないカフェ」は語り手が現在いる場所であり、「この過去の部屋」は沈黙する母親がいた記憶のなかの部屋を指す。より厳密に言うと、母にまつわる回想は、すべて「過去の部屋」を舞台としているので、ここの過去は単に一時点を示すのではなく、より広い時間的射程を内包していると考えられる。

こうした語り手の時間感覚の混乱はプルーストには決して見られない。『失われた時を求めて』においても「合間」は重要な概念であり、意識や理性の力が及ばない、しかしながら完全に意識が眠っていない中間の、半睡状態における記憶の想起が様々なかたちで小説に描かれている。語り手「私」にとっての過去はすでに失われたものであり、「私」の目的はそのミッシングリンクを発見し、過去から現在へと至る自己の生の歴史を十全に照らし出すことにある。プルースト研究者であると同時にカミュ研究者でもあるピエール＝ルイ・レーは、両作家の違いを芸術作品と生に対する態度の違いとして説明している[11]。カミュは『手帖』に「偉大な芸術家は何よりも偉大なる生者である」（II, 862）と記しており、一方プルーストは「真の生、最終的に発見され明るみに出された生、したがって十全に生きられた唯一の生、それが文学である[12]」と述べている。両者の芸術観は、ともに芸術作品が生を基盤としている点では共通している。だが結果的に生み出された作品そのものが示すように、プルーストにとっての生は、いったん生きられた過去の生であり、それは芸術創造にとって不可欠な犠牲かつ賭金としてある。それに対してカミュにとっての生は、あくまでも現在時における生であり、それはのちに芸術作品となる可能性を孕んではいても、生は芸術のためにあるのではなく、何ものにも代え難い至高の価値を持っているのだ。

さらにカミュはみずからの作品について、『手帖』に次のように書き記している。

作品はひとつの告白であり、僕は証言しなければならない。僕が言わねばならないこと、きちんと検討しなくてはならないことはひとつしかない。生の真の意味だと思われるものに僕が最も確実に触れたのは、あの貧困生活のなかであり、控えめな人たち、あるいは見栄張りの人たちのあいだであった。芸術作品は生の真の意味の埋め合わせになることは決してないだろう。芸術は僕にとってすべてではない。せめて芸術はひとつの手段

であってほしいものだ。（II, 795）

ここでカミュはプルーストと同様、家族と共に過ごした幼少期の過去の記憶のなかに「生の真の意味」があることを確信している。だが芸術創造という至上の目的のための手段として生があったプルーストとは異なり、カミュは「芸術は僕にとってすべてではない」と述べている。文学創造を通じて「最終的に発見され」、「明るみに出され」るプルーストにとっての「真の生」は、最終的に文学作品と一致する。だがカミュが創り上げる文学作品は、真の生を開示するひとつの手段にはなるのだが、真の意味そのものには決してなりえないのだ。それゆえ「芸術作品は生の真の意味の埋め合わせになることは決してないだろう」とカミュは結論づける。

のちにカミュはエッセイ集『夏』に収録された「謎」（一九五〇年執筆）において、芸術創造の源泉となる自己の真理を、「汲み尽くすことができない太陽」（III, 606）に喩えている。そこで、「まばゆいがゆえによく解読できないひとつの意味」（*Idid.*）としての「謎」を「あらゆる言葉を探して名付けること」が芸術家の務めであると主張した（III, 607）。だが前述の引用にもあるように、文学作品が最終的に「真の生」そのものにはなりえないゆえ、カミュにとっての芸術創造はシーシュポスの苦役と等しくなる。ひとつの作品が完成したとしても決して充足することがない、「〝何もののためでもなく〟、ただ反復し、足踏みをするため」の「苦行」（I, 298）となるのだ。遺作『最初の人間』のためのノートにも、次のような一文が見られる。「この本は未完でなければならない」（IV, 927. 強調は原文）。しかしながら、こうした作家の芸術観に、芸術を軽視する傾向ばかりを見てはならない。なぜならば、最終的に「生の真の意味」を開示する可能性を持ちうるのは、芸術以外にないからである。

「モール人の家」で特権的瞬間の体験を描いたあと、語り手は「そしてこうした瞬間をもう一度生きることによって、感動的な感謝が僕にしみわたる」（I, 974）と書き記している。また『シーシュポスの神話』においても、プルーストを例に挙げつつ「創造すること、それは二度生きることである」(I, 283–284)と述べている。だがこの創造としての二度目の生は、過去の記憶の再構成ではない。現在時における新しい経験としての繰り返しなのだ。沈黙する母親を回想する現在時の「僕」は、過去の幼い自分が抱いた同じ疑問を新たに掻き立てられる。そしてその疑問は未解決のまま、未来へと持ち越されることになる。過去の体験をもう一度現在時において、新たな体験として生き直すことが「過去の現在化」の核心である。過去の特権的瞬間を回想し記述することで、その過去を現在起こっているものとして追体験し、「僕らの現在を豊かにするために、過去を思い出すこと」(I, 76)——このように、カミュにとって、過去の記憶を回想し記述する行為は、現在時の生とは決して切り離すことができないのだ。

2 『幸福な死』と因果論の否定

過去、現在、未来と直線的に流れる歴史的時間から解放された特権的瞬間は、むしろ正統的な文学的主題のひとつとして好まれてきた。だがその瞬間を表現するための文学形式としては、ジャン゠ジャック・ルソーの『孤独な散歩者の夢想』やグルニエの『孤島』、そしてカミュが『結婚』を執筆する際に影響を受けたジッドの『地の糧』といった例が示すように、首尾一貫した物語性を追求しない文学形式(詩やエッセー)に適しているように思われる[13]。文化は異なるが、加藤周一は今゠現在に生きることこそが日本文化の時間認識における最大の特徴であると指摘している[14]。そして過去、現在、未来にまたがる時間の重層性やその推移を描き出すことが容易でない、短歌や俳句などの短詩型が日本でとりわけ発展したのは、こうした日本特有の時間認識の反映であると述べている[15]。

ジッドによる生と感覚の賛歌である『地の糧』でさえも「感覚の知性化」(I, 959)であると批判したカミュは、

『結婚』において、過去と未来を知らない肉体を基盤とした現在時における生の称揚を謳った。過去や未来に思いを馳せることのできる精神が否定され、身体感覚がもたらす一過性の喜びだけが支配する世界では、芸術創造は遠くに追いやられる。『結婚』の冒頭を飾る「チパザでの結婚」では、以下のような文章が見られる。

チパザでは、僕が見るということはすなわち僕が信じるということだ。そして僕の手が触れ、僕の唇が愛撫できるものを無理に否定しようとはしない。僕はそこからひとつの芸術作品をつくる必要を感じていない。ただ違いを語りたいだけだ。生きるための時間があり、生きることを証言するための時間がある。創造するための時間もあるが、それはより不自然だ。僕は全身で生き、全霊で証言するだけで十分だ。チパザを生き、証言すること。芸術作品はその後でやってくるはずだ。そこにこそ自由がある。(I, 109)

同エッセイ集に収録された「砂漠」の冒頭でも、「生きることは、たしかに言葉で言いあらわすこととは少しばかり反対のことである」(I, 128) とカミュは書き記している。『裏と表』に対する芸術創造や形式への拘泥とはうってかわって、『結婚』でのカミュは、気持ちのおもむくまま自由に筆を走らせている。芸術創造よりも生そのものを優先する、生の絶対的賛美のためにカミュはこの一節を記した。たしかにカミュの言うように、『結婚』で描かれる世界は芸術作品の創造とはそぐわない。なぜなら『結婚』で夢想される「真珠でできたネックレスのように瞬間で構成される生」を小説という形式の枠内で十全に再現することは困難であり、まさに「愚かな欲望」にほかならないからである (I, 1237)。カミュは『結婚』の世界を芸術創造とは対極にあるものとし、小説ではなくエッセイとして出版した。だが同時に、作家が小説で表現しようとしていたのは、まさに『結婚』で描いたような、瞬間の連なりから成る現在時の生だったのである。

このことは『結婚』の執筆とほぼ並行して進めらた、小説『幸福な死』への取り組みが示している。カミュの死後、資料集『カイエ・アルベール・カミュ』の第一巻として一九七一年にはじめて公になった『幸福な死』は、草稿断片のまま放棄された「ルイ・ランジャール」とは異なり一応完結しているが、それでも失敗作として作者の生前には出版を認められなかった習作である。「自然な死」、「意識された死」という二部構成からなるこの小説は、主人公の名字（メルソー Mersault とムルソー Meursault）をはじめとした設定や構成の類似性から、プルーストにおける『失われた時を求めて』に対する『ジャン・サントゥイユ』の位置と同じく、『異邦人』の母胎的作品と見なされている。また『裏と表』、『結婚』、「貧民街の病院」などを活用した挿話が散見されるだけでなく、のちの『異邦人』にも引き継がれる部分があるため、『異邦人』とそれ以前の習作時代のテクストをつなぐ作品だと考えることもできるだろう。

キーヨによる「非常に良く書けてはいるが下手に縫い合わされた作品」[16]という指摘以来、『幸福な死』の失敗は小説構成の破綻に起因すると考えられてきた。文才のきらめきは随所に見受けられても、それぞれの挿話を効果的に結び合わせる内的必然性が欠如しているため、統一感のないモザイク的な習作という印象を与えてしまっているのだ。『幸福な死』の主要なテーマと挿話は、『裏と表』、『結婚』を中心とした自伝的テクスト、新たな作家の個人的経験、および純粋なる空想に想を得た三つの要素で構成されている。「ルイ・ランジャール」が未完に終わり、『裏と表』をエッセイ集として出版したカミュは、それまでに試みていた幼年時代の思い出の小説化を諦め、自伝的要素を取り込みつつも主人公の殺人と死という物語展開の主軸となりうるテーマを盛り込んだ、より虚構性の高い『幸福な死』に取り組んだ。だがこの新しい企ても満足する結果をもたらさなかった。というのも、小説冒頭で唐突に語られる主人公メルソーによるザグルー殺害と、結末に訪れる主人公の死には一見なんの関連性も見られないため、物語としての説得力が欠けた散漫な作品になってしまったからだ。また、小説の最初と最後を結ぶ挿話の数々——メルソーの日常生活、恋人マルトへの嫉妬、ザグルーとの幸福をめぐる対話、中央ヨーロッパへの逃亡旅行、アルジェへの帰還、女友達との共同生活、チパザでの別荘生活、リュシエンヌとの新しい恋、病気の発覚——は、こうして列挙してもわかるように単なる挿話の羅列にとどまっており、相互の関連性が曖昧なままである。

小説の構成力不足を指摘したキーヨに加えて、三野博司は、ジェラール・ジュネットの言う物語の「遡及的決定」[17]を援用してこの小説が失敗に終わってしまった理由を説明している。[18]三野によると、この小説の失敗は、単に全体をまとめる構成力の欠如といった作家の力量不足だけでなく、永遠の現在を結末にしようとしたカミュの意図そのものに起因するという。小説の最後、主人公は逃亡の終焉地としてチパザ近郊のシュヌアを選び、そこで別荘を購入する。ほどなくして病に倒れ死を予感したメルソーは、「意識された死」を通じて——つまり「自分の肉体と差し向かいになって」、「両目を見開いて死と対峙すること」(I, 1195) によって——「幸福な死」を成就しようとする。春真っ盛りの季節、海と太陽と大地の微笑みを前にし、主人公は歓喜に満たされつつ自己の生を全うする。「チパザでの結婚」を下敷きにしたこの最後の場面の死によって、主人公は歴史的時間から解放される。だがこの結末の超時間性は、同時にメルソーがそれまでに生きてきた過去とのつながりを断ち切ってしまう。要するに、結末に至るまでに語られてきた出来事の意味が、まさにその結末によってすべて無化されてしまうのだ。物語の到達点として用意されるこの永遠の現在によって、ジュネットの言う物語の遡及的決定が機能しなくなるのは明白である。この時期に書かれた『手帖』は、カミュがいかに『幸福な死』の構成に苦労していたかを伝えている。だがいくら構成を変えても、永遠の現在に達する「幸福な死」を結末にする限り、結末に至るまでの過程はメルソーの時間的解放への——但しその瞬間とは明確なつながりを欠いた——序奏以外の意味を持ちえない。

この説明は、『幸福な死』の失敗原因の本質をついたものであるが、ここでひとつの疑問が生じる。なぜなら『異邦人』も『幸福な死』とほぼ同様の結末を迎えるからである。『異邦人』の最後の場面で、上訴を断念し自己の死を受け入れたムルソーは、それまでの人生におけるすべてのしがらみから一気に解放される。主人公は星のまたたく夜空を前にして、「世界の優しい無関心」（I, 213）に心を開くことで永遠の現在へと達し、メルソーと同じく「幸福な死」を成就しようとする。なぜ同じ種類の結末でありながら『異邦人』は出版に値する作品となったのか。

周知の通り、虚構でありながらも現実を模倣した世界を構築する近代小説は、諸々の挿話を有機的に結び付ける因果関係を要求する。特権的瞬間とはそうした過去、現在、未来から織りなされる直線的時間から逸脱した時間であるから、物語性を要求されないジャンルの専売特許となったのも当然のことではある。小説のなかで特権的瞬間が描かれることももちろんあるが、それは物語の本筋から離れた挿話として組み入れられることがほとんどであろう。

これまでカミュにおける小説創造の試みとその挫折の過程を眺めてみてわかるように、カミュは小説作品の創造を目指しながらも、小説が要求する形式と自己の表現したいものとのあいだに存在する背理にはそれほど敏感でなかったように思われる。カミュは目の前にある現実を素材とした小説創造を目指したのだが、彼にとっての現実とは、過去や未来を考慮しない、瞬間瞬間から構成される現在時の生であった。そもそも小説で語られる物語は、すでに終わった過去の出来事ではないだろうか。しかしながら、幼少期の回想を主題とした自伝的小説の頓挫が示すように、過去の記憶を題材にする場合でも、過去そのものではなく、それによって喚起される主体の現在における感情が重要視され、それがテクストにおける時制や語りに混乱を生じさせている。また、当たり前のことではあるが、小説とは必ずはじめと終わりがある有限の世界である。それゆえ、小説はひとつの完結した世界として構造化され、全体との関係において小説内の個別の出来事の意味が定まり、「物語」«histoire»をかたちづくる。カミュが表現しようとした現在時の継起は、小説が要求する因果の論理とは根本的に相容れないのだ。カミュが自身の願望に反して長いあいだエッセイだけを量産し、小説を完成させることができなかったのは、作家としての未熟さや力量不足だけでなく、持続する時間を瞬間＝現在の断絶的連続として捉える――そしてそれゆえ、それらを関連づけて《histoire》「歴史＝物語」として構造化することを拒もうとした――、カミュ自身の歴史意識が根底にあったからではないか。

第4章 「反歴史＝反物語」としての『異邦人』

表現手段としては明らかに適さない小説という形式的な枠のなかで、いかにして現在時の生を表現するのか——それがカミュの小説創造における最大の問題点であった。それゆえおよそ一〇年の試行錯誤の末にようやく上梓した『異邦人』が、伝統的な小説のあり方から逸脱した新しい小説として評価されたのも驚くにはあたらない。ただカミュ自身は、形式に対するこだわりは見せても、小説における形式的な斬新さを追求していたわけではなかった。自己の理想とする小説を書くために格闘した結果が、たまたま『異邦人』となって結実したにすぎない。それがのちに『異邦人』の第一部から文学的刺激を受けたアラン・ロブ＝グリエとの違いでもあろう(1)。ヌーヴォー・ロマンというアンチ・ロマンの潮流の創始者となり、小説形式の新規開拓に専心したロブ＝グリエとは異なり、カミュはあくまでも内容と形式の均衡を重んじ、内容を忠実に体現できるような形式を模索した。『異邦人』における独特の文体や語りが、ムルソーのモラルの形式的表現であることは強調するまでもないだろう。

習作時代にカミュが語りの理想として求めた「個人的客観性」を実現しつつ、時間の因果関係が消滅した「今」の連なりからなる世界が最もよく表現されているのが、有名な『異邦人』の冒頭句である。

今日、母さんが死んだ。たぶん昨日なのかも知れないが、わからない。養老院から電報がきた。「ハハウエセイキョ、アスマイソウ、オクヤミシマス」。これでは何もわからない。たぶん昨日だったのかも知れない。
(I, 141)

語り手＝主人公の運命を左右する決定的な出来事が語られながらも、母が死んだとされる「今日」を歴史的時間の流れのなかに位置づけることができない。それは養老院から送られてきた電報の情報不足に由来する。「アスマイソウ」という言葉だけでは埋葬の日程は不明のままだ。この短い引用に含まれる「今日」、「昨日」、「明日」という言葉は基軸となる歴史的日付が提示されてはじめて意味を持つのだが、それが指し示されることはない。さらに畳み掛けるように二度繰り返される「たぶん」《peut-être》という言葉、「わからない」、という語りが示すように、不可解な点を解明しようともせず、そのまま放り出してしまうムルソーの態度によって、今日、昨日、明日という指示語がもたらすはずの時間的前後関係さえも霧に包まれてしまう。母が死んだという「今日」はもしかしたら「昨日」かも知れないし、埋葬の日程となっている「明日」は「今日」かも知れない。主人公がわからないのは母親の逝去の日だが、読者はそれに加えていつ主人公が語っているのかをも知ることができない。このように、歴史的時間とその因果関係から解放された、時間の不確実性だけで成立する一節によって、かえって現在という時間が読者にリアリティをもって感じられるのだ。

周知の通り、『異邦人』はフランス文学のなかでも最も読まれ、最も研究されてきた作品のひとつである。語りの技法や文体などの形式の革新性については、すでにサルトル、ブランショ、ロラン・バルト、ロブ＝グリエ、ジュネットといった名だたる知識人たちをはじめとして、多くの研究者が詳細に分析し論議してきた。ここではこれまでの議論の流れに沿って、因果的論理という観点から『異邦人』を考察する。結論から先に言うと、『異邦人』

の小説としての成功の要因は、第二部の裁判を通じて「母の死を悼まなかったために死刑判決を受けるムルソー」という「偽の物語」を導入し、文学的工夫を凝らすことでムルソーの運命を悲劇にまで高めたことにある。『幸福な死』に欠けていた、挿話間の因果関係を第二部で取り入れつつも、それを虚偽のものとして読者に提示し、第一部で描いた現在時の継起だけに生きるムルソーの態度を真実の生として浮き彫りにしようとしたのだ。つまり『異邦人』は、物語によって、物語＝歴史《histoire》の構造とあり方そのものを否定する小説として成立しているのである。

第一部では母の葬儀に出席してからアラブ人殺害に至るまでのムルソーの日常生活が、現在時に生きる主人公の意識に沿って淡々と語られている。そして続く第二部の裁判では、第一部での脈絡のないムルソーの行動が整理・解釈され、論理づけられることによって主人公の殺人の物語として提示される。それが検事の論告の手法である。

　僕の理解が正しいならば、検事の考えの主旨は、僕が犯罪を予謀したということだった。少なくとも彼はそれを論証しようとした。彼自身こう言った。「そのことを証明しましょう、みなさん。私は二つの面からそれを証明しましょう。まず諸事実の明々白々たる明瞭さのもとで、そして次に、この罪ある魂の心理が提示する暗澹とした視座において」。検事は母の死以降の数々の事実を要約した。僕の冷淡さ、母さんの年齢を知らなかったこと、翌日の女との海水浴、映画、フェルナンデル、そして最後にマリーと家に戻ったことを指摘した。僕は彼の言うことを理解するのに時間がかかった。なぜなら検事は「彼の情婦」と言ったが、僕にとってはマリーなのだ。次に、検事はレイモンの話に移った。諸々の出来事に対する彼の見方は明晰だった。彼の言ったことはもっともらしかった。僕はレイモンと共謀して手紙を書き、レイモンの情婦をおびき寄せ、「いかがわしい」男が彼女に対してひどい仕打ちをさせるがままにした。僕は浜辺でレイモンの敵を挑発した。レイモンが怪我をした。僕は彼の銃を貸してくれと頼んだ。銃を使用するために、ひとりで元の場所へと戻った。計画通りにアラブ人を撃ち殺した。しばらく待った。そして「仕事がきちんとなしとげられたことを確実にするため」なお四発の弾を、落ち着いて、確実に、いわば熟慮した様子で撃ちこんだ。(I, 198-199)

検事は「事実の明瞭さ」と「罪ある魂の心理」という二つの観点から被告人が殺人を「予謀した」ことを論理的に証明しようとする。その手立てとして、検事はまず母の死以降のムルソーの行動や態度を要約する。ムルソーが母の正確な年齢を知らなかったこと、葬儀の翌日のマリーとの海水浴、その後の喜劇映画鑑賞などはすべて被告人の犯罪者としての「冷酷さ」を示すと解釈され、マリーは「情婦」に、レイモンは「いかがわしい男」へと呼び名が変わる。検事はあたかも客観的な諸事実から出発して、ムルソーが計画的に殺人を行ったという結論に至ったかのように見せているが、実際の論理は逆である。ジュネットの言う物語の遡及的決定と同じく、出発点として人殺しの犯罪者ムルソーという結末があり、その結末を正当化するための動機づけとして、母の葬式で悲しみを見せなかったムルソーの態度がクローズアップされているのだ。

この論理には言うまでもなく検事としての職務が背後にある。裁判所の聴衆は、このムルソーの殺人の物語を真実らしいものとして受け取るであろう。ムルソー自身でさえ、検事の論告が論理的に首尾一貫した「もっともらしい」ものであることを認めている。だがこの物語は、被告人を有罪にするという検事の職務に沿って進められている。検事は目的(ムルソーに死刑を求刑するため、彼を冷酷な犯罪人に仕立てあげること)と手段(ムルソーの母の死に対する無関心な態度)によって物語をまず構築し、それを原因と結果という因果関係にすり替えて提示しているのだ。この「母の死を悼まなかったムルソー」という事実は真実らしさのための保証として機能している。だがそれはあくまでも真実らしさであって、真実ではない。

この検事による物語の虚偽性は、ムルソーの違和感を通じて読者に提示されている。逮捕直後、予審判事に事件当日のことを語るよう促されたムルソーは以下のように答えている。

レイモン、浜辺、海水浴、けんか、再び浜辺、小さな泉、太陽、そして五発の銃弾。(I, 179)

主人公にとっての真実は、それぞれの出来事が関連づけられることなく、ただばらばらにあるだけである。そしてマリーはマリーであり、レイモンはレイモンであり、それ以上でもそれ以下でもない。ムルソーの証言はこの部分だけを聞いても説得的というにはほど遠く、予審判事に対して主人公の不誠実さ、無責任さを印象づける結果になっている。だが第一部をすでに読んでいる読者は、この全く脈絡のないムルソーの証言こそが真実だと感じるだろう。それゆえ、検事の論告の場面では、真実らしさをよそおった物語の仕組みそのものの虚偽性が暴かれているのだ。

検事が提示した物語は、伝統的な小説における物語とは逆の効果を読者に与えている。小説では一般的に、一見ばらばらに思えた挿話が結末へ向かうに従って関連づけられ、ひとつの結末へと収斂していくことで、読者は安堵とカタルシスを覚える。『失われた時を求めて』の有名な一例を挙げると、語り手の「私」は、小説のはじめの部分で語られたスワン家とゲルマント家を分ける二つの道が、実は一つにつながっていたことを結末において悟るに至る。それまでに語られた膨大な挿話がこの主人公の発見によって一つの点に集約することで、読者は驚きとともに、小説の長さに比例する大きな満足感と巨大なカタルシスを得る。それに対して『異邦人』では、第二部の裁判において、それまでに語られたムルソーの脈絡のない行動が冷酷な殺人者の物語として回収され、死刑判決という一点に集約されてしまう時、読者は、ムルソーが第一部の現在時の生から切り離され、作為的な物語の世界へと組み込まれてしまったことを悟るのだ。

それだけにとどまらず、『異邦人』においては、「偽の物語」の導入により、結末に至るまでのすべての挿話を無効にするはずの永遠の現在が、物語構造という点でも有効に機能することになる。死を目前にして主人公が達する永遠の現在は、母親の理解へとつながっているのだ。

ほんとうに久しぶりに、母さんのことを考えた。ひとつの人生の終わりになぜ母さんが「婚約者」をつくったのか、また人生を再びはじめるふりをしたのかがわかるような気がした。あそこ、あそこもまた、いくつもの生命が消えていくあの養老院のあたりで、夕暮れはものさびしい休息のようなものだった。死を間近にして、母さんはあそこで自分が解放されるのを感じ、すべてを再び生きようとしていたに違いなかった。誰も、誰ひとりとして彼女のために泣く権利はない。そして僕もまた、すべてを再び生きようという気になった。(I. 212–213)

死刑判決によって死を突きつけられたムルソーは、最終的に自己の不条理な運命を納得し、受け入れることを通じて母の真実に接近する。ムルソーが死を直前にして感じるに至った解放感と幸福感こそ、母がその生涯の終わりに養老院での夕暮れで感じていたものだと確信するのだ。だからこそムルソーは「誰も、誰ひとりとして彼女のために泣く権利はない」と断言している。ジュネットに倣って作者の立場から物語構成を考えてみると、小説の最後で主人公の死と母親の死が結び付けられており、その結末のために両者の死の触媒となるアラブ人殺害が必要とされる、という運びになる。『幸福な死』の結末が物語の遡及的機能を無効化してしまうのに対して、『異邦人』の結末ではこの機能が有効に作用している。また同時にこの最後の場面は、結末に到達したとたん読者を小説冒頭へと再び舞い戻らせるような回帰的な役割を持っている。ムルソーは星がまたたく夜空を前にして母を理解し、母と同じく自己の死を直前にして「すべてを再び生きよう」とする。主人公が執拗に繰り返す人生の再開始への意志は、

「死刑に処されるはずのムルソーがなぜ語り手になりえるのか」というこの小説最大の矛盾をさらけ出しつつも、読者を必然的に小説冒頭の母の死の知らせへと再びいざなうのだ。このように『異邦人』は、永遠の現在を出発点とし永遠の現在を到達点とする小説として成立している。

また、この引用中の「再び生きる」という言葉は、語り手ムルソーによる物語の到来を予感させるだけでなく、主人公の徹底した生の肯定を意味している。ここで注目したいのが、主人公も母親もあくまで人生を再びはじめる「ふり」をしている点である。死を間近にした二人にとって、人生を生き直そうとしても事実上それは不可能であり、ふりにしかならないことを彼ら自身知らぬはずはない。この「再びはじめる」、あるいは「再び生きる」という言葉は、これまでの生き方を振り返って過去を後悔し、別のより良い人生を希求する「やりなおし」を意味するのではない。それは全く同じ人生——ムルソーにとっては、アラブ人を殺し、死刑判決を言い渡される人生——をもう一度欲することを意味する。母親の人生についての詳細はわからないが、彼女が生涯の終わりに「婚約者」を持ち、「人生を再びはじめるふり」をしたことをムルソーが理解するのはこうした理由によるのではないか。つまりこの二人の態度は死を前にした自己の生への深い了解であると同時に全面的な生の肯定の表明なのである。このムルソーの一種の悟りとも言える境地は、直前の司祭との面会によって引き起こされる。

> 僕は正しかったし、今も正しく、ずっと正しいのだ。僕はこんな風に生き、別な風にも生きることができただろう。これをやって、それをやらなかった。あることをしなくて、別のことをした。それがどうしたというのだ？（I, 211-212）

どのような人生を送ろうと最終的には死＝無に行き着く限り、人生における一切の選択は無意味になってしまう。悔悛をすすめ、神の救いを説く司祭に対してムルソーは反抗する。主人公の悔悛の拒否、そして罪の意識の欠如は殺人を犯したことに対する開き直りでは決してない。主人公にとって、悔悛することは、来世を望むことと同じく現実に「そうあった」人生とは異なる別の生を希求することであり、それは現実の自己のかけがえのない生を否定する虚構でしかないのだ。[2] この主人公の生を徹底的に肯定する態度は、「過ぎ去ったことどもを救済し、いっさいの〝そうであった〟を〝わたしがそのように欲した〟につくりかえること――これこそわたしが救済と呼びたいものだ」というニーチェの一節を思い起こさせる。[3] ニーチェは逆行しない時間における「そうあった」という動かしえない過去の苦悩から引き起こされるルサンチマンと、その結果引き起こされる生の否定を永遠回帰によって無効化し、生を是認する「意志」に変えようとした。だが幸福な生を全うした人間が生を肯定するのは当然だとしても、苦悩と不遇に満ちた人間はいかにして自己の生を肯定できるのか。この問いに対して、ニーチェはたった一度でもほんとうに深く魂が幸福に震える瞬間があれば、人はその瞬間にかけて生の無限の反復を欲すると主張する。[4] だがムルソーは生を肯定するための至福の瞬間を必要とはしない。救いのない自己のあり方を「すべてよし」(I, 304) と肯定するシーシュポスと同じく、ムルソーも自分は常に正しかったと主張し、自己の運命と正面から対峙し、明晰に見つめることで「自分の運命に対し優位に立ち」(I, 302)、幸福に至る。過去の幸福な一瞬をばねにして生全体を肯定しようと飛躍するニーチェとは異なり、ムルソーは希望や救済が一切介入することのない生をまず肯定することによって幸福を得るのである。『裏と表』には、「生きることへの絶望なくして、生きることへの愛はない」(I, 67) という有名な一節があるが、カミュにとっての生への愛が必ずしも幸福に基づかず、むしろ逆の「絶望 (希望がないこと)」«désespoir» と結び付けられて語られるのもそのためであろう。

ところで、ここでもう一度「母の死を悼まなかったために死刑判決を受けるムルソー」という『偽の物語』に立ち戻らなくてはならない。物語の人為性をあらわにする装置として機能するこの裁判の内容は、実は第一部のテクストの細部において暗示的にほのめかされ、先取りされているのである。第一部において、ムルソーは誰に言われたわけでもないのに、母が死んだのは息子のせいだと非難されているように感じている。例えば小説冒頭で、母の葬儀のため会社に休暇を願い出たムルソーは、雇い主の不満げな表情を見て「(母が死んだのは) 僕のせいではない」(I, 141) とつい言ってしまう。養老院でも、主人公はなぜか非難されているという感情にしばしば襲われている。最初に面会した院長に対して、母を養老院に入れることになった事情をわざわざ説明しようとし、また通夜に参列した老人たちを前にした時も、主人公はわけもなく、「彼らが僕を裁くためにそこにいるのだという馬鹿げた印象」(I, 145) を持ってしまう。また、葬儀の翌日、ムルソーの喪服を見て驚いたマリーに対しても、主人公は「僕のせいではない」(I, 152) と同じ言葉を言いそうになってやめている。

また、検事の論告が功を奏することで最終的に結び付けられる冒頭の母の死と結末のムルソーの死、そしてこの二人の死の媒体となるアラブ人の死は、太陽というイマージュによって関連づけられている。のちに裁判で発言を求められたムルソーは、意図的にアラブ人を殺したわけではない、「それは太陽のせいだ」(I, 201) と言ってしまう。このあまりにも有名な発言は、主人公の不条理性を最も端的に表現した言葉として解釈されている。だが聴衆に笑いを引き起こしたこの発言は、字義通りの「不条理」«absurde»(「論理的でない、馬鹿げた」)を意味するだけにとどまらない。この発言は、まさに馬鹿げた理解不能なものとして受け取られることで、主人公を決定的に取り返しのつかない不利な立場へ、すなわち斬首刑へと追い込んでいる。ここで、殺人の場面において、主人公が「母さんを埋葬した日と同じ太陽」(I, 175) のもとアラブ人を殺してしまうことを思い起こそう。こうしてムルソーを殺人へと導く攻撃的な太陽が母の埋葬の日の太陽と関連づけられ、さらに第二部でムルソーがアラブ人の殺害を太陽のせいだと言うことで、太陽は母親、アラブ人、主人公へと連なる死の連鎖を統括する象徴的な意味を担うに至る。このため読者は、検事の論告が事実無根のものだと確信しつつも、ムルソーの死刑判決が、同時に不吉な予言の実現のように感じてしまうのだ。父親を殺し、母親と交じわるという恐ろしい予言を実行してしまうオイディプスの運命のように、ムルソーの運命は、人間の理性を超えた不可避的な宿命、不条理な運命へと昇華されることとなる。

さらに付け加えるならば、この「偽の物語」は真に非難されるべきムルソーの罪をも隠蔽してしまう。「犯罪者の心で母親を埋葬したゆえにこの男を糾弾する」(I, 197) とまくしたてる検事が、母の死に際するムルソーの態度にあまりにも固執するために、本来の争点であるはずのアラブ人殺害が忘れ去られてしまうのだ。弁護士や裁判の傍聴にやって来た新聞記者が言うように、ムルソーの殺人は世間の耳目を引くような極悪な事件ではなく、少なくとも死刑判決が下されるような類いのものではなかった。だがそれが検事の熱意によって親殺しというより深刻な罪状へと格上げされてしまう。こうしてルネ・ジラールが『異邦人』の最大の嘘であり「構造上の欠陥」として指摘した、裁判の犠牲者としてのムルソー、すなわち無実のムルソー、殉教者ムルソーという幻想が生み出される(5)。この無実の犯罪者という矛盾したムルソー像は、検事の「偽の物語」を巧妙に逆利用してつくられた、真の意味で読者を騙しているもうひとつの偽の物語と言ってもよいだろう。このようにして、『シーシュポスの神話』において、「最も不条理な状況を会得した完全人間」(I, 293) と定義されるイエスの最期が、「我々に値する唯一のキリスト」(I, 216) と作家自身によって表現されるムルソーの最期と重なり合う。ムルソーとイエスはともに彼らが体現する真実ゆえに「異邦人」と見なされ、社会の安寧を乱す道徳的脅威として恐れられ、人間社会から抹殺される。ゴルゴダの丘で群衆の憎しみに満ちた怒声を浴びながら「成し遂げられた(6)」と言い、息を引き取ったイエスと同じような最期をムルソーが望むところで小説は終わりを告げる。

僕に残されたことは、すべてが成就されるために、そしてあまり孤独を感じないように、処刑の日に大勢の見物人が集まり、憎悪の叫びで迎えられることを望むことだけだった。(I, 213)

このようにイエスと重ね合わされたムルソーは、最終的に、新たな文学的英雄として読者の前に立ち現れるのだ。

　この母親、アラブ人、ムルソーへと連なる死の連鎖こそ『幸福な死』に欠けていたものである。『幸福な死』は『異邦人』と同じく殺人を物語の中心に据えており、母親の死、ザグルーの死、主人公の死が描かれているにもかかわらず、それぞれの死は『異邦人』のような明確な関連性を持つことなく分散したままである。メルソーもムルソーと境遇をほぼ同じくしているが、母親の死は主人公の来歴の一部として語られるだけで物語展開に影響を及ぼすことはない。またメルソーはムルソーと異なり、金銭目的のためにザグルーを殺すのだが、法廷に連行されることもなく逃亡を果たし、最後は病気で死んでしまう。こうした諸々の挿話のまとまりのなさがこの小説の蹉跌を招いたことはすでに述べた通りである。しかしながら、明白なかたちで実現こそはしなかったものの、『幸福な死』には『異邦人』へとつながる作家の試行錯誤の痕跡を認めることができる。

　まず指摘しておかねばならないのが、メルソーもムルソーと同じく無実の殺人者として描かれている点である[7]。そのために用意されたのが第一部第四章でのメルソーとザグルーの長い会話である。そこでザグルーは、幸福とお金の関係についての哲学的思索とそれに基づく自分の半生をメルソーに打ち明ける。幸福になるにはお金がまず必要だと確信した若きザグルーは数年間で財をなすのだが、これからという時に事故にあい両足をなくしてしまう。幸福への道が閉ざされてしまった自分とは反対に、メルソーには若さと健康と人生の可能性があるゆえに幸福になる義務があるとザグルーは説く。そして金庫の場所を示しつつ、銃と遺書を主人公に見せ自殺願望をほのめかす。つまりメルソーによるザグルー殺害は単なる金銭目的の殺人ではなく自殺幇助でもあり、ザグルーがなしえなかった幸福をメルソーが代わりに実現するという筋になっているのだ。当の殺人場面でも、ザグルーは抵抗することもなく銃で殺されるがままで、メルソーも殺人に対して罪悪感を抱くことなく金を奪って逃亡する。

　こうしてメルソーが無実の殺人者として読者に提示される一方で、カミュはザグルーの死とメルソーの死を関連づけようと試みてもいた。『異邦人』と同様に、罪と罰という正当な因果関係に基づくのではなく、ある文学的工夫によってザグルーと主人公の死を関連づけようとしていたのだ。実際に、『手帖』に書き付けられた小説のプランのなかに、作者の意図を読み取ることができる。

小説。第一部。
郊外の田舎にあるザグルーの住居。殺害。部屋が暑すぎる。メルソーは耳が赤くなるのを感じて息がつまる。外に出た時、彼は風邪を引く（命取りになる病気の原因）。（II, 848）

小説冒頭で、ザグルーを殺して帰途につくメルソーは風邪を引いてしまい、それが最後に「命取りになる病気」、すなわち肋膜炎となって顕現し主人公の命を奪う。この覚書に該当するザグルー殺害直後の場面は以下のように描かれている。

広場に到着した時、彼は突然寒気を感じ、薄い上着の下で震えた。彼は二度くしゃみをした。すると谷は澄んだ嘲笑的なこだまに満ちあふれ、水晶のような空がそのこだまを次第に空高く運んでいった。少しよろめいたが、彼は立ち止まり、強く息を吸い込んだ。青い空からは何百万もの小さな微笑みが降ってきた。そうした微笑みは、まだ雨のしずくでいっぱいの木の葉や、並木道の湿った凝灰岩の上で戯れ、鮮やかな血の色をした瓦屋根の家の方へと飛翔していくと、今度は、たった今それらの微笑みがあふれ落ちてきたばかりの空気と太陽の湖に向かって、一直線に上昇していくのだった。［……］メルソーのなかで、すべてが沈黙した。三度目のくしゃみで、彼は体を震わせ、悪寒のようなものを感じた。（I, 1107–1108）

メルソーの二度のくしゃみは「澄んだ嘲笑的なこだま」として響き渡り、谷から青い空へと高く上昇する。そしてそのこだまは「何百万もの小さな微笑み」に変わり、今度は青い空から地上へと降ってきて、「鮮やかな血の色をした瓦屋根の家の方へと飛翔」する。メルソーがザグルー殺害後に感じた寒気、そしてそれに誘発されたくしゃみが最終的に辿り着く「鮮やかな血」、「飛翔」といったイメージは、小説の最後、主人公に死をもたらす肋膜炎の症状である悪寒や喀血を連想させる。さらに付け加えるならば、はじめに銃を一発撃ち、その後少し時間をおいてさらに四発撃ち放ったムルソーのように、メルソーも最初に二度くしゃみをし、その後もう一度たたみかけるように三度目のくしゃみをしている。このくしゃみの音は、『異邦人』第一部の最後を飾る、主人公の死を予感させるような「不幸のとびらをたたく四つの短い音」(I, 176)と同様の効果を狙ったものだと考えることもできる。

こうして作者の意図したプランをもとに、該当の場面を詳しく検討すると、ザグルー殺害直後に挿入された主人公の風邪という小さな挿話は、たしかに小説最後に語られる主人公の肋膜炎の症状と呼応するような比喩で彩られている。作者はこの挿話を通じて、ザグルーの殺人と主人公の死を文学的工夫によって関連づけようと意図したのだ。しかしながら、第一部第一章の最後にさりげなく書かれた風邪の挿話と、小説最後の章(第二部第五章)の冒頭で前触れもなく主人公が罹る肋膜炎を読者が結び付けることは初読ではまず不可能であり、作者が残した覚書がなければこれらの関連性に気付くことはおそらくできないだろう。作者の試行錯誤の跡が見られる、ザグルー殺害の罪を問われることなく肋膜炎で死ぬメルソーという筋立ては、『異邦人』における「偽の物語」、すなわちアラブ人殺害ではなく母の死を悼まなかったために死刑判決を受けるムルソーに相当するが、そこから生み出される悲劇性の差は歴然としている。

『幸福な死』を経て、『異邦人』において効果的なかたちで物語化される死の連鎖を検討してわかるように、カミュは小説創造にあたってわざわざ困難な道を歩んでいるように思われる。『幸福な死』を例に取ってみても、単純に考えればザグルーを殺したメルソーをその罪ゆえに死ぬことにすれば、物語構成としてより理解しやすいし簡単である。なぜメルソーは無垢の殺人者としてわざわざ描かれながらも、そのまま逃亡を完遂できずに最後に死ぬのか。そしてなぜ死の直接的な原因となるその病気が、いったん関連性を断ち切ったはずのザグルー殺害と再度結び付けられなければならないのか。『異邦人』に対しても同様の疑問が湧くだろう。この両作品に見られるのは、単純な因果関係に対して加えられるねじれである。『幸福な死』でも『異邦人』でも、殺人を犯した主人公は最後に死ぬ。その死は殺人に対する対価として、絶対に逃れられない運命として主人公の前に立ちはだかっている。この意味において、殺人者とその犠牲者の死は、罪と罰という因果応報の関連性を持つように思われる。だが他方では、主人公が無実の殺人者として描かれることで、両者の死の関連性は否定されている。つまりひとりの人間の命を奪った対価として支払われるべき主人公の死は、殺人を犯した罪ゆえであってはならず、罪の償いであってはならないのだ。その点で、両者の死は決定的に切り離されている。この殺人をめぐる複雑な物語構成は、カミュによる因果論の否定が単なる小説美学にとどまらない、自身のモラルに裏付けられたものであることを示している。

このように、最初の小説作品の創造へと至るカミュの紆余曲折や試行錯誤の軌跡を辿ることによって、時間の因果的な論理ではなく特権的な瞬間を志向する作家の反歴史的な心性が、小説美学の根幹をなすと同時に小説創作を阻む最大の障害であったことが理解できたであろう。幾度となく指摘されてきた、初期作品を特徴づける特権的瞬間や永遠の現在への志向は、これまでのように個々の作品に共通する時間性として捉えられるだけではなく、芸術創造＝小説創造へと向かうカミュの文学的歩みという大きな流れのもとに捉えられることで、その独自性をより十全に理解することができる。そこから浮かび上がるのは、日常的時間から逸脱した特権的瞬間を描くだけでなく、その瞬間を持続した時間にまで拡大することで時間の連続性や因果関係を消滅させ、絶えず更新される現在時の生として描き出そうとする、作家の真の欲望である。幼年時代の回想というありふれた主題でありながらも、小説として完成さえもしなかった「ルイ・ランジャール」の頓挫は、まさに幼年時代に作家が培った反歴史的心性を露呈しているように思われる。カミュは自分の過去を現在という視点から対象化し、現在に至るまでの来歴をひとつの物語として再構成することができなかったのだ。それに対し、自伝的主題から距離を置き、主人公の殺人と死の物語を取り入れた『幸福な死』やその完成形としての『異邦人』に見られる創意工夫には、自身が持つ根源的な志向性をより積極的なかたちで推し進め、小説として昇華させようとする作家の意志を認めることができる。

これまで検討してきたように、カミュの政治的思索と小説美学は根幹において別々に切り離されたものではなく、同じ心性とモラルに基づいた別のかたちの表現として通底している。その双方の基盤にあったのは、時間を過去、現在、未来に区分し、その関連性のなかに現在時を閉じ込めることの拒否であり、現在時の絶えざる更新として時間と歴史を捉えようとするカミュ独自の態度であった。過去から切り離された人間同士の無差異性に基づく彼の政治的主張は、『幸福な死』から『異邦人』に至る作家としての苦心惨憺の過程と同じ根を持っているのである。

だがカミュが生地アルジェリアで育み、政治的思索として深化させ、小説美学としても昇華させた歴史認識は、歴史と伝統の国であると自身が見なしたヨーロッパにおいて通用するのだろうか。第二次世界大戦勃発直後にフランスへと渡り、「歴史に入る」ことで直面したのはまさにこうした問題であった。ヴィシー政府下のパリで刊行された『異邦人』の成功によってフランス知識人の仲間入りを果たしたカミュは、世界情勢のめまぐるしい変化にさらされ、自身の歴史観をめぐって数々の知識人と論争を繰り返し、疲弊していくことになる。第Ⅲ部では、こうした第二次大戦中・大戦後の作家の経験と政治論争を中心に考察することで、遺作『最初の人間』に至るまでのカミュの歴史をめぐる思考の変遷を明らかにしたい。

第Ⅲ部　歴史への参入

第Ⅱ部ではカミュの小説創造とその美学に焦点を当てたため、いったん政治の問題から離れることとなった。だがここで再び作家と政治の問題に立ち戻らなくてはならない。

第Ⅰ部で検討したように、アルジェリア時代に培ったカミュの非-歴史性のモラルは、対立する二項の一方を選択することを拒否し、対立構造そのものを解消しようとする平和主義的なものだった。だが一九三九年九月一日に勃発した第二次世界大戦とその後に余儀なくされたフランスへの移住は、カミュを否応なしにヨーロッパ動乱の歴史へと参入させ、政治的立場の選択とその選択に基づく行動を迫った。

第二次大戦が引き起こした変化の一端を、『シーシュポスの神話』のうちに窺うことができる。『手帖』を参照すると、この哲学的エッセイの構想は一九三六年一月まで遡ることができるが（II, 800）、実際に執筆が開始されたのは大戦開始直後の一九三九年一〇月であり[1]、第一稿が完成したのはパリ陥落（一九四〇年六月一四日）後の一九四一年二月二一日であった（II, 920）。大戦勃発という歴史的事件の影響が端的に見られるのが、「不条理な人間」の一例として挙げられた「征服」の章である。新プレイヤッド版における『シーシュポスの神話』の解題を執筆したマリー＝ルイーズ・オーダンは、もし第二次大戦が起こっていなければこの章は執筆されなかっただろうと指摘している[2]。「あらゆる人が、聖者までが戦争に動員されている」（I, 278）と自分の生きている時代を規定し、「僕は闘争の側につく」（I, 279）と宣言するカミュは、『結婚』で繰り返し謳われた世界からはもはやかけ離れている。そして歴史を自然の永続性へと回収していた作家の態度に変化のきざしが見られる。

歴史と永遠のあいだで、僕は歴史を選んだ。なぜならば僕は確実なものを愛しているからだ。少なくとも歴史については、僕は確信を抱いている。それに、僕を圧しつぶすこの力をどうして否定できるだろう？（I, 278）

ここでカミュが「永遠」よりも「歴史」を選ぶという時、この「歴史」という語は過去の歴史を意味しておらず、目の前にあって「僕を圧しつぶす」戦争という現在時に展開する歴史を指している。同時代の多くの知識人と同じく、カミュもまた第二次大戦を契機に歴史と直面することになったのだ。それにともない現在時の事物に対する視線にのみ重点を置いていたカミュの態度は、それまでの「観想」«contemplation» から「行動」«action» へと移行する（*Ibid.*）。

辺境の地アルジェリアからヨーロッパへと活動の場を移すことで、カミュの思索は変化を迫られる。それが個人から連帯へ、不条理の系列から反抗の系列への移行である。第一の文学創造の主題となった不条理に続いて、第二の反抗という主題のもとでは、『ペスト』（小説）、『反抗的人間』（哲学的エッセイ）、『戒厳令』および『正義の人々』（戯曲）が執筆されることになる。一九四二年にドイツ占領下のパリで刊行された『異邦人』の成功、そしてパリ解放後は『コンバ』紙の若き編集長としても注目を集め、一気に時代の寵児となったカミュのその後の作家人生は、絶え間ない論争の連続であった。第二次大戦後の対独協力者の処遇をめぐるフランソワ・モーリヤックとの論争を皮切りに、『犠牲者も否、死刑執行人も否』をめぐる共産主義者エマニュエル・ダスティエ・ド・ラ・ヴィジュリとの論争、戯曲『戒厳令』に関してはキリスト教者でありかつ実存主義者のガブリエル・マルセルと論争し、『反抗的人間』に至っては、アンドレ・ブルトンを皮切りに、フランシス・ジャンソン、続いてサルトルからその歴史認識の曖昧さを糾弾された。そして一九五五年には、過去遡及的に『ペスト』の歴史記述を批判したロラン・バルトとの論争があった。またこれらの紙面上で行われた公開論争とは別に、モスクワ裁判の是非をめぐるモーリス・メルロ＝ポンティとの論争が一九四六年にあったことも付け加えておこう。

この第Ⅲ部では、第二次大戦勃発から『最初の人間』執筆に至るまでの、歴史をめぐるカミュの思索の足取りを辿る。一九五一年に上梓された『反抗的人間』は、カミュの反歴史主義、すなわちユダヤ・キリスト教からヘーゲル、マルクスへと引き継がれた決定論的歴史哲学への批判が明確に打ち出された書物として知られている。革命の精神を形而上的・歴史的視点からつぶさに検討し、結論として革命の否定と反抗の継続を訴えたカミュの主張は、当時の東西冷戦という緊迫した情勢下において議論の的となり、サルトルをはじめとした共産主義陣営側からの厳しい批判を招いた。前述したように、一九三五年に共産党に入党した時点において、すでにカミュはヘーゲル・マルクスによる歴史主義を信じていなかった。だがこの事実は裏を返せば、ヘーゲル・マルクスの歴史哲学への不信は作家の共産党への入党を妨げるものではなかったということを証明している。それではなぜカミュは反歴史主義を前面に押し出し、反共産主義者になったのか。そして歴史を批判し否定するカミュがなぜ『最初の人間』ではじめて歴史を小説に組み込むに至ったのか。こうした問題を考えるにあたっては、カミュの生きた経験を考慮に入れなければならない。

第1章　非-歴史性のモラルの継続と放棄

パリ解放直後の一九四四年一〇月にはじまったモーリヤックとの論争は、初期作品から後期作品への思想の変化を引き起こす重要な契機であったことを西永良成が明らかにしているが(1)、本章で問題となるカミュの歴史をめぐる思索においてもこの論争は重要な転換点をしるしている。その意義を十全に理解するためには、第二次世界大戦勃発を機に『ソワール・レピュブリカン』紙で集中連載された一連の記事と、一九四三年から四四年にかけて執筆されたレジスタンス参加弁明の書とも言える『ドイツ人の友への手紙』を取り上げ、カミュの思索の新たな展開の軌跡を辿る必要があるだろう。

人民戦線系の日刊紙として一九三八年一〇月六日以降発行された『アルジェ・レピュブリカン』に次いで、一九三九年九月一五日にカミュを編集長とした姉妹紙『ソワール・レピュブリカン』が創刊された。この夕刊紙の創刊は、同年九月一日にドイツ軍がポーランドを軍事侵略したことを受け、三日に英仏がドイツに対して宣戦布告し、第二次大戦が勃発した直後のことだった。大戦によって厳しさを増す検閲、紙不足、徴兵による人員不足などによって『アルジェ・レピュブリカン』の継続が難しいと判断したパスカル・ピアは、ページ数と販売地域を大幅に縮小した『ソワール・レピュブリカン』の発刊を急遽決定したのだった(2)。しかしながら、一〇月二八日で廃刊になった『アルジェ・レピュブリカン』に続き、『ソワール・レピュブリカン』も、即時停戦を訴える反戦論を展開したため、翌年一月九日には政府の圧力によって発行差し止めになってしまう。

この短命に終わった『ソワール・レピュブリカン』紙上において、カミュは第二次大戦に関する多くの記事を執筆した。九月一七日に「戦争」と題された記事を発表したのを皮切りに、一〇月から一二月末にかけては「戦争の灯のもとに」という題のもと、第二次大戦に特化した連載記事を掲載した。[3] またピアとの共同執筆を含むこれらの記事に加えて、大戦勃発直後の『手帖』には、戦争に触発されたとおぼしき覚書が見られる。すでに述べたように、大戦以前のカミュの政治的関心の中心は、アルジェリアの植民地体制および内政であった。一九三七年の「土着の文化、新しい地中海文化」(以下「新しい地中海文化」)でイタリアによるエチオピア侵攻を糾弾したように、カミュはヨーロッパにおけるファシズムの脅威にいち早く反応し、これを批判してもいた。だがそれでも本土の知識人と比較した場合、カミュのヨーロッパの政治に対する関心の度合いの差は歴然としている。実際に『アルジェ・レピュブリカン』には、ヨーロッパを一触即発の戦争の危機から一時的に回避させ、当時のフランス知識人の意見を抗戦論者と反戦論者とに二分したミュンヘン協定[4](一九三八年九月二九日)を正面から論じたカミュの記事は見当たらない(ちなみに『アルジェ・レピュブリカン』はミュンヘン協定締結直後に創刊された)。また、その後の第二次大戦勃発への布石となったナチス・ドイツによるチェコスロヴァキアおよびリトアニアのメーメル地方の併合(一九三九年三月)、そして大戦勃発の決定打となった晴天の霹靂とも言える独ソ不可侵条約締結(同年八月二三日)にカミュがすばやく対応することもなかった。『アルジェ・レピュブリカン』でカミュが執筆した国際政治に関する記事は、のちに「私の第二の祖国」(II, 668)とまで言われるスペインに関する三本の記事[5]と、フランス法学者による国際情勢に関する講演の報告記事二本[6]にとどまっている。カミュがこの新聞に寄稿した膨大な記事数全体から考えても、これらの記事の占める割合は全体の一割にも満たない。それに対して、『ソワール・レピュブリカン』は第二次大戦に関する記事のみが掲載されており、アルジェリア政府の検閲に対する批判を除いては、内政に関する記事はもはやない[7]。第二次大戦によってはじめてヨーロッパが本格的にカミュの政治的視野に入ったのである。「私は平和主義者として一九三九年の戦争を開始し、レジスタンス活動家として戦争を終えた」(III, 1095)、と一九五一年にカミュは述懐している[8]。この発言の前半部が示唆しているように、『ソワール・レピュブリカン』での連載記事の主張の核心は、早期停戦と持続可能な平和の構築であり、それは端的に言って、一九三七年の「新しい地中海文化」で展開された政治理念をそのまま引き継いでいる。

繰り返しになるが、「新しい地中海文化」で批判の対象となったのは、第一次世界大戦後に隆盛したファシズムをはじめとする自民族中心主義およびナショナリズムであり、そこから引き出される対外政策としての帝国主義・植民地主義であった。そして、軍事力による他国の征服へと駆り立てるナショナリズムをデカダンスの徴候として糾弾したカミュは、「人間」の原理を盾に、国家の概念の廃絶と国際主義を謳った。

> 原理は、人間です。統一はもはや信仰のなかにはなく、希望のなかにあるのです。ひとつの文明は、一切の国家が廃絶され、そしてある精神的な原理が、文明の統一と偉大さを生じさせるというその限りにおいてのみ、持続するのです。(I, 566)

第二次大戦の原因を客観的に分析した「戦争の灯のもとに」でも同じく、国家という概念を基盤とする国際社会のあり方そのものがこの戦争の最大要因として批判され、国家主義の代替となる「実効性ある国際主義」(C4C3, 646) が推奨されている。

「新しい地中海文化」で提示された理想の社会像、すなわち多種多様な文化・歴史を持つ民族がそれぞれ個性を失うことなく、平等の権利を持ち共存できるような社会は、テクスト上では明言されていないものの、アルジェリア社会が念頭に置かれていることはたしかであろう。「戦争の灯のもとに」では、この戦争の原因分析だけでなく、もう二度と世界規模の大戦が起こらないための将来的な指針として、今後目指すべきヨーロッパ像が提示されている。それは「新しい地中海文化」で提示した理想の社会像をそのままヨーロッパという、より大きな枠組みに適用したものであった。

諸国民の道徳的・法的平等、相互の寛容と理解、人間としての大いなる共感を基盤とした、民衆の自由と相互援助からなる新しい秩序。それこそが目的であり、我々が賛同する「国民投票」と「連邦制度」の政治の精神である。（*CAC*3, 651）

カミュが理想として掲げる政治制度は、人々の意見を直接反映することのできる国民投票と、各国の独立と国同士の連帯が同時に保証される連邦制度である。この理想は、現在ではヨーロッパ共同体として実現していると言ってよいだろう。「新しい地中海文化」で提唱された、人間という基本原理と理想社会の基盤となる地中海というゆるやかな統一のイメージは、ここでは「諸国民」«peuples»と、諸国民を取りまとめる「新しい秩序」に置き換えられている。この「新しい秩序」は、「安寧と自由、すべての個人のための人間的文明の恩恵、すべての国民間の協力と友情」(9)（*CAC*3, 646）であると具体的に言い換えられている。この秩序を実現するために、現状では全くその機能を発揮していない国際連盟に代わる、(10)「真の平和」をつくるための新しい国際機構の創設が求められる。国家や政府によって構成される「国際連盟」«Société des Nations»は否定され、国民の利益のみを反映する「諸国民連盟」«Société des peuples»（*CAC*3, 649）が必要であるとカミュは主張する。

カミュの第二次大戦勃発当時の論説の独自性は、単に戦争に反対し停戦を主張するだけでなく、戦争の根本的原因として指摘されるイデオロギーとしての国家という枠組みそのものを消滅させようとする点、そしてとりわけドイツ国民に対する敵意を排除しようとする点にあろう。そのために用いられているのが、「新しい地中海文化」と同じく人間の原理と歴史的論理の否定である。戦争とは何よりも国家間の争いであり、それに巻き込まれるかたちで各国の国民が戦闘に参加する。カミュはここでも国家間の紛争を人間というレベルにまで押し下げて考え、枢軸国と連合国という国家間の対立そのものを解消しようとする。なぜならば、「戦争による第一の被害者は一般民衆《peuples》である」(*Ibid.*) からだ。国籍に関係なく、すべての人間がこの戦争の犠牲者であり、それは敵国であろうと同盟国であろうと関係がない。物質的、精神的破壊をもたらす戦争だけを悪とし、ドイツ国民に憎悪を抱いてはならないと説くのである。カミュは平和の前段階として即時休戦を求めるが、その休戦条件の提案においてもドイツ国民への配慮を忘れない。

> この休戦は、ほかのすべての民と同じくドイツの民の尊厳、経済的欲求、自由と統一を尊重するかたちで締結されなければならない。そうすれば勝者も、強制条約も、敗者もないであろう。[11] (*CAC3*, 647)

引用に顕著に見られるように、カミュは国家に属する「国民」《nation》という言葉ではなく「民」《peuple》という言葉を一貫して使用しているが、ここに作家の明確な意図を読み取るべきだろう。この「民」という言葉によって、すべての人間を国籍に関わらず平等に扱うことで、国家間の争いとしての戦争を無効化しようとしたのだ。

第二次大戦の原因を検証する際に、ヒトラーの侵略行為だけに直接的な原因を求め、英仏の対独戦争を正当化しようとする世論をカミュは批判する。もちろんこれはナチスの擁護では決してない。戦前から一貫して反ナチスを標榜していたカミュは、ナチスのイデオロギーを「政治思想と政治生活における最も嫌悪すべき〝悪〟の諸形式のひとつ」(*CAC3*, 635) として糾弾し、この戦争を引き起こした第一の原因であることを認めている。[12] だが同時に、いかにヒトラーの国家社会主義が嫌悪をもよおすものであっても、それは英仏による対独戦争を正当化する理由にはならないとし、国内体制や精神性の違いは国家間の友好を妨げはしないと力説する（ここでカミュは一例として、一九三五年以降、独裁政治体制が敷かれたポーランドとフランスとのあいだの友好関係を挙げている）（*CAC3*, 636）。そして何よりも、ヒトラーが過去に犯した罪を罰するための戦争を厳しく弾劾する。というのも最終的に、今回の戦争に関しては、それぞれの国に責任があるとカミュは考えたからである。

> もしこの現在の紛争が蔓延するならば、国家の概念と利己主義的敵対関係が同時に糾弾されることは火を見るより明らかであろう。そしてそれは、ドイツ、イギリス、ラテン諸国と同様にソ連にも当てはまるであろう。とにかく、解決はこうした方向にはないこと、そして過去の怨恨によって歴史をつくることはできないだろうし、反対に将来への希望に基づいて歴史を築き上げるべきであることは明らかである。（*CAC3*, 642）

「過去の怨恨によって歴史をつくること」が、ナチスの侵略を理由に対独戦争を開始することを意味することは明らかであろう。そもそも、もし本当の意味で過去を問題にするならば、ドイツにおけるナチスの台頭の根本には、第一次大戦の敗戦国であったドイツに一方的な戦争責任を課し、広大な領土割譲を要求したヴェルサイユ条約があったのではないかとカミュは指摘する。[13] 戦勝国が屈辱的な条件をドイツに押し付けていなければ、あるいはその後適当な時期にヴェルサイユ条約を改正していれば、ヒトラーの躍進もなかっただろうし、この大戦は回避できたはずだとカミュは考えたのだ。[14] それゆえ軍事力によって戦勝国と敗戦国が決まり、敗戦国にすべての戦争責任を押し付け、のちに禍根を残すような第一次大戦の繰り返しだけは絶対に避けねばならないと主張するのである。

カミュが最も重要視するのは、「現在」生きている人々の生命と生活である。いかにナチス・ドイツが極悪非道であろうと、「償い」や「過去の犯罪の制裁」[15]（*CAC3*, 644）による対独戦争は許されないと考えた。なぜなら戦争は新たな犠牲者を付け加えるだけであり、国民同士のさらなる殺し合いを招くばかりで、ナチスが過去に犯した罪は決して償われえないと考えたからである。また、カミュにとっては戦争の勝敗さえも意味はない。なぜならば、戦争に勝っても負けても、どちらにしても莫大な人的・物的被害を被ることに変わりはないからである。こうした主張には、世界史上はじめて国民全体を巻き込んだ総力戦であり、ヨーロッパに何百万もの死者と都市の物理的破壊、そして巨額の経済的打撃をもたらした第一次大戦の、苦い教訓が背後にある。カミュが『ソソール・レピュブリカン』に掲載した最初の記事（一九三九年九月一七日付）には、以下のような記述が見られる。

おそらくこの戦争の後、木々は再び花を咲かせるだろう。というのも世界はしまいにはいつも歴史に打ち勝つからだ。だが木々が花を咲かせるその日に、どれだけの数の人間がその情景を見ることができるのか私にはわからない。（*CAC*3, 631）

引用中の「世界はしまいにはいつも歴史に打ち勝つ」という言葉は、第Ⅰ部ですでに触れた「ジェミラの風」（『結婚』収録）の一節を転用したものである。ジェミラにある古代ローマの凱旋門を通じて過去の征服者たちに思いをめぐらせたように、カミュはこの戦争もいつか終わり、平和が再び訪れることを確信している。この引用の背後には、歴史を自然の永続性のなかに回収し、相対化しようとする、変わらない作家の欲求を認めることができる。だが異なる点もある。「ジェミラの風」では、現在という視点から過去の数々の征服者が織りなした争いの歴史を相対化していたのに対して、第二次大戦という戦争は始まったばかりである。この現在進行形の歴史は、この戦争が終結し過去のものとなる未来という視点に立ってはじめて相対化できるものなのだ。そしてカミュが懸念しているように、「世界が歴史に打ち勝つ」未来に至るまでには、膨大な死者が予想される。第二次大戦という現在時の歴史に対しては、もはや歴史を自然に回収するだけでは十分ではない。被害をできるだけ少なくするための行動が要求されるのである。戦争責任をドイツだけでなく各国に平等に分散させること、そして戦争を悪と見なしながらも拒否せず現実として受け入れるという意味において、カミュはそれまでの無関心＝無差異のモラルを貫いている。しかしながら、カミュは戦争をいったん受け入れた上で、戦争という現実を平和へと変革しようと試みるのである。この現実を変えようとするカミュの態度に、のちに『ドイツ人の友への手紙』で決定的になる不条理から反抗へという思想的発展の萌芽を認めることができるだろう。

当時の『手帖』に書き記された、開戦の一報を聞いた際のカミュの第一の反応は、「どこに戦争があるのか？」（II, 884）という実感の欠如であった。戦争を伝えるニュースを除けば、周囲を取り巻く世界は変わらず、戦場から遠く離れたアルジェリアにはその徴候を全く認めることができないからだ。だがカミュは戦争が始まった以上、その事実から目を逸らし、知らないふりをすることはできないと考える。同じく『手帖』には、以下のような記述がある。

この戦争が「存在する」瞬間から、それを考慮に入れずに下されるすべての判断は誤りになる。思考する人間は、一般的に、事物について自分がつくりあげた観念を、それを否定してしまうような新しい事実に適合させることに時を費やす。この傾向のなかに、この思考の変形のなかに、この意識的矯正のなかにこそ真理、すなわちひとつの生の教訓がある。それゆえ今回の戦争がどんなにおぞましいものであっても、その外にいることは許されない。(16)（II, 885）

ここでは、戦争をそれまでに自身がつくりあげた観念を否定する「新しい事実」として認識しつつも、教化的体験として積極的に受け入れようとする作家の姿勢を認めることができる。そして同時に、周囲の世界は表面上変化しなくとも、戦争が存在するという事実によってそれまでの平和な世界が失われたことを即座に悟っている。

ここで注意しなくてはならないのは、こうした戦争を全面的に受け入れる態度は、戦争を不可避な歴史的宿命として諦めて受け入れるという、当時蔓延していた絶望的態度とは異なっているということである。たしかにカミュは戦争勃発当初、次のように書いている。「左翼の活動家たちは、おそらくかつてこれほど多くの絶望する理由を持ったことがない。多くの希望と多くの信念がこの戦争と同時に崩れ落ちたのだ」（C4C3, 630）。この書き出しではじまる第二次大戦に関する最初の記事には、戦争が再び開始されてしまったという現実に対する絶望しか読み取れない。第一次大戦後の人々の平和への希望とその実現のための努力にもかかわらず、結局その二〇年後に第二次大戦が勃発した。二度目の大戦を迎えてしまった以上、希望はもはや失われてしまったのだ。

カミュはまた、「戦争」と題された同記事のなかで、「絶望がある一定の限界に至ると、無関心が生じ、それとともに宿命の感覚と、宿命に対する嗜好が生じることを我々は知っている」（C4C3, 631）と言う。第二次大戦の勃発から引き起こされる「絶望」を語る際に用いられるこのフレーズは、死という人間の逃れられない条件を主題にした不条理三部作を思い起こさせる。『シーシュポスの神話』において、死は生の不条理性を知らしめるものであった。『異邦人』の結末が示すように、生は必ず死＝無に辿りつくゆえ、すべての行為は無意味になり、等価値になる。そしてムルソーは、すべての希望がなくなり、死を宿命として受け入れ、生と死を分ける決定的な境界線を消滅させることではじめて完全な無関心を成就することができた。ムルソーと同じく、カミュは一方では、戦争を死と同様に生の不条理性を知らしめるものとして捉え、戦争という事態を前にして、死に対する態度と同様の無関心＝無差異を貫く態度、つまり戦争という現実から逃げずに明晰さをもって耐え忍ぶことを推奨する。

だが他方では、自己の死に対する態度と異なり、戦争に関しては無関心と明晰性にとどまるだけでは十分でない。というのも、戦争は死とは異なり宿命ではないからである。同時期の『手帖』には、「ある絶望者への手紙」という題が付けられ、架空の対話者（これはおそらく絶望するカミュ自身を想定したものであろう）への手紙という体裁をとった比較的長い覚書があるが、そこには以下のような一節がある。

宿命というものはひとつしかない。それは死だ。死を別にすれば、もはや宿命は存在しえない。誕生から死に至る時間の広がりのなかには固定的なものは何ひとつない。つまり人々はすべてを変えることだってできるのだ。もし十分に、一生懸命に、長期にわたって望むならば、戦争をやめさせ、平和を維持することさえ可能だ。(II, 888)

人間の力が及ばない死に関しては、死がもたらす恐怖から逃れず、自己の宿命として受け入れることだけが重要であった。だがこの戦争を宿命と見なすことは断固として否定される。それはすなわち戦争という悪を是認し、平和を放棄することになるからだ。同時期の『手帖』には次のような一節もある。

「一般的な意味での」生に絶望することはできても、生の個々の有り様には絶望することができない、ということを理解してください。私たちは存在について絶望することはできます。それは人間が力を及ぼすことができないものですから。でも個人がすべてをなしうる歴史については絶望してはいけないのです。今日、私たちを死に追いやるのは個人の集合です。それなら、なぜ個人の集合が世界に平和をもたらしえないことがありましょうか。(II, 894)

戦争という状況下においては、それまでに自身が確立した無関心=無差異のモラルだけでは十分ではない。それに加えて戦争を平和へと変えるような積極的行動が求められる。この時期のカミュの平和主義は、単に平和を希求するのではなく、平和を目指して現状を変革し、戦うよう鼓舞する「戦闘的平和主義」[17]《pacifisme militant》なのである。

第2章　対独レジスタンスという選択

『ソワール・レピュブリカン』紙の連載記事で貫かれている、徹底した平和主義的立場から、カミュはいかにして対独レジスタンスに移行したのだろうか。同紙が政府の圧力で廃刊になったあと、職を失ったカミュはパスカル・ピアの誘いでフランスに渡る。そしてアルジェリア時代の総決算としてパリで完成させた『異邦人』が、フランス文壇デビュー作としてナチス占領下の一九四二年に発表される。カミュが紆余曲折を経てレジスタンスの日刊紙『コンバ』の活動に本格的に従事したのは、パリ占領以来自然発生し、散在していた国内の地下活動が統一され、軍事的効果をもたらしはじめた一九四三年秋以降だと言われており(1)、それはドイツの敗戦が濃厚になってきた時期でもあった。

常に生命の危機にさらされていたレジスタンス活動家は、それぞれ偽名を用い、すべての行動を秘密裏に行っていたため、当時の『手帖』、およびジャン・グルニエやピアとの往復書簡のなかにも、レジスタンス参加へと至る経緯やその具体的な活動内容を匂わせるものはない。とりわけ、おもに創作ノートとして用いられていた『手帖』には、大戦開始時に書かれた戦争をめぐる思考の軌跡は見られるが、それ以降のパリ占領をはじめとした重要な歴史的事件に関する記述もほとんどなく、まるで何も起こらなかったかのような印象さえ与える。それに加えて、大戦後に至っても、カミュは自身のレジスタンス活動については基本的にほぼ沈黙を守っている[2]。こうしたなか、「時事問題の文書」(II, 7) として書かれた『ドイツ人の友への手紙』だけが、作家自身による貴重なレジスタンスの証言として公にされている。

『ドイツ人の友への手紙』は一九四三年七月、一九四三年一二月、一九四四年四月、一九四四年七月という日付のついた四通の手紙から構成されており、最初の二通は肺結核の静養先のル・パヌリエで執筆され、残りの二通はパリで執筆された。そして、第一の手紙はレジスタンスの機関誌『自由雑誌』第二号、第二の手紙も同じくレジスタンスの雑誌『解放手帖』第三号にそれぞれ掲載された。残りの二通の手紙は『自由雑誌』のために書かれたが戦時中は発表されず、戦後の一九四五年に四通まとめて刊行された。この手紙は占領下という時代状況に触発されて執筆されながらも、カミュの不条理から反抗へという思索の軌跡——世界の無意味性を出発点として、ある共通の価値を発見するに至る——においても重要な転換点となっている[3]。

ここでは前章で見た『ソワール・レピュブリカン』の連載記事「戦争の灯のもとに」を踏まえた上で『ドイツ人の友への手紙』の読解を試みるが、この二つのテクストの比較検討についてはフィリップ・ヴァネイによる詳細な分析がすでに存在する[4]。両者のテクストにおけるカミュの政治的立場の連続性と断絶を様々な角度から吟味したヴァネイは、最も顕著な断絶としてドイツ人に対する態度の変化を挙げている。第二次世界大戦勃発当時は、戦争をナチス以上の悪とし、英仏の対独戦争を否定し中立の立場をあくまで守っていたカミュが、みずからの立場を毅然と選択し、ドイツ人に対して宣戦布告をしたのである。ヴァネイの分析を踏まえた上で私たちは、とりわけ『ドイツ人の友への手紙』における暴力の問題についてより詳しく検討したい。なぜなら、第二次大戦以降のカミュの歴史をめぐる考察において、暴力の問題は切り離すことができないからである。

出版後の一九四八年に書かれた「イタリア語版への序文」では、「この手紙の筆者が〝君たち〟と言う時、それは〝ドイツ人一般〟を意味せず、〝ナチスの人々〟を意味する」(II, 7)という注釈を付け、ナチスとドイツ人を混同することのないよう読者に促している。だがナチスの人々であろうとドイツ人であろうと、人間は人間である。カミュが実際に従事していたのは、暴力をともなわない知的レジスタンスであった。しかしナチスを敵として戦う決心をすることは、すなわち敵となる相手を殺すことを引き受けることである。このレジスタンス活動が必然的に要求する殺人という暴力の容認こそが、カミュのレジスタンス運動への参加にあたっての最も大きな障害であったと思われる。「第一の手紙」では以下のように書かれている。

我々には長い回り道が必要であり、随分遅れをとった。真理への気遣いが知性に、友情への気遣いが心情に強いた回り道であった。この回り道が正義を守り、自問する者の側に真理を置いたのだった。そしておそらく、我々は高価な犠牲を払った。屈辱、沈黙、牢獄、処刑の朝、断念、毎日の飢え、痩せ細った子供たち、そして何よりも強いられた悔悛がその代価だった。だがそれらは仕方のないことだった。我々に人間を殺す権利があるのか、この世界のむごたらしい悲惨にあらたな悲惨を付け加えることが許されるかどうか知るために、今までの時間が必要だったのだ。この失われ、そして見出された時間、この引き受けられ、そして克服された敗北、この血の代償を支払ったためらいが、今日、我々フランス人に、手を汚すことなく——その汚れなさは、犠牲者と信念を持つ者の汚れなさだ——この戦争に入ったと考える権利を与えるのであり、また手を汚すことなく——だが今度は、不正と我々自身に抗してもたらされた大いなる勝利の汚れなさだ——戦争から出るだろうと考える権利を与えるのだ。(II, 11-12)

我々＝フランス人は戦争という悪に参加しつつも、犠牲者が流した血によって無垢が保証されるとカミュは言う。大戦勃発当時、犠牲者は戦時下にあるヨーロッパ諸国すべての民を指していたが、この引用中の「犠牲者」はナチスに殺されたフランス人のみを指している。だがこの表現だけを取り上げて、ナチスに対する報復として、殺人と暴力が正当化されていると断定するのは早計であろう。同じく「第一の手紙」では、「我々は我々の確信と、大義名分と、正義を所有している」(II, 12) と断言されている。我々＝フランス人の正義とはいったいなんなのか。ここでは、手紙全体を通じて繰り返し述べられている、フランス側に正義と同時に高い犠牲をもたらしたとされる「回り道」«détour» および「遅れ」«retard» という言葉に注目すべきであろう。

一九四三年に執筆された最初の二通の手紙では、「五年前」という言葉が頻繁に用いられている。ドイツ人を敵ではなく友人として見なしていた五年前とは、この手紙のなかでは具体的に明示されていないが、第二次大戦勃発当時の「戦争の灯のもとに」で表明されていたカミュの政治的態度にほかならないであろう。ヴァネイが指摘するように、『ドイツ人の友への手紙』で用いられる「我々フランス人」という主語のうちにカミュ個人としての「私」が強く存在しており[5]、約三年にわたったナチス支配の後にやっと攻勢に転じるフランス側の反撃宣言の背後には、大戦勃発当初の平和主義的な戦争解決からレジスタンス参加へと至るまでのカミュの内面の葛藤が透かし見える。つまり、引用中の「回り道」とは、遅ればせながらレジスタンス運動に参加したカミュ自身の回り道であり遅れでもあるのだ。

この回り道とは、敵に対する暴力を容認し、敵と戦う決心に至るまでの回り道である。例えばカミュは「第一の手紙」のなかで以下のように述べる。

我々は、人間に対する嗜好、我々が心に抱いていた平和な未来のイメージ、人間を傷つけることは取り返しのつかないことであるから、いかなる勝利も償いえないものであるという深い確信を克服しなければならなかった。また、我々の知恵と希望を、愛する理由とあらゆる戦争への憎悪を一度に断念しなければならなかった。

君たちが理解できるだろうと思われる言葉で言うならば、君たちがかつて手を握ることを好んでいたこの私が言うのであるが、我々は、友情の情熱を沈黙させねばならなかったのである。(II, 11)

この引用では「我々」という一人称複数だけでなく「私」という一人称までもが用いられている。人間と平和に対する嗜好、戦争に対する憎悪、ドイツ人への友情といった、闘争に加わるにあたって克服しなければならなかった諸々の信念は、まさに「戦争の灯のもとに」において、カミュが戦争の平和的解決のために主張していた事柄である。この「第一の手紙」は、カミュが本格的にレジスタンス活動に参加する直前の一九四三年七月に執筆されている。レジスタンスに参加するにあたって、カミュは意見を異にしつつも、かつて友と見なしていたドイツ人に対して絶縁宣言をする必要があったのだ。

「君たちは我々よりもたやすく人を殺す」(II, 28)という理由から、カミュはドイツ人を糾弾する。祖国の運命だけを至上の価値とし、祖国のためにすべてを犠牲にして憎悪と暴力の道へと安易に突き進んだドイツ人とは反対に、祖国と同時に正義を愛したフランス人には、たとえ国を守るためであっても暴力を行使することに対する「ためらい」«scrupule»があったとカミュは言う。こうしたためらいや逡巡が五年もの回り道をさせ、そのためにフランスは敗北し、多くの犠牲を支払うことになった。だが自身に設けた殺人に対するハードルの高さこそが、「遅れて」武力行使を行うフランス人に対し、殺人や戦争という「最大の誤謬」(*Ibid.*)を犯しながらも、その正当化と無垢とをもたらすのだとカミュは主張するのである。この手紙で宣言される戦闘参加は、ナチスに見られる極端なナショナリズムや愛国主義によって導かれた盲目的なものではなく、「明晰さ」によるものである。こうした「回り道」によってフランス人はナチスよりも倫理的に優位に立ち、正義によってもたらされる勝利を確信するのだ。

戦争勃発当時の平和主義的戦争解決からレジスタンスへの参加へというカミュの方向転換を一八〇度の転換と捉

えるか、または根本に横たわる平和を望むカミュのスタンスは一貫していると捉えるか、判断は難しい[6]。なぜならば、この手紙は最初の二通の手紙と最後の二通の手紙——より正確には「第二の手紙」におけるナチスに殺された無実の少年の挿話をはさんで——では明らかに口調が異なっているからである。実際に、「第四の手紙」に至ってはかなり攻撃的な発言が見られる。ドイツ人に対して、「私の心がこれほど嫌うことのできるものはこの世には何もない」、「我々は情け容赦なく君たちを破壊するだろう」、「私の君への有罪判決は完全であり、私にとって君はもう死んでいる」とまでカミュは言い放つ（II, 28）。先に引用したように、「第一の手紙」において、ドイツを敵として戦うことを決心する際に「人間に対する嗜好」を克服せねばならなかったと述べられているが、パリ解放の直前に執筆された「第四の手紙」では、対ドイツ闘争は「人間の観念」«idée de l'homme»（II, 29）を救うための闘争へと変貌しており、カミュはより積極的に闘いの意味を見出し、敵に対する暴力を正当化しているのだ。

そもそも「戦争の灯のもとに」における楽観的かつ理想主義的な論調は、「奇妙な戦争」«drôle de guerre»という当時の戦況に負うところが大きいと思われる。当時のカミュは戦場からほど遠いアルジェリアにいたし、さらに本国フランスでも、ドイツに対して宣戦布告をしながらも防衛戦略に徹し、東部国境に用意した巨大要塞であるマジノ線に兵力をとどめる、戦闘なき戦争が続いており、対独講和への一縷の望みがまだ残されていた時期であった。ドイツに対する武力行使をあくまでも拒否し、即時停戦、全面的武装解除、対独講和を繰り返し力説している点を考えると、カミュの平和主義は第一次世界大戦以降脈々と続いてきたフランスの厭戦主義的世論、またフランス知識人のなかでも特に第一次大戦に従軍し、戦争の悲惨さを身にしみて実感していたアランやジャン・ジオノなどに代表される反戦主義者、絶対的平和主義者と意見を同じくしている。だが注意しなければならないのは、カミュは同時に、戦争をするくらいならば降伏をした方がよいと考える「敗北主義者」«défaitistes»、あるいは「降伏論者」«capitulards»と呼ばれていた立場もまた断固として否定していた点である。この点において、カミュは第二次大戦中も一貫して平和主義を貫いたアランやジオノと意見を異にしている。ドイツの軍事力に英仏が屈することは、自由や正義、平和の原則に反するとして却下するのである。「放棄も否、血を好む〝徹底抗戦論も否〟」(CAC3, 647) という最も理想主義的な厳しい立場を取っていたカミュは、武力行使の拒否を繰り返し力説しながらも、軍事力をもってドイツがフランスを攻撃した場合、そしてさらにフランス側の停戦要求をドイツが拒否した場合、停戦を求めるための最後の手段として例外的に武力行使を認めていたのである (CAC3, 644-645)。

そして、第二次大戦後の一九四八年に執筆された「イタリア語版への序文」において、この『ドイツ人の友への手紙』が、対独レジスタンスという状況下で書かれた極めて時事的なテクストでありながらも、「暴力に対する闘争の記録」(II, 8) としてならば、いまだに有効性を持つとカミュは断言している。そうであるならば、このテクストにおけるカミュの真意は、単なる敵に対する報復としての暴力の正当化にあるのではなく、むしろ暴力行使の容認に至るまでの「ためらい」、つまりぎりぎりまで暴力を回避することの弁明にあると言えるだろう。この作家による暴力についての考察は、戦前の、と言っても第二次大戦の危機がすでに予測されていた一九三九年四月にまで遡ることができる。すでに簡単に触れたが、カミュは『アルジェ・レピュブリカン』紙において、一九三九年四月二五日と五月二四日の二回に分けて、シャルリエというフランス法学者による国際情勢に関する講演の報告記事を掲載している。カミュはシャルリエの講演内容を紹介しながら以下のように述べている。

我々の多くは戦争も隷属も同じく嫌悪している。シャルリエ氏はその点において非暴力の理論に反論している。彼は侵略と不正義に対して武力をもって対抗すべきだという意見である。だが少なくとも、この武力の用い方を限定しなくてはならない。というのも、武力はひとつの手段であって目的ではないからである。武力は戦争を終結させるべきものであって、戦争を長引かせるものであってはならない。そして、侵略に対する抵抗が増

す時、その武力は毎日毎時間、和平の提示をともなうものでなくてはならない。(*CAC3*, 626)

カミュはシャルリエの意見にほぼ賛同しているが、敵（これは当然ながらナチス・ドイツを想定している）の攻撃に対する抵抗としての武力行使を容認するシャルリエに対して、武力行使の幅に制限を設けており、この主張は「戦争の灯のもとに」にそのまま引き継がれている。だが実際に起こった第二次大戦の展開はカミュを含めた当時の多くの人々の予想を裏切るものだった。上の引用および「戦争の灯のもとに」における作家の発言を背後で支えていたのは、おそらく、対独戦争が実際に起こった際、フランスは軍事力においてドイツに対して優位に立てるはずだという楽観的憶測である。実際には仏軍の意表をついたヒトラーの奇襲作戦によって和平を提示する間もなくあっけなくパリは陥落し、ナチスの支配下におさまってしまった。その後続くヴィシー政府下において、フランスを解放するためには武力による抵抗以外にはありえない。対独レジスタンスにおいては、祖国解放のための最終的な手段として暴力が選択され、容認されたのである。

第3章　モーリヤックとの論争——対独協力者粛清問題をめぐって

一九四四年六月六日に連合軍がノルマンディーに上陸し、連合軍の進撃と連動したフランス国内軍とゲリラ組織である「マキ」《maquis》、そして国民蜂起によってパリは解放された。八月二一日に晴れて合法日刊紙となった『コンバ』の編集長カミュは、「レジスタンスから革命へ」という新たなスローガンのもと、「戦いは続く……」（八月二一日）、「正義の時代」（八月二二日）と題された社説を次々と掲載した。解放当時のフランスは、圧制を強いたそれまでの旧い政治体制が滅び、レジスタンス派の正義に基づく新たな社会秩序をつくることができるという希望に満ちた時期であった。九月一九日の社説ではレジスタンスの帰結として革命の必要性までが力説されている。

革命は反抗ではない。この四年間レジスタンスを支えたのは反抗である。つまり、人間を跪かせようとする秩序に対する、当初は盲目的であった執拗な、全体的な拒否である。反抗とは何よりも心情である。だが、反抗が精神へと移り、感情が観念となり、自発的なほとばしりが合議による行動に終わる時が来る。それが革命の時だ。

フランスのレジスタンスは、もともと全体的な拒否の純粋さのなかではじまった。だが四年間の闘いは、レジスタンスに欠けていたいくつかの観念をもたらした。勝利に終わった反抗の果てに、レジスタンスは革命を望むようになったのだ。そしてもしこの反抗の息吹が中断しなければ、レジスタンスはこの国が待望している独自の明確な理論を革命に与えつつ、革命を遂行するだろう。(*CAC*8, 198)

フランスの解放によって戦闘は終結したかに思われるのだが、カミュを含む多くのレジスタンス活動家たちはそのようには考えなかった。反抗によってはじまったレジスタンス運動を最終的に革命へと導くため、闘いの継続を宣言したのである。その際に異端分子として敵視されたのが、ナチス・ドイツが去ったあとに残る国内の対独協力者であった。

レジスタンスを通じて無名の一軍人から一躍国民的英雄になったシャルル・ド・ゴールが、フランスの再生のために真先に考慮したのが行政機関におけるヴィシー派の一掃であったように(1)、新しい社会体制をつくる前段階として対独協力者の処遇問題は避けて通れない第一の問題であった。そして『フィガロ』紙のモーリヤックと『コンバ』紙のカミュがこの問題をめぐって対立したのであった。二人の新旧知識人による論争は、一九四四年一〇月一九日にモーリヤックが「正義と戦争」と題された社説を掲載したことに端を発する。この記事のなかで、モーリヤックは過剰な粛清に対する懸念を表明した。その翌日にカミュはモーリヤックに対する反論記事を二日間にわたって掲載し、それ以降一九四五年一月までの約三ヶ月間、両者の論争は続いた。

パリ解放直後のこの有名な論争は、人間の「正義」«justice»の名のもとに粛清を擁護するカミュと、キリスト教の「慈悲」«charité»による寛容を説くモーリヤックという単純化した図式で語られることがほとんどである(3)。だが実際のところ、もともと両者の粛清に関する意見はそれほどかけ離れていたわけではなく、むしろ根本において一致していたとさえ言えよう。カミュとモーリヤックがともに在籍していた作家全国委員会(4)は、パリ解放直後に対独協力派作家のリストを作成し、政府に厳しい処罰を求めていた。[5] フランスにおけるナショナリズムを長年牽引してきたモーラス主義をファシズムおよびナチズムと同様に糾弾していたモーリヤックは、[6] 粛清の必要性自体に異議を唱えていたわけでも死刑に断固として反対していたわけでもなく、対独協力者に対する処罰を容認していた。[7] 一方カミュも、シモーヌ・ド・ボーヴォワールの証言にあるように、[8] 対独協力派に対する無差別な厳刑を望んでいたわけではなく、「迅速で時間の限られた裁判、極めて明白な犯罪行為のすみやかな鎮圧」（CAC8, 289）を主張していた。つまり、正義に基づいた分別ある裁判を要求していたという点で両者の意見は一致しているのだ。しかしながら、両者はともに留保を付け加えることで対立する。当時ド・ゴールの崇拝者であったモーリヤックは、対独協力者に対する寛容策を取ったド・ゴールに同調しつつ、粛清の行き過ぎと誤審の可能性を繰り返し警告し、人間による正義の不完全さを主張した。実際に解放直後には、占領中の不満と憎悪を一気に爆発させた民衆による対独協力者へのリンチや虐殺は頻繁に起こっていた。またこの時期には対独協力者を裁く法律も十分に整備されていなかったため、裁判はしばしば復讐の場となっていたことも否めない。モーリヤックは言う。「我々は疑わしき者を罰するのではなく罪人を罰することを欲し、要求する。我々は無実の者の生命と自由を軽視しない」。[9] 敬虔なカトリック信者ゆえの寛容を呼びかけたモーリヤックに対して、「我々はキリスト教徒ではない」（CAC8, 288）と反論するカミュは、たとえ不完全であろうと人間による正義の遂行に固執し、敵に対する「赦しが不可能であること」（CAC8, 275）を力説したのだ。

この論争に関しては詳細な研究がすでにいくつか存在するが、[10] 第二次世界大戦勃発以降の作家の思考の変遷を辿ってきた私たちは、この時期におけるカミュの発言が「戦争の灯のもとに」とは正反対の論理を展開していることに驚かざるをえない。パリ解放直後のカミュは、最終的にナチスに対して勝利をおさめたレジスタンスの価値と人間による正義という観念に固執するあまり、以前に自身が否定していた歴史の論理に依拠するようになってしまったのだ。

カミュが大戦勃発当初、「償い」や「過去の犯罪に対する制裁」を断固として批判していたことはすでに述べた。だが一九四四年八月二九日に、ナチスに惨殺されたと思われる三四人の死体がヴァンセンヌで発見された翌日の記事で、カミュは怒りに駆られて以下のように述べている。


誰がここで赦しについて語れようか。精神が、遂に剣は剣によってしか打ち負かすことができないと理解し、みずから武器をとってやっと勝利に到達したのだから、一体誰がその精神に忘却を求めることができようか。明日語るのは憎しみではない、記憶に基づいた正義そのものである。（CAC8, 158）

さらに一九四五年一月一一日の記事にはナチスによって殺されたレジスタンス活動家の遺族を引き合いに出した以下のような記述がある。「ヴェランの両親とレイノーの妻が許可してくれれば、私はモーリヤック氏とともによろこんで赦すでしょう[11]」（CAC8, 441）。このようにカミュが「記憶に基づいた正義」として過去の犠牲者を引き合いに出す時、作家の粛清擁護は、まさに自身が否定していたはずの過去の怨恨に基づいた贖罪の要求であり、かつ過去の罪に対する制裁以外の何ものでもないだろう。

またカミュはパリ解放後のフランスの未来についても語っているが、それも第二次大戦勃発当初の言説とは対照的である。「戦争の灯のもとに」において、過去の怨恨ではなく未来の希望に基づいて歴史をつくるべきだとカミュが主張する時（CAC3, 642）、その未来とは、敵国ドイツを含んだすべての国と国民の相互理解と協調によって実現するはずの「真の平和」であった。たしかに『コンバ』においても、「戦争の灯のもとに」ですでに提示されていた、国際連盟に代わる「諸国民連盟」の創設が謳われている（CAC8, 263）。旧体制が崩壊した戦後の状況下では、こうした理想は一九三九年の時点よりも現実味を帯びて見えたと思われる。カミュは第一歩として、フランスに

「民衆と労働者による真の民主主義」（*CAC8*, 143）を確立し、旧いブルジョワの指導者層を一掃してレジスタンス派による新しい政治体制を確立することを主張している。この点で、作家の抱いた理想は一九三九年以来根本的には変化していない。しかしながら、一九三九年の時点では、たとえ理想の社会の実現のためであっても決して戦争を長引かせてはならないと厳しく戒めていたのに対し、パリ解放後はこの理想の社会体制の実現のため、戦争の継続を訴えているのだ。たしかに一〇月六日の記事で述べられているように、ヒトラーが停戦を拒否し降伏しない限りにおいて戦争がまだ継続していることはたしかである（*CAC8*, 235）。だがノルマンディー上陸から四ヶ月が経過した一〇月にはフランス全土がほぼ解放されており、そのような状況下では、少なくともフランスにおける第二次大戦は実質的には終結したと言えるはずであろう。しかしながら、「自由は平和ではない」（*CAC8*, 215, 235）と繰り返し強調するカミュは、ナチスからの解放を通過すべき一段階と見なし、闘争の継続を強いるのだ。「戦争が継続し、勝利の犠牲を受け入れることを納得しなければならない」（*CAC8*, 217）、「人間たちの血と苦悩がまだ必要ならば、その血を与え、この苦悩に耐え忍ばなくてはならないだろう」（*CAC8*, 216）と述べるカミュは、来るべき理想の社会の実現、正義の実現のためのさらなる犠牲を求める。

それだけにとどまらず、カミュは国民全員が一丸となって戦争を継続するためにこそ、対独協力派の粛清を要求するのである。一〇月六日の記事のなかでカミュは言う。「一九三九年の戦争の経験そのものこそが、国内で民主主義を消滅させながら民主主義の戦争を対外的に行うことはできないことを我々に教えた」。続いて以下のように断言する。「フランスは戦争を遂行するために、裏切りを抹殺しなければならない」（*CAC8*, 235）。カミュにとっては、レジスタンス派を中心にした新しい政治体制を確立するための革命と戦争は切り離すことのできない問題なのだ。

我々の欲望や反発がいかなるものであれ、フランスが革命と戦争を同時に行わねばならないことは確実である。［……］自分自身にさからって語る術と同時に、心の平和を断念する術を心得なければならない時があることを我々は確信している。我々の時代とはまさにそうした時代なのであって、今さら議論しても無駄なこの時代の恐ろしい掟は、この国の魂そのものを救うために、この国の今もなお生きている一部分を破壊することを我々に命ずるのである。[12]（*CAC*8, 272-273）

引用中の「自分自身にさからって」という表現は、『ドイツ人の友への手紙』の「第一の手紙」ですでに用いられている（II, 12）。ドイツとの戦争にあたって平和と人間に対する嗜好を克服しなければならなかったのと同じように、カミュは自分自身を押し殺して、「国の魂そのものを救うために」、すなわちフランスにおける正義の確立と革命の遂行のために、残存する対独協力者という「一部分」の「破壊」を求めるのだ。だがそれだけにとどまらない。カミュは対独協力者の排除だけでなく、革命実現のためのさらなる民衆の犠牲をも容認している。九月一九日の記事でカミュは以下のように主張する。

我々は最終的な革命を欲しているのではない。人間のすべての努力は相対的なものである。歴史の不正な法則は、多くの場合取るに足りない成果のために人間に莫大な犠牲を強いる。だが、みずからの固有の真実へと至る人間の進歩がいかにささいなものであっても、その進歩は常にその犠牲を正当化すると我々は考える。

（*CAC*8, 198）

「歴史の法則」を不正なものとしながらも、「人間の進歩」を信じ、そのための犠牲を容認するこの発言は、これまで検討してきたかつてのカミュの主張と対極にある。しかしながら、この引用とは矛盾するようだが、一〇月七日の社説では、共産主義者が依拠するマルクスの歴史哲学が批判の対象となっている。カミュはこの社説のなかで、『コンバ』と共産党との協調路線を打ち出しながらも、共産主義が基盤とする歴史哲学に関しては共感を示すことはない。「彼ら［共産主義者たち］は、非常に首尾一貫した歴史哲学のうちに、政治的リアリズムの正当化を見出しており、それは、多くのフランス人に共通するある理想の勝利に至るための特権的な方法となっている。その点において、我々は共産主義者たちと意見が異なっている」（*CAC8*, 239）。カミュはこの時期に自身が陥っている論理の矛盾に気付いていなかったのだろうか。人間の進歩や真実という未来のために、現在生きている人間の犠牲を正当化する考えは、カミュがそれまでに主張していた、犠牲者を最小限にするための暴力行使の制限から逸脱していないだろうか。記憶に基づいた正義、そしてレジスタンス派による革命実現のために必要とされる対独協力者の排除とさらなる民衆の犠牲の要求――こうした考えこそがモーリヤックの批判の対象になったのである。

「新しい地中海文化」から「戦争の灯のもとに」まで一貫していたカミュの平和主義的主張を念頭に置いた上でこの論争を眺めた時、カミュはあたかも過去の自分自身と論争しているかのようである。もちろんカミュとモーリヤックにはキリスト教信仰の有無という決定的な違いはあるが、モーリヤックの主張は融合と多様性を重んじていたかつてのカミュの主張と根を同じくしている。「いかに崇高に見えたとしても、レジスタンスはそれ自身が目的ではない」[13]と述べるモーリヤックがパリ解放後に最も怖れていたことは、レジスタンス派の『独裁による一党政治」[14]になってしまうことであった。実際に、解放後は対独協力派の出版物は廃止され、日刊紙に至っては『フィガロ』を除いてすべてレジスタンス系の日刊紙によって独占されていた。それゆえモーリヤックは、レジスタンス派だけに還元しえないフランスの伝統的精神の多様性を擁護し、対独協力者を糾弾しつつもすべての国民を「フランスの息子」[15]と見なすことで国全体の統一と和解を図るよう主張した。そして対独協力者に対して過剰な粛清を行うことは、レジスタンス派が糾弾していたナチスおよびヴィシー政府の二の舞いを演じることになるとして厳しく諌めた。モーリヤックは言う。「第四共和制は決してゲシュタポの代理になってはならない[16]」。

このように、対独協力者の粛清問題に関する両者の意見の対立の根底には、レジスタンスそのものに対する考えの違いがあった。そもそも有産階級出身で政治的には保守派であるモーリヤックにとって、レジスタンス派が力説していた労働者階級を中心とした新しい政治体制は、それほど魅力的に思えなかったであろう。そしてカミュがモーリヤックにわざわざ反論したのも、モーリヤックが粛清を非難しただけでなく暗にレジスタンスを批判したことに気分を害したからだと思われる。論争の発端になった『フィガロ』の一〇月一九日の社説で、解放後のフランス・ジャーナリズムがレジスタンス派に支配されていることに懸念を表明したモーリヤックに対して、カミュは「レジスタンスはフランスと同義語である」(*CAC8*, 271) とまで断言し、反論する。だがモーリヤックにとっては、フランスをレジスタンス側の人間と「裏切りと不正の人間」(*CAC8*, 289) とに分断し、さらにその不正の人間の排除を主張したカミュの態度は「知的差別[17]」にほかならなかった。自身もレジスタンスの闘士であったモーリヤックは[18]、レジスタンスの正義と理念の崇高さは認めてはいても、解放後のレジスタンス派のあり方はフランス革命後の恐怖政治を思わせたのである。「不正の嫌疑をかけられるおそれがあるのは、正義に最も飢えたフランス人たちである[19]」とモーリヤックは警告する。そしてカミュが一〇月二七日に掲載した、レジスタンス活動家ルネ・レイノーの追悼記事に関しても、死者を論争のために利用する不謹慎な態度を厳しく批判した[20]。

このように、カミュの対独協力者粛清擁護論において、カミュが以前の無差別的並列化と融合の論理から、歴史の論理に則った序列化と排除の論理へと逆行していることは明白である。過去の怨恨や未来の目的に基づいて現在を正当化することを否定し、人間という原理のもとにすべての人間の平等と協調を訴えてきたカミュがなぜこのような論理を展開するようになってしまったのか。

大戦勃発当時のカミュは歴史を相対化することによって、第二次大戦勃発に関するヨーロッパ諸国の罪を同等とし、ナチスを諸悪の根源と見なすことを否定していたが、ナチスのパリ占領によって状況は変わってしまった。レジスタンスに加わるにあたってのカミュの最大の問題は、祖国を至上の価値として他国を侵略し無実の民衆を殺すナチス・ドイツに対して、あくまでもナショナリズム的ではない大義名分を見出すことであり、それが『ドイツ人の友への手紙』の最初の二通の手紙の争点になっていた。そこでカミュがナチスに対抗するために新たに見出したのが人間の正義という価値だったのだ。レジスタンスが勝利することで正義の正しさは証明されたのだが、カミュはその時点でとどまるべきだっただろう。「最も永遠で最も神聖な正義」(*CAC8*, 158) とまで正義を称賛するに至ったカミュは、正義を神格化・絶対化してしまい、さらにその正義に基づいた社会の実現のために障害となる「不正の人間」を排除するよう訴えることになってしまったのだ。

カミュは祖国を神聖視するナショナリズムと、神を絶対視するキリスト教を厳しく批判していた。モーリヤックに対するカミュの苛立ちにキリスト教に対する嫌悪があったことは否めない。論争がはじまる直前の九月八日の記事では以下のように述べている。「キリスト教はその本質において(そしてそれがキリスト教の逆説的な偉大さである)不正の教義である。それは無実の者の犠牲とその犠牲の容認に基づいている」(*CAC8*, 178)。また一方、『ドイツ人の友への手紙』の「第二の手紙」においては、無実の少年がナチスによって殺されるエピソードは、手紙の書き手であるフランス人のナチスに対する怒りを引き起こし、フランス人がナチスを敵と見なして戦う決心をするに至る重要な転換点になっていた[21]。祖国を至高の価値とするナショナリズムも、神を至高の価値とするキリスト教も、人間の命よりも上位にある概念に基づき、無実の者の殺人を容認するゆえ糾弾されているのだが、先ほどの引用にもあるように、カミュが人間の進歩、あるいは正義や革命の名のもとに犠牲を正当化する時、カミュもまた同様に無実の人間の死を容認しているのではないだろうか。国家主義者、キリスト教者とカミュの違いは神聖化する対象の違いだけである。短期間ではあるが、カミュはそうした自身の矛盾に気付かなかったのである。

占領下から解放へと状況が変化すると同時に正義から不正義へ、被抑圧者から弾圧者へ、明晰から盲目へと至ったカミュの行程は、グルニエが一九三八年に刊行した『正統性の精神』のなかですでにその危険性を指摘していた精神の傾向であり、カミュも出版直後にこの書物を読み、著者に共感を示していた(22)。ファシズムと共産主義が席巻するさなか、グルニエはすべてのイデオロギーが陥る罠を「正統性」«orthodoxie»という言葉に託し、これを糾弾する(とりわけ共産主義を標的にした)闘争的なエッセイを世に出した。正統性とは何よりも「排他の教義(23)」であると述べたのち、以下のように説明している。長い文章であるが、カミュが辿ることになった行程を最も良く表現した文章であるゆえ、引用しておく。

正統性は信念のあとにやってくる。信者はすべての人に対し、信仰をともにするよう呼びかけるが、正統派は信仰をともにしないすべての人を拒む。それは、信者の信仰が何よりもひとつの感情であるのに対して、正統派の信仰はとりわけひとつの体系だからである。「私のところに来るに任せよ……」と前者は言い、後者は「私のところに来ないものは呪われよ……」と言う。正統性が信念のあとにあらわれるのは、ほとんど宿命的な掟である。

このような硬直化、呼びかけから拒否へというこのような推移はどうして生ずるのか? それはあらゆる信念と信仰は、ある否定的要素をその萌芽のうちに孕んでいるからだ。連帯の手段であった思想が、「私に賛成しない者は私に反対する者である」というように、排他の手段にも役立つのである。

それはとりわけ、ある信仰は社会に根をおろすと組織化し、自己を守ろうとし、まるで植物が水を見出すまで根をのばし、茎を樹皮で覆い隠し、太陽へと葉を向け、あらゆる手段を用いて成長し、その助けとならないものはすべて頑強に排斥するようなものである。それゆえ正統性は、成功したすべての信仰の宿命的な結果である。といって悪ければ、正統性はいずれにしろほとんどの信仰が抵抗できない誘惑なのだ。[21]
カミュが固執するレジスタンスの理念は、フランスが解放されたと同時に「成功した信仰」になった。ここでグルニエが極めて明解に詳述している信仰から正統性への硬直化は、まさにカミュが感情からはじまったレジスタンスを行動に移し、革命のうちに成就させようとして主張した、対独協力派の排除へと至る行程とちょうど重なっている。レジスタンスは成功と同時にひとつの体系になってしまったのだ。またこれはレジスタンスだけでなく、もともとは正義にかなった行為としてはじめられたフランス革命や共産主義革命にも当てはまるであろう。呼びかけから排除へと変わってしまったレジスタンスもまた正統性の宿命を逃れることができなかったのである。[23]
カミュの激しい論調は結局のところ長くは続かなかった。不当な死刑判決の宣告や裁判基準の統一を欠いた判決が頻発し、レジスタンス派による裁判は公正というにはほど遠かった。カミュは裁判のあり方に次第に絶望しはじめ、一九四五年一月五日の記事ではモーリヤックの正しさをほのめかしながら以下のように言う。「粛清に失敗した国は革新にも失敗するだろう」(*CAC8*, 433)。『アルジェ・レピュブリカン』紙の時代に、権力者側の都合で操作される裁判の数々の不正を目撃し告発していたカミュが、レジスタンス派による裁判ならば適切に行われるはずだと信じていたとすれば、それはやはり楽観的すぎる憶測であったと言わねばならないだろう。
一九四五年一月一一日にモーリヤックとの論争に区切りをつけた直後、シャルル・モーラス率いるアクション・フランセーズのメンバーのひとりでフランス・ファシズムの『ジュ・スイ・パルトゥ』紙の編集長を務めていたロベール・ブラジヤックの裁判が一月一九日に行われた。生粋の反ユダヤ主義者であったブラジヤックは、占領下にはフランスに居住するユダヤ人の検挙と反ファシストの排除を熱烈に支持し、奨励する記事を発表していた。この対独協力派の知識人に対し銃殺刑が宣告されたが、モーリヤックを中心に恩赦を求める運動が起こった。一月二五日に恩赦の嘆願書の署名を要請したマルセル・エメに対するカミュの一月二七日付の返信には、深い苦悩の痕跡が見られる。

あなたのせいで私は苦しい一夜を過ごしました。結局私はあなたが要請した署名を今日送りました。しかしながらあなたの手紙は私の心を打つものでも、説得するものでもありませんでした。［……］私は常に死刑を憎んできました。そして私は少なくとも一個人として、たとえ棄権によってさえも死刑に加担することはできないと判断したのです。(II, 733)

この署名は心底軽蔑するブラジヤックのためではなく、あくまでも死刑制度反対という個人の信念ゆえの署名だということ、そして自分が「憎悪の人間」(II, 734) ではないことを証明するための署名だと強調されているが、この署名への同意は作家の態度の大きな変化を記している。カミュが対独協力者の死刑についてはじめて言及したのは、一九四四年五月に『レットル・フランセーズ』誌に掲載された「万事落着とは言えない」においてである。その時カミュは、対独協力者であったピエール・ピュシュー[26]の死刑判決は当然の報いだという態度を示していた。続いて同年一〇月に解放後の粛清裁判における最初の死刑判決が宣告された際も「我々は殺人に対する嗜好は持っていない」(CAC8, 288) と言いながらもこの死刑判決を是認している。それはなぜか。カミュは「万事落着とは言えない」のなかで言う。「我々が生きているこの世界には死と等価であったことがひとつ存在すること、それは想像力の欠如であることを我々は現在知っている」(I, 922)。この「想像力の欠如」とは、自身の行為が殺人につながっているという事実(ピュシューの場合は共産党員の処刑に加担したこと)を想像する能力の欠如のことである。たとえ直接的に殺人を犯していなくても、レジスタンス派の多くの人々を拷問や虐殺に至らしめたこれらの対独協力者たちには、間接的に殺人に加担した罪があるというのだ。だがカミュが間接的殺人は死に値すると言い、その罪ゆえに彼らの粛清に同意する時、カミュもまたピュシューと同じ罪を犯していることになる。カミュは正義の名のもとに粛清を擁護したが、正義は粛清へと至ると同時に不正義に転じる。なぜならば、粛清裁判とは権力を掌握した側の人間が、それに従わない人間を合法的に排除する装置でしかないからである。ブラジヤックに対する恩赦請願の署名によって、カミュはこうした殺人の連鎖を断ち切ろうとしたと言える。

ところで、カミュの粛清に関する見解に全面的同意を示していたサルトルとボーヴォワールはブラジヤックの恩赦の請願書への署名を拒否しており[27]、カミュはこの署名に例外的に同意した若い世代の知識人であったと言われている[28]。このフランス知識人としての世代の新旧も対独協力派への対応の違いを生み出す大きな要因であったことも最後に指摘しておこう。というのもカミュ以前のフランス知識人たちには、一九〇九年二月にジッドやジャック・コポーら六名の作家によって創刊され、二〇世紀のフランス文学を主導した雑誌『新フランス評論』を中心にした、党派や政治信条の対立を超えた交流と友情が存在し、それが作家同士の連帯を生み、結果として対独協力派の知識人に対する寛大な対応につながったと考えられるからだ。

有名な例を挙げると、ファシストで対独協力派の代表的知識人であったドリュ・ラ・ロシェルは反フランコ派かつレジスタンス派のアンドレ・マルローと生涯にわたり友情を育んでいたし、レジスタンス活動に当初から参加したジャン・ポーランは対独協力派のマルセル・ジュアンドーと親友で、ド・ゴール主義者のモーリヤックは共産主義者から対独協力派へと転換したラモン・フェルナンデスと友好関係を保っていた。こうした作家間の友情はヴィシー政府の下でも継続していた。例えば、ともに『新フランス評論』の編集長を務めたポーランとドリュも政治・思想面で激しく対立し罵り合っていたが、一九四一年五月にポーランがレジスタンス活動の容疑で逮捕されると、ドリュは即座にポーランの釈放のために尽力している。ポーランの方も、パリ解放後の粛清に異を唱え、前述した対独協力派の作家リストが作成された際、作家全国委員会およびそのリストが掲載された『レットル・フランセーズ』の編集委員を辞任している。それに対して、カミュがフランスの文壇に登場したヴィシー政府下では、すでに『新フランス評論』はドリュが編集委員長を務めており、反ナチスのカミュは対独協力派の作家と知り合いになりようがなかったし、なろうともしなかった[29]。

このように、カミュは第二次大戦を通じて大きな栄光と挫折を続けざまに味わった。それは第二次大戦が開始された頃はアルジェのエッセイ作家にすぎなかったカミュが、不条理三部作の出版を経て一気にフランス文壇の有名作家になった時期であった。またジャーナリズム活動においても、地方紙のジャーナリストからレジスタンスを代表する日刊紙の編集長へと変貌した時期だった。解放後最大約一八万部を誇っていた『コンバ』の発行部数から考えても[30]、当時のカミュは『異邦人』の成功以上にこの日刊紙の編集長という肩書きによって知識人としての知名度を獲得し、レジスタンスの英雄としての輝かしい政治的栄光に浴した。だが解放直後の粛清問題で早くもカミュは挫折してしまう。作家の政治理想を体現したレジスタンスも、もともとがナチスによるフランス占領という特殊な事情によって自然発生した集まりであったため、解放後は政治体制をめぐって内部分裂を起こし、第四共和制は結局従来の政党によって支配されてしまうことになる。だがこの政治的・思想的挫折はカミュに自身の思想の再考を促し、不条理の系列に続く第二の系列である反抗についての思索は新たな方向性を模索することになる。それが一九四五年九月の転換点である。

第4章　悔悛から歴史主義批判へ――一九四五年九月の転換点

対独協力派の粛清をめぐるモーリヤックとの論争は、カミュに大きな悔恨の念をもたらした。一九四五年一月一一日の社説をもって論争にひと区切りを付けたカミュが、その数週間後にブラジヤックの恩赦請願に署名をしたことはすでに述べたが、それ以降『コンバ』紙上でもはや粛清について語らなくなる。そして同年七月二三日から八月一五日にかけて行われたペタン元帥の裁判が終了した直後[1]、八月三〇日付の『コンバ』において、カミュは「フランスにおける粛清は失敗しただけでなく、それ以上にその評判が地に落ちてしまったことはいまや確実である」(CAC8, 594)と述べ、粛清裁判の批判へと転じた。

さらに一九四六年一二月五日には、ブラジヤックと同じく『ジュ・スイ・パルトゥ』紙へ寄稿し、反ユダヤ主義とファシズム賛美を謳った『残骸』(一九四二)で有名になったリュシアン・ルバテ、同じく『ジュ・スイ・パルトゥ』のジャーナリストであったピエール＝アントワーヌ・クストーの死刑判決に対する恩赦請願の手紙をカミュは書いている。この手紙におけるカミュの口調が、ブラジヤックの恩赦請願のそれとは全く異なっていることは注目に値する。ブラジヤックの場合には、レジスタンス仲間を死に追いやったこの対独協力作家に対する抑え難い憎しみが透かし見えていたのに対し、ルバテの恩赦請願の手紙の文面には、むしろこの政治死刑囚に対する積極的な擁護が見られるのだ。カミュはルバテが有罪であることを断言しながらも、自身のレジスタンス時代の仲間であった、時の法務大臣ピエール＝アンリ・テトゲン[2]に対して「寛大さ」と「罪人に対する素朴な憐れみ」(II, 755) を求め、死刑に処する代わりにみずからの過ちを反省する機会を与える方が有意義だと説いている。それだけでなく、「すべて人間のたずさわる正義には限界がある」(*Ibid.*) ことを悟り、「すべての正義よりも強い衝動」(II, 754) に駆られて恩赦を訴えているのだ。粛清擁護論において赦しよりも正義の優位を主張していたカミュの論理は逆転しているのである。

上記の手紙とほぼ同時期の一九四六年一二月一日に行われた聖ドミニコ教会での講演の際、カミュはキリスト教徒の聴衆に対してかつての自分の過ちをはっきりと告白している。

当時の時代の熱気と暗殺された二、三の友人の辛い思い出ゆえに、私は思い上がってしまったのです。しかしながら私は、フランソワ・モーリヤックから発せられた言葉遣いのいくつかの行き過ぎにもかかわらず、彼が言っていたことについて深く考えることを決してやめなかったと証言できます。この思索の果てに、私はこうして信者と非信者の対話の有効性についての私の意見をみなさんに示しているのですが、根底において、そして私たちの論争の核心の部分について、フランソワ・モーリヤック氏が正しく私が間違っていたことを、私は自分自身のうちに認めるに至りましたし、同じことをここで公に認めます[3]。(II, 470-471)

この「暗殺された二、三の友人」のなかでも、とりわけ前述したルネ・レイノーの死が、作家を対独協力者に対する復讐へと駆り立てたことは明白であろう。一九四七年に出版されたこの詩人の遺稿集の序文を書いたカミュは、当時を懐古しながら、「三〇年の人生において、ひとりの人間の死がこれほど私の心に強く響いたことはない」(II, 710)、と彼の死がもたらした強い衝撃と深い悲しみを吐露している。だがこの序文において、親友の銃殺を引き合いに出して、対独協力者への厳罰を要求していた当時の作家の面影はもはや見られない。

彼［レイノー］と一緒にいた時には、私はよりよくものが見えた。だが彼の死は、私をよりよくするどころか、［……］私の反抗をより盲目的なものにしてしまった。私が彼のために言える最も高貴なことは、彼は私の反抗には従わなかっただろうということである。(II, 711)

レジスタンスとともに築き上げ、明晰さによって導かれたはずの自身の正義に基づく反抗が、粛清問題を通じて「盲目的なもの」にいつのまにか変わってしまったこと、そして結局のところ、モーリヤックを「気分の作家で論証の作家ではない」(CAC8, 439) と批判していたカミュ自身もまた、憎しみという感情にとらわれて粛清を擁護していたことを正直に認めている。さらに悪いことには、カミュはそうした憎しみに由来する粛清の要求を、もっともらしい論証にすり替えて正当化してしまったのだ。作家の動機はどうであれ、粛清を擁護したカミュの発言が当時の世論に対して大きな影響力を持っていたことは確実であろう。カミュもまた、雑誌でユダヤ人と反ナチスの抹殺を盛んに鼓舞したブラジヤックと同じ罪を犯してしまったのであった。一九五〇年に出版された『時事論集1』の前書きには以下のような発言もある。「これらの一、二のものについては、実のところ、私は不快感と悲しみなしには今日読み返すことができない。そしてこれらの記事を転載するには努力が必要だった」(II, 377)。

この論争は、カミュに言論の重みを実感させると同時に多大な罪悪感をもたらし、ジャーナリズムと政治から距離を取ることを決心させるひとつの大きな要因になったと思われる(4)。パリ解放以降、健康上の理由で約一ヶ月の休暇を取ったことを除いて精力的に『コンバ』に社説を提供し続けてきたカミュは、一九四五年九月一日を最後にほぼ沈黙してしまう(5)。これらの事実を考え合わせると、沈黙する直前の同年八月三〇日に粛清を否認する社説が掲載されたことは意義深い。しかしながら、作家のジャーナリズムからの撤退を否定的に受け取るべきではない。モーリヤックとの論争を対話と捉えたカミュにとって、この論争は自身の反抗についての思索の軌道修正とそのさらなる深化へと向かわせる契機となったのである。

第二の系列である反抗という主題のもとで執筆された作品群は、便宜上ひと括りにされてしまうことがほとんどである。しかしながら、これまで十分に強調されてこなかったが、厳密に言うと、カミュが粛清の失敗を告げるとほぼ同時に政治的沈黙に突入した一九四五年九月を境にして、作家の反抗をめぐる思索は二分できる。それだけでなく、この日付は作家の歴史をめぐる思考においても重要な転機となっている。というのも『手帖』を参照すると、歴史哲学批判が集中的に書き付けられるようになるのもちょうど一九四五年九月以降なのである。また、『手帖』の「第四ノート」が一九四五年七月三〇日で終わり、同年九月から新たに「第五ノート」に切り替わっていることも、カミュ自身がこの一九四五年九月を一つの転機と見なしていることのひとつの証左として考えられる。

すでに触れた通り、第二の系列である反抗は、もともと第二次世界大戦勃発からナチス・ドイツによる占領という歴史的状況が必然的にもたらした主題である。『シーシュポスの神話』において、すでにカミュは不条理から自由、情熱とともに反抗という帰結を引き出していたが、不条理から反抗へと主題が実質的に移行したのは、このエッセイを一九四一年二月二一日に書き終えた直後のことである（II, 920）。同年四月の『手帖』には、はやくも「第二の系列」という書き出しとともに「反抗の精神」、「ペスト」という言葉が見られる（II, 923）。不条理三部作と同様に、カミュはまず小説から着手したのだ。当時のカミュは、パリ占領後の混乱とその後の逃亡の末、『パリ・ソワール』紙を解雇されたため再びアルジェリアに戻り、新しい妻の実家であるオランに滞在していた。そこでこの街についてのエッセイをいくつか執筆し[6]、それがそのまま一九四七年に上梓される『ペスト』の舞台描写として利用されている。

続いて一九四二年一二月にはじめて「反抗に関する試論」というタイトルの付いた覚書が『手帖』に登場する

(II, 973)。これは同年一一月八日に連合軍が北アフリカに上陸し、その三日後にフランス全土がドイツ軍によって占領された直後のことである。『ペスト』や『ドイツ人の友への手紙』が示すように、第二次大戦中のカミュはナチスという不正義に対する反抗として自己の思想を発展させ、第二の系列の作品群を書き進めていた。特に『ドイツ人の友への手紙』の「第四の手紙」では、ドイツ人とフランス人はともに同じ原理を出発点としつつも正反対のモラルを引き出した者として区別されている。ドイツ人は、不条理の感情から「すべてが等価である」という観念に達したが、そこから暴力や殺人さえ容認されるという結論を引き出した、悪しきニヒリズムの実行者として捉えられていた (II, 26)。だが不条理においてカミュが追求していたのは、フランシス・ポンジュ宛の手紙のなかで述べられているように、人間的なものへ、相対的なものへと向かわせる「よきニヒリズム」(I 837) だったのだ。それゆえカミュは、ナチスが体現するニヒリズムに反抗し、正義と人間という価値を積極的に認めることによって思想の転換をはかったのだった[7]。

しかしながら、反抗についての考察は粛清問題によってつまずいてしまう。正義がその力を拡大して不正義を駆逐する時、その正義はもはや正義ではなくなる。そうした危険性を、カミュはパリ解放後に自身が提唱していた反抗から革命への発展と、その革命が依拠する歴史の論理に見出したのだ。つまり粛清問題を機に、カミュはナチスという明白な悪だけでなく、善意や正義を出発点としたより見えにくい、正義の過剰な遂行によって行き着くもうひとつの悪の存在に気付いたと言える。

一九四五年九月を、反抗という第二の創作サイクルにおける転換点と見なすもうひとつの証左となるのが、グルニエの依頼を受けて同年八月に発表した「反抗に関する考察」である[8]。この論文は、それまでの反抗についての思索をいったんまとめた『反抗的人間』の前身にあたる論文であり、そのおおまかな骨組みや方向性を示唆するものだ。だがその分量は『反抗的人間』の十分の一にも満たない短いものであり、そして何よりも『反抗的人間』の第三章「歴史的反抗」を中心に展開される、ヘーゲルからマルクスへと継承された歴史哲学に対する糾弾は、この短いテクストにはまだ存在しない。「反抗に関する考察」を不十分だと考えたカミュは、九月以降『手帖』のノートを改め、歴史の問題を考慮に入れつつ反抗をめぐる思索を新たに深化させ、発展させることにしたのである。

反抗から革命への移行にあたってカミュが直面した袋小路を、「反抗に関する考察」の第二章のなかですでに認めることができる。パリ解放後にカミュが推進していた革命とは「絶対的革命」ではなく、人間の漸進的努力とその進歩によって可能になる「相対的革命」であった（*CAC8*, 198)。この「相対的革命」とは、より具体的には自由と正義を両立させうる、「自由主義的政治」と「集団的経済」との組み合わせを意味していた（*CAC8*, 223)。この革命の推進とはうってかわって、「反抗に関する考察」を執筆するカミュはもはや革命を信じていない。みずからの経験をもって革命は不可避的に絶対性へと向かうことを実感しており、それゆえ反抗から革命への移行は不可能でさえあると主張している。

> さらに、共犯関係の喪失が絶対への要請から常に生じることを示すのは可能であろう。革命が絶対的正義、あるいは絶対的自由を目指すとき、反抗的肯定の性質そのものと矛盾する全き合理主義、全き決定論を肯定せざるをえなくなる。(III, 333)

ここで述べられているのは、反抗が革命を志向するその瞬間、革命はその起源である反抗が前提とする「共犯関係」«complicité»、つまり人間同士の連帯を裏切ることになるという矛盾である。この文章が、すでに検討したカミュ自身の体験に基づいて書かれたことは明らかであろう。対独レジスタンスはナチスという絶対的権力に対する個人のノンからはじまったが、このノンが個人を超え他者と共有される連帯へと発展した反抗は、人々に共有される価値が存在することを証明していた。そしてこの反抗がさらに発展してより全体的な正義や自由を目指す時、革命ははじまる。だがこの革命は絶対性への志向ゆえに、グルニエが『正統性の精神』で示したように、一転して呼びかけから排除の教理になり、反抗の連帯は崩れ去る。ここでカミュが発見したのは、最初の出発点であるノンが、最終的にその反抗の対象であった絶対的権力へとすり替わってしまうという循環である。このつまずきはカミュを革命から再び反抗へと連れ戻し、絶対性から相対性へと向かわせる。反抗のうちには、反抗をその反対物へと転化せしめる危険性が潜んでいる――みずから身をもって知ったこの反抗の危うさこそ、一九四五年九月以降にはじまる歴史主義批判において、カミュが集中的に問おうとする問題なのである。

第5章　歴史主義批判から共産主義批判へ

対独協力者粛清問題を経てカミュが歴史批判へと向かう時、その批判が殺人と暴力を問題の中心に据えることは自然の流れであろう。この修正過程を経た後に最初の大きな成果として提出されたのが、約一年間の沈黙をやぶって一九四六年一一月一九日から三〇日にかけて『コンバ』紙で連載された『犠牲者も否、死刑執行人も否』である。フランス解放後の対独協力者に対する民衆の復讐を、「死刑執行人の憎しみに犠牲者の憎しみが応えた」(II, 424)と述懐するカミュは、犠牲者と死刑執行人が交換可能な立場であることをすでに知っている。「最近二年間の経験から、直接的であれ間接的であれ、ひとりの人間に死刑を下さざるをえなくなるようないかなる真理も認めることができないだろう」(*CAC8*, 613)とカミュは言う。『ドイツ人の友への手紙』においても殺人と暴力は問題にされていたが、大戦を経たカミュは議論の対象をより明確にする。それは個人的な情念に突き動かされた殺人ではなく、正義の名のもとになされる殺人、死刑制度といったシステムが代表する政治的殺人である。(1) というのも、カミュは以下のようなジレンマに突き当たったからである。「我々はまさに殺人が合法化された世界に住んでおり、もし我々がそうした世界を欲しないならば、世界を変えなければならない。だが殺人を犯す危険性なしには世界を変えることはできないように思われるのだ」(*CAC8*, 614)。また、一部の例外はあるにせよ、右翼的であろうと左翼的であろうとほとんどすべての政治的主張は人間の幸福と世界平和を目的としており、善意を出発点としている。だがこの善意はイデオロギー同士の対立によって罵り合いへと変わり、今日の暴力的世界を形作っている。こうした対立の連鎖を断ち切るために、死刑執行人も犠牲者も否定する第三の道を模索するのである。

この連載記事において注目すべきは、歴史哲学・歴史主義批判を通じてはじめて共産主義批判が表明されている点である。一九四五年九月の転換点から『犠牲者も否、死刑執行人も否』が発表されるまでの『コンバ』における沈黙のあいだに、すでにカミュは公の場で歴史を批判する発言をいくつか行っているのだが、そこでの批判はマルクス主義および共産主義批判とは結び付けられていない。ここでまずその二つの代表的な歴史批判の発言内容を確認しておこう。

最初の批判は、一九四五年一二月に行われた『セルヴィール』誌によるインタビューで発せられた。このインタビューにおいて、カミュは、自身をサルトルと同じ実存主義者としてカテゴライズする当時の世間の誤解に対して反論している。その際に、実存主義者をキルケゴールやヤスパースのように神へと向かう実存主義者、そしてフッサール、ハイデッガー、サルトルを、神の代わりに歴史を神格化する無神論的実存主義者として、二つに分け、両方の態度をともに否定している（II, 659）。のちに繰り返し強調されるように、カミュが非難するのは歴史そのものではなく、あくまでも歴史を絶対視する態度である。アルジェリア時代において、否定すべき上位概念の筆頭として挙げられていたのは超越者としての唯一神だったが、ここに至って歴史も神と同等の批判対象となって作家の前に立ちはだかるのである。神を否定し理性を追求した哲学者たちは、最終的には歴史を神の位置に据えることで、結局はキリスト教と同じ論理構造に陥ってしまう。そうしたなかでカミュが模索するのは、もはや歴史や神に代わる絶対的な真理ではなく（というのも、絶対的な真理を追い求めることはなんらかの上位概念の存在を認めることになるからだ）、どちらにも属さない中間の、相対的な「ひとつの真理」なのである（*Ibid.*）。

歴史批判に関するもうひとつの発言は、一九四六年三月一五日にアメリカのコロンビア大学で行われた「人間の危機」と題された講演でのものだ[2]。この講演では、時代を支配してきた二つの精神性としてニヒリズムとヘーゲルの弁証法的歴史哲学を挙げ、ともに批判している。題目が示唆している通り、この講演は作家が生きてきた時代における「人間の危機」を総括したものであり、作家のこれまでの思索の行程と第二次世界大戦後の問題意識の発展を認めることができる。カミュの思考は、ニーチェが宣言した神の死、そして第一次世界大戦後の大きな秩序の崩壊を出発点としている。そのような世界のなかで、いかに人々は行動してきたのか。カミュはまず、第一次大戦後のヒトラー躍進の原動力とされるニヒリズムについて言及する。世界に何も意味がなく、すべての価値判断が無効化されるニヒリズムが蔓延することによって、すべての行為は許され、善悪の基準はなくなり、それゆえ虐殺や拷問さえも許容されたのだとカミュは主張する。この殺人容認の論理がすでに『ドイツ人の友への手紙』の「第四の手紙」で提示されていたことは改めて指摘するまでもないだろう。そしてもうひとつの殺人容認の論理として戦後新たに取り上げられているのが、この世界に歴史だけは意味を持つと考える合理主義的態度である。歴史を信じる人々は、「普遍的な社会」(II, 741)が成就するという楽観的未来から判断し、第二次大戦はその未来へ至る必要な一段階であると意義づけし、歴史の成就のための行為は、たとえ殺人や戦争であっても善いものとして正当化される。ニヒリズムにせよ、ドイツ流の歴史哲学にせよ、いずれも戦争や虐殺を是認する結果に終わると主張される。

このように、カミュは歴史の神格化と歴史哲学を、ともに殺人を正当化するものとして批判する。『犠牲者も否、死刑執行人も否』から『反抗的人間』へと至るカミュの歴史哲学批判の核心は、この最初の二つの発言においてすでに言い尽くされていると言ってもよい。歴史哲学批判という観点から眺めた時、『犠牲者も否、死刑執行人も否』で展開される議論は、すでに「人間の危機」でなされた主張の繰り返しであり、なんら新しい視点を付け加えるものではない。しかしながら、歴史哲学批判を通じて新たに反共産主義が表明されている点を見逃してはならない。

この連載記事のひとつである「たぶらかされた社会主義」では以下のように述べられている。

「目的は手段を正当化する」という原理が容認されることによってしか圧政は正当化されない［……］。そして、それはニヒリズムのイデオロギーの場合（すべてが許される、重要なのは成功することだ）、あるいは歴史を絶対視する哲学（ヘーゲルとそれに続くマルクス。階級なき世界が目標であるから、そこへ導くすべてのことは善である）の場合がそうであるように、この原理はひとつの行為の有効性が絶対的目的とされるときしか認められないのだ。（CAC8, 617）

ここでのカミュの主張は、さきほど紹介した「人間の危機」での論理をほぼそのまま繰り返しているだけだが、新たにマルクスの名前がヘーゲルの継承者として付け加えられている。しかもヘーゲルとマルクスが単に並列に置かれているのではなく、この連載記事全体を通じて重点が置かれているのは明らかにマルクスの方であり、「現在における」マルクス・共産主義が問題視されているのだ。

カミュがマルクスを批判するのは、上の引用にもあるように、よい結果を得る手段として嘘や暴力といった罪悪までもが正当化されてしまうからである。「もしマルクス主義が真実であるならば、そしてある歴史の論理が存在するならば、政治的リアリズムは合法とされる」（CAC8, 619）。そのなかでもとりわけ問題になるのが暴力と殺人であろう。マルクス主義が主張する、歴史的過程としての階級闘争が必然的に内包する暴力の問題を、カミュは日刊紙にふさわしく、フランス社会党の抱えるジレンマ――マルクス主義が想定する暴力とヒューマニズムが要請するモラルとの兼ね合い――、そして東西イデオロギー対立という歴史的文脈における共産主義革命の有効性、という二つの時事的問題とからめて論じている。この二つのうち重要なのは、後者の問題である。『犠牲者も否、死刑執行人も否』においてマルクスがヘーゲル以上に問題視されているのは、ちょうどカミュが「人間の危機」を発表した一九四六年三月を境に、より顕在化したアメリカとソ連の資本主義対共産主義というイデオロギー対立がひとつの要因としてあるだろう(3)。

カミュはまず一一月二三日の「仮装した革命」において、革命が、世界に正義と自由をもたらす政治変革を意味することを理想としては認めながらも、フランスにおけるあらゆる種類の革命の不可能性を断言し、一九四四年八月以来フランスを支配してきた革命の成就という幻想をきっぱりと断ち切っている。急激な国際化が進むなか、フランス一国だけの革命はもはや不可能だと考えたからだ。共産主義寄りの革命はアメリカの介入を誘発するだろうし、右派による革命はソ連の介入を引き起こすだろう。そしてこれらの介入は必ず世界規模の戦争へと発展する。革命は世界規模で行われるか否かのどちらかでしかなく、それは戦争のリスクなしにはありえないとカミュは力説する。

続いて一一月二六日の「国際的民主主義と国際的独裁」では、とりわけ共産主義革命の時代錯誤性が主張されている。ここで批判の対象となるのは、マルクス主義の理論以上に、一九世紀に提唱されたマルクスの歴史哲学を「現在の」国際情勢において追求しようとする共産主義者の態度である。なぜならば、「現在」には当時のマルクスが想定していなかった軍事兵器の飛躍的な進歩があるからである。この主張の背後に、一九四五年八月に広島と長崎に投下された原子爆弾の衝撃があるのは明白であろう(4)。階級なき社会という歴史の最終的目標のために、戦争を歴史の一段階としてマルクスが容認する時、その戦争は鉄砲を中心とした局地的なものだった。だが、マルクスの死後に起こった二つの世界大戦を経た「現在」では、もはや戦争は世界規模となり、ひとつの都市を一瞬で廃墟に変える核兵器まで用いられるようになった。このような状況下において、億単位の犠牲者をもたらすであろう戦争を必須とする革命はもはや許されるべきではないし、マルクス自身も容認しないであろうとカミュは考えたのだ(5)。

カミュはあらゆる究極的な意味における理想の社会(資本主義者が目指す自由主義社会やマルクス主義者が夢見る階

級のない社会）を、メシア思想的なユートピアだとして切り捨てる。それに対して、より謙虚な、より犠牲者の少ない「相対的なユートピア」（CAC8, 624-625）で満足すること、すなわち「肉体を救う」[6]《sauver les corps》（CAC8, 613）という最も基本的なモラルに忠実であることを説く。そして国際法における死刑制度廃止と、対話による国際的民主主義を説くのだ。「結局のところ、私のような人々は、殺し合いのない世界ではなく（私たちはそこまで無分別ではありません！）、殺人が正当化されない世界を望むのです」（CAC8, 614）。

「［当時の］カミュは共産主義者を敵視していた[7]」とボーヴォワールの回想にもあるように、パリ解放当時のカミュは個人的には共産主義に懐疑的であった。その証拠に、一九四四年秋には——カミュが依然として粛清を擁護し、革命を推奨していた時期である——、カミュは精神の独立性を守るという理由から、解放後一気に共産主義者の会員が増えた作家全国委員会から離脱している[8]。だが他方で、カミュは『コンバ』の記者としては、レジスタンスの統一機構である全国抵抗評議会の同志としてフランス共産党を捉えており、意見の食い違いを認めながらもおおむね共産党を擁護していた。それを示すように、一九四四年一〇月七日付の『コンバ』では、「反共産主義は独裁のはじまりである」（CAC8, 237-238）、とフランス共産党との協調路線を打ち出していた。

またソ連に関して言えば、フランス解放後のカミュはこの共産主義国に対して好意的な態度を見せていた。一九四四年一二月三日の『コンバ』の社説で、カミュはヨーロッパ諸国間の協調とドイツの中立化のための仏ソ間の協力関係を推奨しているだけでなく、一九四五年四月一〇日付の『コンバ』でも、ナチス・ドイツを敗戦へと追い込んだ最大の功労者であるソ連の第二次大戦での成果——一九四三年二月のスターリングラードの勝利はナチス軍の最初の敗北だった——を称賛し、この新興国が支払った犠牲に見合った高い地位を認めることを主張していたのだ[9]。「反ソヴィエト主義は、イギリスあるいはアメリカに対してかたくなに敵意を持つことと同じくらい危惧すべき愚かなことである」（CAC8, 482）とカミュは主張する。つまりこの時期のカミュは、共産主義の理念には疑念を抱きつつも、それを上回るソ連に対する期待や共感があったということになろう[10]。この共産党およびソ連に対する友好的な態度は、当時のフランスにおける支配的風潮でもあった。実際に、独ソ不可侵条約による党員の減少、そして大戦勃発直後の非合法化[11]によって壊滅的打撃を受けていたフランス共産党は、レジスタンス運動を通じて再び勢力を盛り返した。そしてパリ解放後は、「七万五千人の銃殺者を出した党」«parti des 75000 fusillés»というプロパガンダによって民衆の支持を煽り、一九四五年一〇月の総選挙を経て国内第一党にのしあがったのだ。

こうした経緯を考慮に入れると、『犠牲者も否、死刑執行人も否』ではじめて表明されたソ連共産主義批判は、カミュの大きな方向転換を記していると言ってもいいだろう。この連載記事の結論は、アメリカの資本主義にもソ連の共産主義にも与しない、平和のための新しい国際秩序の建設であるが、それでも共産主義批判により比重が置かれていることは一読して明らかである。この方向転換が、自身の過誤に対する反省を契機としていることは論をまたない。だが、カミュが自己反省によってまず批判の目を向けたのは、史的唯物論、絶対的決定論を内包するマルクス主義、共産主義そのものであって、そのイデオロギーを実践するソ連や共産党ではなかったはずである[12]。原子爆弾投下、東西対立、フランス国内における共産党の台頭という歴史的状況の変化に加えて、作家のソヴィエト批判を後押しするもうひとつの重要な要因になったのが、モスクワ粛清裁判である。『手帖』を見ると、カミュは一九四五年末にアーサー・ケストラーによる粛清裁判の告発書、『真昼の暗黒』(一九四〇)の読書メモを取っている。ブハーリン裁判(一九三六—三八年)をモデルにして執筆されたこの小説は、フランスでは『ゼロと無限』というタイトルで一九四五年に出版され、ベストセラーになっている。さらに翌年には、同著者による新たな反共主義の書『ヨガ行者と人民委員』のフランス語版がシャルロ社から出版され(英語版は一九四五年出版)、同年一〇月にパリを訪れたケストラーは、サルトル、ボーヴォワール、カミュらと親交を結ぶ。この『ヨガ行者と人民委員』に対抗して、メルロ＝ポンティは、「ヨガ行者とプロレタリア」と題した論文を一九四六年一〇月の『現代』誌に掲載し、暴力の不可避性を根拠にモスクワ裁判を容認した。この哲学者は、暴力は身体を所有する人間に課せられた宿命であるとし、絶対的非暴力という選択肢を否定しつつ、暴力を増長させる悪しき暴力と、暴力の廃絶のために行使される善き暴力とに区別し、後者の例として「プロレタリアートの暴力（＝プロレタリアート独裁）」を挙げた。このメルロ＝ポンティの主張がカミュの怒りを買い、口論に発展した。翌月一一月に発表されたカミュの『犠牲者も否、死刑執行人も否』には、メルロ＝ポンティに対する反論も込められていると考えることができる。[13]

しかしながら、カミュは決して非暴力を唱えていたわけではない。カミュがメルロ＝ポンティを批判したのは、彼が暴力の不可避性から暴力の正当化へと安易に飛躍したからであった。カミュは暴力の不可避性と暴力の正当化とを峻別する。かつてのレジスタンスの指導者、そして大戦後は熱心な共産党の同伴者になったエマニュエル・ダスティエ・ド・ラ・ヴィジュリが、『犠牲者も否、死刑執行人も否』におけるカミュの立場を、ブルジョワ資本主義の擁護へとつながる消極的、非政治的なモラルだとして厳しく批判したのに対し、カミュは以下のように反論している。

私は非暴力を弁護したことは一度もない。それは論争の便宜上、私のものと見なされているひとつの態度である。攻撃に対して祝福で応えるべきだとは思わない。私は、暴力は不可避だと思っている。占領の歳月がそのことを私に教えてくれた。言ってしまえば、当時横行していた恐るべき暴力は、私になんの問題も引き起こさなかった。だから私はあらゆる暴力を消滅させねばならないとは言わない。それは望ましいことかも知れないが、ユートピアでしかない。私はただ、暴力についての一切の正当化――この正当化が絶対的国家の理性に由来するにせよ全体主義的哲学に由来するにせよ――を拒否しなければならないと言いたいのだ。暴力は不可避であると同時に正当化不能である。［……］しかし、対立する諸々の論拠をもって、人々がテロルの正当化にやっきになる世界において、私は暴力を規制し、暴力が避け難い時にも、それをある領域内に閉じ込め、暴力がその発作の極限まで行き着くことを妨げることによって、その恐るべき結果をやわらげるべきだと考える。私は快適な暴力を恐れる。私は行動よりも言葉が先に行く者たちを恐れる。その点で、私は同時代の偉大な精神の何人かとは袂を分かつのだが、彼らが処刑の銃をみずから手に取るならば、私は彼らの殺人への呼びかけを軽蔑するのをやめるだろう。［……］たとえあなたが推奨する暴力が、我々の傍観哲学者たちが言うように、より進歩的なものだとしても、私はやはりそれを制限しなければならないと言いたい。(II, 457-459)

この引用の最後に登場する「傍観哲学者たち」のひとりはおそらくメルロ＝ポンティを指している。たしかにメルロ＝ポンティが言うように、身体を持つ人間は暴力を避けえない。だが、人間の身体性に起因する暴力の不可避性を理由に彼がプロレタリアートによる暴力を容認する時、他者に鉄拳をふりかざす――そして死に至らしめる――覚悟が彼自身のうちにあるのだろうか。メルロ＝ポンティ自身は共産主義社会の実現のために、生身の肉体を持った人間に現実的な暴力をふるい、最悪の場合「処刑の銃をみずから手に取る」ことはできるのか。そして逆に、敵に殺される可能性を引き受けることはできるのか。カミュが問うているのはそのようなことであろう。カミュは暴力を修辞上のレヴェルにおいてではなく、生きた人間の相互的経験として捉えようとするのだ[14]。カミュにとって、言葉によってプロレタリアの暴力を容認するメルロ＝ポンティおよび共産主義者たちは、「大物のペスト患者たち」(II, 208)――みずからは危害の及ばない安全な高みにいながら社会の名のもとに死刑を要求する検事――となんら変わりがないからである。一九四七年に出版された小説『ペスト』では、それこそが「殺人のうちで最も卑劣なもの」(II, 206) と断言されている。「私は自分が、暴力よりも暴力の体制をより嫌悪していることを理解した」(II, 458) とカミュが述べるのは、体制は暴力から身体的な具体性を取り除き、殺人をより安易なものにするからである。そしてこの引用で繰り返し主張される暴力の制限こそが、のちの『反抗的人間』における反抗の核心的問題となる。

第6章　『反抗的人間』と歴史をめぐる論争

「反抗に関する考察」から六年後の一九五一年に、カミュは『反抗的人間』を上梓する。そのあいだにベルリン封鎖（一九四八年三月）、東西ドイツの成立（一九四九年五月）、北大西洋条約機構成立（同年四月）、中華人民共和国の成立（同年一〇月）、朝鮮戦争勃発（一九五〇年六月）、と東西冷戦をより緊迫化する事件が世界規模で出来し、フランス国内においてもダヴィッド・ルーセによってソ連の強制収容所の存在が暴露された。こうしたなか、カミュはスターリン体制下のソ連全体主義に対する批判をますます強め、並々ならぬ野心と熱意をもって大部の著『反抗的人間』を完成させた。

『反抗的人間』は、カミュの著作のなかで最も不幸な運命を辿った作品である。特にこの書物で明確に示された挑発的なスターリン批判やマルクス・共産主義批判は、当時まだ共産主義信奉が濃厚だったフランス知識人界においては、共感以上に猛烈な反発を引き起こした。カミュはこの書物において、いかにして人間の連帯はありうるのか、そして人間は歴史のなかでいかに行動すべきかをたしかに問うていた。しかしながら、共同体と歴史への参加のあり方を追求したこの書物は、皮肉にも当時フランス共産党に急接近したサルトル(1)によって、歴史の名のもとに断罪され、その後カミュが孤立し、政治的発言力を低下させていく契機となったことは周知の通りである。その後、

『反抗的人間』は次第に忘れ去られる運命を辿り、カミュの作品のなかで、最も読まれない、最も理解されない著作となってしまった。

だがカミュ自身はサルトルとの論争後も、『反抗的人間』を「私の最も重要な書物」[2]と断言してはばからなかった。そして生前発表されることはなかったが、論争直後の一九五二年一一月には「『反抗的人間』弁護」というタイトルのもとで、多くの誤解を受けたこの本の意義を説明した原稿を執筆している。作家のこの著作に対する自負を彼の頑迷さにばかり帰してはならない。たしかにカミュは、論争家としての手腕をいかんなく発揮したサルトルに、致命的な敗北まで宣告された。「もしあなたがこの世界が不正であると言うなら、あなたは負けたのだ」[3]。そして反論の手立てさえ奪われたカミュのサルトルへの痛烈な意趣返しが、赦しなき裁きの世界の地獄を描いた『転落』（一九五六）として結実したこともよく知られている。[4]だが、もしカミュがこの論争において、真の意味で自分の主張が間違っていたと悟ったならば、モーリヤックとの論争の時のように自分の非を潔く認めていたのではないだろうか。

たしかに、これまで多くの知識人や研究者が指摘してきたように、反抗という概念の曖昧さ、ヨーロッパ対地中海といった安易な二項対立、この書物で取り上げられた数々の政治イデオロギーおよび文学動向の分析の甘さ、論理的というよりは情緒に訴える語り口など、学問的見地から見たこの書物の欠点は数限りなくあるだろう。だがそれでも、サルトルの正しさを認めないカミュには、『反抗的人間』を通じてひとつの実践的モラルを見出すことができたという彼なりの自負があったのだ。一九四五年一二月の『セルヴィール』紙のインタビューの発言を振り返ってみると、第二次世界大戦を経たカミュの当時の課題は、超越的概念に依拠しない行動準則の模索であったことがわかる。

私は哲学者ではありません。私はひとつの思想体系を認めるほどには理性を信用していないのです。私が興味を持つのは、いかに身を処すべきかを知ることです。より正確に言うと、神も理性も信じない人間がいかに行動しうるか、ということです。(II, 659)

それでは、不条理三部作で提示された無関心＝無差異のモラルはもはや有効ではないのだろうか。『ドイツ人の友への手紙』で明らかにされたように、すべての行為を等価値にする不条理は、「すべての行為は許される」というニヒリズムにつながるゆえ、ナチスに対抗するモラルとはなりえない（この不条理の論理を極限まで突き詰めた人物が、戯曲『カリギュラ』で描かれた古代ローマの暴君カリギュラである）。それに加えて、ムルソーの例が象徴的に示したように、完全な無関心は死によってしか成就しない。そもそも生きるということ自体、死を拒否し生を選択している結果であるから、それは生になんらかの価値を認めていることになる。では、生きるとすれば、どのように「身を処せ」ばよいのだろうか。

この問題提起に促されて執筆された『反抗的人間』は、哲学書ではなく「打ち明け話」«confidence»（III, 402）であり、作家個人の生きた経験──それは同じ時代を生きた多くの人々と共通する経験でもある──に基づいて、「首尾一貫したモラル」（III, 366）と「行動準則」（III, 367）を追求した書物であるとカミュは主張する。『反抗的人間』の書評を掲載した『リベルテール』誌に対する手紙（一九五二年五月）では、次のような記述がある。

しかしながら、もし『反抗的人間』が誰かを裁いているとすれば、それはまずこの本の著者自身なのである。この書物で検討されている問題が単なる修辞上の問題ではない人々はみな、私が何よりもまず自分自身のものであった矛盾を分析していることを理解したのだ。私が語る思想は私自身を豊かにした。そして私は、それらの思想において私の前進を妨げていると思われたものを除去することによって、その思想を継続したいと望んだのだ。私は実際のところ哲学者ではない。そして私は自分が生きたことしか語ることができない。私はニヒリズム、矛盾、暴力、そして破壊のめくるめく陶酔を生きた。だが同時に、創造の力と生きる名誉を称えてきた。私自身が完全に連帯している時代を、高みから裁く権利は私には全くない。(III, 411)

「まず自分自身を裁く」という言葉は当時のカミュが繰り返す言葉であるが、(5) これは『転落』のクラマンスが、対話者に有罪判決を下すために用いた常套手段を意味するものではない。カミュが生きた矛盾と白責の念の内実は、レジスタンスから対独協力者粛清問題への行程がすでに示したとおりである。「我反抗す、ゆえに我らあり」«Je me révolte, donc nous sommes» (III, 79) という『反抗的人間』で最も有名な言葉は、作家の思索の出発点でしかない。なぜならば、「奴隷はまずは正義を要求するが、最後には王位を欲する」(III, 82) からである。反抗の行動がなければ不正は横行するままであるが、他方、反抗はその運動の発展過程で普遍性を志向し、次第にみずからの起源を忘れて圧政へと移行する。こうした袋小路に対して、知性のはたらきをもって、「諸概念がある地点を超えるとその意味が一転してしまう限界」(III, 1090)、つまり呼びかけから排除へ、正義から不正義へ、『反抗的人間』からの言葉を借りるならば「統一」«unité» から「全体性」«totalité» へと反転するその境界線を見極めようとしたのである。

『反抗的人間』の第二章と第三章で延々と描かれた反抗の歴史は、「ヨーロッパの思い上がりの歴史」(III, 70) であり、人間の漸進的な進歩の過程ではなく、「反抗の不断の連続」(III, 152) でしかない。カミュは著作の大部分を費やして、過去の歴史においていかに反抗の価値が裏切られてきたか、いかに反抗がニヒリズムへと陥り、殺人を正当化するに至ったかを書き連ねている。とりわけ物議をかもしたのが、第三章で展開された革命批判である。「近代の革命はすべて国家の強化という結果を生み出した」(III, 212)。別の箇所では以下のように述べられている。

「革命の踏み迷いは、人間性から分離することのできないと思われるあの限界、まさに反抗が示しているあの限界を知らないか、あるいは誤解しているかによって起こったのである」(III, 313)。カミュの革命批判は、革命の理念自体に対する批判ではなく、恐怖政治、全体主義といった歴史上の革命が引き起こした結果に対する批判なのである。

こうしたカミュの独断的かつペシミスティックな循環論的歴史認識、そして歴史上の革命をすべて失敗だと断ずる立場が、アンガジュマンをみずから実践し、共産党の支持を表明したサルトルの同意を得られるはずがない。現状を守ることではなく変えることにこそ意味があり、目的に向かって決断し、果敢に身を投じることを信条とするアンガジュマンの立場から見れば、カミュが提示したモラルは事実上現状維持しかもたらさず、歴史から目を背ける行為でしかない。例えば、フランシス・ジャンソンはカミュの主張を以下のように批判した。

カミュの反抗があくまで静止的なものであろうとするならば、反抗はカミュ以外の誰にも関係しないだろう。逆に、もし少しでも反抗が世界の流れに影響を与えるのであれば、反抗はゲームに参加し、歴史的文脈に入り込み、目的を決定し、敵を選ばなければならない……(6)。

歴史的状況の変化に合わせて、自己変革を絶えず行うことが知識人の責務だと考えたサルトルもまた、革命ではなく反抗にとどまるカミュを批判する。

一九四四年には、あなたの人格は未来であった。一九五二年には、それは過去である。[……]あなたがあなた自身であることを望むならば、あなたが変わらなければならなかったのだ。ところがあなたは変わることを怖れた(7)。

第三の道の模索であった革命民主連合の試みが挫折したサルトルにとって、一九五二年の時点ではもはや中立的立場を取ることは不可能であり、選択肢はソ連共産主義かアメリカ資本主義しか残っていなかった（そしてサルトルの選択は共産主義しかなかった）。この二元論的図式そのものを拒否し、両陣営に与しない平和に向けての闘争を目指したカミュの「選択をしないという選択」は、当時の歴史的状況下では全く意味がないとサルトルは考えた。そもそも『反抗的人間』をめぐるサルトルとカミュの対立は、共産主義に賛同するか否かという当時の政治的文脈に規定されたものであった(8)。カミュにとっては、共産主義の理想が正義にかない、ソ連の経済的・社会的実績が肯定すべきものであっても、「現在の」ソ連には強制収容所という現実があった。また、決断し行動することこそが知識人の責任だとサルトルは力説するが、その行動がもたらす結果の責任は誰がとるのか。支払われるのはサルトル自身の血ではなく、常に他人の血である。それゆえ共産主義の掲げる理想の正しさだけを理由に、簡単に共産党を支持するサルトルの方こそ無責任だとカミュは考えたのだ。

この対立する二人の歴史認識はことごとく対照的である。未来との関わりを重視するサルトルに対して、カミュは現在を最優先する。「犠牲者にとって、現在こそが唯一の価値であり、反抗こそが唯一の行動である」（III, 241）。それゆえ、人類の救済のための一過程としての一時的な強制収容所も許されない(9)。また、歴史的状況に投げ込まれた主体が、決断とそれに基づく行動によって、自発的に歴史を更新していくというサルトルの歴史認識に対して、カミュは人間の本性という先験的な価値を想定する。

現代思想の公準には反するが、反抗を分析すると、古代ギリシャ人が考えていたように人間の本性と言うべきものが存在するのではないかと疑問を持たざるをえない。自己のうちに保存すべき不変なるものがなければ、なぜ反抗するのだろうか。奴隷が立ち上がるのは、同時に万人のためである。ある命令によって自分のなかの何かが否定されたとき、奴隷はその何かが自分だけに属しているのではなく、自分を侮辱し圧迫する者までを含めたすべての人々が、既存の共同性を持つ、ある共同の場が否定されたと考えるのだ。(III, 73–74)

カミュが反抗に見出す価値は、人間の個別性や歴史性に縛られない、あらゆる時代、抑圧者をも含めたすべての人間に共通する「不変なる」人間の本性である。アルジェリア時代と同じく、カミュは再び古代ギリシャに解決を求めようとしているが、今度は「限界」や「節度」«mesure» という価値を顕揚する古代ギリシャである。エッセイ集『夏』に収録された「ヘレネの追放」(一九四八)には以下のような記述が見られる。「古代ギリシャ人にとって、諸価値はあらゆる行動に先立って存在し、その行動を明確に限界づけていたのである」(III, 599)。そしてその諸価値の限界、歴史の進歩の限界を知らしめるものとして「世界(自然)の永続性」という言葉が再び顔を出す。「世界は、自然、海、丘、夕べの瞑想といった世界の永続性を形作るものから故意に切り離された。もはや通りにしか意識はない。なぜなら通りにしか歴史はないからだ」(*Ibid.*)。ここで再び自然は歴史の対立項となる。この自然は人間に限界があることを知らしめるという点ではアルジェリア時代と共通している。だが、この時期に再び見出された自然は、もはや「無関心な」という形容詞とともに記されることはなく、かつてのように何ものにも意味がないことを教えるものではない。この自然は、人間が歴史だけに還元されない存在であること、そして歴史性に左右されない、なんらかの変わらない価値が人間にあることをカミュに教示するのだ。

この先験的価値の設定は、しばしば歴史を超える価値と解釈され、超越論的飛躍という非難を招く一因になったように思われる。だがカミュが指し示した人間の本性とは、上位概念として規定されたものではなく、あくまでも形而下の、身体的存在としての人間の領域内にある価値であった。[10] それゆえサルトル゠カミュ論争に関して、ソ連の共産主義体制が崩壊した現在において、カミュの主張が正しかったとする判断もカミュの本意ではないだろう。

なぜならば、その論理では、逆にソ連が崩壊しなかった場合カミュの主張が間違っていたことになるからだ。勝者は常に正しいとするそのような「歴史の裁き」をこそ、カミュは批判していた。

この反抗が示す価値は、『反抗的人間』の第一章では「漠然とした価値」(III, 78) というまとめで終わっているが、のちにその価値が定める行為の限界は、人間の生命であるとはっきりと明示されている。「殺人は一度しか到達しえない限界であり、到達したあとでは死ななければならない」(III, 302-303)。つまり反抗者がみずからの生命を維持する限り、敵の生命も尊重しなくてはならないのだ。第三章で素描される反抗の歴史において、カミュはほとんどの革命家を殺人者として一刀両断に批判している。「どんな革命家も最後にみな圧迫者か異端者になる」(III, 275)。そのなかでも「正義の人」として例外的に扱われているのが、古代ローマ帝国のクラッススを相手に反乱を起こした奴隷スパルタクスと、ロシア帝政末期の一九〇五年に革命的行動を起こしたロシアの「心優しき殺害者たち」«meurtriers délicats» である。特に後者は戯曲『正義の人々』でも取り上げられており、カミュは彼らに惜しみない共感と賛辞を送っている。このロシアのテロリストたちは、正義の実現という名目で恐怖政治、異端裁判、強制収容所を容認する他の革命家とは違い、みずからが犯した殺人に対して自分の命を差し出すことによって、越えてはならない一線があることを身をもって示すのだ。「彼らはそれゆえ、ひとつの観念のために殺人を犯すとはいえ、いかなる観念も人命以上とは考えなかった」(III, 206)。つまり、神という超越者がいない世界では、いかなる正義も、人間の生命以上に崇高な、絶対的な正義たりえないのだとカミュは結論づける。

この「限界」こそが、反抗から導き出された中心的概念である。カミュが長々と論じた『反抗的人間』において、証明しようとしたことはたったひとつである。「この世界には殺人を正当化しうる正義はいっさいない。殺人を許容した時にそれは正義ではなくなる」。殺人は他者の排除であるゆえ、反抗者が敵対する抑圧者を殺したとたんに、反抗の正当性を保証していた人間の共同性は崩れ去る。それゆえ、反抗は不正の打倒へと向かおうとする爆発的エネルギーを保持すると同時に、その自己拡大の動きをみずから制御する装置としても機能しなくてはならない。カミュにおける反抗とは、虐げられた社会的弱者が抑圧者に対して立ち向かうことではなく、むしろ敵対し合う二つの陣営の権力闘争という図式そのものを打ち壊す意図を持っている。なぜならば、「反抗者は主人に対して奴隷であるだけでなく、主人と奴隷の世界に対して人間なのである」(III, 305)からだ。また、すでに述べたように、反抗は、その運動の発展過程でみずからの起源を忘れ、圧政へと移行する危険性を常に孕んでいるため、その行動の出発点として掲げた正義に対する絶えざる審問をともなわなくてはならないのだ。カミュは以下のように言う。「反抗者を存続させる価値は決定的に与えられたものでは決してなく、反抗者は絶えずその価値を保持しなければならない」(III, 306)。反抗から引き出された「節度」という結論は、言葉の本来の意味が示すような静的なものではなく、相反する力の激しいせめぎ合いであり、「不断の闘争」(III, 320)である。その闘争を通じて暴力の無限の応酬をとどめ、弁証法的な権力闘争からなる歴史を打ち破り、あらたな再生を試みるのである。

これまで私たちは、カミュが批判する歴史の論理が排除の論理として機能していることを繰り返し示してきた。アルジェリア時代においては、過去の名に基づいた序列化による排除であり、対独協力者粛清問題においてカミュ自身が用いたのは、過去と未来の名に基づいた現在の排除であった。カミュはパスカルからの引用だと前置きし、「誤謬は常に排除から生まれる」[11]ことを繰り返し述べており、「生の何ものをも拒否せず生きる意志」(III, 613)、つまり生の矛盾を矛盾としてそのまま引き受ける態度こそ、この世の最高の徳だと考えた。こうした理想は、反抗の論理においても堅持されている。カミュは以下のように言う。「反抗の動きが公正であるためには、それを支える矛盾のいかなる項も置き去りにしてはならない」(III, 305)。『反抗的人間』の目的は、すべての人間に共通する人間的な共同性を見出すことによって、敵対する二者を再び結び付けるわずかな可能性に賭け、憎悪を和解に、論争を対話に変え、「何ものをも排斥しないヨーロッパ」(III, 324)を再建することであった。一九四六年一〇月に書かれた『手帖』には、以下のような記述がある。

反抗の最終目的は人間同士の仲裁である。すべての反抗は人間的な限界と、その限界の内側にすべての人間（その人間がいかなる人間であろうと）の共同体があることを肯定することによって完成し、引き継がれていく。（II, 1073）

そのためのひとつの態度として推奨されるのが「自己放棄」である。カミュは「『反抗的人間』弁護」で以下のように主張する。

個人は、他の個人の利益のために自己を放棄するという、理想的な限界に向かって努力することによってのみ、個人の意味を獲得し、増大させることができる。個人が自分は取るに足らないものであり、しかもなお重要な人間であることを知り、そして他のすべての個人を肯定するために、自身の活動と行為において自己への執着をなくす時、はじめて個人的な諸々の価値は具体的なものになる。個人が自己否認と慢心から等しく距離を取り、この放棄によって、他者の存在と尊厳をも象徴しうるような自己の断固とした部分を保持できるなら、その時にのみ個人は自己を確立するのだ。（III, 375）

この自己放棄とは、宗教的な自己犠牲の精神を意味するものではなく、個人が個人としてあるための他者への開放である。これは、かつて『結婚』で描かれた自然との交感体験を思い起こさせる。『結婚』のなかで、語り手が海や風といった自然の事物と一体化する時、語り手の個性は剝ぎ取られ、一個の透明な身体的存在になる。だが、それは完全な自我の喪失ではなく、自然との交流を通じて無駄な装飾がはがれることによって、かえって語り手の個としての核の部分がむき出しにされるのだ。「ジェミラの風」（『結婚』収録）では、そうした状態が以下のように記されている。「これまで僕は、この時ほど、僕自身からの離脱と、世界に対する僕の存在とを同時に感じたことはなかった」（I, 112）。

　このようなカミュの共同性の概念、そしてその共同性の実現のための「自己放棄」という態度もサルトルと対照的である。サルトルの哲学において重要な概念のひとつである「投企」«projet»とは、普遍性を志向する未来へ向けての自己の「投げ出し」である。サルトル研究者である澤田直は、サルトルの共同性への志向を、既存の共同体や先験的な人間の同一性に一切依拠しない、自己と他者との相互の自由に基づいた、いまだ存在しない普遍的な共同体への呼びかけのなかに見出すことができると指摘している[12]。カミュが問題にしたのは、この呼びかけのもたらす結果であったと思われる。普遍性を志向する主体の呼びかけは、他者の異なる全体化への呼びかけと衝突するゆえ、必ず争いへと発展し相互排除に至るというのが、対独協力者粛清問題を経てカミュが得た歴史的教訓であった。カミュの主張は、「もしひとつの〝絶対〟があっても、それは個人の問題であって、すべての人間に関わるものではない」（II, 684）というものである。それゆえ共同性の場を確保するためには、各個人が自己の絶対性や無謬性への固執を乗り越えることが肝要になるのだ。

　すべての哲学にはなんらかの真理が含まれ、すべての政治的主張にはいくばくかの正しさがある。ここまでは容易に理解できるが、カミュがあらゆる人間を許容しうる共同体を想定するとき、それを可能にするような、反抗者と抑圧者をともに結び付ける絆はあるのだろうか。一九四八年一二月、革命民主連合主催の集会で発表した「自由の証人」と題された講演のなかで、カミュは「苦しみ」«douleur»こそがその絆になると主張した。そして、敵対者への理解を可能にするのが芸術創造であり、それこそが「法の証人ではなく肉体の証人」（II, 494）である芸術家の役割だと考えた。

他人の生を生きるという能力によって、真の芸術家たちは、極悪の犯罪人のなかにも、常に人間を正当化するもの、すなわち苦しみを認識することが可能になる。このことが常に、絶対的判決を下すこと、したがって絶対的処罰を裁可することを妨げるであろう。(II, 494–495)

それゆえ共産主義者を徹底的に批判しても、反抗のひとつの価値として「共通の運命についての相互認識」(III, 303)を挙げたカミュにとって最も重要なことは、共産主義者と対話することにあった[13]。そこにこそ、サルトルとの論争における落とし穴があったのかも知れない。

カミュは論争の後も、サルトルの主張を正しいものと認めることがなかったことはすでに述べた。それでも、『反抗的人間』を契機とした様々な論争のなかでも、特にサルトルとの決別がカミュに大きな打撃を与えたことはよく知られている。一九五四年九月にルネ・シャールに宛てた手紙のなかで、カミュは「文字通り硫酸を浴びたような自己懐疑に陥った[14]」とまで告白している。なぜカミュはそれほどまでに痛手を受けたのか。ひとりの友人の喪失、あるいはフランス知識人界における威信の喪失という理由だけでは説明できない何かがあるように思われる。大事な友人の喪失ということに関して言えば、カミュはパスカル・ピアとの決別をすでに経験していたし、サルトルとの仲も、すでに一九五二年の時点では良好と言えるものではなかった。また、カミュが自身の主張に対して十分な自負があるのならば、それほどまで落胆する必要もないのではないだろうか。それでもやはり、サルトルとの論争はカミュに決定的な敗北を告げた。サルトルが、この論争のためにカミュとの友情を葬り去ったという事実そのものによって、カミュがまさに『反抗的人間』で提示した共同性のモラルが崩れ去ってしまったからではないだろうか。サルトルはカミュへの返答を以下のような文章ではじめている。

私たちの友情は容易なものではなかったが、私はその友情を惜しむであろう。もしあなたがその友情を今日断ち切るとすれば、おそらくそうなるべきものだったのだ。多くのことが私たちを結び付け、違いはほとんどなかった。だがそのわずかな点だけでも十分に多すぎた(15)。

「カミュが友情を断ち切った」とサルトルは述べているが、はっきりと友情の破棄を宣言したのはサルトルの方である。「わずかな違い」を重視したサルトルは、共産主義を批判した友人カミュを躊躇なく切り捨てる。歴史に意味を与えるという名目のもとに、自己変革し、共産主義陣営を毅然と選んだサルトルは、「具体的な人間の目的に固執する者は、友人を選択するよう強いられるだろう(16)」という言葉の通り、カミュに続いて翌年には、朝鮮戦争勃発以来、共産主義に懐疑を示してきたメルロ＝ポンティとも決別する。

カミュ以前の世代のフランス知識人たちには、『新フランス評論』を中心に政治信条の対立を超えた作家間の友情が存在し、それが第二次大戦後の対独協力者の処遇に対する寛大な対応につながったことはすでに述べた。その後冷戦構造が明確になり、イデオロギー対立が活発化していく政治状況において、カミュは、そうした政治信条の異なる知識人同士の和解の場を創造することこそが必要だと考えていたのだ。実際に、この論争の直前に行われたインタビューでは、政治的立場の異なる作家同士の結束に対するカミュの楽観的な認識を垣間見ることができる(III, 398)。カミュの態度を「全体主義的友情」として批判し(17)、対話を封じてしまったサルトルの排除の論理によって、カミュが提示した共同性のモラルはもろくも崩れ去ってしまったのであった。もはや言うべき言葉を失い創作不信に陥ったカミュが、論争後の一九五三年以降、「自分が必要とする共同体を与えてくれる」(IV, 606) 演劇活動に没頭していったのも自然の成りゆきであろう(18)。

第7章　ロラン・バルトとの『ペスト』をめぐる論争

サルトルに続いて、「史的唯物論の名のもとに」[1]カミュの反歴史性を批判したのがバルトである。ロベール・カルリエ主宰の月刊誌『クラブ』（一九四六年設立の「フランス書籍クラブ」を母体として五三年一月創刊）が論争の舞台となった。同誌一九五五年二月号には、バルトによる批判「『ペスト』――疫病の年代記か孤独の小説か？」と、これを前もって読んだカミュの公開書簡とが同時掲載される。カミュの反論にバルトは短い返答文で応えたが、もはや作家が発言することはなく、論争自体は早くもその時点で集結してしまう。たしかに事の経緯を眺める限り、ここには対サルトル論争のような華々しさはない。だがカミュの小説創造という観点に立つならば、バルトとのやりとりは先行の論争に勝るとも劣らぬ重要性を有していたのではないか。

バルトの論文は、『ペスト』一作のみを対象とした評論として紹介され論じられるのが常であった。また同論文の発表が、小説出版の八年後という時間的な懸隔は一顧だにされず、論争が、事後カミュの創作活動に及ぼしたはずの影響もほとんど等閑視されてきた。ここでは、同時代的コンテクストを視野に収めつつ、当該論争の具体相について再検証を試みる。

バルトはカミュに対する関心を早くから示している。彼が批評活動を本格化させたのは一九五〇年代以降であるが、それに先立つ一九四四年、「『異邦人』の文体についての考察」を発表、[2]一九五三年には『エクリチュールの零度』において『異邦人』の文体を再度取り上げ、これをフランス文学史における文体の最終形態として位置づけた。翌年には、『異邦人』における太陽の重要性——ギリシャ悲劇と通底する宿命という役割——について論じているが、[3]これらの論考からは、バルトがいかに『異邦人』を高く評価していたかが読み取れる。彼はこの小説に伝統と革新の見事な融合を見たのである。だが上述の『ペスト』批判以降、バルトはカミュ作品について言及することはない。モーリス・ブランショが、カミュの処女作『裏と表』から彼の死に至るまで、小説や哲学的エッセイ、戯曲をも含めたほぼ全作品について倦まず論じたのとは対照的と言える。バルトはロブ＝グリエと同じく、カミュ作品では『異邦人』だけを特権的に評価していたのだ。

では、なぜ彼は刊行から八年も経って『ペスト』を俎上に載せたのか。第一に指摘すべきは、マルクス主義に傾倒し弁証法的演劇論を展開していたドイツ人劇作家ブレヒトとの衝撃的な出会いであろう。一九五四年五月『肝っ玉おっ母とその連れ子たち』のパリ上演に感激したバルトは、同年七月の『オプセルヴァトゥール』誌上でブレヒト劇を評し、観客を「歴史のより深遠な意識」へと導く、「我々の時代の歴史に見合った」演劇であると最大級の賛辞を送っている。[4]このように歴史性の有無を芸術の主要な評価基準に据えた当時の彼にとり、『反抗的人間』で打ち出されたカミュの歴史に対する姿勢が批判対象として強く意識されたことは想像に難くない。とすれば、物語の進行が現在時に限定される『ペスト』が、そのとき問題視すべき作品として新たに浮上したとしてもなんら驚くには当たるまい。

一般には構造主義者・記号学者として認知されているバルトだが、一九五〇年代までは、マルクス主義者を自認しないまでも、[5]サルトルの実存主義・アンガジュマンの強い影響下にあったことは指摘しておかねばならない。この影響関係を端的に示すのが『エクリチュールの零度』である。同書でバルトは、サルトルの『文学とは何か』

（一九四八）が明らかにしようとした文学と歴史・社会の相互作用を、文学形式・文体の通時的考察によって捉え直そうとしたのである。[6] このような思想的系譜のなかで、バルトがカミュ＝サルトル論争を下敷きに、後者に与する立場から『ペスト』を論じることは当然の帰結であったとも言える。「作者にとって『ペスト』は孤独への道のはじまりとなった[7]」という指摘も、当該論争後の知識人界の状況を踏まえた上ではじめて可能になったと言えるのではないか。小説出版当時のカミュは右翼陣営から疎まれてはいたものの、決して孤立していたわけではなかったからだ。バルトは、そのカミュを窮地に追い込んだ『反抗的人間』からさらに過去へと遡り、同じ反抗の系列にある『ペスト』の反歴史性のうちに作家の孤独の淵源を求めようとしたのである。

『ペスト』のモラルの反歴史性に対するバルトの問題提起は、アンガジュマンの立場から繰り返されてきた批判の焼き直しであり、それ自体、特に目新しいものではない。「『ペスト』が出版されて以来、カミュをフランスの一部の知識人たちと対立させる誤解」を引き起こした「連帯のモラル」について、バルトは以下のように述べている。

> 連帯というモラル――熟慮された政治的内容の連帯性――は事物の悪と戦うには十分でありえるが、人間の悪と戦うには十分であろうか？ 「歴史」には非人間的な災厄ばかりではなく、戦争や圧政といった非常に人間的な悪もある。それらの人間的な悪は災厄以上でないとしても、同じくらいに殺人的だ。それならば、医師であるだけで十分だろうか？ 死刑執行人の側に立つことを怖れ、傷の元凶たる行為を攻撃しないで、傷を手当てするだけで満足するべきであろうか？ 攻撃してくる人間を前にして人間は何をなすべきであろうか？[8]

バルトの主張は、ナチスを自然の災厄に重ね合わせることで、カミュが歴史の真の問題から逃避していると考えたボーヴォワールの論定、あるいは『ペスト』が提示したモラルを「赤十字のモラル」と揶揄したフランシス・ジャンソンの批判とも通底している。[9] カミュはこの見解に対して、『ペスト』は『異邦人』とは異なり、参加と連帯への発展を示していると反論する。だがカミュは、このモラルの批判者はそれに勝るものを提示すべきだと言いながら、自身のモラルを詳らかにすることはない。たしかにペストは天災であって人災ではない。しかしだからといって、連帯のモラルが戦いそのものを回避し、歴史参加を拒否していると結論づけることも拙速にすぎよう。『ペスト』のモラルを単なる人命救助作業としか見なさない批評家たちは、「ペスト」に込められた意味を汲み取っていない、または曲解している、そう言わねばならない。

タルーが発起人となって結成された保健隊は、一見赤十字と同義と捉えられがちだが、実際は似て非なるものである。赤十字とは、戦争に際して敵味方の区別なく、中立の立場で人道的支援を行う組織であり、その活動はあらゆる攻撃から保護されている。これに対し保健隊は、絶対悪ペストに決して同意することなく、積極的に戦う立場をとる。またその活動は命がけである。保健隊員は血清を施されてはいても感染を完全には免れえないからだ。戦いへの不参加という点では、恋人と再会するために街からの脱出を試みるランベールの行動が典型的である。

ペストとの戦いを回避することは疫病の被害拡大を黙認することにほかならず、さりとて保健隊員はペストと戦う限り、感染の危険性に身をさらすことになる。このペストに感染することとは、単に自分の命が奪われることだけを意味するのではない。自身が新たな感染源になってしまう二次的リスクをも孕んでいるのだ。かかる袋小路こそが『ペスト』の世界であり、作家が小説を通じて表現しようとした悪の本質である。それゆえ『ペスト』のモラルを、「悪のもたらす諸結果の手当をするだけというのでは、人間をその悪の共犯者にしてしまう虞がある」[10]と誹るバルトの善悪二元論的な小説理解は、的外れであると言わねばなるまい。小説に込められているのは、「悪に対しては断固戦うべきである。だが同時に悪との戦いに参加することによって、みずからもまた悪と化す可能性があることを十分に自覚し、己の行動を厳しく律しなくてはならない」というメッセージであろう。『ペスト』の語り手はこう述べている——「世界に存在する悪は、ほとんど常に無知に由来する。善き意志も、それが分別あるものでなければ悪意と同じくらい多くの害を引き起こしうる」(II, 124)。

カミュはこうした悪に関する見解を、対独協力者粛正問題をめぐるモーリヤックとの論争を経て、いわば反省的に導き出したのである。その意味では、作家のレジスタンス体験を色濃く反映したタルーと、善良な一市民グランが迎える対照的な結末は示唆に富む。死刑制度から成り立つ社会を嫌悪し、社会変革のために各地の闘争に加わったタルーは、自身の悪に対する盲目的な戦いそのものが、新たな悪を誘発していたことに気付き愕然とする。「この町やこの疫病を知るずっと前からペストに苦しんでいた」(II, 204)と告白するタルーは、最終的にペストに罹って死ぬ。一方で、同じく保健隊員の一員でありながら、「ペストから遠く離れた」(II, 90)人物として描かれるグランは、疫病に感染しながらも回復し、オランにおける最初の生還者となった。物語ではあまり目立たぬグランだが、じつは真の英雄として最も倫理的に評価されているのである[11]。

作家のアンガジュマンを支持するバルトは、カミュのモラルにおける反歴史性を批判したが、彼の主張の独自性は、その論拠を小説の記述方法に求めた点にある。バルトはエミール・リトレによる「年代記」《chronique》の定義に拠りながら、『ペスト』は因果関係からなる「歴史」を物語っておらず、時系列に沿った事実の継起を描いた年代記にすぎないとし、この小説を「歴史を奪われた世界[12]」だと評して、次のように述べた。

「ペスト」には構造もなく、因果関係もない。過去や他の場所、他の事実といった他所と「ペスト」にはなんのつながりもない。一言で言えば、「関係性」がないのだ[13]。

この指摘は正しい。なぜなら、小説の語り手が「記録作者」《chroniqueur》(II, 37)を自称しているからだ。彼はまた「歴史家」《historien》(II, 124)という肩書きを持ってはいるものの、それは単に資料や多くの人々の証言に接する立場にいることを意味するにすぎない。語り手は、事件の因果関係を把握しうるような俯瞰的な立場に立とうとはせず、あくまで犠牲者の側に立った「客観的な証人」、「善意の証人」(II, 243) に留まることを望み、「こういうことが起こった」(II, 37) といった素っ気ない報告に終始する。

また上の引用中で『ペスト』における関係性の欠如を指摘するバルトの見解も正鵠を射ていよう。これを理解するためには、小説執筆の際にカミュが参考にしたデフォーの『ペスト年代記』(一七二二) の冒頭を想起すればよい。ペストは疫病ゆえ、大抵の場合どこか別の場所からやって来る。『ペスト年代記』も、この病が一体どこの街から来たのかを、ロンドン市民があれこれ議論する場面から始まっている。だがカミュの小説では、ペストは自然発生的に突如発生する。どこからやって来たわけでも、どこへ行くわけでもない。オランの街ひとつで、すべてが完結する。また疫病流行による市門の閉鎖は、住民の単なる空間的な隔離という状況を指すのではない。未来への希望を奪われ、かつ過去への追憶にも救いを見出せないオラン住民たちは、「それぞれが一日一日を生きることを受け入れなければならない」(II, 84) 状態に陥る。つまり時間の観点から見ても孤立するのだ。『ペスト』で描かれているのは、時間と空間の双方におけるあらゆる関係性が遮断された、完全なる閉塞状態にほかならない。

因果関係を欠き、人間の理解を超えた絶対悪の象徴であるペストは、古代ギリシャ悲劇の宿命と同じ役割を果たしているとバルトは言う。オランの状況がいかにナチスによるパリ占領と酷似していようとも、歴史的事実としてのパリ占領の表象とはなりえない。したがって彼の結論は、現に存在する人間の悪に対抗するには『ペスト』のモラルは有効ではない、というものであった。ペストはあくまでもペストであって、歴史的事件とは別物である。パリ占領を描くためには、ペストという隠喩に訴えるのではなく、歴史的事実そのものを真正面から描かねばならない。すなわち、「この作品は〝歴史〟への意識から生まれたにもかかわらず、〝歴史〟に明白な事実を求めようとせず、明晰さをモラルに変える方を好んでいる」[14]、そうバルトは批判するのである。ブレヒト劇に傾倒するバルトにとって、ある歴史的状況を文芸作品に描出する際には、カミュが用いたような寓意的な「表現」«expression» ではなく、歴史的事実に立脚した直接的な「説明」«explication»のほうが理想的だったのであろう。[15]

このようなバルトの批判に対して、カミュは以下のように反論している。

『ペスト』がいくつかの射程で読まれることを私は望みましたが、しかしながらこの小説は、ナチスに対するヨーロッパのレジスタンスの闘いを明白な内容としています。その証拠に、ヨーロッパすべての国において、誰もが名指しされていないこの敵をナチスだと認めました。『ペスト』のある長い一節は、占領下の時期に闘争文集で発表されましたが、こうした事情はそれだけでも、私の行った置き換えを正当化するであろうことを付け加えておきましょう。『ペスト』は、ある意味ではレジスタンスの年代記以上のものなのです。だがもちろん、それ以下ではありません。(II, 286)

たしかにカミュが主張するように、二〇世紀の小説の題材としてはいささか時代遅れとも言える疫病を扱った『ペスト』が、出版とほぼ同時に読者の圧倒的な支持と共感を得たのは(出版翌年には早くも欧米の約一〇ヶ国で翻訳された)、この作品が過ぎ去ったばかりのナチスとの戦い――ナチスは当時その軍服の色から「褐色のペスト」«peste brune»と呼ばれていた――の生々しい痕跡をとどめていたからである。出版当初の大多数の読者は、たしかにペストをナチスに重ね合わせていたのだ。ペストにナチスの寓意を読むことを拒むバルトの姿勢は、やはり戦後の熱狂が収まった時期になってはじめて取りうるものではあるまいか。

実際、カミュは様々な工夫を凝らして、ナチスによる占領という歴史的現実を読者に喚起している。まずデフォーの『ロビンソン・クルーソー』(一七一九)から借用したエピグラフ――「ある種の監禁状態を他のある種のそれによって表現することは、何であれ実際に存在するあるものを、存在しないあるものによって表現することと同じくらいに、理にかなったことである」(II, 33)――がペストの寓話的解釈を促す。小説の冒頭に記された「一九四＊年」という歴史的時間の指標もまた、ペスト＝ナチスという解釈を導くのに一役買っていよう。またジャンイヴ・ゲランは、ペストに襲われたオラン市民の状況が、占領下のフランスのそれをいかに忠実に反映しているかを検証している。[16] ゲランによると、『ペスト』に盛り込まれたのは、厳重に監視された境界線によって二つに区切られた土地とそこからの脱走の試み、戒厳令下の夜間外出禁止令、外部との唯一の接点であるラジオ、紙不足、ガソリンの配給制、食糧不足と商店前の行列、闇市場、といった占領下における市民の日常生活だけではない。感染者の家族が強制的に収容される「隔離収容所」(II, 198) はナチスの強制収容所を容易に連想させるものだ。また、疫病発生に神の怒りの顕現を見、住民に向かっておのれの生活を反省し悔悛することを説くパヌルー神父の第一回目の説教は、ジャン・サロッキが指摘するように、パリ占領当初にカトリック教会が流布させた言説をほぼそのまま模したものである。[17] 小説の最終部で描かれる、市門の開放を祝う歓喜に満ちた街の描写もまた、作家自身が体験したパリ解放の熱狂と重ね合わせることができる。さらには、小説の最後ではじめて語り手（リウー）がみずからの正体を明かすという奇抜な設定も、同じく作家自身のレジスタンスの経験から想を得たのだろう。占領下で偽名の使用を余儀なくされていたレジスタンス活動家たちは、パリ解放後にはじめて自分の名前を公に明かすことができたからである。

アンガジュマン文学にもブレヒト劇にも共感を示さないカミュは、[18] バルトに対して「私は芸術におけるリアリズムを信用していない」(II, 286)、と簡潔に答えるのみだ。しかしこの返答は、『ペスト』が事実を羅列した年代記にすぎず、事実の関係性が欠如しているというもう一方の指摘については、十分な回答とはなりえない。では、歴史の文学的表現をめぐる双方の意見の齟齬をどのように考えればよいのだろうか。

前述の通り、『ペスト』はナチスによるパリ占領という歴史的事実に立脚しており、そうした意図は当時の読者にも十分に伝わっていた。小説に歴史的状況を取り込もうとするカミュの志は、同じくファシズムの寓意を試みたウジェーヌ・イヨネスコの戯曲『犀』（一九五九）と比較するならば、さらにいっそう明確になるはずだ。文学形式の違いもさることながら、ナチスの隠喩としてペストを用いるのと犀を用いるのとでは、歴史に対する忠誠の度合いは全く異なってこよう。市民が次々と犀に変貌していくイヨネスコの不条理劇は、およそナチスとは結び付かぬ犀を隠喩に用い、コミカルな効果を生み出すがゆえに歴史的読解に縛られることはない。これに対し、スーザン・ソンタグが明らかにしたように、社会的悪を疫病に仮託するのは、古代にまでその起源を遡ることのできる文学的な常套手段である。[19] カミュはペストという設定に訴えて、占領下についての歴史的な証言を残そうとしたのだ。

とはいえたしかに、ペストはパリ占領ではないとするバルトの意見にも一理ある。実際のところ、占領体験のない現在の読者は、各自の置かれた状況に応じて、ペストにナチスとは別の悪の寓意を見出すであろう。[20] しかしながら、この小説が「いくつかの射程をもって読まれる」ことは、作家が意図したところであった。メルヴィルの『白鯨』（一八五一）を手本にカミュが目指したのは、パリ占領の寓話であると同時に、それには縛られない多様な解釈を可能にする神話の創造だったのである。先に引いた「『ペスト』はレジスタンスの年代記以上のものであって以下ではない」という発言は、作家のこうした野心を如実に示している。ただしカミュの発言は当時としては妥当であっても、寓意である以上、ペスト＝ナチスという読解が成立するのは限られた期間であろう。かりに後世の読者をも意識して、この小説を「ナチスに対するヨーロッパのレジスタンスの闘い」として提示するのであれば、おそらく彼は寓意という表現形式は避けたはずである。

では、カミュが黙殺する因果関係の欠如という批判についてはどうだろうか。これも単なるリアリズムの是非という問題だけでは片付けられまい。なぜなら、たとえカミュが占領という事件を歴史に忠実に描いていたとしても、確固とした因果関係に律せられた小説にはおそらくならないからだ。バルトが求めたのは、ナチスをありのまま描くこと、つまりナチスがどのようにして台頭しフランスを占領したのかという、「本来の歴史的意味[21]」に貫かれた原因と結果の説明である。だが、すでに検討した第二次世界大戦勃発直後の『ソワール・レピュブリカン』紙に連載された一連の記事、およびレジスタンス活動中に執筆された『ドイツ人の友への手紙』が示すように、カミュは第二次大戦やパリ占領に関して、それらの原因を過去に求めることも、因果関係を説明することも潔しとはしなかった。むろん彼が過去を等閑視しているわけでは決してなく、過去の歴史的状況に現在の根拠を見る思考方法を良しとしなかったためである。

『ペスト』において、パヌルー神父の初回の説教が占領当初のカトリック教会による言説をモデルとしていることについてはすでに触れた。「皆さん、あなたがたは不幸のなかにいます。皆さん、それは当然の報いなのです」(II, 98)というパヌルーの発言に象徴される因果応報的な考え方は、敗戦直後のフランスの世論において支配的であったのである。典型的な例は、敗戦を報いとして受け入れ、ペタン元帥に従い、甘んじてナチスの占領を受け入れよ、といった意見である。何よりも国民全体に精神的な大打撃を与え、当時の知識人たちを悩ませたのは、敗戦を一体どのように捉えたらよいのか、なぜフランスはかくもあっさりとドイツに敗北してしまったのか、という問題であった。フランスの敗戦はまさに、国民全体に精神的な大打撃を与えたのだ。そして多くの知識人はフランスの過去の愚行にその理由を求める。例えば、ジョルジュ・ベルナノスの『イギリス人への手紙』(一九四六)やシモーヌ・ヴェイユの『根をもつこと』(一九四九)では、フランスの敗戦とナチスによる占領をフランスの歴史の必然的結果とし、過去のフランスの過誤を断罪し責任を問うている。だがカミュの場合は、フランスの過去がどうであろうと、それはナチスがフランス人に対して暴挙をふるい、無辜の人間を殺すことを正当化しないという意見であった。現在の窮状を安易に過去の報いとして解釈することを拒んだのである。

ナチスによるパリ占領という歴史的事件に対する因果論的な解釈を拒絶したカミュであったが、しかし彼にとってバルトの指摘は新たな問題提起となったと考えられる。というのもこの批評は、一九五四年一一月に勃発したアルジェリア独立戦争の直後という、新たな歴史的文脈のなかで発表されたからだ。この戦争を一八三〇年のフランスによるアルジェリア征服の帰結と見なすならば、植民者対被植民者という構図からなる歴史の因果関係をどう捉えるかという問いがカミュに突きつけられたはずだ。周知の通り、この独立戦争においてカミュは宗主国フランス側にも「原住民」側にも与せず、アルジェリアを真の祖国とするアルジェリアのフランス人としての立場から発言し続けた。第二次大戦期における日本帝国主義の歴史を語る際に、朝鮮や満州へと渡った日本人移住者たちの存在が等閑視される傾向にあったように、作家の帰属した貧しいヨーロッパ系移民たちは、フランス植民地の歴史という大きな物語に呑み込まれてしまう存在であった。戦争の犠牲者でありながらも植民者であった引揚者たちが、日本帝国主義の汚点と見なされ、戦後長らく発言の機会を奪われてしまったのと同じく、カミュが代弁するアルジェリアのフランス人たちの証言は顧みられることはほとんどない。

カミュが『最初の人間』を自伝的小説として着想したのは、アルジェリア戦争がはじまる以前のことであるが、遺された草稿の大半は一九五八年の秋以降に集中して書かれており、泥沼化した戦争の影響を受けた部分が大きい。しかもこの小説には、ただひとつの歴史的事件に触発された『ペスト』とは異なり、普仏戦争、モロッコ戦争、両次大戦といったヨーロッパの動乱の記録ばかりか、アルジェリアの植民者の歴史までもが盛り込まれており、自伝という当初の基本方針をはるかに超える壮大な企図が透けて見える。おそらくカミュは自伝という枠組みよりもさらにスケールの大きな歴史的視座からアルジェリアのフランス人という集団のアイデンティティを再考し、その一員としての社会的自己を捉えようと試みたのだ。このような計画の変更にこそ、バルトによる批判の影響が見て取れるのではないだろうか。すなわち、弁証法的歴史の観点に立つサルトルによる非難、そして『ペスト』を反歴史的小説と断罪するバルトへの回答としても、『最初の人間』は構想されたと考えられる。

同作においてカミュははじめて真正面から歴史を描こうとしたが、それはもちろん一筋縄でいくものではなかったはずだ。カミュにはより根源的な反歴史的志向性とモラルがあるからだ。『異邦人』においては、この根源的な志向性に基づきつつも、小説美学上も政治思索上も満足のいく一つの達成を成し遂げた。その達成とは異なるかたちで、しかも前作『ペスト』に対する批判を踏まえた上で新たに小説に取り組み、歴史を取り込もうと考えたとしても、因果関係に支配された歴史を無批判的に導入することにはならないはずである。そうした新たな試みに対する格闘の軌跡を『最初の人間』の草稿には認めることができるのである。

第Ⅳ部　歴史と忘却——反歴史小説としての『最初の人間』

第二次世界大戦を経験し、フランス知識人として数々の歴史をめぐる論争を経たのちに、あらためて自伝的小説に取り組もうとしたカミュが直面したのが、当時影響力のあった歴史主義に抗うかたちでいかにして小説に歴史を取り込み、表現するのかという問題であり、それはまた、因果関係に支配された歴史の説明とは異なる仕方でいかに歴史を描くのかという問題であった。その格闘の結果、歴史に非-歴史を対置しつつ、たえず後者によって前者を無効化しようとすることで歴史を取り込むことを試みたのが『最初の人間』だと言える。

すでに述べたように、『最初の人間』が、一九五八年に再版された処女作『裏と表』をはじめとする自伝的作品(特に「ウイとノンのあいだ」)の再創造であることは、作家自身も認めており、ひとつの定説となっている。特に高塚浩由樹が明らかにしているように、『最初の人間』でのカミュの試みのひとつが、「ルイ・ランジャール」で失敗に終わった母と息子の関係の小説化であったことはたしかであろう。(1) また一方で、この小説は、執筆当時のアルジェリア戦争という歴史的状況を反映した政治小説として読むことも可能である。(2) だがこれらの読みの問題点は、作品の一側面を照らし出すことに甘んじていることにある。『最初の人間』を単なる自伝的小説、『裏と表』への原点回帰として捉えてしまうと、この小説に含まれる政治的要素が見過ごされてしまい、他方『最初の人間』をアルジェリア戦争の反映として読む場合には、小説の自伝的・物語的要素は看過される。むしろカミュの真の目的はこの二つの要素の統合であったと思われる。

こうしたカミュの目論見は、『最初の人間』の形成過程が示している。この小説の長年にわたる形成過程を研究した松本陽正は、『手帖』をはじめとする様々なテクストの詳細な検討によって、小説のタイトルと主題がはっきりと定まったのはアルジェリア戦争前の一九五三年の一〇月であることを明らかにしている。(3) その約半年後の一九五四年三月に行われたインタビューでは、カミュは次回作の予定を次のように説明している。


私の次の小説について話さなければいけませんか？ 題名と主題は決めています。それは「最初の人間」です。でも他のことに関しては、いつも途中で変えてしまうのです。枠組みは、『夏』で語った過去のない土地、つまり移民の土地であり、様々な民族でできた土地です。

［……］それゆえ私はゼロから出発する「最初の人間」を構想するのです。読み書きもできず、道徳も宗教も持たないような。教育と言ってもいいでしょうが、教育者はいないのです。

［……］この小説は様々な革命と戦争でおりなされた現代史に位置づけられます。(III, 916–917)

現在残されている草稿は、この「最初の人間」に関する発言をほぼ忠実に反映している。しかしながら同時に、「他のことに関しては、いつも途中で変えてしまうのです」というカミュの発言にも注意しなくてはならない。というのも『ペスト』の執筆過程がこのことを証明しているからである。一九四一年四月に構想された『ペスト』は最終的に一九四六年一二月に脱稿されたが、そのあいだに起こった歴史的状況の変動とそれにともなう作家の思索上の変化は、小説内容に大きな変更、あるいは主題の重層化を引き起こしている。(4)『最初の人間』についても同じことが言えるだろう。つまり、この作品はまず「ルイ・ランジャール」をその遠い起源とする自伝的小説として構想されたのだが、その後のアルジェリア戦争の勃発と泥沼化を契機として、より幅広い主題を持った作品へと膨らんでいったのである。それを示しているのが、第一部第五章「父親・その死／戦争・テロ」と第七章「モンドヴィ――植民地化と父親」で主として確認される歴史的射程の拡大である。

引用にあるように、すでにアルジェリア戦争が開始される以前に、カミュは「様々な革命と戦争でおりなされた現代史」を描くと述べている。ではこの現代史とは具体的にどのような歴史を指しているのだろうか。この発言がなされた時点では、現在残されているような広大な歴史的射程は想定されていなかったと断言できる。その裏付けとなるのがジャン・グルニエの証言である。一九五七年一二月にノーベル文学賞を受賞した際に、カミュは「一九一四年以降のアルジェリアについての本」を準備していること、そしてそのためにアルジェリアのいくつかの土地を訪れる意図があることをグルニエに告げている。[5] つまり一九五七年末の時点でさえも、作家の念頭にあったのは一九一四年以降、つまり作家の分身である主人公ジャック誕生以降の歴史である。それゆえ、第一部の最終章で雄大な時間の流れとともに描かれた、約一世紀にわたるアルジェリアの植民者の歴史は、一九五八年以降に生まれたアイデアだということになる。

実際にこの原稿が執筆されたのは、カミュがアルジェリア戦争に関して完全に沈黙した一九五八年秋以降であるが、ほぼ同時期に、カミュは植民地アルジェリアの歴史に関する資料を収集し、役所で戸籍を調査するなどして、自己のルーツを探っていたようである。特に興味深いのが、この小説の創作ノートのひとつである「黄色い手帳」にはさまれていた書誌目録である（IV, 946-947）。新プレイヤッド版の注によると、この目録はカミュがアルジェの図書館で集めた資料のリストである。[6] 一体いつ集めたのだろうか。これについての明確な記載は注にはないが、ピエール＝ルイ・レーは、一九五九年にアルジェの国立図書館でカミュを見かけたことを証言している。[7] レー自身が作成した新プレイヤッド版の作家年譜によると、一九五九年のアルジェリア訪問は三月二三日から二九日にかけての一回だけであるから、[8] その期間中のことだと思われる。またこの三月の訪問の際には、カミュは父の生誕地ウレド・ファイエト（アルジェの南西に位置する郊外）にも訪れている。さらに付け加えるならば、カミュは一九五八年に、生地モンドヴィを訪問している。[9]『最初の人間』において、ウレド・ファイエトは地名だけしか登場しないが（IV, 777）、モンドヴィは第一部の冒頭と最後を円環構造によって締め括る重要な場所として登場する。

このように、『最初の人間』は、「幼少時代を過ごした貧困の世界に対する僕の執着と愛」（I, 62）を描いた『裏と表』の世界を、より詳細なかたちで再現した自伝的小説であると同時に、アルジェリア戦争を直接的契機とした、歴史的射程の広い壮大な小説になっている。こうした歴史小説としての側面を持つ作品を執筆する際に、これまでの歴史をめぐる論争がカミュの念頭になかったとは言えないだろう。歴史認識をめぐるこれまでのカミュの考察の終着点として『最初の人間』を考えるならば、その真の目的は、反-歴史的、非-歴史的であると批判された自身の歴史認識を、歴史を導入しつつ表現することであったと思われる。すでに述べたように、この小説はカミュの死によって未完のまま残された。だが事故の際、彼の鞄に詰め込まれていた原稿は、この作品に取り組む作家の並々ならぬ野心を十二分に証言しているのである。

第1章　アルジェリア戦争におけるカミュの立場

『最初の人間』の具体的な分析に入る前に、この小説の重要な時代的背景となるアルジェリア戦争と、それをめぐるカミュの言動を振り返っておこう。一九五四年一一月一日のトゥーサンにはじまった独立戦争は、ヴェトナムのディエンビエンフーでのフランス軍の敗北（同年五月）に触発された「原住民」側の武装グループによって火蓋が切られた。オーレス山地を中心に同時多発テロと武装グループによるデモが起こり[1]、時を同じくしてこの民族運動の指導者たちは、カイロから民族解放戦線（ＦＬＮ）の設立を宣言した。この武装蜂起はそれまでのような地域的な反乱にとどまらず急激に拡大し、それに対するフランス政府の厳しい弾圧は、武装グループの活動をさらに激化させることになった。この戦争は本国フランスに大きな衝撃を与えた。フランスにとってのアルジェリアは、保護領であるチュニジアやモロッコと異なり、歴史的・経済的にもつながりが最も深く、本国の一部としてアルジェリア総督が統治してきた別格の植民地であったからだ。そしてこの戦争が、最終的に本国最大の政治問題になったのも、ひとつには、アルジェリアには全人口の約一割にあたる、百万人を超えるヨーロッパ系住民がいたからである。一九五四年の時点では、そのうちの約八割が現地生まれであり、彼らはまず自分たちをアルジェリア人だと考え、本国に住むフランス人については、同国人でありながらも異なる存在として認識していたようだ[2]。

作家としてはまだ無名の頃から、カミュは共産党員、続いてジャーナリストとして継続的にアルジェリア問題について発言してきた。「カビリアの悲惨」をはじめとした『アルジェ・レピュブリカン』紙での主張が、フランス政府による植民地政策への批判、「原住民」の生活水準の向上と、民族間の不平等の是正であったことはすでに述べた通りである。その後の第二次世界大戦勃発によってカミュの最大の関心は対独レジスタンスへと移ったものの、パリが解放された直後には、一九四四年一〇月一三日付の『コンバ』紙の記事で早くもアルジェリア情勢を取り上げている。そのなかでカミュは、アルジェリア全般に対する本国フランス人の無知と無関心、そして「原住民」の解放政策にことごとく反対するヨーロッパ系住民の「植民者精神」をともに批判し、戦後のアルジェリア情勢の見通しが明るいものではないことに懸念を表明した（*CAC8*, 251–252）。

その後、一九四五年四月一八日から五月七日までアルジェリアに滞在し、現地取材をしたカミュは、同じく『コンバ』に、五月一三日から二三日にかけて「アルジェリアの危機」というタイトルのもとで六回にわたる連載記事を発表した。これは偶然にも、同年五月八日にコンスタンチーヌ地方で起こった暴動の直後でもあった。この「原住民」側の反乱によって、ヨーロッパ系住民は無差別に殺され、いくつかの植民村が襲撃された。そのおよそ百名の死者への報復として、数千人におよぶ「原住民」がフランス軍によって殺された。この暴動に関する詳細な情報をまだ得ていなかったカミュは、記事のなかではこの事件を正面から論じることはしていない(3)。だがこの暴動は記事全体に暗い影を落としている。「原住民」を苦しめる相変わらずの飢饉、裁判や給料の不平等、同化政策の度重なる頓挫、国際政治における第二次大戦後のフランスの地位の失墜と、それにともなうイスラム勢力の台頭など、状況はさらに悪化していた。一九三〇年代にはフランス市民権の獲得とフランスへの同化を望んでいた大部分の「原住民」たちは、もはや同化への希望は捨て、フランスに対して敵意さえ抱いているとカミュは断言する。こうした危機的状況に対し、アルジェリアにおける早急な民主主義の確立、そして「原住民」に対してすみやかに正義と食糧を与えることをカミュは主張した。カミュはこの時点ですでにフランス領アルジェリアの継続に疑念を抱いている。一九四五年末に行われたインタビューで、カミュは警鐘を鳴らす。「もしフランスが今後数年間のうちになんらかの抜本的なアラブ政策を思いつかないならば、フランスにとっての未来はないでしょう」(II, 660)。

アルジェリア戦争勃発直前のカミュは、海外植民地の政治犯に対する赦免請願に心を砕いていた。当時のフランスは、逮捕、投獄、裁判なしの処刑といった非道な手段によって、活発化した民族主義者たちの活動を弾圧していたのである。これはまた、対独協力者粛清問題以降に表面化し、一九五七年に上梓された『ギロチンについての考察』(4)で十全な表現を得ることになる作家の死刑制度反対の立場と相通じている。一九五四年五月には、「海外植民地政治犯特赦委員会に対するメッセージ」を執筆している。そこでカミュは、「左手に人権宣言、右手に弾圧の棍棒を持つ」(III, 1107) フランス植民地主義の矛盾とそれまでの植民地政策を批判し、まず何よりも政府の弾圧による犠牲者を救うことを主張した。

特に興味深いのが、同年七月に同委員会のために書かれた「テロリズムと赦免」である。タイトルが示す通り、赦免をテロリズムと関連づけることによって、より踏み込んだ議論が展開されている。自身を含めた自由主義者たちは、単にフランス政府の弾圧についてだけでなく、アラブ人が行使するテロに対しても責任があるとカミュは主張する。なぜならば、「我々自由主義者のフランス人は同胞愛を説いているが、アラブの自由主義者たちが我々の話を感動して聞いているあいだに、彼らは棍棒で殴られるからである」(III, 933)。こうして追い詰められたアラブ人たちがテロリズムに訴えることになるとカミュは言う。「テロリズムは孤独から生まれる。もはや頼るものがなく、窓のない壁はあまりに厚く、それを粉砕しなければならないという考えから生まれる」(*Ibid.*)。このテロリズムの起源に関する考察を通じてはじめて、赦免請願は単なる同胞愛や人類愛にとどまらない、政治的に有効な意義を持つことになる。テロの要因は政府による過剰な弾圧にある。したがって、政治死刑囚の命を赦免によって救うことで、アラブ人側の憎しみを減らし、テロそのものを減少させることができるという主張である。それは同時にテロの対象となるフランス人の生命を救うことへとつながり、結果的にフランス人側の憎しみも収まり弾圧も和らぐ。これにより、雪だるま式に膨れ上がる弾圧とテロの悪循環に歯止めをかけ、双方の民衆の生存と相互理解への足掛かりにすべきだとカミュは主張するのである。

こうした見解から出発したカミュは、アルジェリア戦争勃発後も、政府による弾圧とFLNによるテロの双方を一貫して指弾し、一刻も早い停戦を求めた。重要なのはひとりでも多くの市民の命を救うことだったからである。他方カミュは、アルジェリアのあるべき政治体制についてもみずからの信念を曲げることはなかった。カミュは植民地体制の継続を意味するフランス領アルジェリアも、ヨーロッパ系住民の排斥を意味するアルジェリアの独立も否定し、すべての民族の平等と自由が保証されるような、連邦制によるアラブ＝フランス共同体の設立を訴え続けたのである。[5]「帝国の時代は終わり、自由な共同体の時代がはじまる」(III, 1056) ことを希望したのだ。

『反抗的人間』出版後の度重なる論争によって疲弊したカミュは、演劇の翻案にのめりこみ、それと反比例するかのように、小説創作や政治的発言は不活発になっていった。それでもアルジェリア戦争に対する危機意識は、この作家に再び公的な政治参加を強いた。『コンバ』以来ジャーナリズムから距離を取り、協力の要請も断っていたカミュが『エクスプレス』紙への寄稿を承諾したのも、ひとえにこの問題に関する自身の発言の場を設けるためであった。一九五五年五月一四日から五六年二月二日までのあいだに、合計三四本の記事が『エクスプレス』に掲載された。カミュは、核問題、フランコ体制下のスペイン、ギリシャ問題、共産主義、知識人と政治の関係、労働者の問題など様々な時事問題を取り上げたが、全体の約半分にあたる一六本の記事がアルジェリア問題に割かれている。またこのジャーナリズムへの復帰には、穏健左派の政治家ピエール・マンデス＝フランス（彼もまた『エクスプレス』への寄稿者のひとりであった）を政権に復帰させるという具体的な目的もあった。一九五四年六月に政権の座についたマンデス＝フランスは、ジュネーヴ協定締結（一九五四年七月）によってフランスをインドシナ戦争の泥沼から引き出した。彼はまた、北アフリカの植民地問題にも取り組んだ。政治腐敗やテロの悪循環を誘発していたそれまでの弾圧政策から一転して、チュニジア、モロッコの自治を約束し、対話への道を開いた。しかしながら、こうした宥和政策は反発も生み、一九五五年二月にマンデス＝フランスは早くも退陣に追い込まれてしまう。その後アルジェリアの状況はますます深刻化した。同年四月には非常事態宣言が発せられ、八月には再びコンスタンチーヌ地方のフィリップヴィルで、FLNの指導によるヨーロッパ系住民の大量虐殺事件が起こった。これもまたフランス側の報復を引き起こし、ヨーロッパ系住民と「原住民」は決定的に分裂した。そしてこの事件を機に、時のアルジェリア総督ジャック・スーステルは厳しい弾圧政策へと方向転換した。

カミュの公的発言として最も有名なのが、一九五六年一月二二日にアルジェの群衆の前で行われた演説、「アルジェリアにおける市民休戦のためのアピール」であろう。『エクスプレス』での発言がなんの成果ももたらさなかったことに苛立ったカミュは、現地で人々に直接訴えるべきだと考えたのだ。カミュは一月一八日にアルジェリアへと赴くと、休戦に同意するアルジェの仲間たちやイスラム穏健派たちを中心に組織された委員会と会合を開き、フランス政府とFLNへの今後の働きかけや、二二日に開催される集会の段取りについて話し合った。

この演説の目的は、「無辜の市民だけに関わる休戦」（IV, 373）一点のみであると冒頭で述べられる。それは、想定された休戦期間中は、両陣営の戦闘員が市民や捕虜といった非武装者全員の生命を尊重するという合意を取り付けることであった。そしてこの合意は、「単純な人間性」（IV, 372）と「私たちが共有する土地への愛、そして苦しみ」（IV, 374）によって、相争う人々を結び付けることができるという信念に基づいている。ここに、かつての「土着の文化、新しい地中海文化」（以下「新しい地中海文化」）から『反抗的人間』に至るまでのカミュの思考の軌跡を認めることができるだろう。また、「苦しみ」が敵対する人間同士を結び付ける紐帯になることは、『反抗的人間』をめぐる考察において、カミュが強調したことのひとつであった。
以下のアルジェリアについての発言も、かつての講演「新しい地中海文化」と共鳴している。

この土地には、一世紀前から根付いている百万のフランス人と、数世紀前から住んでいる、何百万ものアラブ人・ベルベル人のイスラム教徒、今も強い勢力を保っているいくつかの宗教共同体がひとつに集まっています。これらの人々は、歴史が定めたもろもろの道と民族が交じわるこの十字路で、共に生きてゆかねばならないのです。自由な衝突のなかで、お互いにいくつか譲歩し合うというただひとつの条件でしか共に生きることはできません。私たちの差異は、その妨げになるどころか助けになるはずでした。私としては、どこでもそうであるように、画一性ではなく差異しか信じていません。それはまず、それぞれの差異は、根であるからです。それなしでは、自由の樹、創造と文明の樹液は枯渇してしまいます。(IV, 375-376)

この演説には、地中海も、古代ローマ帝国も、古代ギリシャも出てこない。だがこの引用中の「この土地＝アルジェリア」には、かつてカミュが「新しい地中海文化」で語った、東洋と西洋の接合点であり、異なる文化を持つ民族をそのまま受け入れてきた、開放的な地中海と同じ性質が付与されている。オリヴィエ・トッドによると、カミュはこの原稿を作成する際に、友人シャルル・ポンセの忠告にもかかわらず、アルジェリア人ではなく、フランス人、アラブ人という言葉を使ったらしい(6)。こうした語彙の選択は、作家の無意識の人種差別意識をあらわすものとして批判されかねない。だがすでに検討したように、この民族間の差異は序列化されておらず、フランス人とアラブ人は、ベルベル人をはじめとする他民族と同様に、同じ大地を共有する対等の存在として考えられている。アルジェリアに住む様々な民族が、なんらかの権力によって「画一性」に回収されることなく、互いに譲歩しながらも各々の固有性を保持すること――この文化的・民族的多様性こそがアルジェリアの豊かさであり、この土地の歴史の定めであるとカミュは考えた。それゆえカミュは、この争いを植民者と被植民者間の争いではなく、「兄弟殺しの闘争」として捉え、両陣営にはびこる「外国人嫌いの錯乱」を嘆いた（IV, 375）。

偶然ではあるが、サルトルはカミュの演説直後の一月二七日に、パリのヴァクラムホールではじめてアルジェリア問題に関して発言している。アルジェリア戦争遂行に反対する知識人行動委員会主催の集会で行われた講演内容は、後に「植民地主義はひとつの体制である」というタイトルで『現代』誌三月号に掲載された。アルジェリア戦争に関しては、サルトルが積極的に発言し、カミュは沈黙したと単純化して語られてしまうことが多くある。たしかに、フランスの植民地主義体制を告発し、FLNとアルジェリア独立の支持を表明したサルトルの声は、その後の戦争の拡大とともに大きくなっていったのに対し、アルジェでの公開演説の直後に『エクスプレス』からも手を引いたカミュはほぼ沈黙してしまうと言ってよい。ちょうどカミュと交代するかのように、サルトルが表舞台に登場したのだ。しかしながら、サルトルにとってのアルジェリア戦争が、第三世界における一連の植民地解放闘争のひとつであり、アンガジュマンの実践の場のひとつにすぎなかったのに対して、「アルジェリアの不幸を個人の悲劇として生きたこと」（IV, 373）を自身の発言の根拠としたカミュにとっては、この問題は自己の存在の根に関わる問題であったと同時に、アルジェリアに住む家族や友人の生命にも関わる切実な問題であったことは考慮に入れなくてはならない。カミュにとっての真の祖国とはアルジェリアにほかならないのである。(7)

『エクスプレス』への寄稿をやめた後、カミュが公にしたアルジェリア関連の記事は、一九五六年五月のジャン・ド・メゾンスール事件(8)と一九五八年六月に出版された『時事論集3　アルジェリアの記録　一九三九―一九五八』にとどまっている。ギ・モレ内閣はカミュが懸念した通りにアルジェリア情勢を悪化させた。一九五六年三月の議会で、軍事行動を含む特別権限をほぼ満場一致の支持により与えられたギ・モレは、アルジェリアに大量の兵士を送り込んだ。それに呼応して、同年秋以降、FLNによる、アルジェリアの都市部での爆弾テロも活発化していった。これに対してフランスはさらなる強硬手段に訴える。一九五七年一月一六日にはアルジェ治安軍の全権を与えられたマシュー将軍による、パラシュート部隊を投入した「アルジェの戦い」がはじまる。

アルジェで逮捕された友人メゾンスールの釈放のために書いた一九五六年五月三〇日付の『ル・モンド』紙の記事で、カミュは沈黙の理由を以下のように述べている。「私はこれまでアルジェリア問題に関して沈黙せざるをえませんでした。フランスの不幸を増やしたくなかったし、また結局のところ、右翼で言われていることも左翼で言われていることにも全く同意できなかったからです」(IV, 381)。人命が関わっている場合、知識人としての発言は、あくまでも宥和の方向に向けてなされるべきであると考えたカミュは、片方の暴力だけを許容し、あるいは非難することで、結果的に両者の殺し合いを煽る右翼・左翼双方の知識人たちの態度を批判した。そのため、カミュの主張は両陣営から批判され、その沈黙でさえも非難の的になった。それだけでなく、カミュはアルジェリアでも孤立した。イスラム系住民はもちろんのこと、ヨーロッパ系住民のあいだでも、フランス領アルジェリアの継続を擁護する者、アルジェリアの独立を不可避だと考える者、少数ではあるがFLNを支持する者など様々に意見が分かれ、カミュに同調する人はほとんどいなかった。そのため、カミュは次々とアルジェリアの友人とも袂を分かち、次第に孤立していった。だが沈黙後も、同じ意見を共有する人類学者ジェルメーヌ・ティヨンとコンタクトを取ったほか[9]、陣営を問わず、政治犯に対する一五〇件以上の赦免請願に介入するなど、私的領域においてはむしろ活発に活動していた。

カミュの最後の発言とも言える『時事論集3』は、それまでに書かれたアルジェリアに関する数多くの記事から代表的なものを選択して年代順に収録し、序文と「アルジェリア一九五八年」と題した文章を新たに書き下ろし、付け加えた政治論文集である。この時点ですでにアルジェリアの状況は絶望的であった。この本の出版直前の一九五八年五月一三日には、この戦争の重要な転換点となる事件が起こっている。アルジェリア独立への気運が高まるなか、フランス領アルジェリアを断固として支持する軍人および市民たちがアルジェ市庁を占拠したのだ。現地フランス人によるはじめての反乱によって内戦の危機をも迎えてしまったフランスは、より強い指導者を求めるようになり、結果としてド・ゴールの政権復帰と第五共和制の成立を招くことになった。こうしたなか、カミュの最後の訴えも大きな反響を呼ぶことなく、抹殺された。一九五八年七月二九日の『手帖』には以下のような覚書が見られる。「朝、アルジェリアのことが頭から離れない。遅すぎる、もう遅すぎる……僕の土地が失われるならば、僕はもうなんの価値もなくなるだろう」（IV, 1284）。

作家と同郷のジャーナリストであるジャン・ダニエルは、当時のカミュは「ピエ・ノワールの愛国者」《patriote pied-noir》であったといみじくも表現している。[10] たしかにカミュは一貫してアルジェリアの独立を認めることはなく、アルジェリアのフランス人としての立場から発言し続けた。しかしながら、このカミュの態度は、『アルジェ・レピュブリカン』紙以来、植民地主義を批判し、「原住民」の権利拡大と生活改善を訴え続けた過去の主張と矛盾するものではない。「原住民」の権利はもちろん擁護すべきだが、同時にヨーロッパ系住民の権利も擁護しなくてはならないというのがカミュの持論であるからだ。ヨーロッパ系住民は植民地体制によって「原住民」を抑圧してはならないが、また同時にヨーロッパ系住民もアルジェリアの独立によって排斥されることなく、アルジェリアにおける権利を認められなければならない。カミュにとってのアルジェリアは、すべての民族が共有するもので、ひとつの民族が占有するものではない。それゆえカミュは一貫してフランスの植民地体制を批判し続け、一九五〇年代になって声高に叫ばれるようになったアルジェリアの独立要求に対しても、アラブ帝国主義・民族主義のあらわれだとして批判したのだ。『時事論文集3』の序文では、以下のように述べている。

絶対的な純潔とは、ひとつの国家にとっては歴史的な死と一致してしまうのではないだろうか？〔……〕他の民に対して分別ある公平さを与えることなしに、民として生き残ることはできるのだろうか？　［……］人間の社会を見出すためには国家社会を通らなくてはならない。国家社会を守るためには、それをひとつの普遍的な展望の上に開いてやらなければならない。（IV, 301）

国家主義・自民族中心主義が、カミュの政治テクストのなかで常に批判の対象になっていたことはあらためて指摘するまでもないだろう。

では、植民地体制という過去の罪についてはどうだろうか。アルジェリアの絶望的な状況を招いたのは、一世紀以上も続いたフランスの植民地支配ではないだろうか。実際に「原住民」を長年虐げ、差別し、土地を略奪してきたのは、植民者＝アルジェリアのフランス人ではないだろうか。こうした立場に立つ代表的な論客サルトルは「植民地主義はひとつの体制である」のなかで以下のように植民者を批判する。

そして、我々が「植民地体制」と言うとき、承知しておかねばならないことは、それは抽象的機構のことではないということだ。体制は実在し、機能している。植民地主義の悪循環はひとつの現実なのである。但しこの現実は、百万の植民者、植民者の息子や孫の肉体に宿っている。植民地主義がつくりあげたこの連中は、植民地体制の諸原理そのものに則って、考え、語り、行動しているのである。[11]

サルトルは、「植民地主義者」、「反民主主義者」である「植民者」《colons》が、「民主主義者」である本国フランス人を植民地制度に取り込み、今回の紛争に巻き込んでいると捉えている。それゆえフランス政府がアルジェリアの主権を放棄することを主張し、フランスの財政を圧迫し、本国フランス人の犠牲を要するアルジェリアへの出兵にも難色を示した。この戦争に関してカミュを最も苛立たせたのは、ＦＬＮでもフランス領アルジェリアを主張するヨーロッパ系住民でもなく、FLNのテロを容認することでヨーロッパ系住民を見殺しにし、アルジェリアの独立を支持する本国フランス人と、植民地体制によって「原住民」を搾取し、彼らの反乱に対しては弾圧で応え、歴史的状況が劣勢になると、今度はヨーロッパ系住民を見捨てることでこの戦争の解決をはかろうとする歴代のフランス政府であったように思われる。

フランスが犯した植民地体制の過ちをどう処すか——この問題に関するカミュの見解は、第二次大戦勃発当初に書かれた「戦争の灯のもとに」で展開された議論とほぼ同じである。「戦争の灯のもとに」において、カミュは戦争における贖罪という観念、過去の罪に対する制裁という考えを退けているが、アルジェリアにおける植民地政策についても同様の主張が繰り返されている。「私はアルジェリアにおいては、贖罪政策ではなく賠償政策を信じている。問題提起をしなければならないのは未来に対してであって、過去の過ちを際限なく咀嚼することではない」(IV, 303)。植民者の立場からなされるこの意見は、盗人猛々しい態度として受け取られる可能性もあろう。だがカミュには、アルジェリアの状況に関心が向けられることのなかった一九三〇年代後半から「原住民」の権利を擁護してきたという自負があり、実際、常に植民者ではなくひとりの人間としての立場から発言を繰り返してきた。それゆえカミュは、プロレタリアートに対するコンプレックスがないように、植民者としてのコンプレックスも欠如しているのであろう。

このことは、作家のヨーロッパ系住民に対する見方からも説明できる。多くの歴史書に見られるような、支配者としての特権を享受する植民者像は否定されている。ヨーロッパ系住民全員が「乗馬用のむちと葉巻を手に、キャデラックに乗った植民者」(IV, 359)ではないのだ。彼らの大多数は土地所有者ではなく単なる賃金労働者であり、「原住民」よりはよい生活をしていても、本国のフランス人と比較すれば生活水準は低い。そしてその多くは、本土フランスの土を踏むことなく、アルジェリアで生まれ死んで行く貧しい人々であるとカミュは言う。それに加えて、独立戦争が勃発するに至るまでアルジェリアの状況に関心を示さず、度重なる改革案をうやむやにし、植民地制度によって真っ先に利益を得ていたのは本国フランスと本国フランス人であるとカミュは非難する。「私の考えでは、膨大な、莫大な損害賠償がアラブ人に対してなされるべきである。だがそれはフランス全体でなされるべきであり、アルジェリアのフランス人の血によってではない」(IV, 361)。それゆえカミュは、FLNを支持する本国フランス人たちを、『転落』のクラマンスと同じ「悔悛者にして裁き手たち」《juges-pénitents》として批判し、もし彼らが植民地体制の罪を認めるならば、アルジェリアのフランス人を「贖罪の犠牲」として差し出すのではなく、みずからがまず身体を投げ出し贖罪をすべきだと非難した(IV, 302)。

また、同じく『時事論集3』序文の別の箇所では以下のような発言もある。

フランス人のFLN支持者が、アルジェリアのフランス人たちは常にフランスを利用すべき売春婦と見なしてきたと厚かましくも書くとき、この無責任な人間に以下のことを思い起こさせるべきである。例えば、祖父母が一八七一年にフランスを選び、故郷アルザスを離れてアルジェリアに渡り、父は一九一四年にフランス東部で死を遂げ、また自分自身も先の戦争で二度動員され、この売春婦のためにあらゆる前線で何十万というイスラム教徒と共に戦い続けたような人間たちについて語っているのだということを。(*Ibid.*)

この引用に限らず、一九五八年に書かれた『時事論集3』の序文にはこれまでにない感情的な口調が見られるが、ここでカミュは自分自身の家系を暗示している。カミュは、「貧しく憎しみも知らず、誰かを利用したり虐げたりしたこともなかった私の家族の人間たちの歴史」(*Ibid.*) について語っているのだ。よく知られているように、ハーバート・ロットマンの調査によって、作家の父方先祖が実際にはボルドー出身であることが証明されているが、[12] カミュ自身は自分の父方祖父がアルザス出身であると信じていたようである。ともあれこの引用で素描されるのは、何世代にもわたりフランス政府の犠牲となったアルジェリアのフランス人の姿である。特に、本国フランスに対して、アルジェリアのフランス人とイスラム教徒がともにひとつの対立項となっていることに注目すべきであろう。こうしたカミュの観点は、のちの『最初の人間』に受け継がれることになる。

第2章　父の探索——忘却された歴史

自伝的小説として執筆された『最初の人間』を、初期の『裏と表』を中心とした自伝的作品群と比較した時、その大きな違いとして挙げられるのが日付記述の有無であろう。習作時代のカミュが幼少期の回想を通じて繰り返し描いたのは、日常の時間から逸脱する特権的瞬間であり、それは絶えず回想する主体の現在に働きかけ、更新される過去の記憶であった。作家の分身である主人公ジャック・コルムリイの誕生を語る『最初の人間』冒頭部では、「一九一三年秋のある晩のことだった」(IV, 743) と古典的小説作法によりながら現実の時間が明示され、それにより次章冒頭の「四〇年後」(IV, 751) についても一九五三年という具体的な時期を特定できるよう構成されている。このような歴史的時間の記載はカミュの小説作品には稀であった。

歴史的時間の挿入、歴史的事件への言及といった『最初の人間』に見られる新しさは、初期の自伝的作品ではほぼ不在の者として扱われていた「父」に焦点が当てられることで可能になっている。[1]「父の探索」と題された第一部は、四〇歳のジャックが、生後すぐにマルヌの戦いで戦死した顔も知らない父の失われた生の痕跡を探す物語である。そしてこの探索は、主人公を自分自身の子供時代、アルジェリアに住む家族の来歴、そしてアルジェリアのフランス人という集団的過去の発見へと導く。小説は、主人公の誕生から成長までを辿る自己形成過程の物語にとどまらない、家族と祖先をめぐる年代記としての様相を呈するのである。

だが、父の探索によって明らかにされるのは父の生きた過去ではない。父の生を再現しようとする試みは失敗に終わってしまうのだ。しかしその失敗は、主人公が約一世紀にわたるアルジェリア入植者の歴史へと思いを馳せる契機となる。第一部では、過去の忘却という、アルジェリアに住むフランス人を分けへだてなく特徴づける事実と、過去を明るみにしようとする主人公の葛藤が物語の推進力となり、歴史を持たない人々の歴史、あるいは歴史を持たない土地の歴史が叙述される。

まず父親の探索を通じて語られる、「歴史を形成することのない」種族の系譜を辿っておこう。見知らぬ父の痕跡を探ろうと決心した主人公は、まずアルジェに帰省して母と叔父から証言を得ることを試みる。だが、二人の記憶は曖昧なものでしかなかった。その理由は大きく言って二つある。ひとつは彼らの不十分な言語能力と知性の欠如、二つ目は貧困である。初期の自伝的作品でも、母と叔父の耳が悪く、会話の能力に問題があることが言及されているが[(2)]、『最初の人間』ではこれらの点が詳述され、さらに祖母も非識字者であることが記されている（IV, 783, 865)。とりわけ重要なのは、主人公の父自身が寡黙であったという事実である[(3)]。孤児院で育ち、長いあいだ非識字者であった父は、その寡黙さもあいまって、自分の姿を後世に伝えるに足る言葉を十分に持っておらず、生前の父を知る家族も伝達手段としての言語を有していない。過去は二重に封印されているのだ。

そして過去が忘却されるもうひとつの理由が貧困である。プルーストになぞらえながら、語り手は以下のように述べる。「失われた時が蘇るのは裕福な者のうちだけだ。貧者にとって、失われた時はただ死に向かう航跡のぼんやりとした痕跡をしるすだけなのだ」（IV, 788)。貧者は長い休暇を取ることも、旅行をすることもなく、同じ労働を日々繰り返す。そのため、ある過去の時・場所を他の時・場所と区別する指標を持たない。そして、肉体労働による疲労ですぐに過去は忘れられてしまうのだ。年老いた母と叔父にとって、過去は存在しないも同然であり、主人公は彼らから新しい証言を得ることはなかった。

彼の母も叔父も亡くなった親類のことはもう口に出さなかった。ジャックがその痕跡を辿ろうとしている父のことも、他の誰のことも。［……］そして、黙って背中を丸めながら、思い出もなく、ただいくつかの定かならぬイマージュに忠実なままジャックを囲んでいるこの二人は、いまや死に近いところ、つまり常に現在を生きていた。彼は父親がどんな人であったかを、彼らから知ることは決してないだろう。(IV, 822)

ジャックは父の手掛かりを探すために、自身の生誕地モンドヴィを訪れている。そこでも父に関わる情報をほとんど得ることはできず、父の探索は早くも暗礁に乗り上げる。ジャックが生まれたサン＝タポートル農園の跡地に住む農場主、ヴェイヤールは以下のように言う。

あなたもこの土地の出身ですからそれがどういうことかおわかりでしょう。ここでは保存しないのです。壊して、作り直すのです。みんな未来のことを考え、あとのことは忘れてしまうのです。(IV, 850)

アルジェリアでは土地は次々と人手に渡り、その度に様変わりしてしまうので、かつて住んでいた人々のことは忘れ去られ、その痕跡は残らない。それだけなく、ヴェイヤールは意味深長な言葉を最初に発している。「もう少しあとだったら、ここで何も見つけられなかったかも知れません」(*Ibid.*)。ジャックのモンドヴィ訪問が語られる第七章には明確な日付の記述はないが、アルジェリアの独立が濃厚になってきた執筆当時（一九五〇年代後半）の歴史的状況を反映していることは明らかである。章の冒頭で、ジャックがボーヌからモンドヴィに行く途中で見かける「銃をいっぱい突き立て、ゆっくり走っていた何台ものジープ」(IV, 849) は、土地の不穏な空気を伝えている。この章だけでなく、母の住むアパートの近くで起こった爆弾テロやパラシュート部隊の巡回など (IV, 783–785)、物語の現在時には当時のアルジェリア戦争の状況を反映した描写が散見される。ヴェイヤールの言葉は、情勢悪化のため多くのヨーロッパ系住民がすでに土地を去ってしまったことを示唆しているのだ。主人公は最後にモンドヴィにある入植者の墓地を訪れるが、「土とほとんど一体になってしまった古い墓石の文字は読み取れなくなっていた」(IV, 859)。

主人公が父の探索の果てに見出したのは、約一世紀以上にわたってヨーロッパの様々な場所からやってきた幾世代もの入植者たちが、跡形もなく姿を消してしまったという事実であった。そしてこの「広大な忘却」(IV, 861)こそが、「父の種族の人間たちの最終的祖国」(IV, 860)であることをジャックは理解する。

> ここでは誰もが消息を絶った孤児たちであり、束の間の都市を建設し、最終的には、彼ら自身のうちでもまた他の者にとっても永久に死んでしまうのだ。あたかも人間の歴史、ほとんど何も痕跡を残さぬままに、その最も古い土地のひとつの上で絶えず歩み続けてきたこの歴史が、本当に歴史をつくった人々の記憶とともに、絶え間ない太陽のもとで蒸発してしまったかのように。そしてこの歴史は、暴力と殺人の危機の連続、憎悪の炎、この土地のワジのように、すぐにあふれて乾いてしまう血のほとばしりだけからなる歴史であった。[……]いや、ジャックは決して父を知ることはないだろう。父はあそこで永久に灰のなかで面影を失い、眠り続けることだろう。(*Ibid.*)

引用中の「ここ」、そして「最も古い土地のひとつ」とは、アルジェリアを指す。主人公の家族や当地のフランス人に共通する過去の忘却は、壮大な時間的・空間的広がりをもったアルジェリアにまで拡大され、そこは「忘却の土地」(*Ibid.*)と称される。暴力と憎しみで織りなされた血なまぐさい歴史、そして強烈な太陽の下で跡形もなく消え去ってしまう、歴史なき歴史をつくった人間とは、はるか昔からアルジェリアに往来し、そして消えていった諸帝国・諸民族の人間たちをも含んでいよう。

第一部の最後には「名もない家族」、「名もない死者」(*Ibid.*)といった言葉が頻出するが、これらをすべて包み込むアルジェリアの無名性は、小説冒頭の風景描写に呼応している。

北側を沸き立つ海によって、南側を凝固した波状の砂で守られたこの一種の巨大な島の上を何千キロも旅をした後、何千年ものあいだに様々な帝国や民族が通り過ぎていったのとほぼ変わらない速度で通り過ぎながら、雲はこの名もなき地方にさしかかると、そのうちのいくつかは勢いが衰えて、もう大粒の雨となって、四人の旅行者の上のシートの幌を間遠に叩き始めた。(IV, 741)

引用中の「名もなき地方」は、のちにボーヌ地方、ソルフェリーノ村[4]と限定されることになる。だが、この「何千キロ」という空間、「何千年」という時間幅を持つ「海と砂漠に囲まれた巨大な島」に喩えられたアルジェリアは[5]——アルジェリアという国名はアラビア語のアル・ジャザイール(島々)に由来する——、第一部を通じて名指しされないままだ。この土地に生きる人間が歴史に痕跡を残さない、忘却を定められた名もない人間であるように、アルジェリアもまた匿名性のなかに埋もれている。第一部は無名の土地に始まり、無名の土地で終わるのだ。

この小説ではじめて取り入れられた父というテーマは、結局父の不在を証明して終わる。主人公は戦争孤児として育ったが、父もまた孤児院出身であるため父方の系譜を辿ることはできない。せいぜい祖父母がアルザス出身であることが言及されているだけである。父系に関する情報がわずかであるのに対し、スペインはマオン島出身の母系については、第六章で比較的詳しい記述がなされている。しかしながら、母方の祖先たちも「学校とは縁がないところで子孫を増やし、ただどう猛な太陽のもとでへとへとに疲れる労働に従事していた文盲の大家族」(IV, 790)でしかない。こうした家族の歴史は、第二部でリセの友人として登場する本国出身のディディエのそれとは対照的だ。中産階級である彼の家には、代々続く家族の手紙や写真が多数保存され、存在の根となる祖先と祖国＝フランスの歴史を背後に感じさせる。他方、貧困のなかで育ち、語るべき家系のない「忘却の土地」の生まれであるジャックは、ディディエを「自分とは違う人間」（IV, 867）だと感じざるをえない。

この父の探索の帰結となる父の不在は、過去・伝統・歴史・祖先・祖国・神といった「父なるもの」の不在でもある。タイトルの「最初の人間」とは、依るべき既存の規範を持たず、ゼロから出発する人間を意味する。それゆえ個々の生はそれ自体で閉じられ、伝統や歴史を形成することがない。こうした生の営みは、循環する自然と様々な帝国の勃興が織りなすアルジェリアの歴史なき歴史とも共鳴している。エッセー集『結婚』において、チパザやジェミラといった古代ローマの遺跡が長い年月を経て自然に還り、無名の廃墟になってしまったように、かつての入植者たちの墓石も最終的に自然の一部と化す。現在を過去の、未来を現在の帰結と見なす歴史的因果論とは無縁な、カミュのアルジェリアに関する歴史観は『最初の人間』においても継続しているのだ。

それゆえ、父の決定的な不在の再確認で終わる主人公の探索は、あくまでも父＝アンリ・コルムリイの探索であって、家族の起源や系譜、自己の存在の根といった「父なるもの」を求める探索ではないことに注意しなければならない。この差異はあまり強調されることがないが、小説の解釈を決定づける非常に重要な点であるように思われる。そもそも、根なし草の「最初の人間」として独力で成長した主人公には、もはや「父なるもの」は必要ではない。ではなぜジャックは父にいまさら固執するのだろうか。その答えは第一部第二章で語られている。それまで「見知らぬ死者」（IV, 753）にしかすぎなかった父の探索に主人公が乗り出すことになったきっかけは、母に頼まれた父の墓参りである。当初乗り気でなかった主人公であったが、墓石に刻まれた一八八五―一九一四年という日付を見て決定的なショックを受ける。二九歳で死んだ父は、四〇歳の自分よりも若かったからだ。

突然波のように彼［ジャック］の心を満たした愛情と憐憫の情は、息子を死んだ父親の追憶へと誘う魂の動揺ではなく、不当に暗殺された子供に対して一人の成人した男が感じる強い同情の念だった――ここには何かしら自然の秩序を超えるものがあった。本当のことを言えば、秩序はなく、ただ息子が父親よりも年上であるという狂気と混沌だけがあった。（IV, 754）

ここで主人公が、マルヌの戦いで戦死した父を、「不当に暗殺された子供」として捉えていることに着目したい。父（アンリ）と息子（ジャック）という通常の父子の関係は、むしろ子供（アンリ）と大人（ジャック）という関係へと逆転しているのだ。さらに付け加えるべきは、この主人公の父に重ね合わされている「不当に暗殺された子供」というイメージは、『ドイツ人の友への手紙』の「第二の手紙」で語られるナチスに殺された無実の少年、そして『ペスト』で悲痛な死を遂げるオトン判事の息子のエピソードを思い起こさせるという点である。これら無実の子供の死が、『ドイツ人の友への手紙』の語り手と『ペスト』の主人公リウーの両者に怒りと反抗を引き起こしたように、「不当に暗殺された子供」の墓を目にしたジャックのなかに、「四〇年間つきまとってきた世界の死の秩序に対して反抗する」（IV, 755）心がわき上がる。

要するに主人公は、誰の記憶にも残ることなく死んでしまった「この年下の父親」（*Ibid.*）を、完全なる忘却から救うために奔走するのである。この抑え難い欲求によって、ジャックは絶えず父の姿を追い求め、その生を再現しようとするのだ。そしてそれこそが、父をそれまで忘れて生きていた主人公の償いでもあろう。自身が言うように、ジャックの父はアンリ・コルムリイだけであり、代わりとなる「第二の父」（IV, 760）はいないからだ。そして主人公の父に対する憐れみは、同じく忘却される運命にある家族、「消息を絶った孤児たち」と称されるアルジェリアに生きるすべての人々へと伝播していく。

この土地に生まれたすべての人間たちは、ひとりひとりが、根もなく、信仰も持たずに、生きる術を学ぼうと努め、今日ではみなが一様に、決定的な匿名性とこの世を通り過ぎたという聖なる証すらもなくなる危険にさらされているのだ［……］。(IV, 861)

『最初の人間』は、アルジェリアを特徴づける過去の徹底的な忘却と、それに逆らって、忘却された人々の歴史を辿ろうとするジャックの葛藤を描く小説作品なのである。

ではジャックによって救い出される忘却された人々の歴史とはどのような歴史であり、それはどのように描かれているのだろうか。すでに述べたように、カミュがこの小説を集中的に執筆していた時期には、アルジェリアの独立は不可避な状況になっていた。新プレイヤッド版に収録された補遺（以下補遺）にある小説のためのプランでは、第一部は「遊牧民たち」と題されており、以下のような覚書が記載されている。「表題——遊牧民。引越しから始まって、アルジェリアの土地からの撤退で終わる」（IV, 924）。この遊牧民とは、ヨーロッパ各地からアルジェリアへと「引越し」（移住）しながらも、その後土地に根付くことなく去っていく運命にあるヨーロッパ系住民を指している。また別の箇所では以下のような覚書も書き留められている。「歴史から跡形もなく消え去ってしまうという貧者の定めから、この貧しい家族を引き離すこと」（IV, 930）。父や家族、アルジェリアのフランス人たちを忘却から救い出そうとするジャックの欲求は、アルジェリアの独立を目前にして、彼らが土地に残したわずかな痕跡を救い出そうとする作家自身のものでもある。それゆえ、小説で記述される家族にまつわる思い出やアルジェでの生活は、過去の証言としての価値を帯びるであろう。

『最初の人間』で描かれるアルジェリアのフランス人像は、『結婚』や『夏』といったエッセイ集で描かれた「過去のない民衆」像とほぼ同じである。小学校での決闘の儀式、叔父との狩りの場面に見られる男同士の友情、海水浴の喜び、道徳や宗教の不在、母に対する尊敬と愛情、第二部第二章で語られる日常的なアラブ人とフランス人の争いごと、その際の住民たちの警官嫌いなど、この小説で豊かに描き出されるアルジェの住民たちの生活は、かつての「アルジェの夏」(『結婚』収録)をより具体的かつ詳細に再現したものと言ってよい。さらには、子供たちの遊びの一種である「カネット・ヴァンガ」、「ガルーファ」と呼ばれた犬の捕獲人のエピソードなど、当時の風俗も積極的に取り込まれている。アルジェリアの自然、アルジェの街の描写、民族の多様性に関しても同様である。『異邦人』、『ペスト』、『転落』に共通する、小説の舞台となる土地の象徴化・神話化への嗜好を温存しながらも、『最初の人間』において、カミュはよりリアリズムへと傾斜している。「アルジェの夏」においては、現在時を称揚するために、アルジェの住民が積極的に歴史的文脈から切り離されて語られているが、過去の忘却からの救出を試みる『最初の人間』は、これらの人々を歴史的文脈のなかに引き入れるのだ。

この歴史的文脈とはフランスとヨーロッパの歴史である。そもそも、遊牧民に喩えられ、共有する過去や伝統のない人々の歴史なき歴史を、彼らの属する共同体内部から描くことは不可能である。外部に位置するより大きな歴史に回収されてはじめて、これらの人々の歴史的意義を示すことができるであろう。カミュが描く彼らの歴史は、いわゆる歴史書のように編年体で再構成されたものでもなく、過去の全体的な再構成でもない。アルジェリアにおける彼らの痕跡は無に等しく、父の情報はあまりにも少ない。その一方で、主人公の父や家族、アルジェリアのフランス人の過去は、少ない証言をもとにしたジャックの豊かな想像力を通じて、断片的ながらも描き出される。

読み書きができず、ただ日々の労働の繰り返しのなかで生きている主人公の家族にとって、歴史的年号というのは存在しないし、意味を持たない。例えばジャックの母親は、夫が生まれた年も、自分が生まれた年さえも知らない。母は父よりも四歳年上だということを認識しているのみである(実際には三つ年上だったが)。父のことを尋ねるジャックに「知らないよ」と繰り返す母から、ジャックはかろうじてごく簡単な父の来歴を引き出すことができるのみだ。だがそれぞれの出来事が正確にはいつのことなのかほとんど不明である。ジャックにトラウマを植え付けた父の処刑見学の話も、結局は歴史的時間のなかに位置づけることはできず、宙に浮いたままである。

小説に記載されているジャックの父に関する年号は、父の墓に刻まれている二つの年号（一八八五―一九一四）、父が戦った一九〇五年の第一次モロッコ事件と一九一四年の第一次世界大戦（マルヌの戦い）だけである。第一次モロッコ事件についての母の証言は、「あの人はモロッコで戦った」（IV, 778）というわずかな言葉のみである。またマルヌの戦いに関しても、母は「それから戦争があった。あの人は死んでしまった。私に砲弾のかけらが送られてきた」（*Ibid.*）という言葉を発するのみであり、いつ、どこで行われたどの戦争なのか、そしてどのようにして父が死んだのかは全くわからない。しかしながら、父が戦ったこれら二つの戦争は、歴史的事件として公に記憶されているがゆえに、例外的に歴史的時間の流れのなかに正確に位置づけられる。

父が戦った二つの戦争のうち、より重点が置かれているのは第一次大戦である。ジャックの子供時代の回想には、終わって間もない第一次大戦の痕跡が至るところに染み付いている。例えば大戦の生き残り兵士であった小学校教師ジェルマンは、子供たちに自分の戦争体験を語り、大戦の砲火にさらされた兵士たちの姿をルポルタージュ風に描いたロラン・ドルジュレスの『木の十字架』を朗読する。またある時は、エチエンヌ叔父の友人ダニエルが自分の戦争体験を語る。[1] 第一次大戦は「みんなが口にしていた戦争」（IV, 831）なのだ。のちのリセでも、ジャックは友人ピエールと一緒に、ピエールの母が勤める傷痍軍人センターに遊びに行ったりもする。だがこの二人の少年は、片腕や片足をなくした傷痍軍人たちを見ても、「戦争はまさに彼らの世界の一部をなしていた」（IV, 886）ので驚くこともない。

この第一次大戦の記述に関してまず特筆すべき点は、フランスではなくアルジェリアに視点が置かれていることである。その第一の視座となるのが、父やダニエルがその一員として戦った、「原住民」とヨーロッパ系住民から構成されるズアーヴ兵と呼ばれた北アフリカ植民地の歩兵隊である。父の第一次大戦の経験は、主にジャックの想像を通じて語られるが、想像上の父は、「ズアーヴ兵の連隊の、膨らんだ半ズボンの赤と青の美しい衣装」(IV, 780)を着て、フランスへと出発してしまう。そして兵たちは、その派手な色の軍服が格好の標的になったため、次々と死んでいく。

しかし目下のところ、塹壕はなかった。アフリカの軍隊は、ただ多彩色の蠟人形のように戦火に溶けていった。そして毎日、アルジェリアの至るところで、何百ものアラブ人やフランス人の孤児が生まれた。父のいない息子や娘たちは、その後、教訓や遺産もなしに生きる術を学ばなければならなかった。(IV, 782)

この引用は、アルジェリアの人々が「最初の人間」――「教訓や遺産もなしに」ゼロから出発する人間――になってしまう理由のひとつを説明する。実際に、総力戦となった第一次大戦では、本国フランスだけでなく、北アフリカを中心に約六〇万にのぼる植民地の人々が徴兵され、ヨーロッパの戦線に送り出された[(2)]。この事実を反映するかのように、小説には、主人公の母親以外にも多くの戦争未亡人が登場する。主人公の親友ピエールの母(IV, 825)、祖母の二人の娘(IV, 795)、そして祖母の姉であるジャンヌ大伯母の三人の娘が戦争未亡人であることが言及されている(IV, 821)。またジェルマン先生は、同じ戦争で死んだ仲間たちの子供の父親代わりになろうと、ジャックをはじめとする戦争孤児の生徒たちをかわいがる。

このように、第一次大戦は、戦場から遠く離れたアルジェリアの人々にまで深く関わる未曾有の出来事であったわけだが、その一方で、彼らから見た戦場＝フランスが見知らぬ土地にしかすぎず、フランス人という彼らの肩書きも形式的なものでしかなかったことに留意しなくてはならない。つまり彼らにとっての第一次大戦は、「自分たちの」戦争ではなかったのだ。このことは、リセで出会う本国フランス人の愛国者ディディエとの対比によって明らかにされる。

ディディエがフランスのことを語る際には、「我々の祖国」と言い、その祖国が要求しうる犠牲を前もって受け入れていた（「君のお父さんは祖国のために亡くなったんだね」とジャックに言っていた……）。一方ジャックにとって、この祖国という概念は意味のないものだった。自分がフランス人であり、そのことがいくつかの義務をもたらすことをジャックは知っていた。だがジャックにとってのフランスとは、こちらにときおり義務を要求はするものの、こちらがそれをかつぎだす時には不在の者だったからだ。それはジャックが家の外でしか耳にしたことのないあの神のようだった。神は見たところ善と悪の至高の分配者であり、人間は神に影響を及ぼすことはできないが、反対に神は人間の運命に対してすべてを行うことができた。(IV, 366)

ディディエが戦死者たちを祖国という概念を媒介にして英雄化し、彼らの死がフランスという祖国を救う意義あるものであったと考えているのに対し、この概念が欠如したジャックにとって、戦死者の死はただの無意味な死でしかない。それはジャックの家族にとっても同様である。この引用の直後では、主人公が母に祖国について尋ねるエピソードが挿入されている。「祖国って何？」と質問する主人公に、母は「知らないよ」としか答えない。父は名誉の戦死ではなく、「人々が話していたマルヌという謎の地方」(IV, 782) で、「肉体の祖国から遠い、わけのわからない悲劇のなかで」(IV, 859) 死んだのだ。この「肉体の祖国」（＝アルジェリア）という言葉が、ディディエの語る祖国＝フランスと対をなしていることはあらためて指摘するまでもないだろう。形式的な祖国であるフランスとは異なり、主人公にとってのアルジェリアはなんの道徳も押し付けず、義務も要求しない。肉体によってのみ、つまり土地で生きることそのものによって深いつながりが保たれているだけである。

そして小説における第一次大戦の記述に関して特筆すべき第二の点は、歴史や地理の知識を持たない母の戦争把握に重点が置かれていることである。作者は当然のことながら、世界史という大きな枠組みから眺めた第一次大戦についての知識があり、それはジャックの視点を通じて小説に反映されている。だがその大きな流れとしてのヨーロッパの歴史を、無知な母の目を通して捉えなおすのである。知性が徹底的に欠けている主人公の母は、自分が海のそばに住んでいるということしか知らず、フランスは海の反対側にある「ぼんやりした暗闇のなかで見えなくなった漠然とした場所」(IV, 780) にしかすぎない。そこに、アルジェ港のようなものだと想像しているマルセイユと、きらきらした美しい街だと噂されているパリの街がある。彼女がフランスに関して知っているもうひとつの地名がアルザスである。

(フランスには) アルザスと呼ばれる地方があり、彼女の夫の両親は、もうずいぶん昔になるが、ドイツ人と呼ばれる敵から逃れてアルジェリアに住みついたのだった。今度もまた同じ敵からその地方を取り返さなければならなかったのだが、その敵は特にフランス人に対しては、理由もないのにいつも意地悪で残酷だった。(*Ibid.*)

彼女はアルザスとドイツ人という言葉はかろうじて認識できる。だがこの二つの言葉に付されている、「呼ばれる」という形容辞が示すようにその認識は曖昧なものでしかない。フランス史を知る者ならば、この引用が具体的に何を意味しているのか容易に察するだろう。引用中の「ずいぶん昔」は一八七〇—七一年の普仏戦争を指す。フランスの敗戦によってアルザス・ロレーヌ地方はドイツ (プロシア) に割譲されたため、主人公の父方祖父母は、ドイツによる支配を拒否してアルジェリアへと移住したのだ。(3) そしてフランスにとっての第一次大戦が、アルザス・ロレーヌ地方奪還のための対独復讐戦であったことも歴史が示す通りである。(4) だがこうした世界情勢を知らない母にとっては、長年続いたドイツのフランスに対する敵意は「理由もない」ものでしかないのだ。同じ場面で、「オーストリア＝ハンガリー」、「セルビア」、「ロシア」、「英国」、「大公」、「サラエヴォ」といった、第一次大戦を語る際に用いられるキーワードが次々に並べられるが、それらはジャックの母には理解しえない「難しい名前」（IV, 781）として一刀両断に切り捨てられてしまう。以下の記述は、母がどのように第一次大戦を捉えていたのかを端的に表現している。

戦争はそこにあった。空いっぱいに広がるのを防ぎえない、漠然とした大きな脅威をはらんだ暗雲のように。それはアルジェリアの高原に襲いかかり、多大な被害をもたらすイナゴの来襲や嵐を防ぐことができないのと同じだった。ドイツ人たちは、またもやフランスに戦争を強いていた。そしてまた苦しみが始まろうとしていた――それには理由がなかった。彼女はフランスの歴史を知らなかったし、歴史が何かも知らなかった。（*Ibid.*）

歴史を知らない母にとっては、戦争は突然やって来る天災となんら変わりない。ここで戦争に対して用いられている、「多大な被害をもたらすイナゴの来襲や嵐」という比喩は、第二次世界大戦（より具体的にはナチスの侵略）という人災を天災ペストに置き換えたことで、多くの批判を浴びた小説『ペスト』と同じ図式ではないだろうか。同作において、疫病は前触れもなしに発生して街を襲い、そして最終的には消え去りながらも、ペスト菌が再発生する可能性が示唆されるところで物語は終わりを告げる。上の引用でも事情は同様で、「また」という言葉が、この戦争＝第一次大戦が、以前に起こったドイツとの戦争＝普仏戦争の単なる繰り返しにすぎないことを示している。母にとって、普仏戦争、第一次モロッコ事件、第一次大戦という語彙は存在しないし、区別もない。すべては常に同じ不幸をもたらす戦争でしかないのだ。別の箇所では、母の時間認識を説明した以下のような記述もある。「彼女にとって、それはいつも同じ時であり、そこから不幸がいつなんどきでも、警告もなしに飛び出しうるのだった」(IV, 789)。

このように、『ペスト』で提示された戦争観は、『最初の人間』では母の視点を通じて表現されている。だが『最初の人間』においては、その提示方法がより複雑になっている点に注目すべきである。かつてロラン・バルトが端的に指摘したように、『ペスト』が描いたのは、他の場所や過去との関連性、すなわち因果律の欠けた完全なる閉塞状態であった。それに対して『最初の人間』においては、すでに述べたように、歴史を知るジャックの視点を通じて、因果関係によって説明可能な歴史の大きな流れが小説に取り入れられている。この歴史を説明するための言葉が、母の無知によって意味を失い、それによってそれぞれの歴史的出来事の区別がなくなり、同じ不幸の繰り返しへと変貌してしまうのだ。このような歴史記述のあり方に、バルトの批判を乗り越えようとするカミュの姿勢を窺うことができるのではないか。

ところで、こうした母の視点を通じて提示される循環史観は、小説の第一部第七章で描き出されるジャックの家族の系譜、そしてそれに接木されるアルジェリアのフランス人の系譜においても見出すことができる。

すでに述べたように、主人公の生誕地であるモンドヴィ訪問は不毛に終わったが、ジャックは父に関する情報の代わりとして、かつてソルフェリーノ村を建設した入植者についての証言をヴェイヤールと老医師から得ることになる。二人の証言は直接語られるのではなく、アルジェへと帰る飛行機のなかでジャックが回想するというかたちで描かれる。機中、ジャックはモンドヴィで得た情報を整理しようとするのだが、すぐに眠気に襲われて、回想は連想に次ぐ連想となり、時間感覚は混乱する。この場面では、機中のわずか数時間のあいだに、百年にもわたる入植者の歴史が凝縮されて描かれるのだ。

回想の主軸となるのは、パリからアルジェリアへと移住し、ソルフェリーノ村を建設した一八四八年の植民団の話である。この一八四八年は、フランスだけでなくアルジェリアの植民地史においても重要な年である。一八三〇年に開始されたフランス軍によるアルジェリア占領は、武装抵抗の指導者であり、アルジェリアの民族的英雄と称されるアブドゥルカーディルの降伏(一八四七年)をもって完了する。フランスは翌年の二月革命によって、ルイ＝フィリップの七月王政から第二共和制へと移行するが、同年に制定された憲法によって、はじめてアルジェリアは本国フランスの一部であることが宣言され、沿岸地帯に三県(アルジェ県、オラン県、コンスタンチーヌ県)が設置される。フランス領アルジェリアのはじまりである。だがこうした歴史的背景は小説には書き込まれていない。これは、フランス政府側ではなく入植者から見た歴史を描こうとする作者の意志によるものだろう。

まずジャック自身の既知の情報として、ソルフェリーノ村が「四八年の革命家たち」《quarante-huitards》(IV, 854)によってつくられた開拓村であることが提示される。そしてヴェイヤールは、村を開拓したはじめての入植者であった自身の曾祖父母の話を語り出す。

パリにはたくさんの失業者がいて、不穏な動きがあったので、憲法制定議会は植民団を送るために五〇〇〇万フランの予算を議決した。各人に対して二から一〇ヘクタールの居住地が約束された。(*Ibid.*)

簡単な補足が必要だろう。一八四八年の二月革命後、臨時政府が成立したが、経済状況は好転せず失業者は増えるばかりだった。その労働者の不満が爆発した結果起こったのが、かの有名な六月暴動である。この暴動はブルジョワジーとプロレタリアの最初の階級闘争としてしばしば位置づけられるが、前者が主導する共和国政府の弾圧によって幕を閉じる。その後、政府が失業者問題を解決するための格好の場として目をつけたのが、全面征服したばかりのアルジェリアだったのだ。引用中の植民事業に関する議会決定は、パリの社会秩序を乱し続ける危険な貧民たちを一掃する目的で行われたのである。

ヴェイヤールの話を思い出すことを契機として、ジャックの想像は、入植者たちが一八五四年に最初の家を建てるまでの苛酷な開拓史へと向かう。晩秋のパリからセーヌ川を下っていく船、マルセイユからアルジェリアへと向かうラブラドール号、冬の嵐、アルジェリアの道なき道を進み、ようやく到着した荒れ地、セイブーズ川の氾濫、バラックの建設、コレラの発生と流行、ライオンやアラブ人の襲撃など、農業経験のない入植者たちが直面した様々な困難が喚起される。だが彼の想像は、「移民の三分の二は、[……] つるはしにも鋤にも触ることなく死んだ」(IV, 857) という言葉であっさりと締め括られる。ここでもまた、第一次大戦に関する記述と同様に、多くの入植者たちが一代限りで終わり、系譜をなすことがない理由が提示されている。小説では一八四八年の植民団に関する記述しかないが、補遺にはそれ以前の植民についての覚書も書き留められている。「一八三一年に送り込まれた六〇〇〇人の入植者のうち、一五〇〇人はテントの下で死んだ。アルジェリアにおける孤児の人数の多さはそのことに起因している」(IV, 918)。

こうしてヴェイヤールが証言する最初の入植者たちの姿に、主人公の父親、母方先祖であるマオン島のスペイン人たち、父方先祖であるアルザスの人々、そして主人公がソルフェリーノ村で見かけたアルジェリアのフランス人たち、というように、「現代」に至るまでの入植者たちの姿が次々と重ね合わされていく。系譜や伝統を形成することのない人々が、主人公の想像力により、同一の種族として描き出されるのだ。「最初の人間」たちのあいだには他にも共通点がある。例えばジャックの父と一八四八年の植民団の人々は、ともにボーヌからソルフェリーノまでの同じ道を辿っただけでなく、遠くの見知らぬ土地で死んだという点で共通している。それまで見たこともなかったフランスへと渡りマルヌで戦死した父に対し、植民団の人々はパリから未知なる土地アルジェリアへと移住し、そこで死んだのだ。

また、一八四八年の植民団と父方祖父を含むアルザスの人々は、ともに「被迫害者かつ迫害者」《persécutéspersécuteurs»（IV, 858）として描かれる点で共通している。先ほど述べたように、一八四八年の植民団は、小説では「四八年の革命家たち」、つまり時のフランス政府に対して反乱を起こした者であることが記されている。彼らはフランスにおいては政府に弾圧される被迫害者である。だが移住先のアルジェリアでは、「原住民」を追い立てる迫害者へと立場が逆転する。このことは、普仏戦争後にアルジェリアへと移住したアルザスの人々についても当てはまる。

〔……〕そして彼ら［アルザスの人々］には、殺害され、投獄された七一年の反乱者たちの土地が与えられた。反抗する人々は、反乱者たちが去ったばかりの土地を奪い取った。（IV, 858）

引用にある「七一年の反乱者たち」、および「反乱者たち」とは、一八七一年にアルジェリアのカビリア地方で蜂起した「原住民」叛徒を指す。それに対し、「反抗する人々」は、アルジェリアへと移住した「アルザスの人々」を指している。普仏戦争におけるフランスの敗北に乗じた「原住民」部族による武装蜂起は、最終的にフランス軍によって鎮圧され、その結果「原住民」の多くの土地が没収された。この「七一年の反乱者たちの土地」が、ドイツによる支配を拒否してアルジェリアへと移住したアルザスの「反抗する人々」に与えられたのだ。一八四八年の植民団の人々と同じく、ヨーロッパでは被迫害者であったアルザスの人々も、移住先のアルジェリアでは「原住民」の土地を奪う迫害者になる。

ここでカミュが参照した文献について言及しておこう。すでに述べたように、カミュは小説を執筆するにあたり、アルジェリア滞在の際に多くの植民地関係の資料に目を通し、メモを取っている。ここで特に取り上げたいのが、第一部最終章の大部分を占める一八四八年の植民団の開拓史を描くにあたってカミュが参照した、マクシム・ラステイユの『フランス領アルジェリアの夜明け――四八年の入植者たちの受難』である。一九三〇年に出版されたこの本は、当時、カミュの生地であるボーヌ地方のジャーナリストだったラステイユが、一八四八年の植民団の一員としてアルジェリアに移住したウジェーヌ・フランソワの手記に基づいて執筆した本である。この著作は二部に分かれており、第一部はフランソワの手記、第二部は証言を補足するためにラステイユが書いた、アルジェリアの植民化に関する一般的な解説によって構成されている。補遺の覚書を見ても、歴史資料に関して、カミュはこの本のメモに最も多くのページを費やしており、一八四八年の植民団に関する記述のすべてをこの本に負っているといっても過言ではない。

ではなぜカミュは、ラステイユの著作にとりわけ関心を持ったのだろうか。まずこの著作が、カミュがアルジェの図書館で収集した数多くの他の歴史資料とは、大きく性質が異なっていることを指摘しておかねばならない。第一に、他の資料のほとんどが公的な歴史書あるいは政府関連の報告書であるのに対して、ラステイユの著作は、実際の入植者による貴重な証言であったということ。第二点は、他の資料の多くがアルジェリアの植民地化を正当なものとし、その事業を称賛する立場を取っているのに対し、ラステイユは、アルジェリアの植民地化に関してフランス政府を批判する立場を取っていることである。この批判は、現在なされているようなフランスの植民地主義・帝国主義に対する批判ではない。ラステイユは、政府の移住政策および入植者の義務として課された土地の開拓が、入植者に大きな犠牲を強いることになったという点で批判しているのだ。カミュがこの本にとりわけ関心を持った[5]のは、単にこの本がジャック＝カミュの生まれ故郷であるモンドヴィに関する貴重な証言であっただけでなく、ラステイユ自身の立場に共感したからではなかったか。

実際にこの著作は、一八四八年の植民団の開拓史を描くための歴史資料として用いられただけでなく、当初に予定されていた自伝的小説という枠組みに歴史的広がりを与えると同時に、小説そのもの（少なくとも第一部）の方向性を決定づける、非常に重要な本であったと言える。補遺に残されたラステイユの著作に関するカミュのメモのほとんどは、第一部のフランソワの経験、すなわち植民団の開拓史に関するものだが、例外的に第二部からのメモも取っている。それが最後にある「入植者の古い墓。たいそう深い忘却」(IV, 935) というフレーズである。これはラステイユの著作の終わりに近い第二部第一一章「古い墓地」から取ったメモである。(6) この章でラステイユは、一八四八年の植民団の運命を象徴するものとして、モンドヴィにある荒れ果てた入植者の墓地を想起し、彼らの試練や苦労が無に帰し、忘却に付されてしまったことを嘆いている。雑草が生え、名前が解読不能になった入植者の墓地の描写は、そのままカミュの小説(第一部末尾)に引き継がれている。さらにこの墓地は、小説においては、フランスのサン・ブリウーにある名前と日付が刻まれた主人公の父の墓と対比されている。入植者の墓地は、歴史や過去の記憶を保存するフランスと対をなす、忘却の土地アルジェリアを象徴する重要なモチーフになっているのである。

しかしながら、興味深いことに、カミュはラステイユの著作をすべてそのまま小説に取り込んでいるわけではない。一八四八年の植民団の入植過程を描くにあたって、ひとつだけ大きな変更を加えている。すでに何度か触れた通り、小説では一八四八年の植民団は革命家であったという設定になっている。ジャックはそのことを知識として持っており、またモンドヴィで出会うヴェイヤール――その曾祖父母の職業(大工、洗濯女)は、ラステイユの報告するフランソワの父母のそれ(大工、洗濯女)を下敷きにしている(7)――もそのことを追認する(ヴェイヤールは「そしてみんな〝約束の地〟を夢見ていたんです。特に男はね。女は未知のものを怖がっていました。だけど男は違います。彼らは無駄に革命を起こしたわけではありませんよ」(IV, 854) とまで付け加えている)。

だがラステイユはむしろ、パリからアルジェリアに派遣された一八四八年の植民団が、四八年の革命家たち――当時の政府が排除したがっていた、パリの治安を乱す不穏分子たち――であることをはっきり否定しているのだ。(8) ラステイユの著作にあるフランソワの証言によれば、入植者たちにはカミュが描くような、革命家たちの雄々しさはなく、むしろ遠く離れたアルジェリアで土地所有者になれるという政府の宣伝文句に安易に踊らされてしまった人々（少なくともフランソワの父はそうであった）というのが実情であったようだ。

カミュは、ラスティユの著作のメモを取った時点で、一八四八年にパリを出発した入植者の多くが四八年の革命家であったことをわざわざ付け加えて書いている（IV, 934）。この革命家という設定に対する作家のこだわりに、入植者たちを英雄化しようとする作家の欲求だけを見て取ってはならないだろう。むしろ、この設定は、一八四八年の植民団とその後アルジェリアにやってくるアルザス出身の入植者たちを、「被迫害者かつ迫害者」として結び付けるために不可欠な操作だったのである。こうした異なる時代の人々や事件を共通のイメージによって次々と関連づけていくことこそが、歴史を法則なき反復としてよりよく提示するために必要だったのである。

『最初の人間』には様々な歴史的事件が書き込まれているが、それらは因果の法則によって貫かれていない。そしてこの記述法は、ジャックの子供時代の回想をも支配している。この小説をビルドゥングスロマンとして読んだ場合、主人公の誕生からひとりの男へと成長するところで中断されており、読者はあたかも時系列に物語が進行しているような印象を受けるだろう。だが細かく検討すると、実際には、異なった時期の思い出が主人公の連想によって次々とつなげられており、それぞれのエピソードの日付を特定したり、全体の年譜を正確に作成することはほぼ不可能である。(9)

またこの小説に書き込まれている数々の戦争についても、固有名が挙げられることはなく、一括して「戦争」と呼ばれている。主人公の母にとっての第一次大戦が繰り返される戦争のひとつにすぎないことはすでに述べたが、この視点は小説全体を貫いている。例えば第一部第七章で、ヴェイヤールは、友人タムザルの家のドアがなかなか開かないことに関して、「戦争なんですから」（IV, 853）と説明する。また、モンドヴィ入植当初の昔話のひとつとして、フランス人妊婦が「原住民」に襲われ、下腹部を切り開かれ乳房が切り取られた事件が語られるが、それに対しヴェイヤールは「戦争だったからな」(IV, 858) と再び同じ言葉を用いている。物語の現在時におけるアルジェリア独立戦争と、かつての「原住民」とフランス人の争いが同じ戦争という言葉で括られているのだ。続いて老医師は語る。

> 物事は公平に判断すべきです、と老医師は付け加えた。アラブ人たちを、一族郎党全員一緒に洞窟に押し込んだのは入植者の方だったんだ。そうだ、そうだ、そしてアラブ人は最初にいたベルベル人の睾丸を切り取った。そしてベルベル人もまた……だから最初の犯罪者に遡る。そいつはカインと呼ばれていた。そしてそれ以来戦争だ。人間とはおそろしいものだよ、とりわけどう猛な太陽のもとでは。(*Ibid.*)

人間同士の争いである戦争の起源は、カインとアベルの説話まで遡ることになる。この引用における睾丸を切り取るというモチーフは、ジャックの父が第一次モロッコ事件に従軍した際に見たエピソードのひとつとしてすでに提示されており (IV, 779)、第七章でもヴェイヤールの口から語られる (IV, 852)。人間同士ははるか昔から互いに殺し、殺されながら生きており、反抗者は抑圧者になり、抑圧者は反抗者へと立場は逆転する。すべての歴史的事件は因果関係を欠いた反復にすぎず、どちらが善で、どちらが悪なのかという判断も無効になり、すべては同じ戦争の繰り返しとなる。一八四八年以来、次々とアルジェリアにやって来ては消えて行く入植者の群れのような、「同じ人間」(IV, 856) の歩みであり、「同じ展開」(IV, 854) なのだ。

第4章　歴史／非-歴史

カミュが『最初の人間』によって、フランスの歴史や植民地史でもスポットライトを浴びることのない、棄民とも言えるアルジェリアの貧しい植民者たちを、歴史の流れに位置づけようとしていたことは疑いえない。執筆動機という点に関して言えば、この小説は、歴史的時間からの逸脱への作家の欲望を露呈している初期作品群とは正反対でさえある。『最初の人間』は未完に終わっているため詳細を知ることはできないが、補遺には、戯曲『正義の人々』の主題としても取り上げられた一九〇五年の帝政ロシアにおける大公暗殺事件、一九五七年のスプートニク打ち上げ、一八七一年のパリ・コミューン、また一九三六年の作家自身によるアルジェリア共産党入党と脱退、第二次世界大戦中のレジスタンス活動、一九三九年から五四年にかけてのアルジェリアにおける「原住民」の反乱や、アルジェリア独立戦争などに関するメモが脈絡なく残されており、作家が実に多岐にわたる歴史的事件をこの小説に取り込もうとしていたことがわかる。

とはいえ前章で検討したように、カミュは歴史的事件を小説に取り込むにあたって、それぞれの出来事の関連性を説明したりはしない。むしろ歴史の知識が欠如した母親の視点や、主人公の自由な連想を小説に取り込むことで、異なる時代の出来事や人々を関連づけ、時間的な前後関係を錯綜させようとするのだ。さらに、第一部第四章冒頭で描かれるプルースト的な過去の想起――アフリカへと向かう船のなかで主人公はうたたねし、半醒半眠の状態で自身の幸福な幼少時代へと舞い戻る――は、冒頭にプルーストの一節を配した、かつての「ウィとノンのあいだ」(『裏と表』収録)における語り手の過去の回想を思わせる。このような記述は、やはり作家が抱き続けてきた非-歴史的時間に対するこだわりを示しているのではないだろうか。

フィリップ・ルジュンヌに依拠しつつ、自伝という観点から小説を分析した稲田晴年は、虚構的世界を創造しようとする「意志」と、自身の過去に浸ろうとする「欲望」との葛藤によって『最初の人間』が成立していることを指摘している。(1) この相反する欲望と意志の併存は、作品を歴史の観点から考察した場合にも当てはまる。伝統的な小説技法を踏襲し、明確な時代設定とともに全知の話者が語り出す冒頭部は、カミュの小説創造においてはじめてとも言える物語=歴史構築への意志を明示している。他方、補遺では、年代順の記述が排除された新しい時間の流れがこの小説の時間秩序であることが記されている(IV, 943)。そうした時間秩序こそ、自分が父より年上であることに衝撃を受け、「年月は河口に向かって流れる大河のような秩序を持つことをやめてしまった」(IV, 754)と言う主人公を描くのに適したものであるとカミュは考えているのだ。つまり『最初の人間』とは、歴史を取り入れ構築しようとする作家の意志と、歴史を絶えず非-歴史的なものへと引き戻そうとする欲望が絶えず拮抗することによって成立しているのだ。

その具体的を挙げよう。第一部第七章、ジャックはマルセイユにてラブラドール号に乗船した一八四八年の植民団が、冬の嵐のため散々な目にあいながらも、ようやくボーヌの港に到着する場面を想像する。そこでいったん植民団の話は中断され、語りは想像にふけるジャックに焦点を合わせる。

ジャックは座席で寝返りをうった。うとうとしていたのであった。ジャックは一度も見たことがなく、その背丈さえも知らない父親を見ていた。船旅で無事に残った貧相な家具がウインチでおろされ、なくなった家具をめぐって悶着が起きているあいだ、ボーヌの桟橋で移民たちに囲まれている父の姿を見ていた。父は断固たる、陰うつな様子で、歯を食いしばってそこにいた。そして結局のところ、四〇年近く前、二輪馬車に乗って同じ秋空の下で、父はボーヌからソルフェリーノまで同じ道を辿ったのではなかったか？（IV, 855-856）

小説の冒頭で、パリからアルジェリアへと向かう船のなかで、半睡状態が主人公を過去の回想へと誘ったように、ここでもうたたねは時間の秩序の混乱を生み出す装置として機能している。この場面で主人公の父を囲んでいる移民たちは、一八四八年の植民団の人々である。ジャックの想像を介して、時代の異なる父と移民が、まるで同じ時と場所とを共有するかのように描かれる。だがその直後に「四〇年前」という時間の指標が付け加えられることで、父は移民と切り離され、再び正しい時間（一九一三年）に据えられる。こうしてカミュは、一方で登場人物たちを歴史的時間に位置づけようとしながらも、他方で彼らをそこから解放し、非-歴史的次元へと移行させる。小説はこのような往復運動によって支えられているのである。

小説におけるこれら二つの相反する方向性は、主人公そのものの二重性とも呼応している。四〇歳のジャックは、父の探索の果てに、みずからもまたアルジェリアの広大な忘却に呑み込まれ、痕跡を残さず歴史から消えていく種族の一員であることを悟る。だが同時に、過去に執着しない主人公の家族やアルジェリアの人々とは逆に、父のかつての生を再構成し、忘却から救い出そうとするジャックは、やはり彼らとは異質な人間である。この二重化した主人公のアイデンティティをよくあらわしているのが、第一部末尾の記述である。

ジャックはサン＝ブリウーにある小さな墓地のことを考えていた。そこにある兵士たちの墓はモンドヴィの墓よりもきちんと保存されていた。僕のなかで、地中海が二つの世界を分けていた。ひとつは一定の空間のなかで記憶と名前が保存されている世界であり、もうひとつは広大な空間のなかで、砂嵐が人間の足跡を消してしまう世界であった。ジャックは匿名性と無知で執拗な貧困生活を抜け出そうと努力してきた。考えを言葉にしてまとめることもなければ、差し迫ったもの以外にはなんの計画もない、盲目的な忍耐の領域で生きることはできなかった。（IV, 861）

「スーヴニール・フランセ」[2]«Souvenir français»（IV, 753）が管理するサン＝ブリウーの父の墓には名前と日付の刻印があるのに対し、モンドヴィの入植者の墓は打ち捨てられ、文字も読めなくなるほど過去の痕跡が消されている。この引用において、本来ならば「彼＝ジャック」と書かれるべきところを、カミュは我知らず「僕」と筆をすべらせている。ジャックの二重性は作家自身の二重性でもあるのだ。

ここで対比されている二つの世界とは、地中海北側の世界（フランス・ヨーロッパ）と地中海南側の世界（アルジェリア・アフリカ）である。対比は風景描写にも認められる。すでに見たように、小説冒頭で描かれるアルジェリアは、何千年、何千キロという壮大な時空間の広がりを持つ、限界や境界線のない茫漠たる無名の土地である。それに対し、第一部第二章の冒頭で描かれる、パリからサン＝ブリウーへと向かう列車から見えるフランスの風景は、「数世紀以来、最後の一平方メートルまで耕された畑や牧場」（IV, 751）である。時間と空間が画定され、目印が付けられ、構造化されたヨーロッパにおいて、はじめて名前と記憶が保存され、歴史が形成されていくのだ。

このジャック＝カミュの二重化こそが、小説における歴史的時間の導入を説明している。これまで検討したように、『最初の人間』を通じて提示されるカミュの歴史観自体はアルジェリア時代から全く変化していない。だがこの小説では、それまでに描かれたアルジェリアの非-歴史的な世界が、歴史を知る人間（ジャック＝カミュ）の側から描かれているのだ。これは具体的に、『異邦人』と比較することでより明らかになる。ムルソーの視線を通じて描かれる『異邦人』の世界は、時間の指標を持たない、時間の因果的論理から解放された非-歴史的な世界の具現化であった。母の死がまるでなかったかのように、葬儀の翌日にマリーと海水浴を楽しむムルソーは、夫の死に無関心なジャックの母と同じく歴史を持たない世界の住人である。一方、父の痕跡を辿ろうとするジャックは、父の過去をほぼ忘れてしまった母が、本当に父を愛していたのだろうかと疑問に思う。ムルソーならばこうした疑問を抱かないであろう。上の引用にもあるように、ジャックは自分の家族が営んでいるような「匿名性と無知で執拗な貧困生活」に耐えられずに逃亡した。物語の現在時においてパリに住む主人公は、歴史のない一族の出自ではあるものの、ヨーロッパ側の歴史を持つ世界の住人なのだ。ジャックは、いわば『異邦人』の検事に近い側面を持ってしまっていると言えよう。

実際に四〇歳のジャックは、もはや『幸福な死』のメルソー、「チパザでの結婚」(『結婚』収録)の語り手やムルソーのように、時間の一瞬一瞬を身体感覚によってのみ捉える現在時の生を生きていない。そのような感覚的世界は、主人公の幼少期の回想を通じて語られるのみである。思い出のなかで、子供のジャックは日常的に海水浴を楽しんでいる。

みんなあっと言う間に裸になり、次の瞬間には海に飛び込み、力いっぱい不器用に泳いだ。大声をあげ、よだれをたらし、口に含んだ海水を吐き出したりしながら、素潜りに挑戦したり、誰が一番長く水のなかにいられるかを競ったりした。海はおだやかで生温かく、海水で濡れた頭の上の太陽は、いまや軽く感じられた。そして光の栄光が子供たちの若い肉体を歓喜で満たし、彼らはその喜びで絶え間なく歓声をあげた。彼らは生と海を支配していた。世界が与えることのできる最も豪華なものを子供たちは受け取り、まるでかけがえのない富に対する自分の権利を疑わない領主のように、節度なくその富を濫費していたのだ。(IV, 770)

この引用は、一見アルジェリア時代に繰り返し描かれた海水浴の場面と同じである。しかしながら、メルソーやムルソーの海水浴が物語の現在時における生身の直接的体験であるのに対し、ジャックの海水浴は過去の子供時代の体験である。この場面はあくまでもかつて存在した世界であって、この思い出を回想する現在時のジャックにとってはすでに失われた時間なのだ。『最初の人間』がかつてのカミュ作品を思い起こさせながらも、どこか読者に違和感を与えてしまうのは、ひとつには物語の現在時にいる主人公が過去の探究に没頭し、現在時の生を生きていないことに起因するのではないだろうか。

この主人公の二重のアイデンティティの由来を説明するのが、回想を通じて語られるジャックの成長物語である。これは、家族とともに過ごす子供時代から、歴史の世界、名前と記憶の世界へと参入していく物語と言ってもよいだろう。『最初の人間』は、幼少期のジャックとその家族について、彼らの「動物性」を強調する。例えば、記憶力や思考能力に乏しい主人公の家族は敏感な嗅覚に恵まれているとされる。感覚的次元に生きるエチエンヌ叔父だけでなく、主人公の母も「鋭敏な嗅覚」(IV, 809) を持っていると説明される。ジャックも同様である。主人公の回想では、ありとあらゆる匂いに言及されており、枚挙にいとまがない。特に第二部第二章では、幼少期の総括として、記憶に残ると同時にかつての記憶を喚起する様々な匂いが脈絡なしに羅列されている (IV, 913)。ジャックは幼少時代の多くを身体の記憶に負っており、これらの過去は歴史的時間に位置づけることができない種類のものである。

子供時代のジャックは、時間的な指標に依拠しない生を営んでおり、暦ではなく自然の移り変わりによって、過ぎ去る時間や季節の変化を認識している。そのことを示すひとつの有効なモチーフになっているのが燕である。例えば、第一部第四章では、低く舞い降りて鳴き出す雨燕が、夢中になって遊ぶ子供たちに夕暮れの訪れを知らせる (IV, 771)。また第二部第一章の「リセ」においても、渡り鳥は季節の変化の目印になっている。燕の到来は夏のはじまりを告げ、燕が南へ旅立つと冬が始まるのだ（IV, 873-874）。この燕にまつわるエピソードは、区切られた時間で過ごすリセでの生活と対をなしている。リセへの入学は、主人公にとっては、歴史を知らない家族から引き離され、名前と記憶からなる歴史の世界への参入を意味し、主人公は家族とリセとのあいだを往復する二重生活を送るようになる。それに呼応するかのように、第二部には、リセの新学期がはじまる日付や、曜日ごとの予定、時刻に従った生活が書き込まれるようになる。このように、過去の回想はジャックの成長にしたがって日付が増えていく。

ところで小説において歴史を非-歴史へと絶えず引き戻す求心力となるのが、現在時に生きる家族の中心に位置する歴史を知らない母親である。リセに入学したジャックは、読書の楽しみを知り、本国フランスの雰囲気をまとうディディエに「エキゾチズム」（IV, 867）を感じ、言葉と歴史の世界に惹かれてゆく。彼の未来の希望は貧しい家族との生活にはなく、リセにあったのだ。追想のなかで主人公の成長とともに増大する日付もまた、母との距離の拡大を暗示している。こうした方向性とは逆に、物語の現在時における四〇歳のジャックは、小説冒頭で、フランスという歴史の世界から歴史を持たない家族がいるアルジェリアへと帰還するのだ。

ジャックはうとうとしていた。アルジェと下町の貧しい小さな家を再訪することを思うと、ある幸福な不安に胸が締めつけられた。パリを離れてアフリカへと向かう時はいつもそうだった。漠とした喜びを覚え、心が広々とした感じがし、楽しい逃避に成功し、監視人たちの顔を思い出して笑う人間の満足感があった。（IV, 763-764）

このアルジェリア再訪が父の探索という目的を持つこと——そしてその試みが失敗に終わること——についてはすでに述べた。だがこの旅が、それと並行して歴史を知らない母の再発見へと導くものであったことも強調しておかなくてはならない[3]。

作者の死によって中断された『最初の人間』は、第二部「息子あるいは最初の人間」と題されたジャックのリセの物語、それもはじめの二章が書き残されたところで終わっている。この小説を執筆するにあたり、カミュは二つのプランを残しているが[4]、それによると、どちらにおいても最後の章は母という主題にあてられている。

予定されていた「母」の章は、結局執筆されることはなかった。だが『最初の人間』が母への回帰の物語であり、母が「キリスト」(IV, 925) や、ドストエフスキーの『白痴』の主人公「ムイシュキン」(IV, 931) にも喩えられる、無垢と聖性をたずさえた者として描かれる予定であったことは補遺から窺える。こうした母の属性は、残された草稿からも読み取ることができる。まず、小説冒頭で語られる主人公誕生の場面がキリスト降誕に重ね合わされていることは、すでに多くの研究者が指摘している[5]。この場面における母親には、聖母のイメージが託され、出産の疲労でやつれながらも、みすぼらしい部屋を美しく変容させるほどの美しい微笑みをたずさえている (IV, 750)。

少年時代の回想においては、宗教に無縁な家庭に育った主人公にとって、母親だけが「その優しさから、信仰を思わせる唯一の人物であった」(IV, 842) と語られている。そして、第一部第六章において、ジャックは聖体拝受の準備として公教要理の授業を受けることになるのだが、そこで出会った神秘は、母親から喚起される神秘の延長線上のものでしかなかった。

温かく、ぼんやりした神秘に彼は浸っていた。それは母親の控えめな微笑みや沈黙が生み出す日常的な神秘の拡大にすぎなかった。それは、夕方、帰宅して食堂に入る時、母親がひとりで家にいて、灯油ランプに火をつけず、夜が少しずつ部屋を浸すにまかせ、彼女自身がより暗く濃密な姿となって、物思いにふけりつつ、窓から通りの活気のある、しかし彼女にとっては静かな動きを眺めている時の神秘であった。そこで子供は戸口で立ち止まり、胸をつまらせて、母に対して、そして母のなかにある世界や日々の凡庸さに属していない、あるいはもはや属していないものに対する絶望的な愛でいっぱいになるのだった。(IV, 845-846)

これはかつて「ウイとノンのあいだ」で語られた、母親にまつわる最も重要な思い出と同じ場面を描いたものである。初期の自伝的作品において、母親は骨張った無関心な老女として描かれ、それは息子に恐怖を覚えさせる姿でもあった。だが『最初の人間』では、母親は常に微笑みをたたえ、優しいまなざしをジャックに注いでいる。そしてその微笑みのなかに、ジャックは神秘性すら認めるのである。

しかしながら同時に、ここで注意しなければならないのは、引用中の「日常的な神秘の拡大にすぎなかった」という言葉である。ジャックの母にキリスト教的な聖なる母のイメージが重ねられ、神秘性が付与されてはいるものの、それはあくまでも宗教的な超越性を持たない日常的なものなのである。一九五九年のインタビューで、カミュは「私は聖なるものについての感覚がありますが、死後の生を信じていません」(IV, 614) と語っているが、この現世的な聖なるものこそが、ジャックの母が喚起する神秘性なのである。

カミュは不条理、反抗に続く、あらたな第三の創作テーマを「愛」とした。この「愛」の系列に属する『最初の人間』では、母に限らず家族全員が美化され、愛情を込めて描かれている。だが一方で、「他人の汚れた下着と油まみれの食べ残しに囲まれた、男っ気もなく、慰めのない人生」(IV, 775) を送っていたと語られる母は、この世で最も不幸でみじめな存在であることも忘れてはならない。貧困と労働からなる生活というだけならば、母だけでなく家族全員、そして貧民街の人々にも当てはまるし、アラブ人やモール人、スペイン人の浮浪者といった、貧困家庭のゴミを漁る人々もいる (IV, 825)。母の悲惨さは、貧困ではなくその徹底的な無知に由来する。ジャックはこう語っている。「若い頃の病気によってジャックの母は耳が悪くなり、言語の障害をも持つようになり、今なら最も恵まれない人でさえも教えてもらうようなことさえ学ぶこともできずに、無言の諦めを余儀なくされた」(IV, 788)。

この「無言の諦め」こそが母の人生のすべてである。母は世間のことが何も理解できず、苦しみを表現することすらできないのだ。第一次世界大戦で夫の戦死を告げられる場面でも、母は耳が悪いのでお悔やみを告げる市長の言葉がよく聞こえず、文盲ゆえに死亡通知を読むこともできない。一緒にいた祖母から夫の死を聞いても、その突然の死を想像することができないので悲しむことすらできない。この母の無知は他の家族の構成員と比べても突出している。そのことを顕著に示しているのが家族の映画に関するエピソードである。主人公は祖母と無声映画を見に行き、文字を読めない祖母のために字幕を読んであげたりしている。同じく耳が悪く、使える言葉が母より限定されている叔父は、ジャックの随行なしに映画に行き、見た人が驚くほどの批評を行う。彼は「豊かな想像力」によって無知を補い、「本能的知性」を武器に世間を渡り(IV, 799)、たくさんの友人に恵まれ、海水浴や狩りを楽しんでいる。一方母親は、映画を二、三回見に行ったが何も理解できない。叔父や祖母以上に理解力もなく、想像力も欠如した母親は、友達がいる様子もなく、家政婦としての仕事をする以外は、ひとりで通りを眺めるだけの孤独な生活を送っている。

かつての「ウイとノンのあいだ」において、夕闇のなか黙って椅子に座る母の情景が特権的瞬間として描かれていたが、『最初の人間』でも同じ情景が回想される。だがこの両作品の母親の姿には、決定的な違いがある。『最初の人間』における母の姿は、「ウイとノンのあいだ」のそれとは異なり、三〇年間変化なく繰り返されているものなのだ。「人生の半分」(IV, 799)を、黙って通りを眺めることに費やしているとまで書かれる母は、時間の流れによる変化を被らない。四〇歳のジャックは、久しぶりに会う母親に、三〇年前から変わらない、「子供の頃のコルムリイが見惚れていた若い女性」(IV, 773)の姿を認める。物語の現在時だけに限らず、主人公の回想でも同じ母の姿が繰り返し語られる。「冬は窓によりかかり、夏はバルコニーで」(IV, 879)、母は窓から車や通行人を眺めている。こうした変化のない母の情景は、時間の経過とともに成長し、変化する主人公と好対照をなしている。また、物語の現在時においては実家周辺の情景も変化しており、例えばアパートの一階にある床屋の所有者は、スペイン人からイタリア人へと変わっている(IV, 772, 774)。何よりも、近所のカフェでは爆弾テロが起こり、外にはパラシュート部隊が巡回している。時の経過とともに、政治情勢が変わったのだ。フランスに一緒に行こうという主人公の提案を拒否する母は、テロの脅威にさらされながらも自分の住み慣れた界隈を離れたがらず、昔と同じ質素なアパートに住み、変わらぬ表情で通りを眺め続けるのである。

「ウイとノンのあいだ」の無関心な母親像は、慈愛に満ちた微笑をたずさえた聖なる母親像へと変化している。この母親像の変化はこれまでにも指摘されているが、それに対する十分な説明はなされていない。すでに見たように、かつての母親の無関心は、価値序列の廃止、歴史的論理の無効性を教示し導いていた。それに対して、『最初の人間』の「変わらない」母親の姿が、主人公に神秘を感じさせる聖なる者として描かれているのは、母親が、歴史のなかにいながらも、時間や歴史性に左右されることのない不変的な存在だからではないだろうか。ジャックの母親は、他の人々と同様に第一次大戦を経験し、現在時ではアルジェリア独立戦争にも巻き込まれている歴史的存在である。だが同時に、無言の諦めによって不幸と毎日の労働に耐え続け、最小限の生活で満足し、常に変わらぬ様子で窓から通りを見続ける母親は、歴史性に左右されない存在でもある。『反抗的人間』において、カミュが弁証法的な歴史に対して、歴史性に左右されない不変なる人間の本性を想定したことはすでに述べた通りである。この不変性という真理をこそ母親は体現しているのである。補遺の覚書がそのことを裏付けているように思われる。

おお母よ、おお優しい、いとし子よ、私の時代より偉大で、あなたを屈服させる歴史より偉大な母よ、私がこの世で愛したすべてのものよりも真実である母よ、あなたの真実の暗闇の前から逃げてしまった息子を赦しておくれ。(IV, 920)

このように、カミュは「歴史を知らない」母の眼差しによって歴史の論理を相対化し、「通りを見つめる母」というモチーフを導入することで、時代の流れによって変動する歴史を、非-歴史的な不変性と対峙させる。父の探索は父の不在で終わり、個人の生は系譜をなすことなく終わり、様々な戦争が描かれながらも、それらの相互関連性は切断され、循環史観への道筋が開かれる。『最初の人間』は、歴史の権能を相対化する小説として成立しているのである。

終　章　無垢性の回復に向けて

『異邦人』こそが、カミュが残した作品のなかで最も評価され、最も読まれ、今後も二〇世紀を代表する小説のひとつに数えられていくであろうことは想像に難くない。その文学的な革新性については、すでに様々な角度から明らかにされてきたが、やはりこの小説がもたらした最大の新しさはその非-歴史性にあるように思われる。一九世紀における歴史小説の隆盛が示すように、小説と歴史は、想像上の出来事と過去の事実の記述という決定的な違いがありながらも、両者ともある一定の時間のあいだに起こる一連の出来事を語るという点で共通しており、叙述方法、構成の仕方において重なり合っている[1]。だが、ムルソーというフィルターを通じて紡ぎ出される物語は、語られる出来事のあいだの関連性、因果関係、時間の連続性があたかも不在であるような印象を与えるのだ。これまでの文学の伝統において、歴史的時間から逸脱する特権的瞬間を描いた作家は数多くいるが、それを持続した時間にまで拡大し、現在時の連なる生を小説という形式によって描こうと試みた作家は、おそらくカミュがはじめてであろう。

『異邦人』だけでなく、『裏と表』、『結婚』といった初期のエッセイにおいても、カミュは過去や未来を否定した現在時の生に固執し、政治の場においてもヘーゲル・マルクス主義的歴史哲学を終始批判し続けた。そのようなカミュがなぜ『最初の人間』でわざわざ歴史を取り入れたのか。そもそもなぜカミュは、古代ギリシャ的な循環史観にこだわり続けたのだろうか。マルクス主義がまだその威光を失っていなかった二〇世紀前半の時代において、カミュの歴史認識は時代と逆行してはいなかっただろうか。なぜカミュは精力的に政治活動を行い、時代に積極的に関わりながらも政治思索上において、歴史を批判し続けたのか。なぜ「原住民」を擁護する立場を貫きながらも、フランスによるアルジェリアの征服という過去の事実をあたかも無視するかのように、「原住民」の独立の正当性を断固として否定し続けたのか。おそらくカミュのテクストが比較的容易に読めるものでありながらも、しばしばその思想が曲解され、どこか納得しづらいのは、こうした作家の一般常識とはいささか異なる歴史認識に起因するのではないだろうか。

本書は、カミュの歴史認識を哲学的見地から考察することを目的とはしていない。カミュは、「歴史とは何か」といった問いを立てることはなく、歴史の概念そのものについて考察をめぐらせることはない。カミュの歴史批判は、決して哲学的思索から導き出されたものではなく、文字に無縁な、言葉が豊かではない家族のなかで育ったことに由来するむしろ生来的なものであった。本書では、カミュにおける歴史の問題を、時代背景を考慮に入れながら考察していくことで、小説美学と政治的思索の両面において認められる作家の根源的な、歴史＝物語《histoire》への不信をできるだけ明るみにすることを目的のひとつとしていた。

とりわけ近年においては、ポスト・コロニアル批評の出現によって、作家の植民者としての出自があらためて注目を浴びるようになった。だがポスト・コロニアル批評によるカミュの断罪は、サルトルによるカミュ批判と同質のものである。たしかにカミュにおける歴史認識の欠如は批判の対象となりうる。しかしながら、かかる批判にとどまる限り、なぜカミュがあくまでも歴史を拒み続けたのかを理解することはできない。歴史を自明視、絶対視する立場からこの作家を眺める限り、作家は永遠に「異邦人」として映ることだろう。なぜムルソーは母の死を悲しまないのか、なぜ殺人を犯したムルソーは罪悪感を覚えることがないのか、なぜムルソーは裁判で自己弁護をすることもなく死刑を受け入れるのか。大多数の読者がこのような疑問をムルソーに対して抱くのは、とりもなおさず読者がムルソーとは無縁な歴史の世界にいるからにほかならない。一連の出来事に対する説明可能な論理を欲する読者にとっては、やはりムルソーの行動は理解不能な何かにとどまるほかない。しかしながら、こうした主人公の言動や心理の不可解さこそが、『異邦人』の最大の魅力のひとつであることもまた事実であろう。作家の自伝的作品に登場する理解不可能な母親が、息子にとって永遠の謎であり、神秘であるように。

『異邦人』に描き出される、非-歴史的なムルソーの世界は、キリスト教以前の古代ギリシャの世界であり、罪が不在の世界である。かつての学士論文「キリスト教形而上学とネオプラトニズム」において、キリスト教がもたらしたのは、歴史哲学と罪の概念であると述べられている (I, 1001-1003)。またのちの『反抗的人間』では、キリスト教世界と古代ギリシャ世界を対置させる以下のような一節がある。

> 無垢が有罪性と対立しているという考え、歴史全体が善と悪との戦いのなかに完全に要約されてしまうという見方は、古代ギリシャ人にとって無縁のものだった。彼らの宇宙のなかでは、唯一の決定的な犯罪は節度を超えることだったので、犯罪よりも過失の方がより多かった。(III, 84)

この引用における、「無垢が有罪性と対立しているという考え、歴史全体が善と悪との戦いのなかに完全に要約されてしまうという見方」はキリスト教的歴史観を指している。それに対して、罪という概念が欠如した古代ギリシャの世界には節度という限界だけが存在し、それを超えた時にのみ罰せられる。だがこの場合の罰は、罪ゆえの罰ではない。引用中の「過失」という言葉が示すように、有罪性をともなわない罰である。永遠に循環する古代ギリシャ史観においては時間の前後関係が消滅するので、罪と罰という因果関係は無化されるからだ。こうした思考によって立つと、ムルソーは無罪でも有罪でもない。彼が死刑を受け入れたのは、自分の罪を償うためではない。殺人という行為によって節度を超えてしまったからだ。そこにあるのは、ただ「ひとりの命（アラブ人）」と「ひとりの命（ムルソー）」という命の等価性だけである。こうした『異邦人』の古代ギリシャ的な、無垢な世界を反転させたのが、キリスト教的な比喩で彩られた『転落』における有罪者クラマンスの世界であるだろう。

『最初の人間』においては、非-歴史的な世界は、母を中心とするジャックの家族と彼らが住むアルジェリアで構成されており、フランスという歴史の世界と対をなしていた。そしてこの非-歴史的な世界は、歴史を知るジャックの視点を通じて描き出されている。つまり、『最初の人間』における非-歴史的世界は、歴史の世界と共存する、あるいは歴史の世界のなかにある非-歴史的世界なのだ。このことを裏付けるかのように、『最初の人間』では、母を中心とした非-歴史的世界に対して、キリスト教において唯一「歴史のない」世界のイメージが付与されている――それはすなわち創世記のエデンの園である。

カミュは一九五九年のインタビューで、この小説に「アダム」というタイトルを与えようと考えていたことを告白しているが、(2) 作家が新たに考案したこの題名は、ジャックの物語の一側面を明らかにしてくれる。ピエール＝ルイ・レーは、エデンの園から追放されたアダムの運命が、ジャックのそれと重なり合うことを指摘している。(3) たしかにジャックは言葉と知識の世界へと惹かれ、それとともに文盲の家族から離れていく。そしてアダムが知恵の木の実を食べたと同時にみずからが裸であることを知り、恥ずかしさを覚えたのと同じように、ジャックはリセに行き、外の世界を知ることで、自分の家庭環境が他とは違っていることに気付き、家族の貧しさと無知に対して恥ずかしさを覚えるようになる。類似点はそれだけでない。貧しいジャックの家には物があまりなく、物の名前もほとんどない。普通名詞だけで育ったジャックは、のちに裕福な家庭を知ることを通じて固有名詞を発見する（IV, 776）。言葉がほとんどなく、善悪もなく、物もない、だが別のかたちの豊かさがある「温かな貧困」（IV, 764）の世界、「アダムのような無垢さ」（IV, 801）を持ち、「有史以前の動物」（IV, 800）のような叔父と暮らすジャックの子供時代の世界はまさにエデンの園ではないだろうか。

このことは、ジャックの母親を中心とする家族、ジャックの住む貧民街、アルジェリアという歴史のない世界に付された島のイメージによって補強されている。(4) アルジェリアが「巨大な島」に喩えられていることはすでに述べたが、ジャックの家族も「界隈の貧しい島」（IV, 910）、またその界隈自体も「社会のなかの孤島」（IV, 849）と呼ばれている。そしてその中心に位置するのが、「耳が不自由で、言語の障害のなかで孤立した」（IV, 774-775）ジャックの母親である。母が「島」であるとは明示的に語られていないが、他者とのコミュニケーションが難しく、いつも同じ場所に留まり、自分の生活圏からめったに外に出ることのない母親は、まさに島のような孤立した存在だと言ってよいだろう。象徴的なことに、彼女は島を見たことがないので島が何であるのかさえ知らない（IV, 781）。このようにして、歴史のない世界は、母親、家族、界隈、アルジェリア、というように徐々に拡大されていく島の入れ子構造になっている。そして母と家族が住む貧民街から離れ、最終的にはアルジェリアからヨーロッパに移住するという主人公の成長は、これらの島から脱出するという行程を辿っている。

ここでロラン・バルトが、『ペスト』批判に際して、小説世界の閉鎖性、空間的・時間的関係性の欠如を反歴史性の根拠として批判したことを思い起こそう。興味深いことに、この小説の舞台として設定された、ペストに襲われる孤立したオランの街も「不幸の島」（II, 150）と形容されている。だがオランの街とは反対に、『最初の人間』におけるジャックの育った界隈は、幸福な島とでも名付けるにふさわしい。主人公が子供時代を過ごした、外の世界とは隔絶された「無垢で温かな世界」（IV, 849）は、同じく外界とは切り離され、閉鎖的で、歴史のない、原罪以前の世界であるエデンの園そのものである。

ジャックは知恵の木の実を食べたことで、母や家族が住むエデンの園から追放され、罪ある者となり、歴史の世界——すなわちカインを起源とする暴力の連鎖からなる世界へと移行する。[5]『最初の人間』の補遺では、小説の最後で、主人公は母親に赦しを請う予定になっている（IV, 943-944）。その理由は、ジャックが知恵の木の実を食べることによって母の世界を裏切ってしまうという罪を犯したからである。同じく息子の母への帰還の物語を描いた未完の草稿「ルイ・ランジャール」においても、息子（ランジャール）は書物の世界に没頭することで無知な母親から離れていく。このランジャールの住む界隈も、『最初の人間』におけるジャックの家族が住む界隈と同様に「社会のなかの孤島」（I, 89）に喩えられている。だが、『最初の人間』とは異なり、ランジャールの物語にはアダムの失楽園の物語を重ね合わせることができない。なぜなら、『最初の人間』で描かれた母親には聖性と無垢性が付与されているのに対し、「ルイ・ランジャール」で描かれた無関心な母親には、これらの属性が欠けているからだ。

歴史という知恵の木の実を食べてしまい、その罪を自覚している人物という主人公の造形は、『最初の人間』の大きな成果のひとつであると言えよう。カミュは一九五七年一二月一〇日に行われたノーベル文学賞受賞のためのスピーチで、自分の生きてきた時代を以下のように述べている。

第一次世界大戦のはじめに生まれ、ヒトラーが政権を獲得し、革命裁判がはじまった頃二〇歳を迎え、続いて教育の仕上げとしてスペイン戦争、第二次世界大戦、強制収容所の世界、拷問と牢獄のヨーロッパに直面した私と同時代の人々は、核による破壊の脅威にさらされた世界のなかで自分たちの息子や作品を育て上げなくてはならないのです。（IV, 241）

自伝的小説を執筆するにあたり、カミュは一方で主人公ジャックを通じて暴力と殺人からなる激動の歴史を描こうとし、そして他方では、その歴史という罪の世界に対置するものとして母親、家族、貧民街、アルジェリアから構成される歴史のない、無垢な空間をつくりあげようとした。こうした文学的努力のうちに、歴史のなかにありながらも、かつてあった無垢性を回復しようとするカミュの格闘を認めるとともに、歴史によって有罪宣告をされた入植者たちの世界——作家の母と家族、そしてアルジェリアの貧しい人々——に再び無垢性を与えようとするカミュの意志を認めることができるのではないだろうか。

あとがき

私がはじめてアルジェリアの土地に足を踏み入れることになったのは、博士論文を書き終えた翌年の、二〇一〇年一二月になってのことである。積年の夢がかない、カミュの足取りを、アルジェ、チパザからオラン、そしてガルダイアへと辿る二週間の旅であった。だが、作家がアルジェリアに刻みつけたはずの痕跡は——予期していたこととはいえ——、すでに人為と自然の双方の力によって、消えて失われようとしていた。作家が慣れ親しんだアルジェのいくつかの場所は残っていたが、通りや場所の多くは名前を変え、カミュが最適な待ち合わせ場所として紹介したオルレアン公の銅像は撤去されていた。また、作家の育ったアパートには何の目印もなく、それが本当に彼のアパートであったのか、周囲の人に尋ねなければならなかった。オランではカミュが『ペスト』を構想したアパートに立ち寄る幸運を得たが、それは医学系のラボに変わってしまっていた。そうした事実を象徴するかのように、チパザにあるカミュを記念する小さな石碑——この一九六一年に建てられた石碑には、「チパザでの結婚」のなかの一節、「僕はここで人が栄光と呼んでいるものを理解する。それは節度なく愛する権利だ」が彫り込まれている——は、周囲のローマ遺跡と同じく自然と調和し、「廃墟の王国」の一部をなすかのようにひっそりと佇んでいた。カミュもまた、遺作で語った「最初の人間」たちのように、アルジェリアを支配する広大な忘却のなかに呑み込まれていく運命にあるのだろうか。

『最初の人間』の補遺のなかで、土地に爪痕を残すことなく消えていくアルジェリアのフランス人たちは、遊牧民に喩えられていた。本書で見た通り、カミュはアルジェリアの独立に対し強固なまでに反対していたが、他方でカミュは、アルジェリアを支配した数々の帝国や民族たちのことも、通り過ぎては消えていく遊牧民たちに比して語ってはいなかったか。だとすれば、カミュは、アルジェリアを失うことへの悲哀の念をかみしめつつ、最終的には、アルジェリアを去るフランス人たちの運命を、この土地で数千年ものあいだ繰り返されてきた運命の一変奏として、諦めとともに肯定する覚悟に至っていたのではないか——そんな気がするのである。

本書は、二〇〇九年一二月に京都大学大学院文学研究科に提出した博士論文「アルベール・カミュにおける歴史認識の問題」に加筆修正を施したものである。なお出版にあたっては、京都大学の博士論文出版助成金の交付を受けた。

論文を完成させ、一冊の書物として出版するまでに、本当に多くの支えと助けをいただいた。まずは、ご多忙ななか貴重な論評をくださり、本書の出版に際し励ましをいただいた主査の吉川一義先生をはじめ、長年ご迷惑をおかけしながらも、常に温かいご指導をいただいた田口紀子先生、増田真先生、永盛克也先生に厚く御礼を申し上げるとともに、退官されるまで、カミュについていくつもの鋭いご指摘をいただいた廣田昌義先生、それから、逝去されるまでの長いあいだ、指導教授として忍耐強く見守り続けてくださった吉田城先生に、深い感謝を捧げたい。また、専門を変えた私を温かく送り出してくださった南山大学の明石陽至先生、文学研究の道を開いてくださった国際基督教大学の岩切正一郎先生、留学先のパリ第三大学で教えを受けたピエール＝ルイ・レー先生に心から謝意を伝えたい。

研究生活の中途で出会った多くの先輩方、同僚や研究者の方々からは、常に大きな刺激を受けた。とりわけ会長である三野博司先生をはじめとした日本カミュ研究会の方々からは、たびたび研究発表の機会をいただき、貴重なご指摘を頂戴した。カミュ研究を続けてこられたのは、カミュ自身の魅力もさることながら、和気藹々とした研究会の雰囲気に負うところが大きい。この度の出版にあたっては、研究会会員の稲田晴年先生に本書の草稿を読んでいただく機会を得、有益なご指摘をいただいた。この場を借りて研究会のみなさんに御礼申し上げる。そして、長い研究生活を辛抱強く支え続けてくれた両親と兄姉、親友たち、ご自身の長い滞在経験から私のアルジェリア旅行を細心の注意とともにデザインしてくださった日揮株式会社の大村信介さん、そして論文の信頼しうる最初の（そして最後の）読者となってくれた夫に最大限の感謝を述べたい。

カミュの生誕百年を祝う二〇一三年という節目の年に、このようなかたちで本書を形にする機会を与えてくださった名古屋大学出版会には、本当に御礼の申しようがない。とりわけ、お忙しいなか、原稿を丹念に読んでくださり、論全体の構成に関してきめ細かなご教示をくださるのみならず、再考を促すような数々の鋭いご指摘をいただいた橘宗吾さんに、心から感謝を申し上げる。改稿作業が遅々として進まない私を叱咤激励してくださったことは、本当にありがたく、大きな励みとなった。校正やその他の編集の実務は長畑節子さんが担当してくださった。本文から注に至るまで行き届いた細やかなお仕事には、ただ感謝するしかない。

十々岩靖子

二〇一三年一二月

《著者紹介》

千々岩《ちぢいわ》 靖子《やすこ》

1973年生

1998年　国際基督教大学教養学部卒業

2002年　パリ第三大学DEA課程修了

2007年　京都大学大学院文学研究科博士後期課程退学

現　在　青山学院大学・東京女子大学他非常勤講師，博士（文学）

カミュ 歴史の裁きに抗して

2014年3月31日　初版第1刷発行

定価はカバーに
表示しています

著　者　千々岩靖子

発行者　石井三記

発行所　一般財団法人　名古屋大学出版会

〒464-0814　名古屋市千種区不老町1名古屋大学構内
電話(052)781-5027/FAX(052)781-0697

印刷・製本 ㈱太洋社　ISBN978-4-8158-0768-9

乱丁・落丁はお取替えいたします。

索　引

ア　行

カ　行

サ　行

タ　行

ナ　行

ハ　行

214, 216
フレマンヴィル，クロード・ド（Fréminville, Claude de） 31
フローベール，ギュスターヴ（Flaubert, Gustave） 37
ヘーゲル，ゲオルグ・ウィルヘルム・フリードリッヒ（Hegel, Georg Wilhelm Friedrich） 5, 21, 53, 54, 88, 146, 184, 188, 189, 275
『ペスト』 2, 3, 9, 25, 57, 84, 100, 114, 145, 182, 183, 194, 209–220, 223, 245, 248, 253, 254, 279
ペタン元帥（maréchal Pétain） 179, 218
ベルトラン，ルイ（Bertrand, Louis） 35–45, 47, 49, 55, 58
ベルナノス，ジョルジュ（Bernanos, Georges） 218
ボーヴォワール，シモーヌ・ド（Beauvoir, Simone de） 167, 177, 191, 192, 211
ボードレール，シャルル（Baudelaire, Charles） 99
ポミエ，ジャン（Pomier, Jean） 43
ポーラン，ジャン（Paulhan, Jean） 177
ボワシエ，ガストン（Boissier, Gaston） 41
ポンジュ，フランシス（Ponge, Francis） 75, 183
ポンセ，シャルル（Poncet, Charles） 231

マ　行

マシス，アンリ（Massis, Henri） 34
マシュー将軍（général Massu） 233
松本陽正 223
マルクス，カール（Marx, Karl） 5, 20, 88, 146, 171, 184, 189, 190, 196, 275
マルセル，ガブリエル（Marcel, Gabriel） 145
マルロー，アンドレ（Malraux, André） 23, 177
マンデス＝フランス，ピエール（Mendès-France, Pierre） 229, 230
『南』誌 96
三野博司 106, 125
ムッソリーニ，ベニート（Mussolini, Benito） 26, 34
メゾンスール，ジャン・ド（Maisonseul, Jean de） 90, 92, 94, 232, 233
メルヴィル，ハーマン（Melville, Herman） 217
メルロ＝ポンティ，モーリス（Merleau-Ponty, Maurice） 146, 192–194, 208
メンミ，アルベール（Memmi, Albert） 85
モーラス，シャルル（Maurras, Charles） 34, 35, 41, 175
モーリヤック，フランソワ（Mauriac, François） 9, 145, 147, 166–168, 171–173, 175, 177, 179–181, 197, 213
「モール人の家」 53, 91, 97, 100, 112, 121
モレ，ギ（Mollet, Guy） 232
モンソー，ポール（Monceaux, Paul） 41
モンテルラン，アンリ・ド（Montherlant, Henry de） 32, 62

ヤ　行

ヤスパース，カール（Jaspers, Karl） 187
「勇気」 91, 100

ラ・ワ行

ラヴァル，ピエール（Laval, Pierre） 24, 34
ラステイユ，マクシム（Rasteil, Maxime） 257–260
ラ・ロシュフーコー，フランソワ・ド（La Rochefoucault, François de） 109
ランドー，ロベール（Randau, Robert） 43, 55
『リヴァージュ』誌 31
リショー，アンドレ・ド（Richaud, André de） 100, 101
リトレ，エミール（Littré, Emile） 213
『リベルテール』誌 198
ルイ＝フィリップ（Louis-Philippe） 255
「ルイ・ランジャール」 89, 91, 92, 100, 102, 104, 106, 112–115, 124, 141, 222, 223, 280
ルコック，ルイ（Lecoq, Louis） 43
ルジュンヌ，フィリップ（Lejeune, Philippe） 263
ルーセ，ダヴィッド（Rousset, David） 196
ルソー，ジャン＝ジャック（Rousseau, Jean-Jacques） 122
『ル・タン』紙 34
ルナン，エルネスト（Renan, Ernest） 41, 42
ルバテ，リュシアン（Rebatet, Lucien） 179, 180
『ル・モンド』紙 233
レー，ピエール＝ルイ（Rey, Pierre-Louis） 56, 57, 120, 224

レイノー，ルネ（Leynaud, René）　168, 172, 180, 181
レヴィ＝ヴァランシ，ジャクリーヌ（Lévi-Valensi, Jacqueline）　7, 16, 17, 19, 85, 113-115
『レットル・フランセーズ』誌　176, 177
レーニン，ウラジミール・イリッチ（Lenin, Vladimir Ilyich）　23
『労働者の抵抗』誌　73
ロジイ，オーギュスタン（Rozis, Augustin）　23, 25
ロットマン，ハーバート（Lottman, Herbert）　237
ロブ＝グリエ，アラン（Robbe-Grillet, Alain）　128, 129, 210
ロブレス，エマニュエル（Roblès, Emmanuel）　75
『若き地中海』誌　24

注

序　章　境界の作家カミュ

（1）これに関しては，マリア・カザレスをはじめとした身近な人々の証言がある。彼らによると，カミュは神経症的にスピードを恐れていたようである。ある時は高速道路での運転を避けるために汽車を選び，また自分で運転する際も，どんなに急いでいる時でも安全運転を心がけ，同乗する時も運転手に常にスピードを落とすよう頼んでいたということである（Herbert R. Lottman, *Albert Camus*, traduit de l'américain par Marianne Véron, Seuil, coll. «Points», 1978, p. 683）。

（2）カミュがこの時期に翻案した戯曲を以下に挙げておく。カルデロンの『十字架への献身』(1953)，ピエール・ド・ラリヴェイの『精霊たち』(1953)，ディノ・ブサッティの『ある臨床例』(1955)，フォークナーの『尼僧への鎮魂歌』(1956)，ロペ・デ・ベーガの『オルメドの騎士』(1957)，ドストエフスキーの『悪霊』(1959)。なおこれら戯曲の上演に際して，カミュは演出家としても参加している。また 1955 年 4 月のギリシャ滞在の折には，アテネで「悲劇の将来について」と題する講演を行った。

（3）この草稿は未完成の作品であることを強調するために，1971 年以来刊行されてきた資料集『カイエ・アルベール・カミュ』シリーズの第 7 巻としてまず出版され，その後 2000 年にはガリマールのフォリオ叢書に収められた。さらに 2008 年には新資料とともに新プレイヤッド版『カミュ全集』第 4 巻にも収録された。

（4）カミュは『最初の人間』に関して，「『戦争と平和』のような現代世界の一代絵巻を，この偉大な書物にはなかったユーモアを取り入れて書くという野心的なアイデアをあたためている」と，アルジェリア戦争以前に，友人シャルル・ポンセに告白したという（Olivier Todd, *Albert Camus, une vie*, Gallimard, coll. «Folio», 1996, p. 1020）。

（5）フェルナンデル（1903-1971）は，20 世紀のフランスを代表する喜劇役者である。1930 年代から 60 年代にかけて数多くの喜劇映画に出演し，人気を博す。

（6）Jean-Paul Sartre, «Réponse à Albert Camus», *Les Temps Modernes*, n° 82, août 1952, repris in *Situations*, IV, Gallimard, 1993, p. 125.

（7）カミュはみずからの政治参加，あるいは時代への参与を，サルトルから借りた「参加した」«engagé» ではなく，有名なパスカルの賭けの断章から引用した「乗船した」«embarqué» という言葉とともに用いていた。例えばノーベル文学賞受賞の際の講演において，カミュは「今日ではいかなる芸術家も自分の時代というガレー船に乗り込んでいる」と述べ，それは「自発的な参加」«engagement volontaire» ではなく「義務兵役」だと強調している（IV, 247）。

（8）ただしこれは，カミュが芸術を歴史から乖離したものと考えていたことを意味しない。芸術至上主義もアンガジュマン文学も否定するカミュの文学創造は，作家の生き

た時代と全く無縁ではなく，かといって時代におもねるものでもなかった。人間の生を肯定するための，時代をいかに生きるべきかという問いが常に根底に流れていたと言える。

(9) カミュは以下のように述べている。「僕たちはヘーゲルを信じていない。僕たちは唯物論者ではない。僕たちは『進歩』という怪物的偶像に仕えない。僕たちはあらゆる合理主義を嫌悪するが，それでも僕たちは共産主義者である。[……] そして僕にとっての共産主義とは，『資本論』第3巻よりもはるかにずっと，労働者や倉庫係であったりする僕の支部仲間である。僕は教義よりも生を好み，生こそが常に教義に打ち勝つのだ」(*CAC3*, 20–21)。この引用文は，記事または論文として正式なかたちで執筆されたものではなく，一片の紙に書き付けられたものである。1935年8月21日付のジャン・グルニエ宛の手紙のなかでもカミュは同様の発言をしている。「他にもまだ熟考を要するように思える事柄はたくさんあります（進歩という幻想にとらわれた偽の合理主義，幸福と労働者階級だけの勝利を目指す合目的性の方向で解釈されている階級闘争と歴史的唯物論）」(*Correspondance Albert Camus-Jean Grenier 1932–1960*, Gallimard, 1981, p. 22)。さらに1937年2月に行われた「土着の文化，新しい地中海文化」の講演原稿に作家自身がほどこした注でも，進歩の概念は否定されている。「私はこれまで新しい文明について語ってきたのであって，文明における進歩についてではありません。『進歩』と呼ばれる有害な玩具をあやつることは，とても危険なことでしょう」(I, 572)。

(10) 例えば「歴史の“終わり”」を語ったかつてのフランシス・フクヤマのような言説は，ヘーゲル学者コジェーヴの影響を受けているところからも明らかだが，典型的なヘーゲル主義である。

(11) ノーベル文学賞を受賞する際，カミュは以下のように述べた――「まず私の国に，次にアルジェリアの一フランス人に，名誉を授けてくださったスウェーデン王室アカデミーに対して，私の感謝の念を伝えていただきたいと思います」(Olivier Todd, *Albert Camus, une vie*, *op. cit.*, p. 952)。

(12) Édouard Glissant, *Faulkner, Mississippi*, Gallimard, coll. «Folio», 1998, pp. 12, 308.

(13) 例えば，カミュの政治思想についての代表的な研究者であるジャンイヴ・ゲランは，『結婚』，『異邦人』，『シーシュポスの神話』を「歴史の外」にある作品だとして，分析の対象から除外している（Jeanyves Guérin, *Albert Camus : portrait de l'artiste en citoyen*, François Bourin, 1993, p. 27)。これについては，本論で詳しく検討する。

(14) Jacqueline Lévi-Valensi, *Albert Camus ou la naissance d'un romancier*, Gallimard, coll. «Les Cahiers de la *NRF*», 2006, p. 314.

(15) カミュ『シーシュポスの神話』清水徹訳，新潮文庫，2003年，p. 205。ただし，清水は，引用にあるように『シーシュポスの神話』における思想的欠点を指摘しつつも，これがカミュの思想家としての限界を示すものではなく，むしろ，世界の不条理性を突きつめた先にある，神なき世界における「聖なるもの」を目指した，極めて20世紀的な文学的姿勢であると評価している。

第Ｉ部導入

（1）ただし，カミュは戦後に書かれた「イタリア語版への序文」において，より正確に意味を限定している。「この手紙の筆者が，“君たち”と言う時，それは“ドイツ人一般”を意味せず，“ナチスの人々”を意味する。また“我々”と言う時，それは必ずしも“我々フランス人すべて”を意味せず，“我々自由なるヨーロッパ人”を意味する」(II, 7)。

第Ｉ部第１章　カミュは植民地主義者か否か

（1）エドワード・サイード「カミュとフランス帝国体験」，『文化と帝国主義』Ｉ，大橋洋一訳，みすず書房，1998年，pp. 313-314。

（2）モーリス・ヴィオレットは1925年から27年までアルジェリア総督を，1936年のレオン・ブルム内閣では国務大臣をも務めた社会党の政治家である。彼はアルジェリア統治百周年を機会に，エリート「原住民」のなかから選ばれたおよそ２万1,000人のイスラム系住民を対象に，市民権と選挙権を与える法案を提起した。このブルム＝ヴィオレット法案と呼ばれた同化政策は1939年に最終的に廃案になったが，30年代のアルジェリアの世論をわかせた議題であった。ちなみにカミュは1937年５月に，「ヴィオレット計画のためのアルジェリア知識人のマニフェスト」をアルジェリア共産党の機関誌に掲載し，その法案に対する支持を表明した。

（3）「ピエ・ノワール」とはアルジェリアのヨーロッパ系入植者を指す俗称であり，差別的な意味合いも含む。この呼称はアルジェリア独立後に普及し，厳密には独立以降本国フランスへ引き揚げたアルジェリアのフランス人を指すのだが，現在では独立以前のヨーロッパ系住民を指す言葉としても広く使われている。こうした経緯から，カミュが自身の著作において使用している例はなく，本書でも引用を除きこの語の使用は避ける。サイードはインタビュー集『ペンと剣』において，カミュの素性をあらわす言葉としてこの語を用いている（エドワード・サイード『ペンと剣』中野真紀子訳，クレイン／れんが書房新社，1998年，p. 112)。

（4）エドワード・サイード『文化と帝国主義』Ｉ，前掲書，p. 335。

（5）同書，p. 328。

（6）Jean-Paul Sartre, «Explication de *L'Etranger*», *Cahier du Sud*, février 1943, repris in *Critiques littéraires* (*Situations*, I), Gallimard, coll. «Folio», 1947, pp. 92-112.

（7）Roland Barthes, *Le Degré zéro de l'écriture, Œuvres complètes*, t. I, Seuil, 1993, pp. 217-218.

（8）Conor Cruise O'Brien, *Camus*, Fontana/Collins, coll. «Modern Masters», 1970, p. 23.

（9）例えば，カミュの出生地がコンスタンチーヌ近くのモンドヴィではなく，コンスタンチーヌ県内のモンドヴィであること，また作家がジャン・グルニエに出会ったのはアルジェ大学ではなく，リセ時代であること，作家が最初の妻と離婚したのは結婚してから２年後ではなく，ずっと後であったこと，そして『アルジェ・レピュブリカン』紙に従事したのは1937年ではなく，1938年であることなど，数多くの間違いをそれぞれ指摘し，訂正している（André Abbou, «D'un mirage l'autre ou les pièges de la critique

littéraire symptomale», *Albert Camus 5 : Journalisme et politique*, Lettres Modernes Minard, 1972, pp. 179–181)。

(10) ジャン・ガッサンは，オブライエンの二つの主張の論理矛盾を指摘している。オブライエンは，アラブ人を殺したムルソーを死刑にすることで，アラブ人とフランス人とのあいだの平等性を暗示した裁判の虚構性を根拠に，カミュが植民地の現実を否定していると主張するが，ガッサンは，ムルソーが死刑になったのは，アラブ人を殺したからではなく，母の葬式の際の主人公の冷静さに起因すると指摘する。また，別の箇所でオブライエンは，殺されたアラブ人が非人間的に描かれ，裁判で彼の死が忘れ去られることでムルソーが聖人として提示されることを暗に批判するが，それに対しガッサンは，このオブライエンの批判は第一の主張とは矛盾することを指摘した(Jean Gassin, «Camus raciste?» *ibid*., pp. 275–278)。ガッサンはさらに，1981 年に出版した精神分析批評の主著においても，カミュの「異邦性の感情」«sentiment d'étrangeté» は母親への病理的な愛情に起因するとして，植民地と関連づけるオブライエンの解釈を貧困な政治社会的な図式であると批判した（Jean Gassin, *L'Univers symbolique d'Albert Camus : essai d'interprétation psychanalytique*, Minard, 1981, p. 88)。また同じく精神分析批評の立場から『異邦人』を解釈したアラン・コストは，ムルソーの殺人を，作家の少年期の実体験の反映であると主張し，政治的解釈とは距離を取っている。『裏と表』の「ウイとノンのあいだ」にも書かれているが，カミュの母親が暴漢に襲われるという事件があった。結局犯人は捕まらなかったが，界隈ではアラブ人が犯人だと噂されていたらしい。コストは母親に暴行を加えたアラブ人を殺したいという願望の抑圧がカミュにあったに違いないと推測し，それがフィクションによる復讐につながったと考えている（Alain Costes, «Le Double meurtre de Meursault», in *Cahiers Albert Camus 5*, Gallimard, 1985, pp. 66–71)。

(11) Pierre Nora, «Pour une autre explication de *L'Etranger*», *France-observateur*, 5 janvier 1961, pp. 16–17 ; Henri Kréa, «Le Malentendu algérien», *ibid*., p. 16.

(12) Bernard Pingaud, *«L'Etranger» de Camus*, Classiques Hachettes, coll. «Poche critique», 1971, pp. 61–63.

(13) Bernard Pingaud, *Bernard Pingaud commente «L'Etranger» d'Albert Camus*, Gallimard, coll. «Folio», 1992, p. 99.

(14) Jacqueline Lévi-Valensi, «Préface», in Christiane Chaulet-Achour, *Albert Camus, Alger : «L'Etranger» et autres récits*, Atlantica, 1998, p. 11.

(15) *Ibid*., pp. 42–43.

(16) 自伝的小説『最初の人間』において，本国フランスは，主人公にエキゾチズムを喚起する土地として描かれている。幼い主人公ジャックは，本国フランスと同じ小学校の教科書に掲載された「神秘的な」物語に魅了される。それはアルジェに暮らす主人公が一度も見たことがない雪が降る土地（フランス）の物語であった（IV, 829)。またリセに進学してからは，本国フランス出身の同級生ディディエに対してエキゾチックな魅力を感じ，友情を育むことになる（IV, 867)。

(17) その代表であるサイードがカミュ研究者でないことは言うまでもないが，時系列に

沿って見ていくと，まず挙げられるのが前述したピエール・ノラとアンリ・クレアによる二つの論文である。歴史学の新しい潮流をつくった大著『記憶の場』の編纂で知られるピエール・ノラはともかく，もうひとりのアンリ・クレアについては説明を要するだろう。彼はフランス人を父に，アルジェリア人を母に持つ，詩や小説，劇作品の執筆など多方面で活躍した作家である。そして 1970 年に出版されたのが，前述したアイルランド出身の政治家オブライエンの批評である。続いてサイードの後に提出された論文としてまず挙げられるのが，日本における植民地文学との共通点をカミュの文学に見出し，『異邦人』が民族同化のイデオロギーを否定している物語だと解釈した社会言語学者のイ・ヨンスクの論文である（イ・ヨンスク「アジアの植民地から読むアルベール・カミュ」，『小説 TRIPPER』1997 年秋季号，朝日出版社，pp. 52–59）。また日本においては，18 世紀のフランス文学と思想を専門とする水林章が，サイードの論文に不足している『異邦人』のテクスト分析を補うという名目のもとに，ムルソーの殺人場面の詳細な分析を行っている。そしてこの場面の太陽とアラブ人の混同と両者の攻撃性を，植民者が被植民者に加えた暴力の反転，植民者（ムルソー）に内在化された結果だと考えた（水林章「サイードとともに読む『異邦人』――植民地的無意識のエクリチュール」，『みすず』2005 年 6 月号，pp. 6–26）。また日本のカミュ研究においては，マグレブ文学を専門とする茨木博史が，『異邦人』と「客」（『追放と王国』収録）の比較分析を通じて，作家とフランス植民地主義とのあいだの共犯性と同時に齟齬を孕んだ複雑な関係を読み取っている（茨木博史「『異邦人』から「客」へ――二人の植民者の肖像」，『カミュ研究』6 号，2004 年，pp. 31–52）。もちろん上記に挙げた論文がすべてではないが，カミュを植民地主義者として批判するポスト・コロニアル的解釈を提示したカミュ研究者はいない。

(18) カミュの政治活動を時系列に沿って詳細に分析し，一冊の研究書にまとめたジャンイヴ・ゲランは，全 15 章のうちはじめの 1 章を割いて作家のアルジェリア時代の政治活動を簡単に紹介している。その章に付けられた「修練時代」というタイトル，そして総ページ数に占める割合からも明らかなように，この時期の政治活動はあまり重要視されていない（Jeanyves Guérin, *Albert Camus : portrait de l'artiste en citoyen*, François Bourin, 1993, pp. 13–26）。

(19) アルジェリア時代のカミュの政治・文化的活動に関するレヴィ＝ヴァランシの論文には以下のものがある。Jacqueline Lévi-Valensi, «La Condition sociale en Algérie», *Albert Camus 5*, *op. cit.*, pp. 11–33 ; «L'Engagement culturel d'Albert Camus», *ibid.*, pp. 83–106 ; «L'Entrée de Camus dans la politique», *Camus et la politique*, Actes de colloque de Nanterre (juin 1985), L'Harmattan, coll. «Histoire et perspectives méditerranéennes», 1986, pp. 137–151. また彼女は，カミュが『アルジェ・レピュブリカン』紙と『ソワール・レピュブリカン』紙に掲載した記事をまとめた 2 冊本（『カイエ・アルベール・カミュ』シリーズ第 3 巻）の編集にもアンドレ・アブーとともにたずわさっている。

(20) 特に第 2 部第 2 章で展開された，後のアルジェリア作家に及ぼしたカミュの影響と現代アルジェリアのジャーナリズムに浸透しているカミュの痕跡を辿った研究は，これまでのカミュ研究にはない豊かな鉱脈の発見をしるしたものであった。賛成であれ

反対であれ，アルジェリア知識人の多くはカミュという洗礼を受けており，それは彼らにこの作家に対する中立の立場を許さないものであった（Christiane Chaulet-Achour, *Albert Camus, Alger : «L'Etranger» et autres récits*, *op. cit*., pp. 167–197）。

(21) *Ibid*., pp. 40–41. ショーレ＝アシュールはオブライエンと同様，ムルソーに死刑判決を言い渡す法廷によってアラブ人とフランス人の対立が否定されていると考える。しかし彼女はそれだけにとどまらない。アラブ人とムルソー両者の死という結末に，両者の対立が否定されながらもその和解が死以外にはありえないことを見て取り，『異邦人』はアルジェリアにおける二つの異なる共同体の共存不可能性を，「カミュがはからずも」示した「挫折と諦念の小説」だと主張する。ちなみに彼女の結論は上に挙げたイ・ヨンスクの論文のそれと同じくしている。

(22) *Ibid*., pp. 69–70.

(23) *Ibid*., p. 37.

第I部第2章　アルジェリア時代のカミュの政治参加

(1) 1933 年 1 月にナチスが政権を獲得した後，アムステルダム・プレイエル運動にカミュが参加していたことを付け加えておかなくてはならない。アムステルダム・プレイエル運動とは，左翼作家アンリ・バルビュスとロマン・ロランの呼びかけによって組織された反戦・反ファシズム運動である。1932 年 8 月にアムステルダムで第 1 回大会が開かれ，翌年 6 月にパリのプレイエル会館で第 2 回大会が開催された。これに関しては，作家が残したテクストがないため本書では分析の対象外とした。具体的な活動内容についてはロットマンの伝記第 7 章を参照のこと（Herbert R. Lottman, *Albert Camus*, traduit de l'américain par Marianne Véron, Seuil, coll. «Points», 1978, pp. 91–103）。ただし，共産党と深く結び付いているこの運動への参加が，後のアルジェリア共産党入党へとつながったことはたしかであろう。

(2) カミュが共産党に入党した正確な日付は不明だが，カミュとグルニエの往復書簡から推測して，1935 年の 8 月末から 9 月初頭のあいだであるとするのが定説となっている（*Correspondance Albert Camus-Jean Grenier 1932–1960*, Gallimard, 1981, p. 22）。

(3) この暴動には，実際には右翼だけでなく共産党員も交じっていたらしい。この事件に関連して，カミュは 1939 年 5 月 23 日付の『アルジェ・レピュブリカン』紙で，2 月 6 日事件を題材にしたアンドレ・シャンソンの小説『懲役船』（1938）の書評を掲載している。シャンソンは今日のフランス文学史においてほぼ忘れられた存在であるが，人民戦線を代表する作家として当時の文学界に名を馳せていた。

(4) 2 月 6 日事件は，当時の作家たちに対して，政治の場への回帰を迫る重大な事件であった。これについては以下の論文を参照のこと。Koichiro Hamano, «Le 6 février et les écrivains (I): "Hors de la tour"»,『青山フランス文学論集』17 号, 2009 年，pp. 32–54 ; «Le 6 février et les écrivains (II) : André Chamson»,『ステラ』29 号，九州大学フランス語フランス文学研究会，2010 年，pp. 151–168；濱野耕一郎「二月六日事件とバタイユ」，『水声通信』30 号，2009 年 5 月/6 月，pp. 120–131。

(5) 人民戦線より時代は遡ることになるが，フランスではすでに 1931 年に，フランス共

産党の後援のもとでフランス労働者演劇連盟が創設されていた。これは単なる娯楽としての演劇ではなく，フランス共産党や共産系の統一労働総同盟（CGTU）という革命組織の支援を目的としたプロパガンダ的な演劇活動であった。現存の演劇グループも加入できるこの自由な共同組織のおかげで，パリを中心として新しい劇団が次々と創設され，1935年には劇団数は200を超えたという（ジュリアン・ジャクスン『フランス人民戦線史——民主主義の擁護，1934–38年』訳者代表向井喜典，昭和堂，1992年，p. 138）。

（6）この二作品の他にも，1937年3月にはアイスキュロスの『縛られたプロメテウス』，ベン・ジョンソンの『エピシーン』，プーシキンの『ドン・ジュアン』を，また同年4月にはジョルジュ・クルトリーヌの『第330条』を上演している。

（7）仲間座での公演題目を以下に挙げておく。1937年12月にフェルナンド・デ・ロハスの『セレスティーヌ』，1938年2月にはシャルル・ヴィドラックの『商船テナシティ』，そしてカミュが息子役を演じたジッドの『放蕩息子の帰還』，同年5月にドストエフスキーの『カラマーゾフの兄弟』（カミュはイワン役を担当）を上演した。続いて1939年4月にはジョン・ミリントン・シングの『西洋の人気男』（カミュはクリスティ・マホン役を担当）を上演した。特に『商船テナシティ』と『カラマーゾフの兄弟』は当時のフランスで最も有名な演劇人ジャック・コポーによる翻案を使用している。1939年4月以降，政情の緊迫化とカミュのジャーナリスト活動が多忙になったため，仲間座の活動は中断されたまま夏には自然消滅してしまった。

（8）当時のアルジェリア総督モーリス・ヴィオレットが1931年に提出したこの同化政策は，ヨーロッパ系住民側の反発を引き起こし，議案として正式に審議されるのは1936年10月のレオン・ブルム内閣になってからであった。人数制限があるとはいえ「原住民」に対して権利上の同化を認める法案は，アルジェリアの議員の猛烈な反対（あくまでも独立にこだわるアルジェリア人民党も反対の意を表した）によって，一進一退の末1939年9月に廃案になった。この法案の不成立は，いかなるかたちであれ同化政策は拒絶するという当時のヨーロッパ系住民の意思を反映したものであった。この結果，それまでフランスに対して比較的好意的であった穏健派のイスラム系住民のあいだに失望感が高まり，民族独立を掲げるアルジェリア人民党の台頭を招いた。この同化計画の頓挫は，後のアルジェリア独立戦争へとつながるひとつの大きな布石となった。

（9）北アフリカの星は，マグレブ系労働者の共産主義組織として1926年3月にパリで設立された。メッサリ・ハジはこの組織をアルジェリアの独立と社会革命を目指す民族運動に仕立て上げ，在仏アルジェリア人労働者を対象に活動していた。この運動が本格的にアルジェリアに根を下ろしたのは1936年8月以降である（Charles-Robert Ageron, *Histoire de l'Algérie contemporaine*, P. U. F., coll. «Que sais-je?», 1999, pp. 82–83）。

（10）これに関しては，1958年のインタビューでのカミュの証言があるほか（IV, 644），1951年9月18日付のグルニエ宛の手紙で述べられている（*Correspondance Albert Camus-Jean Grenier 1932–1960*, *op. cit*., p. 180）。

（11）同じく1951年9月18日付のグルニエ宛の手紙で離党の理由が説明されている。そ

れによると離党の具体的なきっかけになったのは，カミュがそれまで党の命のもと北アフリカの星へと結集させていたアラブ人たちを，今度は路線変更にともない，1936年以降共産党が彼らを迫害し，投獄へと追いやったことであった（*Ibid.*）。

(12) 1936年1月12日に提出された人民戦線綱領は，国内の政治・経済政策のみに集中しており，植民地問題に関してはわずかに調査委員会を設置する提案のみとなっている。このことはフランス左翼全般の植民地問題に対する無知と無関心を露呈している。フランスの植民地政策を弾劾する人々ももちろんいたが，それはほとんどの場合が個人レベルでの発言であり少数派にすぎなかった（海原峻『フランス人民戦線』中公新書，1967年，p. 96）。1930年代の本国フランスにおいて例外的に植民地主義を批判したフランス知識人として，ルイ・アラゴンやアンドレ・ブルトンをはじめとしたシュルレアリストたち，そしてアンリ・ド・モンテルランが挙げられる。シュルレアリストが提起した反植民地主義運動に関しては，以下の書物を参照のこと。パトリシア・モルトン『パリ植民地博覧会』長谷川章訳，ブリュッケ，2002年，pp. 89–120。また1928年から31年にかけてアルジェに滞在したモンテルランは，『まだ楽園はある』(1935) というアルジェを賛美した非政治的エッセイを執筆する一方で，植民地主義批判を主張した小説『砂漠の薔薇』(1968) も執筆していた。彼は1930年に小説の執筆を開始し，1932年に完成させたが，当時の情勢を考慮し出版を思いとどまった。ファシズムが台頭しフランス国民が一丸となって戦わねばならない時に，フランスを批判する書物を出版してよいのかと思い悩んだらしい（Henri de Montherlant, *Essais*, Gallimard, «Bibliothèque de la Pléiade», 1963, p. 586）。小説は最終的に1968年に出版されることとなった。

(13) この講演原稿は，文化会館の月刊誌『若き地中海』の創刊号（1937年4月）に掲載された。

第I部第3章　ルイ・ベルトランの伝統主義的チパザ像

(1) Jean Grenier, «Préface», in *Albert Camus, Théâtre, récits, nouvelles*, Gallimard, «Bibliothèque de la Piéiade», 1962, p. XVIII.

(2) Gabriel Audisio, *Sel de la mer*, Gallimard, 1936, pp. 93–94.

(3) *Ibid.*

(4) ちなみに引用中，カミュはこのマニフェストに対して24名の知識人が署名したと述べているが，正確にはマニフェスト発表当初の時点で，すでに64名の署名が掲載されている。ミッシェル・ヴィノックによると，最終的には850名以上の署名が集まった（Michel Winock, *Le Siècle des intellectuels*, Seuil, coll. «Points», 1997, pp. 325, 781）。

(5) これは1936年7月にロンドンで開催された，国家主義者たちが一同に会した国際会議で行われた講演である（Louis Bertrand, *L'Internationale-ennemie des nations*, Zurich, Albert Nauck&Cie, 1936, pp. 7–14）。

(6) 先ほどカミュとベルトランとのあいだに直接的な交流はないと言ったが，間接的なつながりはある。両者を結び付けるのはステファンヌ・グゼルとジャック・ウルゴンという二人のチパザ発掘者である。アルジェ大学でカミュにラテン文学および古代ロ

ーマの歴史を教え，雑誌『リヴァージュ』の後見人でもあったジャック・ウルゴンは（カミュは「アルジェの夏」を彼に捧げた），グゼルの後継として 1929 年にチパザを発掘調査し，1930 年にはその成果を論文にまとめた（Jacques Heurgon, «Nouvelles recherches à Tipasa, ville de la Maurétanie césarienne», *Mélanges d'archéologie et d'histoire*, n° 47, 1930, pp. 182–201）。

（7）ベルトランが 1921 年までに出版した小説を年代順に挙げておく。*Le Sang des races*, Ollendorff, 1899 ; *La Cina*, Ollendorff, 1901 ; *Le Rival de Don Juan*, Ollendorff, 1903 ; *Pepète et Balthasar*, Ollendorff, 1904 ; *L'Invasion*, Fayard, 1907 ; *Les Bains de Phalère*, Fayard, 1910 ; *Mademoiselle de Jessincourt*, Fayard, 1911 ; *La Concession de Madame Petitgand*, Fayard, 1912 ; *Sanguis Martyrum*, Fayard, 1917.

（8）1830 年のアルジェ征服以降，多くの芸術家たちがアルジェリアを訪れ，その時の印象を文章にまとめた。そのなかでもおそらく最も知られているのは，画家ウジェーヌ・フロマンタンによるアルジェリア滞在記『サハラの一年』（1856）であろう。また，1845 年にテオフィル・ゴーチエ，1849 年にゴンクール兄弟がそれぞれアルジェリアを訪れ紀行文を残しているほか，1861 年から 62 年にかけてアルジェリアを旅行したアルフォンス・ドーデは，その体験を題材にして，主人公がアルジェリアにライオン狩りに行くという子供向けの冒険譚『タルタラン・ド・タラスコン』（1872）を執筆した。

（9）Louis Bertrand, *Les Villes d'or. Algérie et Tunisie romaines*, Fayard, 1921, p. 85.

（10）*Ibid.*, p. 6. このエッセイのなかで，ベルトランはフローベールの他にフロマンタンを槍玉に挙げ，彼らがオリエントを描く際にトルコ，アラブ，フェニキアの文化に過度の重要性を与えたとして非難している（*Ibid.*, p. 35）。また 1926 年に出版されたエッセイ集『イスラムを前に』では，異国趣味のディレッタンティズムとしてゴーチエの『スペイン紀行』（1843）を挙げている。ベルトランはこの紀行文に対する個人的な愛着を認めつつも，人間描写の欠如，および風景や事物をただ外側からなぞっただけの観察者的視点を批判している（Louis Bertrand, *Devant l'Islam*, Plon, 1926, pp. 133–135）。

（11）Louis Bertrand, *Les Villes d'or*, *op. cit.*, p. 6.

（12）*Ibid.*

（13）*Ibid.*, p. 9.

（14）*Ibid.*, p. 8.

（15）*Ibid.*, pp. 22–23.

（16）*Ibid.*, p. 9.

（17）*Ibid.*, p. 19.

（18）通常の歴史書では，フランスによるアルジェリア侵攻の日付は，フランス軍がアルジェリアに上陸した 1830 年 6 月 14 日とされている。

（19）*Ibid.*, p. 11.

（20）*Ibid.*, pp. 24–25. ちなみにこのマランゴ公園の記念碑は，1847 年にマランゴ大佐（1747–1862）主導のもとで建立されたと言われている。引用中の「近衛兵士」はこの大佐のことを指している。大佐の本名は Gaspard-Joseph-Marie Cappone と言い，もともとはナポレオンの大陸軍の所属であった。「マランゴ大佐」は 1800 年のマランゴの戦

いの際にナポレオンが付けたあだ名だという逸話が残っている。大佐はのちにアルジェリア進軍にも参加し活躍，退役後はアルジェ近郊のドゥエラ市長になった（Charles de Galland, *Les Petits cahiers algériens*, Typographie Adolphe Jourdan, 1900, pp. 25–26）。ベルトランはこうした記念碑の歴史的由来を当然知っていたと思われる。

(21) バレスと同じくロレーヌ出身のベルトランにとって，アルザス・ロレーヌ地方を奪われた普仏戦争の敗北は，自身の右翼的政治思想を形成する大きな要因のひとつとなったと思われる。結果として同地方の奪還をもたらした第一次世界大戦は，まさに普仏戦争の復讐の機会となった。だが戦勝国でありながらもフランスの被害は最も大きく，特にドイツとの激戦の舞台となったベルトランの故郷スパンクールは文字通り焦土と化した。

(22) モーラスおよびブラジヤックにおける地中海的官能に支えられた文学活動と政治思想の関連性については，以下の著作を参照のこと。福田和也『奇妙な廃墟——フランスにおける反近代主義の系譜とコラボラトゥール』国書刊行会，1989 年（第 3 章「シャルル・モーラス／反近代の極北」および第 5 章「ロベール・ブラジヤック／粛清された詩人」）。

(23) 最終的に全 8 巻になった記念碑的著作『北アフリカの古代史』（1913–29）をはじめとして，2 巻本の『アルジェリアの古代遺跡』（1901），『アルジェリア考古学図鑑』（1902–11）が挙げられている。

(24) Louis Bertrand, *Les Villes d'or*, *op. cit.*, pp. 52–53.

(25) Ernest Renan, «Exploration scientifique de l'Algérie. La Société berbère», *Revue des deux mondes*, vol. 107, sèptembre 1873, p. 138. ガストン・ボワシエは自著『古代ローマのアフリカ属州』の序文でこのルナンの言葉を引用している（Gaston Boissier, *L'Afrique romaine, promenades archéologiques en Algérie et en Tunisie*, Hachette, 1901, p. II）。

(26) エドワード・サイード『オリエンタリズム』上，板垣雄三・杉田英明監修，今沢紀子訳，平凡社，1993 年（第 2 章 2 節「シルヴェストル・ド・サシとエルネスト・ルナン——合理主義的人類学と文献学実験室」）。

(27) さらに付け加えるならば，ベルトランの文学活動はアルジェリアのキリスト教化とも密接な関連を持つ。当時第三共和制だったフランス国内ではむしろ世俗化が進んでおり，植民地におけるキリスト教の布教活動は必ずしも推奨されていたわけではなかった。そんななか，1867 年にアルジェの大司教になったラヴィジュリはアフリカ宣教師会を創設し，植民地体制を支持しつつアフリカ各地に新しい修道院や教会をつくり，アフリカ大陸における布教活動に専心した。ベルトランはラヴィジュリのキリスト教によるアフリカ統一という野望に感銘を受けており，自身の文学理念形成の大きな基盤になったことを告白している（Louis Bertrand, *Les Villes d'or*, *op. cit.*, pp. 15–17）。またベルトランは 1925 年のラヴィジュリ大司教の生誕百年を記念して，大司教の足取りを辿るエッセイも執筆した（Louis Bertrand, «Le Centenaire du cardinal Lavigerie», *Devant l'Islam*, *op. cit.*, p. 77–124）。

第Ⅰ部第４章　植民地主義的言説の解体としての『結婚』

（１）*Notre Afrique*, Les Editions du monde moderne, 1925, p. 1.

（２）*Ibid.*, p. 22.

（３）ちなみにガブリエル・オーディジオはもともとアルジェリアニズムの作家たちと親交があった。1926年に出版されたオーディジオの処女小説『三人の男とミナレット』はアルジェリアニズムが主導するアルジェリア作家連盟の文学賞にも選ばれた。1921年に設立されたこの連盟は，はじめてのアルジェリア出身作家（およびアルジェリアに居住する作家）による連盟であり，初代会長はルイ・ルコックだった（文学賞自体は1924年にはじまった）。だがオーディジオはすぐにアルジェリアニズムから距離を取り，「母なる地中海」を主体にした小説や詩を量産しはじめる。この作家の地中海賛歌がのちのカミュをはじめとした「アルジェ派」へと継承されていくことになる。

（４）原始キリスト教がヘレニズムと接触することによっていかにして普遍宗教へと発展するに至ったのか，そしてこの二つの潮流が，グノーシス主義，ネオプラトニズムを経て，聖アウグスティヌスの思想においていかにして統一されたのかを明らかにしようとしたこの論文は，学術的正当性や価値はさておき，作家の思想的関心，そして古代ギリシャ（ヘレニズム）への偏愛を見出すことができる。カミュはのちの1958年のインタビューで，この主題を選択したのは「聖アウグスティヌスとプロティノスがアフリカ人であったこと，そして自分がキリスト教世界に生きるギリシャ人だと感じていたこと」を個人的な理由として挙げている（IV, 645）。カミュにおける古代ギリシャの重要性を扱った著作として，以下の論文集がある。*Albert Camus et la Grèce*, les Ecritures du Sude, 2007.

（５）これはカミュが友人メゾンスールに贈った詩であり，生前には公表されていない。原稿には1933年10月という日付が付されている。ちなみにこの詩に題名は付いておらず，編者が便宜的に「地中海」と付けた。

（６）「チパザでの結婚」のヴァリアントには古代ローマ人という言葉を含む一文があるが，決定稿では削除されている。その箇所は以下の通りである。「もちろん，ここには古代ローマ人がいたが，それがどれだけ僕にとってどうでもよいことかを言いあらわすことはできない」（I, 1235）。

（７）ベルトランの著作のなかでも特に注目に値するのが，前述したチパザを舞台にした小説『ラ・シーナ』（1901）である。この小説は，彼にチパザの存在を教えた考古学者ステファンヌ・グゼルに捧げられている。前章ですでに検討したように，小説の舞台となるチパザはフランスの所有地として描かれているが，それはフランスからアルジェリアへと移住した入植者たち（クロードとミッシェル）の会話からも容易に推測されよう。以下に引用するのは，二人がはじめてチパザを訪れ，古代ローマという西欧文明の遺産を見つけて感激している場面である。「“僕らの民族の祖先たちは，しっかりとここに根を下ろしていたんだね！”とクロードは言った。“勝利しようと敗北しようと，ラテン民族は常にアフリカ周辺をうろついていたんだ。この肥沃な獲物のまわりに。”“そうだ”とミッシェルは言った。“まず古代ローマ！　次にビザンツ帝国！　サン＝ルイにシャルル・カン，ルイ14世，最後に王政復古の軍隊と僕の父の遠征！

本当に，僕たちはここではよそものでは全然ないんだよ！”“僕たちは遺産を受け取りにきたんだ！”とクロードは同意した」(Louis Bertrand, *La Cina*, Albain Michel, non daté, p. 53)。

(8) フランス語の«ruines»には遺跡と廃墟の意味がある。ここでは文脈に合わせて廃墟と訳した。

(9)『ユネスコ世界遺産 11　北・西アフリカ』講談社，1998年，p. 40。チパザはもともとフェニキア語で「往来の場」«lieu de passage»と呼ばれていたらしい（Jacques Heurgon, «Nouvelles recherches à Tipasa, ville de la Maurétanie césarienne», *Mélauges d'archéologie et d'histoire*, n°47, 1930, p. 182)。この語源は，チパザが元来通商の街として栄えていたことに由来すると思われる。チパザにおける古代ローマ帝国の支配は紀元前1世紀中頃からはじまり，ヴァンダル人が侵略する5世紀まで続いた。この街はヴァンダル人の侵略に耐えることはできたが，6世紀のビザンツ帝国軍の襲来によってほとんどの住人は逃げ出し，7世紀にアラブ人が侵略した時には，すでに無人化した廃墟だったという（『ユネスコ世界遺産 11　北・西アフリカ』，前掲書，p. 41)。

(10) 例えば以下の論文を参照のこと。Aimé Dupuy, «Esquisse d'une histoire des statues et monuments français d'Afrique du Nord au cours de l'ère coloniale», *L'Information historique*, n° 3, mai-juin 1973, pp. 122-127.

(11)「感受性の強い旅行者には，アルジェに行くことがあれば，港のパラソル付き屋台へアニセット酒を飲みに行くこと，朝『漁場』で取りたての魚をコンロで焼いたのを食べることをすすめる。それからまた，名前は忘れてしまったが，ラ・リール街の小さなカフェにアラブ音楽を聞きに行くこと。夕方6時に，総督府広場のオルレアン公の銅像のたもとに腰を下ろすこと（公爵のためではない，そこを大勢の人が通り快適だからである)」(III, 595)。ちなみに銅像のモデルであるオルレアン公とは，1835年と1840年のアルジェ遠征に参加し戦果を上げた，フランス王ルイ・フィリップ1世の第一王子であるオルレアン公フェルディナン・フィリップを指している。この銅像は夭逝した彼のアルジェリアにおける功績を称えて1845年に建立された。アルジェリアの独立を機にこの銅像は撤去され，現在ではオルレアン公がその生涯を閉じたパリ西部の郊外ヌイイに移された。

(12) 古代ギリシャ文学の専門家である川島重成は，アポロン神を古代ギリシャを代表する神格だと述べ，以下のように続けている。「アポロンは現実から遠く離れた神秘的彼岸的な，憧れの対象といったものではない。人間に“汝自らを知れ”と呼びかけ，節度と知恵を要求する明澄なる精神，人間こそまさに“死すべき者”たることを感得せしめ，そのことによってかえって人間を人間たらしめる不死なる存在である」(川島重成『ギリシャ紀行――歴史・宗教・文学』岩波現代文庫，2001年，p. 136)。

(13) このドーリア人のエピソードは，カミュが執筆当時に読んでいたシュペングラーの『西洋の没落』から借用したものである（オスヴァルト・シュペングラー『西洋の没落』第1巻，村松正俊訳，五月書房，2001年，p. 22)。1937年12月の『手帖』には，『西洋の没落』の「序文」および「緒論」に関する読書メモが集中的に書かれており(II, 845-846)，カミュの西欧文明と文化，そして歴史認識に関する考察はこの書物に

多くを負っていると考えられる。

(14) Paul Viallaneix, «Le Premier Camus», in *Cahiers Albert Camus 2*, Gallimard, 1973, pp. 70-71.

(15) ヘーゲル『歴史哲学講義』上，長谷川宏訳，岩波文庫，1998 年，p. 169。

(16) 同書，p. 160。

第 I 部第 5 章　街の共同体と「男」のモラル

(1) Christiane Chaulet-Achour, *Albert Camus, Alger : «L'Etranger» et autres récits*, Atlantica, 1998, p. 60.

(2) 1938 年 8 月の『手帖』にはレイモン・サンテスがムルソーに語る情婦とのもめ事のエピソードが記されているが，その冒頭にはベルクールという街の名前が明示されている (II, 859)。

(3) Pierre-Louis Rey, *L'Etranger*, Hatier, coll. «Profile d'une œuvre», 1991, p. 22. だがピエール＝ルイ・レーはのちの論文で，市営サッカー場が郊外に位置するという小説内の記述は誤りであり，正しくは市内であると一部分訂正している (Pierre-Louis Rey, «Noms et lieux d'Alger», *Europe*, n° 846, octobre 1999, p. 41)。レーは，アルジェ郊外がウッセイン・デイ以東と規定されているゆえ小説の記述を誤りだとしているが，市営サッカー場のあるリュイソー街とウッセイン・デイ街は隣接している（ともにベルクール街の東に位置する)。この境界線から判断するとリュイソー街はぎりぎり市内に位置し，リュイソー街の東に位置するウッセイン・デイ街は郊外となる。それゆえカミュがサッカー場を郊外と記したのは，全くの見当違いというわけではない。

(4)『異邦人』には以下のような記述がある。「刑務所は街の高みにあったから，小窓からは海が見えた」(I, 183)。ムルソーが収容された刑務所は，小高い丘陵地帯に築かれたカスバの上部に位置するバルブルース刑務所であろう。アルジェリア独立戦争の際には，ここに多くの「原住民」が政治犯として収容された。

(5) Pierre-Louis Rey, *L'Etranger*, *op. cit.*, p. 22.

(6) Pierre-Louis Rey, «Noms et lieux d'Alger», *op. cit.*, p. 41.

(7) リセ時代の夏休みのあいだ，カミュは家族の生活費を稼ぐために働かなくてはならなかった。その仕事のひとつが港の船舶仲買人の事務所でのアルバイトだった。『最初の人間』ではこの体験がジャックのものとして語られているが，その事務所は「海岸大通り」に面していると書かれている (IV, 906)。また『幸福な死』のメルソーの職場の設定もムルソーと同じである。

(8) Pierre-Louis Rey, «Noms et lieux d'Alger», *op. cit.*, p. 41. ただしこの海岸は「アルジェの郊外」とだけ記されているので (I, 169)，アルジェ市内のサブレット海岸ではないという意見があるかも知れない。ただサブレット海岸は市営サッカー場に近く，アルジェの東端に位置する。市営サッカー場が郊外とされているように，サブレットの海岸も郊外と見なされたと考えると整合性があり，したがってレーの指摘は正しいように思われる。何よりもその証拠に，この海岸はムルソーのアパートからさほど遠くなく，バスで行った方が早いという理由で，ムルソーたちはバスを使っているのだ

(*Ibid.*)。

(9) Pierre-Georges Castex, *Albert Camus et «L'Etranger»*, José Corti, 1965, p. 25. 1940年3月の『手帖』には以下のような記述が見られる。「トルーヴィル。ツルボランが咲き乱れる海の前の丘。緑か白に塗った柵やベランダのある小さな別荘。ギョウリュウのなかに埋まっているものもあれば，石ころのあいだにむき出しで立っているものもある。下の海はかすかな唸りを上げている。しかし太陽，軽やかな風，白いツルボランの花，すでに濃さを増した青い空，そうしたものがすべて夏を，輝かしい青春を，日焼けした娘や少年たちを，生への情熱の誕生を，太陽の下で過ごす長い時間を，さらにはにわかに訪れる甘美な夕暮れを思わせる。誕生と死があり，そのあいだに美と憂愁があるということ以外に，どのような意味を我々の日々に認めたらよいのか，またこの丘に，他にどのような教訓を認めればよいのか」(II, 907)。

(10) Pierre-Louis Rey, «Noms et lieux d'Alger», *op. cit.*, p. 40.

(11) ちなみにカルドナは作家の母方祖母の旧姓，サンテスは母の旧姓である。カミュの母方先祖はスペイン系移民であった。

(12)『夏』に収録された「過去のない街のための小案内」には，アルジェリアのフランス人の民族的多様性についての以下のような記述が見られる。「アルジェリアのフランス人は雑種の種族であり，思いがけない雑婚の結果でき上がったものだ。スペイン人，アルザス人，イタリア人，マルタ人，ユダヤ人，ギリシャ人などがついにここで出会った」(III, 594)。

(13) アルジェリアにおける冒瀆的とも受け取られかねない死や死者に対する敬意の欠如については，「アルジェの夏」にも記されている (I, 122–123)。

(14) ムルソーの社会に対する無関心が見受けられる象徴的な場面がある。第1部第2章で，主人公が新聞をぱらぱらとめくる場面があるのだが，それは古い新聞であり，さらに彼の興味を引いたのは，社会的・政治的な記事ではなく，クルッシェンの塩の広告なのだ (I, 152)。

(15) 1955年の「アメリカ大学版への序文」において，カミュは以下のように述べている。「だいぶ以前，私は自分でも極めて逆説的だと認めるある一文によって，『異邦人』を要約したことがある。“現代社会においては，母親の埋葬にあたって涙を流さない人間は，誰でも死刑を宣告されるおそれがある”。私がただ言いたかったのは，この本の主人公は，ゲームに参加しないから死刑を宣告されるということである。そういう意味で，彼は自分の住む社会に関わりを持たぬ異邦人であり，その埒外にあって，個人的で，孤独で，感覚的な生活という場末の一隅をさまよっている」(I, 215)。

(16) これはロベール・シャンピニーが提示したムルソー像である。シャンピニーはムルソーが古代ギリシャ人の自然（ピュシス）に属する人間だと考え，ムルソーにエピクロス的叡智の特徴を見出している (Robert Champigny, *Sur un héros païen*, Gallimard, 1959)。

(17) 内田樹「ためらいの倫理学」，『カミュ研究』4号，2000年，pp. 27–30；松本陽正「アルベール・カミュにおける“男”について」，『フランス語フランス文学研究』67号，1995年，pp. 71–81 ; Pierre-Louis Rey, *L'Etranger*, *op. cit.*, pp. 33–34.

(18) 内田樹「ためらいの倫理学」，前掲論文，p. 27。ただし私たちは，内田が考えるように，ムルソーの殺人は，主人公がこの行動準則を守ったゆえに起こったとは考えていない。ムルソーの殺人は，むしろムルソーがこの行動準則を「太陽のせいで」守りきれなかったことに起因すると考えている。この点についてはのちに殺人場面の分析において議論する。

(19) オリヴィエ・トッドの伝記によると，カミュは未来の妻フランシーヌ・フォール宛の手紙で以下のように述べている。「モンテルランがアルジェについて書いた小冊子を読みましたか。もしまだなら送りましょう。たいへん気に入ることでしょう」（Olivier Todd, *Albert Camus, une vie*, Gallimard, coll. «Folio», 1996, p. 225）。この手紙の日付はモンテルランのエッセイ出版から 3 年後の 1938 年 2 月 10 日付であるが，おそらくカミュは出版直後に読んでいたと考えられる。

(20) Henry de Montherlant, *Il y a encore des paradis : images d'Alger 1928-1931*, P. & G. Soubiron, 1935, p. 43.

(21) この敵対関係をあらわす証左として，必ずと言っていいほど引用されるのが，以下の一節である。「僕らが出発しようとしたちょうどその時，突然レイモンが前を見るよう合図した。すると煙草屋の店先で，背をもたれかけて立っているアラブ人の集団が目に入った。じっと黙ったままこちらを見ていたが，それは実にあいつららしいやり方で，まるで僕らが石か枯木だと言わんばかりだった」（I, 169）。

(22) レイモンの喧嘩話のあと，以下のような文章が続く。「するとレイモンは，まさにその件のことで僕に相談したいことがあると言った。僕は男であり，世間を知っているし，僕だったら彼の力になれる，そうなったらもう兄弟分だ，と言った」（I, 157）。

(23) 例えば「男」のモラルという観点からムルソーの殺人場面での行動を分析した内田樹は，第二の対決におけるムルソーの「あいつがナイフを抜いたりしたら，俺がやつを撃つ」という発言に殺人の根拠を求め，第三の対決でアラブ人はナイフを差し出したため，ムルソーは発砲したと考えている（内田樹「ためらいの倫理学」，前掲論文，pp. 29-30）。またショーレ＝アシュールも，ナイフで威嚇するアラブ人は挑発者であり，ムルソーはその犠牲者だと考えている（Christiane Chaulet-Achour, *Albert Camus, Alger : «L'Etranger» et autres récits*, *op. cit.*, pp. 52-53）。

(24) アラブ人と出会う直前に，以下のような文章がある。「僕はゆっくりと岩場の方へと歩いていたが，太陽で額がふくれあがるように感じた。この激しい暑さが自分にのしかかり，歩みを阻んだ。顔に大きな熱気を感じるたびに，歯ぎしりしたり，ズボンのポケットのなかで拳を握りしめ，全力で，太陽と，太陽が浴びせかける不透明な酔いに打ち勝とうとした」（I, 174）。

(25) カミュの伝記の著者であるロットマンとトッドは，この喧嘩のエピソードの源泉を，1939 年 8 月に作家の友人ピエール・ガランドーがカミュに話したアラブ人とのもめ事に求めた。ガランドー夫妻はオラン近くの海岸ブイッスヴィルで，別の夫妻と共同で別荘を借りていた。ひとりのアラブ人がガランドーの友人の妻に言い寄ったことで喧嘩になり，その友人はアラブ人のナイフが口にあたって怪我をしたらしい。友人はガランドーを呼びに別荘に戻り，銃を手にした。二人は海岸でアラブ人を見つけたが発

砲沙汰にはならなかったようだ（Herbert R. Lottman, *Albert Camus*, traduit de l'américain par Marianne Véron, Seuil, coll. «Points», 1978, pp. 224–225 ; Olivier Todd, *Albert Camus, une vie*, *op. cit.*, pp. 313–314）。

(26) 植民地アルジェリアでは，1841年から42年にかけてフランスに範をとった裁判所が設置され，裁判所はアルジェリアの全住民に対して権能を持つと宣言しフランス法のみを適用した（Charles-Robert Ageron, *Histoire de l'Algérie contemporaine*, P. U. F., coll. «Que sais-je?», 1999, p. 23）。

第I部第6章　無関心＝無差異のモラル

(1) Emmanuel Roblès, *Camus, frère du soleil*, Seuil, 1995, p. 22.

(2) 例えば以下のいくつかの論文が挙げられる。三野博司「『裏と表』黎明の時——カミュにおける瞬間と持続」，『人文研究』第30巻第4分冊，大阪市立大学文学部，1978年，p. 229；内田樹「ためらいの倫理学」，『カミュ研究』4号，2000年，p. 28；西永良成『評伝アルベール・カミュ』白水社，1976年，p. 85。

(3) ニーチェ『ニーチェ全集11　善悪の彼岸／道徳の系譜』信太正三訳，ちくま学芸文庫，2005年，pp. 26–27。

(4) 例えばカミュの伝記を執筆したオリヴィエ・トッドは，ムルソーの人物像はカミュ自身と作家の友人たち（パスカル・ピア，ピエール・ガランド，ベンスーサン兄弟，ソヴール・ガリエロ，イヴォンヌ・デュケイラー）から着想されたと述べている（Olivier Todd, *Albert Camus, une vie*, Gallimard, coll. «Folio», 1996, p. 332）。また，シモーヌ・ド・ボーヴォワールは，『ある戦後』と題された回想録において，1944年の大晦日のパーティーで，カミュが一人の男を指して，「彼なんだ，『異邦人』のモデルになったのは」と語ったことを述懐している（Simone de Beauvoir, *La Force des choses, I*, Gallimard, coll. «Folio», p. 32–33）。

(5) Maurice Blanchot, «Le Détour vers la simplicité», *Nouvelle Revue Françaises*, n°89, mai 1960, repris in *L'Amitié*, Gallimard, 1971, p. 223.

(6) Jean Gassin, *L'Univers symbolique d'Albert Camus : essai d'interprétation psychanaritique*, Minard, 1981, p. 38 ; Carl A. Viggiani, «*L'Etranger* de Camus», *Configuration critique I*, Lettres Modernes Minard, 1961, p. 126. さらに付け加えると，この海辺でのマリーとの出会いはムルソーから母の喪失を認識する機会を決定的に奪う。ムルソーは母の死の正確な日付も，彼女の年齢も知らず，遺体を見ることもないまま葬儀を終える。そして，ムルソーは葬儀の翌日にマリーという母の代理を得ることで，完全に母の喪の作業に失敗（あるいは拒否）するのである（Alain Costes, *Albert Camus et la parole manquante*, Payot, 1973, p. 67）。

(7) *Ibid.*

(8) これに関連して興味深いのが，サラマノと飼い犬とのつながりである。ムルソーは飼い犬をなくしたサラマノに「別の犬」«un autre chien» を飼うことをすすめるのだが，サラマノはその提案を断っている（I, 167）。いくら表面上サラマノが飼い犬にひどい扱いをしようとも，サラマノにとっての飼い犬も，ムルソーにとっての母親と同じく

唯一無二の存在なのである。

（9）Maurice Blanchot, «Le Détour vers la simplicité», *op. cit.*, p. 223.

（10）Jean-Paul Sartre, «Explication de *L'Etranger*», *Cahier du Sud*, février 1943, repris in *Critiques littéraires* (*Situations*, I), Gallimard, coll. «Folio», 1947, p. 103.

（11）アルベール・メンミはチュニジアのユダヤ人作家で，カミュは彼の処女作『塩の柱』（1953）の序文を執筆している。メンミはアルジェリア戦争さなかの1957年に出版した『植民者の肖像と被植民者の肖像』（序文はサルトルによる）において，植民者を「植民者であることを拒む植民者」と「植民者であることを受け入れる植民者」とに区別し，前者を「善意の植民者」«colonisateur de bonne volonté»，後者を「植民地開拓者」«colonisateur» と見なしている。その分類法に倣うとカミュは前者にあたるだろう。しかしながらこの著作の目的は「善意の植民者」を弁護することではなく，植民者が善意の人であろうとなかろうと彼らが植民者である限り特権者かつ搾取者であることは否定できないと述べ，アルジェリアの独立を支持することであった（Albert Memmi, *Portrait du colonisé, précédé de Portrait du colonisateur*, Gallimard, coll. «Folio actuel», 2002）。

第Ⅱ部第１章　小説創造という野望

（1）「ここに収められたエッセイは，今のままでは，その大部分がかたちをなしていない。しかしそれは安易に形式を無視したからではなく，ただ未熟なせいである」（II, 815）。

（2）この草稿は2006年に刊行された新プレイヤッド版カミュ全集（全4巻）第1巻の『裏と表』の補遺として収録されている。旧プレイヤッド版カミュ全集（全2巻）では，テクストの一部のみが『裏と表』の補足資料として収められていた。この全集を編集したロジェ・キーヨはこのテクストを『裏と表』の「ウイとノンのあいだ」のための草稿と見なし，「"ウイとノンのあいだ" のための草稿断片」というタイトルで収録した。この草稿がカミュのはじめての小説創造の試みであったことは，1980年に提出されたジャクリーヌ・レヴィ＝ヴァランシの博士論文で明らかにされている。この「ルイ・ランジャール」というタイトルはレヴィ＝ヴァランシが主人公の名に基づいて便宜的に付けたもので，作者自身は題名を決定していなかった。カミュは「ルイ・ランジャール」，「不条理」あるいは「母親への帰還」をタイトルの候補として考えていたようである（Jacqueline Lévi-Valensi, *Albert Camus ou la naissance d'un romancier*, Gallimard, coll. «Les Cahiers de la *NRF*», 2006, p. 211）。

（3）「貧民街の声」は「ルイ・ランジャール」および『裏と表』の原形となるテクストである。このエッセイは，「考えることをしなかった女の声」，「死ぬために生まれてきた男の声」，「音楽によって昂揚された声」，「映画に行くためにおいてきぼりにされた病気の老婆の声」と題された四つのエピソードから構成されている。第二および第四エピソードは最終的に『裏と表』の「皮肉」に収録され，第一エピソードは『裏と表』の「ウイとノンのあいだ」にそのまま収録されている。母親のアヴァンチュールにまつわる思い出を記した第三エピソードは『裏と表』には採用されておらず，遺稿『最初の人間』で再び活用されている。

（4）新プレイヤッド版のカミュ全集では，「貧民街の病院」，「貧民街の声」，「ルイ・ランジャール」が『裏と表』の補遺として収録されている。

（5）この創作方法については，1959年に行われたインタビューにおいて，カミュ自身が明確にしている。「メモ，紙片，漠然たる夢想，そういうものが何年ものあいだ続きます。ある日，アイデアがひらめき，ばらばらのものをつなぐ着想が浮かびます。そしてそうしたものを秩序づけるための長く苦しい作業がはじまるのです。これは，私の奥深い無秩序が並外れたものであるだけにいっそう長期にわたります」(IV, 612)。

（6）『幸福な死』はおよそ1936年から38年にかけて執筆されたと考えられているが，現在残されているかたちが整ったのは1937年の夏だと言われている（André Abbou, «Notice de *La Mort heureuse*», in *O. C.*, I, p. 1445)。

（7）松本陽正『アルベール・カミュの遺稿 *Le Premier homme* 研究』駿河台出版社，1999年，p. 47；高塚浩由樹「“ルイ・ランジャール”と『最初の人間』の間の往復運動」，『国際関係研究』第28巻4号，日本大学国際関係学部国際関係研究所，2008年，p. 249。

（8）『カミュの手帖 1935–1959（全）』大久保敏彦訳，新潮社，1992年，p. 87。

（9）1938年6月18日付のジャン・グルニエ宛の手紙から，カミュは完結させた『幸福な死』をいったんグルニエに見せて感想をもらっていたことがわかる。1939年10月30日以前のグルニエの手紙は消失しているため恩師の批評内容は定かではないのだが，カミュの手紙の文面から察するに，あまり好意的なものではなかったようである（*Correspondance Albert Camus-Jean Grenier 1932–1960*, Gallimard, 1981, pp. 28–29)。

（10）『カミュの手帖 1935–1959（全）』，前掲書，p. 84。

（11）『最初の人間』では章題だけが「エチエンヌ」となっており，その後は常に叔父の本名であるエルネストという名前が使われている。

第Ⅱ部第2章　瞬間の美学

（1）この言葉は，『手帖』の前身として1933月4月に集中的に書かれた「読書ノート」からの引用である。これだけを読むとカミュ自身の考えのような印象を受けるが，実際のところはジッドから借用したものである。1957年12月14日に行われたノーベル文学賞受賞の際の講演で，カミュは次のように述べている。「ともすれば誤解を招きやすい言葉なのですが，私がこれまで常に賛同してきたジッドの言葉があります。“芸術は拘束によって生き，自由によって死ぬ”という言葉です」(IV, 262)。

（2）例えば「モール人の家」における以下の一節に，その転換点を認めることができるだろう。「こうして，アルジェリアの僕の空を前にして，おのれの様々な不安の虚栄に気付き，未知の苦痛に思いを馳せるのだった。“現実”から逃れることをあまりにも望んだために，僕は，もうひとつの逃亡があることに気が付いていた。そしてそれは，自然の陶酔のなかで“夢”を忘れさせる逃亡だった」(I, 974)。

（3）『異邦人』第1部第1章の最後に以下のような一節がある。「また，教会や，歩道に立つ村人，墓地の墓石に咲く赤いゼラニウム，卒倒するペレーズ（糸の切れた操り人形のようだった)，母さんの棺にかけられた血の色をした土，その土と交じった根の白

い肉。それからまた人，人，人の声，村。カフェの前での待ち時間。絶え間ないエンジンの響き。そしてバスがアルジェリアの光の巣に入り，これで横になり 12 時間眠れると考えたときの，あのうれしさ」(I, 150)。だがこの二つのテクストには大きな違いもある。「モール人の家」では，描写の対象となる情景が，不安や魅力，驚きといった語り手の感情を掻き立て，情景そのものだけでなく，その情景が喚起する主体の様々な感情の移り変わりにも重きが置かれているのに対して，『異邦人』ではムルソーの主観や感情がほぼ完全に排除されており，次々と切り替わるカメラレンズのような透明な視点を通じて対象が描かれている。

(4) 1959 年に再版された『孤島』に寄せた美しい序文のなかで，カミュはグルニエがもたらした文学的恩恵について以下のように述べている。「『孤島』を発見した時期，自分でもものを書きたいと望んでいたと思う。しかし，本当にそうしようと決心したのは，この本を読んだあとでしかなかった」(IV, 623)。

(5)『最初の人間』の草稿の冒頭には，以下のような献辞がある。「仲介者：カミュ未亡人／この本を決して読むことができないであろう，あなたに」(IV, 741)。

(6) Jean Grenier, *Les Iles*, Gallimard, coll. «L'Imaginaire», 1995, p. 24.

(7) Hiroshi Mino, *Le Silence dans l'œuvre d'Albert Camus*, José Corti, 1987, pp. 23-26.

(8) *Ibid*., p. 24.

(9) 例えば「ウイとノンのあいだ」には，以下のような文章がある。「ある程度の豊かさにおいては，空そのものや，星でいっぱいの夜は，自然の財産のように思われる。だが，下層階級の人々にとって，空は，値の付けられない恩寵という本来の意味を取り戻す」(I, 48-49)。

(10) 新プレイヤッド版の注にあるように，この言葉はスイスの哲学者アンリ=フレデリック・アミエルの『日記』からの，「風景は精神状態そのものである」という言葉を踏まえている。このアミエルの一文は，1932 年に執筆された芸術論「音楽について」ですでに引用されている。だがアミエルの言葉を真っ向から否定する「ジェミラの風」とは違って，「音楽について」ではアミエルの言葉を正しいものと認めている (I, 523)。この一見相反する態度はカミュの思考の転換を示すのではなく，むしろ捉え方の違いと考えるべきであろう。「音楽について」において，カミュがアミエルの言葉に同意するのは，美が風景という対象のなかにあるのではなく，対象を美しいと感じる自我のなかにある限りにおいてである。そのことを再確認するかのように，カミュは「チパザでの結婚」で，「僕は 1 日以上チパザにいたためしがない。風景をあまりに見すぎたという瞬間がいつでもあるものだ」(I, 109) と述べている。つまり風景が精神状態と一致するのは，あくまでも風景が主体に美的感動を喚起する一瞬だけなのだ。この風景に対する反応は，本能的，無意識的なものであると同時に受動的なものであり，風景や自然を自己の心情を投影するものとして積極的に捉えようとするロマン主義的な姿勢は見られない。

第Ⅱ部第 3 章　小説創造の失敗

(1) Jacqueline Lévi-Valensi, *Albert Camus ou la naissance d'un romancier*, Gallimard, coll.

«Les Cahiers de la *NRF*», 2006, pp. 210–215.

（2）Jacqueline Lévi-Valensi, «Notice de "Louis Raingeard"», in *O. C.*, I, p. 1225.

（3）*Ibid.*

（4）Jacqueline Lévi-Valensi, *Albert Camus ou la naissance d'un romancier*, *op. cit.*, p. 280.

（5）カミュはこの言葉を，1933 年 4 月の日付のついた「読書ノート」に書き付けている。

（6）*Ibid.*, p. 281.

（7）*Ibid.*

（8）「ウイとノンのあいだ」では，この冒頭の疑問は削除され，語り手の心理描写は抑えられている（I, 50）。

（9）Marcel Proust, *«Le Temps retrouvé», A la recherche du temps perdu*, t. IV, Gallimard, «Bibliothèque de la Pléiade», 1989, p. 499.

（10）Roger Quilliot, «Notes et variantes», in *Albert Camus*, *Essais*, Gallimard, «Bibliothèque de la Pléiade», 1965, p. 1187.

（11）Pierre-Louis Rey, *Camus : Une morale de la Beauté*, SEDES, 2000, p. 30.

（12）Marcel Proust, *A la recherche du temps perdu*, *op. cit.*, p. 474.

（13）ロラン・バルトは『物語の構造分析』のなかで，物語を内包する媒体として，神話，伝説，寓話，おとぎ話，短編小説，叙事詩，歴史，悲劇，正劇，喜劇，パントマイム，絵画，焼き絵ガラス，映画，続き漫画，三面記事，会話を挙げている（Roland Barthes, *Introduction à l'analyse structurale des récits,* in *Œuvres complètes*, t. II : *Livres, textes, entretiens, 1962–1967*, Seuil, 2002, p. 828）。

（14）加藤周一『日本文化における時間と空間』岩波書店，2007 年，p. 36。

（15）同書，pp. 63–79。

（16）Roger Quilliot, «Présentation de *L'Etranger*», in *Albert Camus, Théâtre, récits, nouvelles,* Gallimard, «Bibliothèque de la Pléiade», 1962, p. 1913.

（17）Gérard Genette, *Figure II*, Seuil, coll. «Points», 1969, p. 94. ジュネットは『フィギュール II』に収められた論文「真実らしさと動機づけ」において，「物語の恣意性」«l'arbitraire du récit» について言及している。これは結末によって小説全体が遡及的に決定されるという物語の逆説的論理である。小説を冒頭から結末に向かって直線的に読む読者の立場から見ると，小説内で語られる様々な事件や挿話が，物語の時間軸に沿って因果関係を次々と生み出し，その出来事の連鎖が最終的に結末へと収束されていくように見える。その時，読者はこれらの出来事を偶然に起こったように感じるだろう。ジュネットは逆に，小説世界の創造者である作者の立場から小説の論理的成り立ちを考える。結末に至る過程で語られる挿話は，決して偶然の出来事ではない。作者によって到達点である結末があらかじめ決定され，その結末を正当化するために必要な出来事が動機づけとして事後的に選択されるのだ。カミュ自身も「理知と断頭台」（1943）のなかで，このような作家の創作方法を「企図の単一性」という言葉で表現し，フランス小説の伝統のひとつとして指摘している（I, 895）。

（18）三野博司「『幸福な死』時との一致――カミュにおける瞬間と持続 III」，『人文研究』第 33 巻第 10 分冊，大阪市立大学文学部，1981 年，pp. 708–709。

第Ⅱ部第４章 「反歴史＝反物語」としての『異邦人』

（１）ロブ＝グリエはヌーヴォー・ロマンの文学的源泉としてフローベールを筆頭に挙げているが，カミュの『異邦人』の第１部が自己の文学的出発に及ぼした決定的な影響，そしてこの作品のフランス文学における革新性についてもたびたび言及している。ロブ＝グリエはエミール・ゾラやオノレ・ド・バルザックなどのリアリズム小説に対するアンチテーゼとして『異邦人』を評価している。ロブ＝グリエは，リアリズム作家は現実を模倣すると称しながらも，小説の語り手は物語を語りはじめる時点ですでに結末を知っている全知の神の視点だとして批判する。そして現実の生とはリアリズム小説が表現するような既知の世界，私＝世界で成立する世界ではなく，『異邦人』の冒頭が顕著に示すような，世界に対する絶対的な不可解さを基盤にしていると主張する。こうして『異邦人』における，人間と世界とのあいだにある断絶を示した視点，「私」ではなく自然が大きな役割を占める点を評価しつつも，母の葬儀と殺人場面における自然の擬人化になおも見られる 19 世紀的な人間中心主義の残滓を認めている。それゆえロブ＝グリエは『異邦人』以降の作品，とりわけ『転落』はカミュの退化を示しているとして評価していない（Alain Robbe-Grillet, «Nature, Humanisme, Tragédie», *Pour un nouveau roman*, Minuit, 1961, pp. 56–58 ; «Monde trop plein, conscience vide», *Cahiers Albert Camus 5*, Gallimard, 1985, pp. 215–227 ; *Préface à une vie d'écrivain*, Seuil, 2005, pp. 21–38）。

（２）『シーシュポスの神話』において，後悔は「希望のもうひとつの形態」として否定されている（I, 269）。また同様に，「アルジェの夏」（『結婚』収録）においても，生に対する罪とは生に絶望することではなく，別の生を希求することだと述べられている（I, 125）。

（３）ニーチェ『ツァラトゥストラはこう言った』上，氷上英廣訳，岩波文庫，1993 年，p. 242。

（４）「第一に問うべきは，私たちが，はたしておのれに満足しているかということでは全然なく，はたして総じてなんらかのものに満足しているかということである。もし私たちがたった一つの瞬間に対してだけでも然りと断言するなら，私たちはこのことで，私たち自身に対してのみならず，すべての生存に対して然りと断言したのである。なぜなら，それだけで孤立しているものは，私たち自身のうちにも事物のうちにも，何ひとつとしてないからである。だから，私たちの魂がたった一回だけでも，絃のごとくに，幸福のあまりふるえて響きをたてるなら，このただ一つの生起を条件づけるためには，全永遠が必要であったのであり――また全永遠は，私たちが然りと断言するこのたった一瞬において，認可され，救済され，是認され，肯定されていたのである」（ニーチェ『権力への意志』下，原佑訳，ちくま学芸文庫，1999 年，p. 511）。

（５）René Girard, «Pour un nouveau procès de *L'Etranger*», *Albert Camus I : autour de "L'Etranger"*, Lettres Modernes Minard, 1968, p. 19.

（６）「ヨハネによる福音書」第 19 章第 30 節。

（７）『幸福な死』の第４章最後にある，以下の文章から確認することができる。「彼［メルソー］は，かつて無垢な心でザグルーを殺した時と同じ情熱や欲望の震えで，この

緑の空と愛に濡れた大地を，その無垢な心のなかに受け入れているのだった」(I, 1187)。

第Ⅲ部導入

（1）未来の妻であるフランシーヌ・フォーヌに宛てた1939年10月7日付の手紙で，カミュは『シーシュポスの神話』の執筆に取りかかったことを告げている（Olivier Todd, Gallimard, coll. «Folio», 1996, p. 282)。

（2）Marie-Louise Audin, «Notice du *Mythe de Sisyphe*», in *O. C.*, I, p. 1277. ちなみにこの章で論じられている「征服者」は，「ジェミラの風」(『結婚』収録）の最後で言及されている征服者とは意味合いが異なっていることに留意しなければならない。ここでの征服者は「ジェミラの風」で述べられたような，征服した土地の広さを偉大さの尺度とする帝国主義的な征服者ではなく，「自分に打ち勝ち」，神と比肩しうるような人間の精神の偉大さを感じつつ高みに生きている者のことを言う。カミュもこの違いを明確に意識して執筆している。

第Ⅲ部第1章　非-歴史性のモラルの継続と放棄

（1）西永良成「カミュと対独協力派粛清問題」，『パイデイア』14号，1972年9月，pp. 173-207。

（2）«Lettre de Pascal Pia à André Abbou», in *O. C.*, I, p. 866.

（3）9月17日の記事はアルベール・カミュ名義で執筆されているが，10月6日以降の記事に関しては，検閲が厳しくなったため様々な偽名（Jean Mersault, Zaks, Irénée, Liber, Néron, Marco）が用いられている。偽名が一つだけでなく多岐にわたっているのは記者不足をごまかすためであろう。この時期，記者のほとんどは徴兵されており，健康上の理由により徴兵を逃れたピアとカミュが記事を書いていた。

（4）この協定はドイツとの戦争を怖れる妥協的な英仏の宥和政策の頂点であり，第二次大戦へと向かう転換点となった。ヒトラー，ムッソリーニ，チェンバレン，ダラディエのあいだで開催されたミュンヘン会議によって締結されたこの協定によって，フランスは同盟国チェコスロヴァキアを見捨て（1925年10月にフランスはチェコスロヴァキアと相互援助条約を締結していた)，ズデーテン地方をドイツに割譲することを代償に平和を確保しようとした。一触即発の戦争の危機を回避した英仏側の譲歩は，平和主義が主流であった当時の政界とジャーナリズムからは歓迎されたが，結局はその場しのぎの対策にすぎず，かえってドイツのその後の侵略行為を助長させたと言える。また，チェコと相互援助条約を結んでいたソ連がこの会談に呼ばれず，英仏が一方的にドイツの主張を容認したことで，ソ連の英仏に対する不信感を生じさせてしまう結果になった。

（5）1938年11月19日，11月26日，および1939年1月22日の社説を参照のこと（*CAC3*, 603-609)。

（6）1939年4月25日，および5月24日の社説を参照のこと（*CAC3*, 625-630)。

（7）これはもちろん『ソワール・レピュブリカン』の編集方針もあるだろう。この新聞

はことあるごとに，購読者に対して新聞の編集方針と政治的立場を説明する記事を掲載した（*CAC3*, 717-730）。これらをまとめてみると，彼らの目的は，まず何よりも，本土フランス以上に検閲が厳しく，正確な情報が届きにくいアルジェリアという土地で，第二次大戦に関する情報の客観的分析を読者に届けることであった。そのために重要視されるのは精神と言論の自由だけであり，どの政党にも与しない自主独立性と客観性を守ることであった。

(8) また，『ソワール・レピュブリカン』におけるピアとの共同執筆の記事のなかでも，「我々は心底から平和主義者である」と宣言している（*CAC3*, 728）。

(9) 原文はイタリック体で書かれている。

(10)『ソワール・レピュブリカン』において，カミュは，国際連盟発足当初の理念自体を評価しつつも，第二次大戦というヨーロッパの紛争に対してなんの解決策も提示しない国際連盟を繰り返し批判している（*CAC3*, 648-649, 721-722）。

(11) 原文はすべてイタリック体で書かれている。

(12) カミュはこの連載記事を第二次大戦の原因の分析からはじめている。今回の戦争の第一原因としてナチス・ドイツの国家社会主義のイデオロギーを真先に挙げ，10月6日から11日にかけてルネ・カピタンというフランス法学者によるヒトラーの政治イデオロギーの分析を紹介している（ちなみにカピタンは対独レジスタンス運動の初期から参加した重要人物である）。

(13) 11月6日付の『ソワール・レピュブリカン』の記事では，ヒトラーの要求には正当なものと不当なものがあり，その要求に対してヨーロッパ各国は，前者を否定し後者を認めるといった過誤を犯してきたと批判している（*CAC3*, 722）。また，1939年11月に書かれた『手帖』の覚書にも同様の記述が見られる（II, 893）。

(14) ヴェルサイユ条約はドイツの領土割譲だけを定めたものであった。それに加えてフランスは，自国の戦後復興と対米債務の返済のため，1921年4月に1,320億金マルクという天文学的数字の賠償金をドイツに請求した。そして賠償金を支払えないドイツにしびれを切らしたポワンカレ内閣は，1923年1月にベルギーとともにルール地方を担保として占領した。結局この占領は英米の圧力によって頓挫したが，こうしたフランスの対独強硬路線はドイツにおけるナショナリズムの高揚を促したと考えられる。というのも，賠償金の取り立てとルール地方という工業地帯の占領は，インフレーションによるドイツ経済の破綻を引き起こしたからである。ヒトラーの名がはじめて世界史の舞台に登場するミュンヘン一揆が起こったのは，その直後の1923年11月8日のことであった。

(15) 原文はイタリック体で書かれている。

(16) この発言を文字通り現実に移すかのように，カミュはフランスの宣戦布告と同時に軍隊に志願したが，持病の肺結核のため兵役免除となった。カミュは1940年春，ジャン・グルニエ宛の手紙で以下のように書いている。「9月3日，軍隊に志願しました。それは戦争に“同意”したからではなく，自分の病気がこの戦争に対する隠れ蓑となるのが嫌だったのと，また理由をはっきり納得せずに出征していくすべての不幸な人々に共感を覚えたからでした」（*Correspondance Albert Camus-Jean Grenier 1932-1960*,

Gallimard, 1981, p. 38)。

(17) Jacqueline Lévi-Valensi, «Combat pour la “vraie” paix», in *CAC3*, p. 615.

第Ⅲ部第2章　対独レジスタンスという選択

(1) レジスタンス活動の参加に至るまでの作家の軌跡を簡単に確認しておこう。戦争勃発当時，時勢に逆らって英仏の軍事行動に反対した『ソワール・レピュブリカン』紙が時の政府によって発禁処分を受けた後（1940年1月），カミュはピアのつてで『パリ・ソワール』紙に職を得，3月にパリへと上る。そこでドイツ軍によるパリ陥落に遭遇し（同年6月14日），『パリ・ソワール』の編集部とともにクレルモン＝フェラン，そしてリヨン（同年9月）へと避難する。『パリ・ソワール』を12月に解雇になったあと，11月に再婚したばかりの妻フランシーヌとともに，妻の実家であるアルジェリアのオランへ戻る。1942年2月に持病の肺結核が再発し，夏には医者の勧めでオート＝ロワール県のル・パヌリエという村に滞在するが，連合軍の北アフリカ上陸（同年11月）のため，再びアルジェリアに戻ることが不可能になる。その後1943年11月にガリマールの原稿審査の職を得てパリに住居を移し，『コンバ』紙の地下出版に従事したのだった。

(2) カミュ自身の例外的な証言として，1948年に執筆されたダスティエ・ド・ラ・ヴィジュリに対する返答は重要である。このレジスタンスを代表する活動家に対して，レジスタンス参加は選択の余地のない必然的なものであったこと，そしてガブリエル・ペリの処刑（ペリは当時の共産党機関紙『ユマニテ』の編集長であり，1941年12月9日にナチスによって処刑された）が重要な契機になったことをカミュは告白している(II, 458)。また，それに加えて，1951年6月に，ジャンヌ・エオン＝カノンヌ著『死を前にして』の序文として執筆された「レジスタンスの決意」，1954年に書かれた「コンラート・ビーベル『フランス抵抗作家から見たドイツ』への序文」も，短いながらもレジスタンスに言及したテクストとして挙げられる。

(3) Maurice Weyembergh, «Notice de *Lettre à un ami allemand*», in *O. C.*, II, p. 1131.

(4) Philippe Vanney, «Ce long détour», *Etudes camusiennes*, n° 2, 1996, pp. 62-80.

(5) *Ibid.*, p. 62. このことは，『ドイツ人の友への手紙』が戦後にまとめて出版されたこと，そして戦中に発表された最初の二通の手紙も，レジスタンス運動の比較的後期に発表されたという事実からも追認できる。三野博司は，サン＝テクジュペリとジョルジュ・ベルナノスが大戦中に書いた「手紙」をカミュの『手紙』と比較分析しているが，前者二人の手紙は1941年から42年にかけて発表されており，多かれ少なかれイギリス人および占領下のフランス人に対するプロパガンダ的効果を狙っているのに対し，カミュの『手紙』は架空のドイツ人に対してなされる内面の告白に近いことを指摘している（三野博司「戦時の“手紙”――ベルナノス，サン＝テクジュペリ，カミュ」，『カミュ研究』3号，1998年，pp. 1-17)。むしろカミュのプロパガンダ的な口調は，地下出版期の『コンバ』の社説において見受けられる。

(6) 実際に，この著作に関しては二つの正反対の捉え方がある。例えばジャクリーヌ・レヴィ＝ヴァランシは，『ドイツ人の友への手紙』を1939年に『ソワール・レピュブ

リカン』に掲載された一連の記事の延長線上にあるとし，真の平和への闘争という根底にある思想は首尾一貫していると主張している（Jacqueline Lévi-Valensi, «Combat pour la “vraie” paix», in *CAC3*, p. 622)。また，西永良成や内田樹が解釈するように，ドイツ人に対する報復として殺人が正当化されていると捉えるならば，カミュの態度は 1939 年から明確に方向転換したことになるだろう（西永良成「カミュと対独協力派粛清問題」，前掲論文，p. 176；内田樹「ためらいの倫理学」，『カミュ研究』4 号，2000 年，pp. 30–31)。

第Ⅲ部第 3 章　モーリヤックとの論争

（1）Peter Novick, *L'Epuration française 1944–1949*, Balland, coll. «Points», 1985, p. 142.

（2）『フィガロ』紙は 1942 年 11 月に休刊したが，パリが解放された 1944 年 8 月 25 日に再刊し，モーリヤックを記者として迎えた。

（3）1945 年 1 月 11 日を境に，カミュは健康上の理由からほぼ 1ヶ月間記事の執筆を中断するのだが，「正義と慈悲」と題された同日付の記事は，モーリヤックとの論争の総まとめにあてられている。そこでカミュは以下のように述べている。「粛清に関して，私が正義について語るたびに，モーリヤック氏は慈悲について語る」(*CAC8*, 439)。

（4）作家全国委員会とは，ルイ・アラゴンの主導のもと，共産党と非共産党の作家たちが手を結んで結成されたレジスタンス組織のひとつである。そしてこの団体の機関誌が『レットル・フランセーズ』である。

（5）このリストは『レットル・フランセーズ』の 1944 年 9 月号と 10 月号の 2ヶ月に分けて掲載された。リストには，ロベール・ブラジヤック，アンリ・ベロー，シャルル・モーラス，ジョルジュ・シュアレス，ルイ＝フェルディナンド・セリーヌ，ドリュ・ラ・ロシェル，リュシアン・ルバテといった代表的な対独協力作家だけでなく，ジオノやモンテルランといった，厳密には対独協力作家ではない（がレジスタンスにも参加していない）作家の名前も見られる。

（6）François Mauriac, «Examens de conscience», *Le Figaro*, 10 septembre 1944, repris in *Les Chefs-œuvre de François Mauriac*, t. XIII, Bernard Grasset, non daté, pp. 31–34 ; «Révolution et révolution», *Le Figaro*, 13 octobre 1944, repris in *ibid.*, p. 66.

（7）その証左として以下のモーリヤックの言葉を挙げておこう。「他のフランス人を敵に引き渡したフランス人が銃殺されるべきであることは，至極もっともなことである。銃殺者たちの血が復讐ではなく正義を訴えていること，そしてその銃殺者たちが愛した母親，未亡人，息子，仲間たちが，彼らの名において声を上げる権利があることは，至極もっともなことである」(François Mauriac, «Justice», *Le Figaro*, 12 décembre 1944, repris in *ibid.*, p. 127)；「我々は，［……］死刑に反対しているわけではない」(François Mauriac, «Le bilan de quatre-vingts jours», *Le Figaro*, 14 novembre 1944, repris in *ibid.*, p. 100)。

（8）ボーヴォワールは以下のように回想している。「モーリヤックが赦しを説くのに対し，共産主義者たちは厳刑を主張していた。『コンバ』において，カミュは両者の中間に正しい道を求めようとしていた。サルトルと私はカミュと同じ意見だった」(Simone de

Beauvoir, *La Force des choses*, I, Gallimard, coll. «Folio», 2002 p. 36)。

（9）François Mauriac, «Révolution et révolution», *op. cit.*, p. 64.

（10）代表的な論文を以下に挙げておく。Jeanyves Guérin, *Albert Camus : portrait de l'artiste en citoyen*, François Bourin, 1993, pp. 43-62 ; 西永良成「カミュと対独協力派粛清問題」,『パイデイア』14 号，1972 年 9 月，pp. 173-207。

（11）引用中に言及されているヴェランとは，『コンバ』の印刷責任者であったアンドレ・ボリエの偽名である。1944 年 6 月 17 日，ゲシュタポとミリス（ヴィシー政府が対レジスタンス用に組織した義勇隊）に囲まれたボリエは，捕まることを怖れて自殺した。またルネ・レイノーは，カミュが肺結核治療のためル・パヌリエに滞在している時に知り合ったレジスタンス活動家の詩人である。1944 年 5 月に逮捕されたレイノーは翌月銃殺刑に処された。彼は逮捕以後の行方が長いあいだわからず，彼の死が判明したのは同年 10 月 25 日のことだった。カミュの受けたショックはとりわけ大きく，26 日に予定していた記事が書けなかったほどであったという。カミュはその翌日レイノーの追悼記事を掲載し，1947 年にはレイノーの『遺稿詩集』をガリマール社から出版し，その序文をみずから執筆した。『ドイツ人の友への手紙』はレイノーに捧げられている。

（12）この引用冒頭の「フランスが革命と戦争を同時に行わねばならない」という主張は翌日の 10 月 21 日の記事でも繰り返されている（*CAC8*, 274）。

（13）François Mauriac, «Vers la France indivisible», *Le Figaro*, 27 septembre 1944, repris in *op. cit.*, p. 49.

（14）François Mauriac, «La vocation de la Résistance», *Le Figaro*, 3-4 décembre 1944, repris in *op. cit.*, pp. 119-120.

（15）François Mauriac, «L'avenir de la bourgeoisie», *Le Figaro*, 3 octobre 1944, repris in *op. cit.*, p. 56.

（16）François Mauriac, «La vraie justice», *Le Figaro*, 8 septembre 1944, repris in *op. cit.*, p. 29.

（17）François Mauriac, «La diversité française», repris in *op. cit.*, p. 113.

（18）モーリヤックは，パリ占領直後は熱心なペタン元帥の支持者であったが，すぐに意見を撤回し，レジスタンスへと転じた。そして 1943 年にはフォレス（Forez）という偽名を用いて，ヴェルコールらが創設した秘密出版社「深夜出版」から『黒い手帖』を出版した。

（19）François Mauriac, «Révolution et révolution», *op. cit.*, p. 64.

（20）François Mauriac, «Mise au point», *Le Figaro*, 29 octobre 1944, repris in *op. cit.*, pp. 81-82.

（21）ナチスの犠牲となったこの無実の少年のエピソードは，のちに『ペスト』で悲痛な死を遂げるオトン判事の息子の死のエピソードへと転化されている（Yosei Matsumoto, «L'image de l'enfant chez Camus», *Etudes camusiennes*, n° 1, 1994, pp. 79-80)。松本の論文では指摘されていないが，この子供の死は単に無実の者の死として描かれているだけでなく，キリストの最期と重ね合わせられて描かれていることは興味深い。オトン氏の息子は通常のペスト患者以上に長期間苦しんだ末に死ぬのだが，以下に引用する描写にキリストの磔刑像を思い起こすことは困難ではないだろう。「大粒の涙が，ぼうっと赤くなったまぶたからほとばしり，鉛色の顔面を流れはじめ，そして発作がついに

終わった時，力尽きて，48 時間のあいだにすっかり肉がなくなってしまった両腕と骨ばった両足とを引きつらせながら，少年は，荒廃したベッドで，磔にかけられた者のようなグロテスクなポーズをとった」(II, 182)。

(22) *Correspondance Albert Camus-Jean Grenier 1932-1960*, Gallimard, 1981, p. 31. だが一方でカミュは，自身に共産党への入党を勧めた張本人でありながら，その直後に共産主義批判の書とも言える『正統性の精神』(実際にこの書物において，「正統性」として真先に念頭に置かれているのは共産主義である) を出版したグルニエに対して疑念を抱いたことを，後の 1951 年になって本人に告白している (*Ibid*., pp. 179-180)。

(23) Jean Grenier, *Essai sur l'esprit d'orthodoxie*, Gallimard, coll. «Idées», 1967, p. 15.

(24) *Ibid*., p. 16.

(25) ただし，解放直後にカミュがレジスタンスに固執した背景には，この作家にとってレジスタンスが，「新しい地中海文化」でみずからが提示していた理想の共同体のまさに具現化であったと考えられることも付け加えておかねばならない。同じく反ナチスの呼びかけのもとにかつて一致団結した人民戦線は左翼のみの連合であったが，レジスタンスはそれ以上に，ド・ゴールを代表とする右翼をはじめ，共産主義者，そしてキリスト教者まで，様々な理念を持つ者が混在していた。ナチスによる占領というフランスの存亡がかかった未曾有の事態に際して，祖国解放だけをスローガンに掲げ，奇跡的にフランス全体が集結したのである。こうした多岐にわたる職業，出自，社会階級，宗教，政治背景を持つ人々が，その差異を超えてひとつの崇高な理念のもとに一致したレジスタンスは，まさにカミュが心に描いた理想の共同体であったように思われる。このカミュがレジスタンスに見出した共同体像は，『ペスト』において，タルーとリウーを中心として自発的に結成された保健隊にその反映を認めることができるだろう。

(26) ピエール・ピュシューは極右団体である火の十字団，フランスファシズムを代表する政治家ジャック・ドリオ率いるフランス人民党といった政治団体を渡り歩いた。1941 年に産業省大臣に，続いて翌年 7 月にはヴィシー政府の内務大臣になりレジスタンスの弾圧に従事した。ピュシューはとりわけ共産党員を敵視していた。ある時ドイツ軍将校が殺害される事件が起こり，ドイツはその報復としてフランス人の人質の処刑を求めた。ピュシューは処刑対象として共産党員を指名し，1941 年 10 月にシャトーブリアンの収容所の共産党員が銃殺された。1942 年のラヴァルの政界復帰によりピュシューは要職を辞任。同年 11 月に連合軍が北アフリカに上陸し，ドイツの敗北が色濃くなると，アルジェリアのジロー将軍とコンタクトを取り生命の保証を得た後，北アフリカへと向かおうとした。1943 年 5 月，アルジェリアへ向かう途中のモロッコで捕らえられたピュシューは，1944 年 3 月 11 日にアルジェの政治裁判によって死刑判決を宣告された。恩赦の嘆願もド・ゴールによって拒否されてしまい，同年 3 月 20 日に銃殺刑に処された。ピュシューの処刑は，粛清問題における最初の大きな事件であった。

(27) ブラジヤックの恩赦の請願書への署名をめぐるサルトル，ボーヴォワール，カミュのそれぞれの反応はボーヴォワールの回想に詳しく書かれている (Simone de Beauvoir,

La Force des choses, I, *op. cit*., pp. 36–39)。

(28) Philippe Vanney, «Notice de “Lettre à Marcel Aymé”», in *O. C*., II, p. 1363.

(29) カミュは1942年1月12日に書かれたジャン・ポーラン宛の手紙で，ドリュが編集長を務める『新フランス評論』への執筆を拒否している（Olivier Todd, *Albert Camus une vie*, Gallimard, coll. «Folio», 1996, p. 399)。

(30) *Ibid*., p. 505.

第Ⅲ部第4章　悔悛から歴史主義批判へ

(1) ペタンには死刑の判決が下されたが，のちにド・ゴールによる恩赦によって終身禁固刑に減刑された。ペタンの裁判を傍聴したカミュは，1945年8月2日付の『コンバ』でこの裁判について触れている。この社説が書かれた時点では，まだ判決は出ていなかったが，死刑はモラルに反するということ，そして死刑によってペタンが殉教者としてまつられる恐れがあることを理由に，カミュはペタンの死刑に反対している（*CAC8*, 563)。

(2) 1941年11月に創設されたフランス解放運動の機関紙『コンバ』は，アンリ・フルネを中心とした国民解放運動の機関紙『真実』とフランソワ・ド・マントンを中心としたキリスト教民主系のグループによる機関紙『自由』との合併によってできた。もともと公法の教授であったテトゲンは，パリ占領直後『自由』の発行に従事しており，『コンバ』創設期の重要なメンバーのひとりであった。パリ解放後は情報省の大臣を務め（1944年9月から45年5月)，その後1945年6月から46年12月まで法務大臣を務めた。

(3) この「無信仰者とキリスト教徒」と題された講演は『時事論集1』(1950）に収録されることではじめて公になった。『時事論集1』では「1948年にラトゥール・モーブールのドミニコ教会で行われた講演」という副題が付いているが，実際にはこの講演は1946年12月1日に行われている。つまり，カミュはこの講演原稿を1948年にあらたに修正し，その修正した日付をそのまま講演の日付として収録したのだ。『時事論集1』ではモーリヤックとの論争が「3年前」となっているのに対し，草稿では「数カ月前」になっていることからもわかるように（Philippe Vanney, «Notice de “L'Incroyant et les Chrétiens”», in *O. C*., II, p. 1293)，カミュの改心は1948年ではなく，それよりもずっと早い1946年12月の時点ですでになされていたと考えることができる。

(4)『時事論集1』には収録されなかったが，「無信仰者とキリスト教徒」の草稿には以下のような一節がある。「この論争は，自分の言い分について反省するために，ジャーナリズムから身を引くひとつの理由となった」(*Ibid*.)。財政問題や編集部内の意見の対立などによりカミュが『コンバ』から完全に撤退するのは1947年6月であるが，実際には1945年秋以降からこの日刊紙とは距離を取っていた。同年11月には，パスカル・ピア宛の手紙に以下のように書いている。「私がジャーナリズムから身を引く理由のうち，第一のものは，たしかに，あらゆる形式の公的発言に対する嫌悪でした。私は口をつぐみたかったのです」(*Correspondance Albert Camus-Pascal Pia 1939–1947*, Fayard/Gallimard, 2000, p. 144)。また，同時期の1945年末の『手帖』には，以下のよ

うな文章がある。「僕は政治向きにはできていない。なぜなら敵の死を望んだり受け入れたりすることができないからだ」(II, 1034)。

(5) 唯一の例外として，カミュは1945年11月15日に社説を1本掲載している。

(6) オランについての短い断片からなるエッセイは，正確には1939年から41年にかけて執筆された。そして「ミノタウルスあるいはオランの憩い」という題のもと，まずは1946年2月に『ラルシュ』誌に発表され，後にエッセイ集『夏』(1954) に収録された。

(7) このことは，『ドイツ人の友への手紙』における以下の引用が最もよくあらわしている。「私は，君たちとは反対に，大地に忠実であるため正義を選んだ。この世界には上位の意味がないことを，私は信じ続ける。しかしこの世界のうちにある何かが意味を持っていることを知っている。それは人間である。なぜなら人間こそ，意味を持つことを要求する唯一の存在だからだ」(II, 26)。

(8)「反抗に関する考察」は，ガリマール社から1945年に刊行されたグルニエ監修のアンソロジー『実存』に発表された。

第Ⅲ部第5章　歴史主義批判から共産主義批判へ

(1) これは『反抗的人間』の序論冒頭において，「情熱的犯罪」«crimes de passion»と「論理的犯罪」«crimes de logique»とを区別することによって明確にされている。カミュは前者の代表例としてエミリー・ブロンテの小説『嵐が丘』のヒースクリフを挙げている。前者が強い感情によって引き起こされる犯罪であるのに対して，後者は主義主張によって正当化される犯罪として捉えられている (III, 63-64)。

(2) この講演のフランス語原稿は紛失されたと元来考えられており，長年英訳された原稿を通じてしか，この講演の内容を知ることができなかった。だが2003年のはじめに，スタール夫人の研究家として知られているジョルジュ・ソロヴィエフが，この英訳原稿のもととなると思われるフランス語の原稿を発見した。新プレイヤッド版にはこの原稿が新たに収録されているのだが，そのテクスト批評に関しては以下の論文を参照のこと。Philippe Vanney, «"La Crise de l'homme" a-t-elle trouvé son texte?», *Etudes camusiennes*, n° 6, 2004, pp. 76-96.

(3) 1947年3月のトルーマン・ドクトリン（共産主義封じ込め政策），続いて6月に発表されたアメリカによるヨーロッパ経済復興援助計画（マーシャル・プラン）と，それに対抗するためにソ連が設立したコミンフォルム（1947年6月）によって冷戦構造は決定的になるが，ヤルタ会談（1945年2月）に端を発する両陣営の対立は，1946年3月を境に顕在化しつつあった。それをしるすものとして，1946年3月5日に，アメリカに招かれたチャーチルによる有名な鉄のカーテン演説がある。

(4) 広島へ原爆が投下された2日後の『コンバ』で，カミュは以下のように書いている。「機械文明は，野蛮さの最後の段階に到達したところである」(*CAC8*, 569)。

(5)「エマニュエル・ダスティエ・ド・ラ・ヴィジュリへの第一の返答」で，カミュは以下のように述べている。「マルクス自身が，原子核の崩壊と破壊手段の恐るべき増大を前にして，革命の問題の客観的所与が変化したことを認識しないとは，とても私には

思えません」(II, 462)。このように，カミュのマルクス主義批判は，マルクスそのものに対する批判ではなく（というのもカミュはマルクス主義の有効性を認めている），「今日の」教条化したマルクス主義に対する批判である。こうしたカミュのマルクス主義批判は，キリスト教批判とほぼ同じ論理構造を持っている。カミュは個人としてのマルクスやイエスを尊敬し評価しているが，その後発展し，教義となったマルクス主義とキリスト教を批判している。

(6) 1944年5月に書かれた「万事落着とは言えない」において，すでに「正義の身体性」«physique de la justice»（I, 922）という言葉が用いられていた。だがこの論文では，「正義の身体性」は，一個の肉体を抽象として扱い，レジスタンス仲間を死へと追いやったピエール・ピュシューの死刑を正当化するために持ち出されたモラルだったと言える。この「正義の身体性」から「肉体を救う」という言葉の変化にカミュの転向を読み取るべきだろう。

(7) Simone de Beauvoir, *La Force des choses*, I, Gallimard, coll. «Folio», 2002, p. 20.

(8) これについては，カミュが1942年に肺結核治療のため，パヌリエに滞在していた時期に知り合ったブルックベルジェ神父の証言が興味深い。神父は，カミュの作家全国委員会からの離脱の際になされたモーリヤックとカミュの会話を収録している。離脱の理由を尋ねたモーリヤックに対して，カミュは共産党活動だけのためにこの組織に在籍している大多数の見知らぬ人のために，自分の名前と署名を使われることは不本意であることを理由としている（Raymond-Léopold Bruckberger, *Nous n'irons plus au bois*, Amiot-Dumont, 1948, p. 33)。

(9) ジャンイヴ・ゲランは，この親ソヴィエト的なカミュの主張には，パリ占領下期におけるソ連と自由フランスの密接な関係もひとつの要因としてあったことを指摘している（Jeanyves Guérin, *Albert Camus : portrait de l'artiste en citoyen*, François Bourin, 1993, p. 106)。自由フランスとは，パリ占領直後の1940年6月18日にド・ゴールがロンドンから徹底抗戦を訴えた有名な声明に端を発したレジスタンス組織である。占領期のド・ゴールは英米とは良好な関係を築くことはできなかった。特にローズヴェルトはド・ゴールを未来の独裁者として警戒しており，自由フランスではなくヴィシー政府を正式なフランス政府として認めていた。それに対して，ソ連は早くからド・ゴールと協力関係を結び，1941年6月にはすでに自由フランスを承認していた。

(10) こうしたカミュのソ連に対する好意的な態度は，第二次大戦勃発当初のそれと比較すると対照的である。そもそもカミュ自身はアルジェリア共産党からの脱党以降，第二次大戦勃発に至るまで，ソ連および共産主義とは常に一定の距離を取っていた。「戦争の灯のもとに」においては，1939年11月30日のソ連によるフィンランド侵攻を受け，ソ連が帝国主義の仲間入りをしたことを批判し，スターリン主義がもはや理想の政治体制ではないことを主張している（*CAC3*, 642)。

(11) ソ連によるポーランド侵攻（1939年9月17日）を受けて，ダラディエ政府は政令によってフランス共産党の解散を命じた。

(12) 1945年末に書かれたと推測される『手帖』には，キリスト教とマルクス・共産主義を同一視する覚書がいくつか見られる。「共産主義者とキリスト教徒は，自分たちの楽

観主義の方がより広範囲に及ぶもので，他の何よりも優れており，神あるいは歴史は，その二つともが，それぞれの弁証法の満足すべき結果である，と僕に言うだろう。僕も同じやり方で論証しなければならない。たしかにキリスト教徒は人間に関しては悲観的であるにしても，人間の運命については楽観的である。マルクス主義は，運命に関しても，人間の本性についても悲観的でありながら，歴史の信仰に関しては楽観的である（なんたる矛盾！）。僕はこう言おう。人間の条件に関しては悲観的だが，人間に関しては楽観的であると」（II, 1038）；「現代の狂気の源。人間を世界から遠ざけたのはキリスト教である。キリスト教は人間を人間自身とその歴史に還元してしまった。共産主義はキリスト教の論理的帰結である。それはキリスト教徒と同じ類のものだ」（II, 1042）（強調は原文）。

（13）カミュとメルロ＝ポンティの二つのテクストの比較研究に関しては，以下の論文を参照のこと。Maurice Weyembergh, «Merleau-Ponty et Camus. *Humanisme et terreur et Ni victimes ni bourreaux*», *Albert Camus ou la Mémoire des origines*, De Boeck Université, 1998, pp. 101–136. また，この論文では言及されていないが，『犠牲者も否，死刑執行人も否』掲載の1ヵ月前（1946年10月22日）に行われた座談会で（この座談会にはメルロ＝ポンティも参加している），カミュはケストラーの『ヨガ行者と人民委員』を擁護している（II, 685）。サルトルやボーヴォワールの回想ではカミュとメルロ＝ポンティの口論が起こった正確な日付は書かれていないが，おそらくこの座談会直後のことだと思われる。

（14）カミュは1954年に書かれた「コンラート・ビーベル『フランス抵抗作家から見たドイツ』への序文」において，作家が政治的発言をする際の言葉の重みについて以下のように述べている。「ひとつの記事を印刷させるために，たとえわずかでも生命を賭けるということは，言葉の真の重みを悟ることになるのです」（III, 936）。

第Ⅲ部第6章　『反抗的人間』と歴史をめぐる論争

（1）サルトルとフランス共産党の関係も一筋縄ではいかない。第二次世界大戦後の1945年に『現代』誌を創刊し，サルトルは政治参加を本格的に開始する。だが当時の共産党は実存主義に対して敵意をあらわにしていたし，一方左翼的立場を取っていたサルトルも「唯物論と革命」（1946）を執筆し，弁証法的唯物論批判を展開していた。1948年に，独自の左翼路線の試みであった民主革命連合（RDR）をダヴィッド・ルーセらと組織するが（カミュは加盟こそしなかったが，運動は支持した），それもほどなくして空中分解し，サルトルの第三の道の模索は挫折する。これを契機に，サルトルはマルクス主義へと急接近しはじめるが，1952年5月末に起こった共産党指導者ジャック・デュクロの不当な逮捕によって，共産党支持への決定的一歩を踏み出す。「反共産主義者は犬である」という有名な発言は，この時に生まれた（Jean-Paul Sartre, «Merleau-Ponty», *Les Temps Modernes*, numéro spécial, octobre 1961, repris in *Situation*, IV, Gallimard, 1964, p. 248）。同年6月には「共産主義者と平和」を発表し，フランス共産党支持を正式に宣言する。サルトルとフランス共産党とのあいだの蜜月は，1956年のハンガリー動乱まで続く。

（2）Roger Quilliot, «Commentaires de *L'Homme révolté*», in *Albert Camus, Essais*, Gallimard, «Bibliothèque de la Pléiade», 1965, p. 1629.

（3）Jean-Paul Sartre, «Réponse à Albert Camus», *Les Temps Modernes*, n° 82, août 1952, repris in *Situations*, IV, Gallimard, 1993, p. 124.

（4）『転落』の主人公クラマンスの人物造形にはカミュ自身の私生活の反映も見られるが，「悔悛者にして裁き手」«juge-pénitent» とは，まず何よりもサルトルをはじめとする左翼知識人たちを指している。1954 年 12 月の『手帖』には，以下のような記述が見られる。「実存主義。彼らが自分に罪ありとするのは，いつでも他人をやっつけるためであると確信してよい。悔悛者にして裁き手」(IV, 1212)。対話者に発言を許さず，いつの間にか有罪判決を下すクラマンスの巧みな話術は，サルトルがカミュへの反論記事で用いた語り口を模倣したものである。サルトル＝カミュ論争と『転落』との関係については，以下の論文に詳しい。André Abbou, «Les structures superficielles du discours dans *La Chute*», *Albert Camus 3. Sur La Chute*, Lettres Modernes Minard, 1970, pp. 101–125 ; Jeanyves Guérin, *Albert Camus : portrait de l'artiste en citoyen*, François Bourin, 1993, pp. 125–136.

（5）カミュはすでにエマニュエル・ダスティエ・ド・ラ・ヴィジュリとの論争の際にも同様の発言をしていた。「理由は簡単であって，私は判事の軽蔑をもってではなく，自分があらゆる非難からまぬがれていると思い込むには，あまりにも自分の時代との共犯関係を知っている者の苦しみをもって，あなたに語りましょう」(II, 463)。また，「『反抗的人間』弁護」においても同様の内容を繰り返している。「まずたしかなことは，同時に自分の信じた事柄を裁くことなしには，私は何人も裁かなかったということである。私は悪を描いたが，その悪から自分を除外しなかった」(III, 368)。

（6）Francis Jeanson, «Albert Camus ou l'Ame révoltée», *Les Temps Modernes*, n° 79, mai 1952, p. 2089.

（7）Jean-Paul Sartre, «Réponse à Albert Camus», *op. cit.*, pp. 121–122.

（8）この二人の共産主義に対する態度の違いは，社会的出自の違いそのものに起因することがよく指摘されている。カミュが共産党活動の経験がありながらも決してマルクスの理論に同意を示すことがなかったのは，カミュ自身が労働者階級出身であったことが大きい（Jeanyves Guérin, *Albert Camus : portrait de l'artiste en citoyen*, *op. cit.*, p. 13）。労働者の実態を知っていたカミュは，サルトルを含む共産主義を信奉する知識人にありがちなブルジョワジーとしての負い目とは無縁であったし，マルクスが説く，プロレタリアによる人類救済に対してなんら幻想を抱いていなかった。また「ジャン・リクチュス――貧苦の詩人」(1932)，「ルイ・ギユー『民衆会館』への序」(1948) からもわかるように，カミュは文学創造においても，民衆の貧困を描いたエミール・ゾラやヴィクトル・ユゴーといった作家を評価しておらず，プロレタリアートの名において語る有産階級出身の作家の発言を常日頃から警戒していた（I, 517 ; II, 711）。

（9）カミュは 1948 年に行われたインタビューのなかで，ソ連の強制収容所のことをほのめかしながら以下のように発言している。「もし圧政が，それがたとえ進歩主義的なものであったとしても，一世代以上継続するならば，それは，数百万の人々にとっては

隷属の人生を意味し，それ以上のものではない。暫定的なものがひとりの人間の人生の時間を覆うとき，それはその人間にとっては，決定的なものなのである」(II, 482)。サルトルもまた，ソ連の強制収容所を非難したが，右翼が共産主義批判のためにこの事実を利用することを同様に批判した。当時のサルトルは，ソ連共産主義の腐敗を矯正しながら革命原理を保持できると確信していたのだと思われる。

(10) ミッシェル・ジャルティは，「反抗に関する考察」と『反抗的人間』の第1章とを比較して，前者では超越的なものとして書かれていた反抗の価値が，後者ではその超越性がより抑えられたものになっていると指摘している（Michel Jarrety, *La Morale dans l'écriture : Camus, Char, Cioran*, P. U. F., 1999, pp. 24-25)。

(11) 1942年，43年の『手帖』において（II, 970, 984)，そして1948年に行われたインタビューにおいて（II, 475)，同じパスカルの言葉を引用している。また，「チパザへ帰る」(『夏』収録）にも類似した表現が見られる。「だが結局のところ，除外することを強いるものは，何ものも真実ではない。孤立した美はついにはしかめ面を見せはじめ，孤独な正義は抑圧するに至る。他を除外して一方のみに仕えようとする者は，誰にも，そして自分自身にも仕えず，最終的には二倍も不正に仕えることになる」(III, 610)。

(12) 澤田直『〈呼びかけ〉の経験——サルトルのモラル論』人文書院，2002年，pp. 89-99。

(13) 例えば，1952年4月3日に執筆されたウンベルト・カンパニョーロ宛の手紙のなかで，カミュは共産主義者との対話の重要性を述べている。「第三次世界大戦は取り返しのつかない破局となるであろうし，それは徹底的に糾弾しなくてはなりません。だからこそ共産主義知識人との対話を維持するべく努めることが必要なのです」(III, 893)。

(14) *Correspondance Albert Camus-René Char 1946-1959*, Gallimard, 2007, p. 127.

(15) Jean-Paul Sartre, «Réponse à Albert Camus», *op. cit.*, p. 90.

(16) *Ibid.*, p. 123.

(17) *Ibid.*, p. 90.

(18) また1958年のインタビューでカミュは，演劇活動において重視された仲間意識や友情は，レジスタンスおよび『コンバ』紙に従事した際に経験したものであったことを告白している。「つまりですね，私には郷愁があるのです。例えばレジスタンスや『コンバ』紙の時にあったような友愛に対してです。これはみな遠い昔のことですが。しかし私は，演劇のうちにこうした友情とか集団的な冒険を見出すのです。それは私にとって必要なものであり，孤独にならないための最も良質な方法のひとつなのです」(IV, 651)。

第Ⅲ部第7章　ロラン・バルトとの『ペスト』をめぐる論争

(1) Roland Barthes, «Réponse de Roland Barthes à Albert Camus», *Club*, avril 1955, repris in *Œuvres complètes*, t. I : *Livres, textes, entretiens, 1942-1961*, Seuil, 2002, p. 573.

(2) Roland Barthes, «Réflexion sur le style de *L'Etranger*», *Existences*, n° 33, juillet 1944, repris in *ibid.*, pp. 75-79.

(3) Roland Barthes, «*L'Etranger*, roman solaire», *Club*, avril 1954, repris in *ibid.*, pp. 478-481.

(4) Roland Barthes, «Théâtre capital», *France-Observateur*, 8 juillet 1954, repris in *ibid.*, pp. 504-505.

(5) バルトは，自身をマルクス主義者だと結論づける批評家に対して，安易な決めつけだと反論している（Roland Barthes, «Suis-je marxiste?», *Lettres Nouvelles*, juillet-août 1955, repris in *ibid.*, p. 596)。

(6) また，当時『民衆演劇』誌の編集委員を務めていたバルトは，演劇におけるアンガジュマンを推進しており，1955 年にはサルトルの戯曲『ネクラーソフ』批判に対する擁護も行っている。

(7) Roland Barthes, «*La Peste*, Annales d'une épidémie ou roman de la solitude?», *Club*, février 1955, repris in *Œuvres complètes*, t. I, *op. cit.*, pp. 544-545.

(8) *Ibid.*, p. 544.

(9) Simone de Beauvoir, *La Force des choses*, I, Gallimard, coll. «Folio», 2002, p. 182 ; Francis Jeanson, «Albert Camus ou l'Ame révoltée», *Les Temps Modernes*, n° 79, mai 1952, p. 2074.

(10) Roland Barthes, «*La Peste*, Annales d'une épidémie ou roman de la solitude?», *op. cit.*, p. 544.

(11) このことは，語り手のグランに対する評価のうちに認められる――「リウーやタルーよりもグランこそが，保健隊の推進力となった穏やかな徳性を実質的に代表する者だと語り手は評価している」(II, 126)；「そう，もし人間が英雄と呼ばれるような手本や模範を提示したがることが本当であるならば，そしてこの物語にひとりの英雄が絶対に必要というならば，わずかな善意と明らかに馬鹿げた理想とを持つ，無意味で目立たないこの人物［グラン］を語り手はまさに英雄として提示する」(II, 128)。

(12) Roland Barthes, «*La Peste*, Annales d'une épidémie ou roman de la solitude?», *op. cit.*, p. 540.

(13) *Ibid.*, p. 541

(14) *Ibid.*, p. 545.

(15) バルトはカミュの反論に対する返信のなかで，以下のように述べている。「私は説明のモラルを表現のモラル以上に完全なものとして評価します」(Roland Barthes, «Réponse de Roland Barthes à Albert Camus», *op. cit.*, pp. 573-574)。またブレヒトに関しては，「歴史」を「説明」する劇作家として評価している――「演劇人は明晰でなければならない。演劇芸術はもはや，不幸や不条理をあらわす表現力だけでは十分ではない。さらに説明しなくてはならないのだ。芸術は批評としての実質も持ち合わせなくてはならない。天賦の才をなす稚劇の時代は終わった。この点においてブレヒトの例は非常に重要である」(Roland Barthes, «Pourquoi Brecht?», *Tribune étudiante*, avril 1955, repris in *Œuvres complètes*, t. I, *op. cit.*, p. 576)。

(16) Jeanyves Guérin, «Jalons pour une lecture politique de *La Peste*», *Roman 20-50*, n° 2, décembre 1986, p. 10.

(17) Jean Sarocchi, «Paneloux, pour ou contre, contre et pour», *Variations Camus*, Séguier et Atlantica, 2005, pp. 318-319.

(18)「僕は参加の文学よりも参加する人間のほうが好きだ」と『手帖』に書き記すカミュ

は（II, 1070），アンガジュマン文学に対しては懐疑的な態度を示していた。これに関しては，以下の研究書を参照のこと。Pierre-Louis Rey, *Camus. une morale de la Beauté,* SEDES, 2000, pp. 69-70. またブレヒト劇については，1958 年のインタビューで否定的な立場を取っている。「私は恋愛劇にも政治劇にも興味はありません。［……］私はメロドラマではなく悲劇に与し，批判的態度ではなく全的な参加に与します。ブレヒトではなく，シェイクスピアとスペイン演劇を支持するのです」（IV, 650-651）。この発言からもわかるように，カミュが演劇において重視したのは，ある具体的な出来事の展開を説明することではなく，人間の運命そのものの悲劇性を表出することであったと言えよう。また，演劇を「肉体によって語られる偉大な物語」（IV, 581）と定義するカミュにとって最も重要なのは，台本に魂を吹き込む役者の演技そのものであり，上演する「現在」の場を最大限に創り出すことでもあった。言葉によってすべてを構築することを求められる小説とは異なり，演劇は，台詞によって「場」と「場」を並べていく表現形式とも相まって，カミュが持つ反歴史的志向性に適う文学ジャンルであったと考えられる。

(19) スーザン・ソンタグは『隠喩としての病』および『エイズとその隠喩』のなかで，社会・政治的悪の表象として常套的に用いられた，疫病の隠喩的使用の歴史を辿っている。また，ナチスの侵略を疫病によって表現した文学作品の例として，カミュの『ペスト』の他に，カレル・チャペックの寓意劇『白い疫病』（1937）も挙げられている（スーザン・ソンタグ『新版隠喩としての病／エイズとその隠喩』富山太佳夫訳，みすず書房，1992 年，pp. 213-217）。

(20) 最近の例として，2011 年 3 月 11 日に起こった東日本大震災が挙げられよう。この大津波をともなった大地震は，多大な犠牲者を出したのみならず，未曾有の原発事故を引き起こした。こうした状況のなか，「ペスト」を「震災」に置き換える読みが新たに提示されている。例えば作家の辺見庸は，震災直後の 2011 年 3 月 16 日，共同通信を通じて全国の新聞に配信された連載コラム「水の透視画法」のなかで，カミュの『ペスト』を援用しつつ，震災後の日本の状況を語っている。続いて仏文学者の鹿島茂は，同年 3 月 23 日付の毎日新聞に，「東日本大震災／『嘔吐』から『ペスト』へ——究極の不条理とどう戦う？」と題したコラムを掲載した。

(21) Roland Barthes, «*La Peste*, Annales d'une épidémie ou roman de la solitude?», *op. cit*., p. 540.

第Ⅳ部導入

(1) 高塚浩由樹「“ルイ・ランジャール”と『最初の人間』の間の往復運動——アルベール・カミュの円環的行程と母親への告白」，『国際関係研究』第 28 巻 4 号，日本大学国際関係学部国際関係研究所，2008 年，pp. 245-267。

(2) アルジェリア戦争という視点からこの小説を分析した代表的な論文を以下に挙げておく。Jeanyves Guérin, «*Le Premier homme* et la guerre d'Algérie», *Roman 20-50,* n° 27, juin 1999, pp. 7-15 ; «De *Chroniques algériennes* au *Premier Homme*», *Esprit*, n° 211, mai 1995, pp. 5-16.

（3）Yosei Matsumoto, «*Le Premier homme* : le processus d'élaboration», *Albert Camus 20 : "Le Premier homme" en perspective*, Lettres Modernes Minard, 2004, pp. 15–32 ; «Année 1953 : le tournant décisif—Camus a quarante ans», *Etudes camusiennes*, n° 7, Kyoto, Seizansha, 2006, pp. 70–81.

（4）『ペスト』の生成に影響を及ぼした歴史的事件として特に重要なのが，1942 年 11 月 11 日のナチスのフランス全土占領と，戦後の対独協力者粛清問題であろう。前者は『ペスト』における別離のテーマの挿入につながり，後者はタルーの告白として反映されている。『ペスト』の生成研究を行ったマリー＝テレーズ・ブロンドーによると，このタルーの告白は 1946 年末に書かれたという。実際に，タルーの告白の場面は最終稿の前段階のタイプ原稿に書き加えられている（Marie-Thérèse Blondeau, «Notice de *La Peste*», in *O. C.*, II, pp. 1158–1159）。つまり，脱稿直前の最終段階で急遽書き加えられたエピソードなのである。小説の終わり近くに組み入れられたタルーの告白は，それまでに展開された疫病としてのペストを形而上学的意味にまで高める重要なエピソードであり，この告白によってペストは単なる絶対悪ではなく，ペストと戦う主体のなかにもはびこる悪となる。

（5）Jean Grenier, *Albert Camus. souvenirs*, Gallimard, 1987, p. 179.

（6）Agnès Spiquel, «Notes du *Premier homme*», *O. C.*, IV, p. 1546.

（7）Pierre-Louis Rey, «Noms et lieux d'Alger», *Europe*, n° 846, octobre 1999, p. 47.

（8）Pierre-Louis Rey, «Chronologie», in *O. C.*, I, p. XCVII.

（9）ハーバート・ロットマンの伝記では，カミュはモンドヴィに行く計画を死ぬまで果たせなかったことになっており（Herbert R. Lottman, *Albert Camus,* traduit de l'américain par Marianne Véron, Seuil, coll. «Points», 1978, pp. 651, 663），オリヴィエ・トッドの伝記にも，ピエール＝ルイ・レーによる年譜にもこのことについては触れられていない。ところが，当時モンドヴィに住んでいたシャンタル・ワリオンが，自分の一族の歴史を記した著作のなかでカミュのモンドヴィ訪問について言及している。そこにはカミュと交わした会話まで収録されている。カミュは墓への道を尋ねるために車から降り，当時 6 歳だったシャンタルと，一緒にいた彼女の母と祖母に話しかけたらしい。その時カミュは，自分の根をモンドヴィに探しにきたことを語り，そしてシャンタルの母に，アルジェリア戦争の影響についても尋ねている。シャンタルの祖父がテロリストに殺されたことを母が語ると，カミュは慰めの言葉をかけて，車に戻ったという（Chantal Warion, *Destins croisés à Mondovi. Village natal d'Albert Camus*, Edition Jacques Gandini, 2007, pp. 111–113）。この証言には 1958 年という年号が書かれているだけで，正確な日付は記されていない。だがカミュの 1958 年のアルジェリア訪問は，3 月 26 日から 4 月 12 日にかけての 1 回だけなので（カミュは船でアルジェリアへ行ったが，この船旅は『最初の人間』に反映されている），この期間中のことだと推測される。

第Ⅳ部第 1 章　アルジェリア戦争におけるカミュの立場

（1）このテロで最初のフランス人犠牲者となったのが，小学校の補助教員ギー・モヌロである。本国のフランス人であるギーは，アルジェリアにおける貧しい「原住民」の

子供たちの教育にたずさわるために，志願してアルジェリアのオーレス地方の山村に赴任したばかりであった。ビスクラとアリスを結ぶバスに乗っていたギーは，テロの巻き添えになって殺され，彼の妻も負傷した。この事件はカミュに大きな衝撃を与えたが，その反映は短編集『追放と王国』に収められた「客」に読み取ることができるだろう。「客」の舞台として設定されたアルジェリアの閑散とした山地，貧しい子供たちに勉強を教える小学校教師のダリュは，ギー・モヌロを思わせる。

（2）Charles-Robert Ageron, *Histoire de l'Algérie contemporaine*, P. U. F., coll. «Que sais-je?», 1999, pp. 73–74.

（3）この暴動に関しては，後の 1945 年 6 月 15 日付の社説で論じている。そこで，カミュは「宣言の友」を率いるフェラハト・アッバースおよびメッサリ・ハジといった活動家が暴動を指示していたという世論に対して異義を唱えている。そしてこの暴動には扇動家の存在だけでなく，アルジェリアの長年にわたる政治的危機と「原住民」側の鬱積が要因としてあることを指摘した（*CAC8*, 549–552）。

（4）この著作は，正確には『死刑についての考察』という題で出版されており，アーサー・ケストラーによる『絞首刑についての考察』も収録されている共著書である。

（5）この連邦制というカミュの主張は，理想主義的に一見思われるが，もともとは，代表的なアラブ人活動家のひとりであったフェラハト・アッバースの主張でもあった。アージュロンによると，アッバースは，第二次大戦中に英米軍がアルジェリア上陸作戦に成功した際，フランス＝アルジェリアの連邦制を実現すべく，アメリカ人外交官と接触している。だが状況は全く改善せず，1946 年以降アッバースは連邦制の構想を捨て，フランス連合枠内でのアルジェリア自治共和国の設立を目指すようになる。その後アッバースの態度が硬化する契機となったのは，カミュも『エクスプレス』紙の記事で独立戦争の要因として指摘している 1948 年の不正選挙である。この選挙において，フランス政府は軍や憲兵隊を使って「原住民」の投票を妨害し，選挙は政府側の勝利に終わった。もはや改革のための法的手段が全く閉ざされていることに絶望したアッバースは，もはや武力以外の解決方法はないと 1953 年に宣言し，後のアルジェリア戦争では，1956 年 4 月に正式に FLN のメンバーになる（Charles-Robert Ageron, *Histoire de l'Algérie contemporaine*, *op. cit.*, pp. 91–93）。こうした経緯からもわかるように，カミュの主張は「原住民」側にとってはもはや遅すぎたのである。作家自身もそのことははっきりと認識しており，状況に対して幻想は抱いていなかったが，最後まで連邦性実現の夢を断念することができなかったのである。

（6）Olivier Todd, *Albert Camus une vie*, Gallimard, coll. «Folio», 1996, p. 860.

（7）エッセイ集『夏』に収められた「過去のない街のための小案内」の最後で，祖国アルジェリアへの愛を以下のように吐露している。「もうここらで皮肉はいっさいやめておくのがよかろう。結局のところ，自分の愛するものについて語る最善の方法は，軽く語ることである。アルジェリアに関してはいつも，僕の内部に響く心の琴線に触れるのが怖いのだ。その琴線の盲目的で荘重な旋律を僕は知っている。だが少なくとも僕は，アルジェリアこそが僕の真の祖国であると言うことができる。そして，アルジェリアの息子たちや僕の兄弟たちを前にした時に感じる友情から，僕は世界中どこに

いても彼らを見分けることができる。そうだ，アルジェリアの街で僕が愛するものは，そこに住んでいる人々と切り離すことができない」(III, 596)。

（8）建築家，画家のメゾンスールは，1956 年 1 月の「市民休戦」への呼びかけにも協力したカミュのアルジェリア時代以来の旧友である。メゾンスールが 5 月にアルジェで逮捕されると，カミュはただちにギ・モレ首相とアルジェ駐在省のロベール・ラコストに抗議文を送り，彼の釈放を要求した。またこの事件を糾弾する記事を『ル・モンド』紙に二本掲載した。

（9）ティヨンはかつてのレジスタンス活動家でもあった。大戦以前には，オーレス山地のベルベル人の調査を行っていたティヨンは，アルジェリア戦争の際にも積極的に活動した。彼女の目的は，カミュと同じくテロと処刑の連鎖を止めることと，アラブ人とヨーロッパ系住民の共同体の実現であった。彼女は FLN の幹部と直接会談し，フランス政府による政治犯の処刑の廃止と引き換えに，テロを止める約束を取り付けようとした。カミュはティヨンと 1957 年 10 月 1 日にパリで会い，彼女の著作『アルジェリア 1957 年』の英語版の序文を執筆した。

（10）Jean Daniel, *Avec Camus. Comment résister à l'air du temps*, Gallimard, 2006, p. 67.

（11）Jean-Paul Sartre, «Le colonialisme est un système», *Les Temps Modernes*, n° 123, mars-avril 1956, repris in *Situations*, V, Gallimard, 1964, p. 43.

（12）Herbert R. Lottman, *Albert Camus*, traduit de l'américain par Marianne Véron, Seuil, coll. «Points», 1978, pp. 20–21.

第Ⅳ部第２章　父の探索

（1）『裏と表』における父に関する記述は，以下のページを参照のこと（I, 49, 53)。

（2）自伝的エッセイに登場する母と叔父は，ともに言語能力が欠如した人物として描かれている。母に関しては，『裏と表』では，「不具で，ものをうまく考えられなかった」としか書かれていないが（I, 44, 49),「ルイ・ランジャール」では以下のように詳しく，「耳が不自由で，三つ以上の文を話すことができず，とりわけ思考力がなく，さらに完全なる文盲である」(I, 92) 女性であることが語られている。また叔父に関しては，「皮肉」(『裏と表』収録）では単に唖者であるという記述しかないが（I, 44),「貧民街の声」ではそれに加え，耳の不自由さについて言及されている（I, 81)。

（3）母の少ない証言によると，孤児院で育ったジャックの父は，もともとは非識字者であったが，のちに仕事先で読み書きを習ったらしい（IV, 777)。だが父が残した文書も，戦地から母に宛てた短い葉書が数枚あるのみである。

（4）新プレイヤッド版の注によると，ソルフェリーノ村は，モンドヴィ（現在のドレアン。チュニジアとの国境近くの海岸に位置するアンナバ（旧名ボーヌ）から約 25 キロ南に下った街）の近くにある小さな村である（«Notes du *Premier homme*», *O. C.*, IV, p. 1534)。

（5）第 1 部の最後でも，アルジェリアは「砂と海に囲まれたこの巨大な島」と記されている（IV, 860)。この島というイメージはこの小説において非常に重要な役割を果たしているのだが，これについては，のちにあらためて検討する。

第Ⅳ部第３章　アルジェリアの植民者の歴史と歴史記述の問題

（1）ちなみにこのダニエルのマルヌの戦いに関する話は，『幸福な死』における，メルソーの友人エマニュエルが語るマルヌの戦いの経験とほぼ同じ内容である（I, 1110-1111）。

（2）平野千果子『フランス植民地主義の歴史』人文書院，2002 年，p. 210。加えてこの書には，約 60 万人の兵士の他に，20 万人近くの植民地の人々が工場の労働に従事したことが記されている。『最初の人間』において，ジャックの母は，父の徴兵によりサン＝タポートル農園を去らねばなくなり，アルジェにある軍の薬莢製造所で働くことになった。またバンジャマン・ストラによると，第一次世界大戦によるアルジェリアのフランス人の戦死者は 2 万 2,000 人，アルジェリアのイスラム教徒の戦死者は 2 万 5,000 人にのぼったという（Benjamin Stora, *Histoire de l'Algérie colonial (1830-1954)*, La Découverte, coll. «Repères», 2004, p. 40）。

（3）同じく平野千果子の前掲書によると，5,000 人を超えるアルザス住民が，ドイツの占領を拒否してアルジェリアに移住したという。そのためアルジェリアは「小さなフランス」，「新しいアルザス」と呼ばれ，フランスの延長線上の土地として本格的に位置づけられるようになる（平野千果子『フランス植民地主義の歴史』，前掲書，p. 185）。

（4）第Ⅱ部ですでに述べたように，普仏戦争でアルザス・ロレーヌ地方を失ったフランスは，植民地の拡張に活路を見出すようになる。そしてこの小説では説明されていないが，ジャックの父が最初に戦った 1905 年の第一次モロッコ事件も，第一次大戦へと連なるフランスの対独復讐の場のひとつであった。もともとモロッコは，1904 年の英仏協商によってフランスの優越権が認められた場所であったのだが，それを不満に思ったプロシアの皇帝ヴィルヘルム二世がモロッコのタンジールに上陸したのがこの第一次モロッコ事件の発端となった。

（5）これに関して付け加えるべき点は，1848 年の植民団の一員だったウジェーヌ・フランソワという人物そのものの境遇である。第一部のフランソワの証言を読むと，彼は入植の過程で父を亡くし，孤児となる。その後，正規の教育を受けなかったため文章が上手く書けない。フランソワが自分の手記をラステイユに託したのも，自身の文章能力に自信がなかったためである。こうしたフランソワという人物に，カミュが自分自身の父の姿を見出したのではないかと考えられるのだ。孤児であること，文章が上手く書けないこと（それゆえ後世に自分の有り様を伝える十分な手段を持たないこと），それが自分の父や家族だけでなく，アルジェリアへ移住した入植者に共通する運命であることをカミュは理解した。それゆえ，小説第一部の最後で，1848 年の入植者たちの姿に，主人公の祖先の姿を重ね，「歴史を持たない」ひとつの種族として描き出したのではないか。

（6）Maxime Rasteil, *A l'aube de L'Algérie française. le calvaire des colons de 48*, Editions Eugène Figuière, 1930, p. 203-205.

（7）*Ibid.*, p. 20. 些事ではあるが，カミュはラステイユの本から引き写すにあたって，ひとつ間違いをおかしている。カミュは，ウジェーヌ・フランソワが住むバスチーユに近いフォーブール・サン＝タントワーヌを，フォーブール・サン＝ドニに変更してい

るのだ。補遺に残されたメモにも，フランソワの父は「サン＝ドニの大工」であると記されている（IV, 933)。だがこのサン＝タントワーヌという場所は，六月暴動の反乱者たちの拠点のひとつとなった非常に重要な場所である（喜安朗『パリ——都市統治の時代』岩波新書，2009 年，p. 212)。ジャックはサン＝ドニという地名から 1848 年の革命を連想するが，作家が歴史的事実に正確であろうとするならば，サン＝ドニではなくやはりサン＝タントワーヌでなければならなかっただろう。

（8）Maxime Rasteil, *op. cit*., p. 174. 1848 年の植民団が，フランスから追い出された 48 年の革命家たちで占められていたという認識は，当時一般的に共有されていたようである。この誤った「神話」に関しては，以下の論文を参照のこと。Yvette Katan, « Les colons de 1848 en Algérie : mythes et réalités », *Revue d'histoire moderne et contemporaine*, n° 31, avril-juin 1984, pp. 177–202.

（9）一例を挙げると，「エチエンヌ叔父」の章では，ジャックが成年になってからのエピソード（叔父の文字解読能力について語るために，ヒトラーの見出しがついた新聞が例として挙げられている）に続いて，子供の頃の叔父との海水浴の思い出が語られている。

第Ⅳ部第 4 章　歴史／非-歴史

（1）Harutoshi Inada, « *Le Premier homme*, roman ou autobiographie? », *Etudes camusiennes*, n° 2, 1996, p. 86.

（2）スーヴニール・フランセとは，1887 年にドイツ占領下にあったアルザス・ロレーヌで創設された協会で，現在ではパリに本拠地を置く。この協会は祖国フランスのために死んだ兵士たちの記憶の保存と管理，そして後世への継承を使命としている。

（3）1953 年の『手帖』には，以下のような覚書がある。「おお，父よ！　僕は夢中で自分に欠けていたこの父親を求めてきた。しかし今になって僕はずっと手にしていたもの，つまり僕の母親とその沈黙を発見したのだ」（IV, 1174)。

（4）カミュが残した最初のプランは，1953 年の『手帖』に書かれている。この段階では 6 章の構成で，「(1) 父の探索，(2) 少年時代，(3) 幸福な時代，(4) 戦争とレジスタンス，(5) 女性たち，(6) 母親」となっている（IV, 1176)。また，『最初の人間』に付された補遺では三部構成になっており，「第一部　遊牧民，第二部　最初の人間，第三部　母」となっている（IV, 937)。

（5）Paul Viallaneix, « Le Testament du *Premier Homme* », *Equinoxe 13*, Rinsen Books, 1996, p. 96 ; Raymond Gay-Crosier, « Lyrisme et ironie : le cas du *Premier Homme* », *Camus et lyrisme*, Sedes, 1997, p. 70.

終　章　無垢性の回復に向けて

（1）歴史叙述が，もともと文学の一ジャンルであったことは周知の通りである。歴史が科学的分析の対象として取り上げられ，文学と切り離された固有の学問分野として確立されたのは，19 世紀の実証主義の時代になってからのことである。ところが 20 世紀半ば以降，ミッシェル・フーコーやジャック・デリダといったポスト・モダンの思

想家たちによって，歴史と文学の自律性に対する問題提起がなされ，再び両者の境界線が曖昧になりつつあるのが現在の状況である。ポスト・モダンの時代における歴史学と文学研究の関係性については，以下の論文を参照のこと。富山太佳夫「歴史記述はどこまで文学か」，『フィクションか歴史か』岩波講座文学 9 巻，岩波書店，2002 年，pp. 17–40。

（2）Herbert R. Lottman, *Albert Camus*, traduit de l'américain par Marianne Véron, Seuil, coll. «Points», 1978, p. 19.

（3）Pierre-Louis Rey, *Pierre-Louis Rey commente «Le Premier homme» d'Albert Camus*, Gallimard, coll. «Folio», 2008, p. 107. またレーは，ジャックの母親への帰還という物語に，新訳聖書の一挿話である放蕩息子の帰還との関連性も見出している（*Ibid.*, p. 110）。

（4）この小説における島のイメージの重要性は，すでに安藤麻貴によって指摘されているが，ここでは異なる観点から島のイメージとその意義を考察する（安藤麻貴「"生い出ずる石" から『最初の人間』へ――流動性と不動性をめぐって」，『カミュ研究』7 号，2007 年，pp. 25–27）。

（5）『反抗的人間』において，反抗の歴史はギリシャ世界を起源とせず，カインという，キリスト教世界における最初の犯罪者とともにはじまることが記されている（III, 88）。このカインについての記述が，本書第 IV 部第 3 章で引用した『最初の人間』の老医師の言葉と呼応していることは，あらためて強調するまでもないだろう。